biblioteca rao

MARKUS ZUSAK

Hoțul de cărți

Cu ilustrații de
TRUDY WHITE

Traducere din limba engleză
ADELINA VASILIU

rao

Descrierea CIP a Bibliotecii Naționale a României
ZUSAK, MARKUS
Hoțul de cărți / Markus Zusak ; trad.: Vasiliu Adelina Maria.
- București : Editura RAO, 2014
ISBN 978-606-609-613-3

I. Vasiliu, Adelina (trad.)

821.111(94)-31=135.1

RAO Distribuție
Str. Bârgăului nr. 9-11, sect. 1, București, România
www.raobooks.com
www.rao.ro

MARKUS ZUSAK
The Book Thief

ISBN 978-606-609-613-3

Pentru Elisabeth și Helmut Zusak,
cu dragoste și admirație

Mulțumiri

Aș dori să încep prin a le mulțumi Annei McFarlane (o persoană pe cât de caldă, pe atât de informată) și lui Erin Clarke (pentru puterea de anticipație, amabilitate și pentru că a avut mereu sfatul potrivit la momentul potrivit). De asemenea, mulțumiri speciale trebuie adresate lui Bri Tunnicliffe pentru că m-a suportat și a încercat să creadă în datele promise de mine pentru predarea rescrierilor.

Îi sunt îndatorat lui Trudy White pentru grația și talentul ei. Este o onoare să am operele sale de artă în aceste pagini.

Cartea nu ar fi fost posibilă fără Cate Paterson, Nikki Christer, Jo Jarrah, Anyez Lindop, Jane Novak, Fiona Inglis și Catherine Daryton. Vă mulțumesc că ați contribuit cu timpul vostru valoros pentru această poveste și pentru mine. Apreciez asta mai mult decât pot exprima în cuvinte.

Mulțumiri și pentru Sydney Jewish Museum, Australian War Memorial, lui Doris Seider de la Jewish Museum din München, lui Andreus Heusler de la München City Archive și Rebeccăi Biehler (pentru informația despre obiceiurile sezoniere ale merilor).

Le sunt recunoscător Dominikăi Zusak, lui Kinga Kovacs și lui Andrew Janson pentru discuțiile încurajatoare și pentru răbdare.

În final, mulțumiri speciale Lisei și lui Helmut Zusak – pentru poveștile care ni se par incredibile, pentru râsete și pentru că mi-au arătat o altă latură.

Markus

Prolog

Un lanț muntos de dărâmături

în care naratoarea se prezintă:

pe ea însăși, culorile
și pe hoțul de cărți

Moarte și ciocolată

Mai întâi, culorile.

Apoi, oamenii.

Așa văd lucrurile de obicei.

Sau cel puțin așa încerc.

Uite un mic adevăr:
Vei muri.

Încerc, cu toată onestitatea, să fiu veselă cu privire la acest subiect, deși majoritatea oamenilor sunt stânjeniți să creadă în mine, în ciuda protestelor mele. Vă rog, aveți încredere în mine! Cu siguranță, *pot* fi veselă. Pot fi amabilă. Agreabilă. Afabilă. Și astea-s doar cele cu litera *a*. Doar nu mă ruga să fiu drăguță. Drăguță nu are nimic de-a face cu mine.

REACȚIE LA ADEVĂRUL MAI SUS MENȚIONAT
Vă îngrijorează?
Insist să nu vă fie teamă.
Sunt dreaptă mai presus de toate.

Desigur, o prezentare.

Un început.

Unde îmi sunt manierele?

Aș putea să mă prezint cum se cuvine, dar nu este cu adevărat necesar. Mă veți cunoaște îndeajuns de bine și destul de curând, în funcție de o diversitate de variabile. Este suficient să spun că, într-un anumit moment, voi sta deasupra voastră, pe cât de blând cu putință. Sufletele voastre vor fi în brațele mele. O culoare va fi atârnată pe umărul meu. Vă voi purta departe, ușurel.

În acel moment, veți zăcea acolo (rar găsesc oameni în picioare). Veți fi înveliți de propriile trupuri. Ar putea avea loc o descoperire; un țipăt va rămâne în aer răsunând. Singurul sunet pe care îl voi auzi după aceea va fi propria respirație și sunetele mirosului și ale pașilor mei.

Întrebarea este: ce culoare va avea totul în clipa când voi veni după voi? Ce va zice cerul?

Personal, îmi place cerul ciocolatiu. Ciocolată amară, amară. Oamenii spun că mi se potrivește. Totuși, încerc să mă bucur de fiecare culoare pe care o văd – de întregul spectru. Un miliard de arome, nici una dintre ele la fel, și un cer pe care să îl savurez încet. Alină stresul. Mă ajută să mă relaxez.

O MICĂ TEORIE

Oamenii observă culorile unei zile numai la sfârșit și la început, dar pentru mine este destul de clar că ea combină o multitudine de nuanțe și tonuri, cu fiecare moment care trece. O singură *oră* poate consta în mii de culori diferite. Galbenuri ceruite, nuanțe de albastru pătate pe nori. Întunecimi de nepătruns. În domeniul meu, mi se pare important să le observ.

Așa cum am amintit deja, singura mea consolare este distracția. Mă ține să nu înnebunesc. Mă ajută să rezist, având în vedere perioada de când practic această slujbă. Problema este: cine mi-ar putea lua locul vreodată? Cine ar putea interveni, în timp ce eu iau o pauză într-o destinație de vacanță cu iz de stațiune oarecare, fie că e tropicală sau potrivită pentru o excursie la schi? Bineînțeles, răspunsul este: nimeni – ceea ce m-a obligat să fac din distracție vacanță. Nu mai e nevoie să zic că merg în vacanță treptat. În culori.

Totuși, ai putea întreba: de ce are nevoie de o vacanță? De la ce trebuie ea să-și distragă atenția?

Ceea ce mă aduce la următorul punct.

Este vorba despre oameni.

Supraviețuitorii.

Ei sunt cei la care nu pot suporta să mă uit, deși, în multe ocazii, nu reușesc. Caut intenționat culorile pentru a-mi abate atenția de la ei, dar îi observ câteodată pe cei rămași în urmă fărâmițându-se prin mozaicul conștientizării, disperării și surprizei. Ei au inimi străpunse. Au plămânii frânți.

Ceea ce, la rândul său, mă aduce la subiectul despre care vă povestesc în această seară sau astăzi, sau în orice oră ori culoare. Este povestea unuia dintre acei supraviețuitori eterni – un expert în a fi lăsat în urmă.

De fapt, este o povestioară, printre altele, despre:

- o fată
- niște cuvinte
- un acordeonist
- niște nemți fanatici
- un boxer evreu
- și destul de multe furtișaguri.

L-am văzut pe hoțul de cărți de trei ori.

DINCOLO DE CALEA FERATĂ

Sus este ceva alb. Un alb care orbește.

Cel mai probabil, unii dintre voi se gândesc că albul nu este cu adevărat o culoare și tot felul de prostii învechite de genul ăsta. Ei bine, eu vă spun că este. Albul este fără îndoială o culoare și, după părerea mea, nu vreți să ne certăm.

UN ANUNȚ LINIȘTITOR

Vă rog, fiți calmi, în ciuda amenințării precedente.
Numai gura e de mine...
Nu sunt violentă. Nu sunt răzbunătoare.
Sunt doar un rezultat.

Da, era alb.

Era de parcă tot globul fusese acoperit cu zăpadă. Ca și cum era tras pe deasupra, cum tragi pe tine o bluză. Lângă linia de cale ferată, se vedeau urme de pași adânci până la fluierul piciorului. Copacii erau acoperiți cu pături de gheață.

După cum vă așteptați, cineva murise.

Nu l-au putut lăsa pe jos. În acel moment, nu era o problemă așa de mare, dar, foarte curând, calea ferată ar fi fost curățată și trenul ar fi trebuit să circule.

Erau doi controlori.

Erau o mamă și fiica sa.

Un cadavru.

Mama, fiica și cadavrul rămaseră neclintiți și tăcuți.

– Ei, ce altceva mai vrei să fac?

Controlorii erau unul înalt, celălalt – scund. Omul înalt vorbea mereu primul, deși nu el era șeful. Se uită la cel mai mic și mai rotofei. La cel cu fața roșie și transpirată.

– Ei, veni răspunsul, nu-i putem lăsa așa, nu?

Cel înalt își pierdu răbdarea.

– De ce nu?

Cel mai mic aproape că explodă. Se uită în sus, spre bărbia celui înalt și strigă:

– *Spinnst du?* Ești prost? Dezgustul de pe obrajii săi devenea din ce în ce mai vizibil. Pielea i se întinse. Haide, zise el târându-se prin zăpadă. Îi vom căra pe toți trei apoi dacă trebuie. Vom anunța la următorul popas.

Cât despre mine, deja făcusem greșelile cele mai elementare. Nu vă pot explica profunzimea dezamăgirii de sine. La început, făcusem totul cum trebuie:

Am studiat cerul alb, orbitor, de la fereastra trenului în mișcare. Practic *l-am inhalat*, dar am ezitat totuși. Am cedat, am devenit interesată. De fată. Curiozitatea a câștigat și m-am mulțumit să stau cât de mult îmi permitea programul pe care-l aveam, și am privit.

Douăzeci și trei de minute mai târziu, atunci când trenul s-a oprit, am coborât cu ei.

Un sufleţel era în braţele mele.

Am rămas puţin în dreapta lor.

Dinamica pereche de controlori de tren îşi croi drum înapoi la mamă, fată şi micul cadavru. Îmi amintesc limpede că respiraţia mea era zgomotoasă în acea zi. Mă mir că bărbaţii nu m-au observat. Lumea întreagă era încovoiată sub greutatea zăpezii.

Poate zece metri la stânga, fata palidă şi înfometată stătea în picioare, copleşită de ger.

Gura îi tremura.

Braţele reci erau încrucişate.

Pe chipul hoţului de cărţi erau lacrimi îngheţate.

Eclipsa

A urmat un semn negru, pentru a înfățișa extremele nestatorniciei mele, dacă vreți. Era cel mai întunecat moment dinaintea zorilor.

De această dată, venisem după un om probabil în vârstă de douăzeci și patru de ani. Era un lucru frumos într-un anumit fel. Avionul încă tușea. Din ambii plămâni ieșea fum.

Când s-a prăbușit, a făcut trei crăpături adânci în pământ. Aripile sale erau brațe tăiate. S-a terminat cu fâlfâitul. Cel puțin, pentru această păsăruică metalică.

CÂTEVA ALTE MICI ADEVĂRURI
Câteodată, sosesc prea devreme.
Mă grăbesc
și unii oameni se agață mai mult
de viață decât era de așteptat.

După câteva minute, fumul s-a dispersat. Nu mai rămăsese nimic de dat.

Un băiat ajunse primul, cu respirația tăiată și având ceva ce semăna cu o trusă de scule. Foarte tulburat, se apropie de carlingă și îl privi pe pilot, controlând dacă este în viață, moment la care încă era. Hoțul de cărți ajunse aproximativ treizeci de secunde mai târziu.

Trecuseră ani, dar am recunoscut-o.

Răsufla cu greu.

Din trusa de scule, înainte de toate, băiatul scoase un ursuleț de pluș.

Întinse mâna prin geamul spart și îl puse pe pieptul pilotului. Ursulețul zâmbitor stătea înghesuit pe trupul distrus și plin de sânge al bărbatului. Câteva minute mai târziu, mi-am făcut treaba. Era timpul.

Am intrat, i-am desprins sufletul și l-am purtat ușor afară.

Tot ce rămăsese era trupul, mirosul vag al fumului și ursulețul zâmbitor.

Desigur, lucrurile se schimbară atunci când mulțimea începu să se îngrămădească. Orizontul începea să capete culoarea cărbunelui. Din întunecimea de sus nu mai rămăsese decât o mâzgălitură care dispărea rapid.

Prin comparație, omul era de culoarea osului. Piele de culoarea unui schelet. O uniformă mototolită. Ochii lui erau reci și maronii – ca petele de cafea – și ultima mâzgăleală de sus alcătui ceea ce mie mi se păru o formă ciudată, dar familiară. Un semn.

Mulțimea făcu ceea ce fac mulțimile.

În timp ce îmi croiam drum printre oameni, am observat că fiecare încerca să nu tulbure liniștea. Era un amestec de mișcări sacadate din mâini, propoziții șoptite și gesturi stânjenite.

Când m-am uitat înapoi la avion, gura deschisă a pilotului parcă zâmbea.

O ultimă glumă murdară.

O altă ironie omenească.

Rămase înfășurat în uniformă, iar lumina de un cenușiu tot mai albicios se lupta cu cerul. Așa cum s-a întâmplat cu mulți alții, când mi-am început călătoria departe, o umbră trecătoare apăru din nou, momentul final al unei eclipse – recunoașterea unui alt suflet plecat.

Vedeți, eu, doar pentru un moment, în ciuda tuturor culorilor care ating și se agață de ceea ce văd în lume, când un om moare zăresc adesea cu coada ochiului o eclipsă.

Am văzut milioane.

Am văzut mai multe eclipse decât îmi pot aminti.

Steagul

Ultima oară când am văzut-o, era roșu. Cerul era ca o supă, fierbând și agitându-se. Pe alocuri era ars. Firimituri negre și piper erau împrăștiate prin roșeață.

Mai devreme, câțiva copii jucaseră șotronul acolo, pe strada care arăta ca o pagină pătată de ulei. Când am ajuns, încă se auzeau ecouri. Bătăi de picioare în stradă. Copii râzând și zâmbetele ca sarea, dar dezintegrându-se rapid.

Apoi, bombe.

De data aceasta, totul se întâmplase prea târziu.

Sirenele. Țipetele nebune la radio. Totul prea târziu.

În numai câteva minute, mormane de beton și pământ erau învălmășite. Străzile arătau ca niște vene sparte. Sângele a curs în șuvoaie până când s-a uscat pe stradă, iar trupurile au rămas acolo, ca lemnele după viitură.

Erau încleiați de pământ, până la ultimul. Un pachet de suflete.

Ce este destinul?

Nenoroc?

Să fie asta ceea ce i-a lipit de pământ în acest mod?

Bineînțeles că nu.

Haideți să nu fim proști!

Probabil, a fost vorba de bombele inevitabile, aruncate de oamenii care se ascund în nori.

Câteva ore, cerul rămase de un roșu devastator, ceva gătit la cuptor. Orășelul german fusese azvârlit în toate părțile încă o dată. Fulgi de cenușă cădeau atât de *frumos și violet*, încât ai fi fost tentat să întinzi limba să-i prinzi, să-i guști. Numai că ți-ar fi pârjolit buzele. Ți-ar fi ars gura.

În mod clar, o văd.

Tocmai voiam să plec, când am găsit-o. Stătea îngenuncheată acolo.

Un munte de dărâmături era scris, proiectat și ridicat în jurul ei. Ținea strâns cartea.

Pe lângă toate celelalte, hoțul de cărți își dorea cu disperare să se întoarcă în pivniță, să scrie sau să-și citească povestea pentru o ultimă dată. Pricep, văd asta atât de evident pe chipul ei. Murea după asta – după siguranță și sentimentul de acasă –, dar nu se putea mișca. Nici pivnița nu mai exista. Era parte din peisajul ciopârțit.

Vă rog din nou, aveți încredere în mine.

Voiam să mă opresc. Să mă ghemuiesc.

Voiam să spun:

„Îmi pare rău, copilă."

Dar nu este permis.

Nu m-am ghemuit la pământ. Nu am vorbit.

În loc de asta, am privit-o puțin. Când s-a putut mișca, am urmărit-o.

A scăpat cartea.

A îngenuncheat.

Hoțul de cărți a urlat.

Cartea ei a fost călcată de mai multe ori în picioare după ce a început curățarea și, cu toate că s-au dat ordine să se înlăture doar bucățile de beton, obiectul cel mai de preț al fetei a fost aruncat în camionul cu gunoi, moment în care m-am văzut obligată să intervin. M-am urcat și am luat-o în mână, fără să-mi dau seama că îi voi citi povestea de sute de ori de-a lungul anilor, în călătoriile mele. Voi privi locurile unde ne vom intersecta și mă voi minuna de ce va vedea fata și de cum va supraviețui. Asta este tot ce pot face – să o privesc cum intră în rând cu toate lucrurile la care asistasem în acea perioadă.

Când mi-o amintesc, văd o lungă listă de culori, dar rezonez cel mai mult cu cele trei în care am văzut-o în carne și oase. Câteodată, reușesc să plutesc sus, departe de acele trei momente.

Atunci le văd alcătuindu-se.

CULORILE

ROȘU: ■ ALB: ○ NEGRU: 卐

Cad una peste alta. Semnul negru mâzgălit pe rotundul alb orbitor, pe roșul gros ca o supă.

Da, câte ceva îmi amintește adesea de ea și într-unul dintre nenumăratele mele portofele, i-am păstrat povestea pentru a o spune și altora. Este una dintre nenumăratele pe care le port, fiecare în parte extraordinară. Fiecare fiind o încercare – o uriașă încercare riscantă – de a dovedi că voi și existența voastră umană meritați.

Aici este. Una din câteva.

Hoțul de cărți.

Dacă aveți dispoziție, veniți cu mine. Vă voi spune o poveste.

Vă voi arăta ceva.

Partea întâi

Manualul groparului

în rolurile principale:

strada himmel – arta *saumensching* –
o femeie cu pumnul de fier – o încercare de sărut –
jesse owens – șmirghel – un campion la categoria grea – și
mama tuturor *watschen*-urilor

Sosirea pe strada Himmel

Acea ultimă dată.

Cerul acela roșu...

Cum ajunge un hoț de cărți să îngenuncheze și să urle lângă un ridicol, unsuros și ars morman de moloz făcut de om?

Cu ani în urmă, începutul fusese cu zăpadă.

Era timpul. Pentru unul.

UN MOMENT DEOSEBIT DE TRAGIC
Un tren mergea repede.
Era plin de oameni.
Un băiat de șase ani a murit
în al treilea vagon.

Fata, care era hoț de cărți, și fratele ei călătoreau spre München, unde urmau să fie încredințați unor părinți sociali. Acum știm, desigur, că băiatul nu a mai ajuns.

CUM S-A ÎNTÂMPLAT
A fost o criză puternică
de tuse.
Aproape o criză *inspirată*
și puțin după aceea – nimic.

După ce a terminat de tușit, nu a mai rămas nimic, decât nimicnicia vieții care se îndepărta cu șovăială sau cu o convulsie aproape tăcută. Apoi, ceva năprasnic și-a găsit calea spre buzele sale de un cafeniu ruginit și care se cojeau ca vopseaua veche. Într-o nevoie disperată de refacere.

Mama lor dormea.

Am intrat în tren.

Picioarele mele au pășit pe culoarul aglomerat și palma mea a ajuns peste gura lui într-o clipită.

Nimeni nu a observat.

Trenul gonea mai departe.

Doar fata a băgat de seamă.

Înainte de a se trezi, hoțul de cărți îl visase pe Führer, pe Adolf Hitler. În vis, asista la o adunare la care el vorbea, uitându-se la partea de culoarea scheletului a părului său și la pătratul perfect al mustății sale. Asculta satisfăcută torentul de cuvinte care i se revărsa din gură. Cuvintele sale străluceau în lumină. Într-un moment mai liniștit, chiar se aplecă și îi zâmbi. Ea îi surâse la rându-i și zise:

– *Guten Tag, Herr Führer. Wie geht's dir heut?*[1]

Nu învățase prea bine să vorbească, nici să citească, pentru că nu mersese prea des la școală. Va afla motivul la timpul cuvenit.

Se trezi chiar atunci când Führerul era pe cale să-i răspundă.

Era ianuarie 1939. Avea nouă ani și urma să împlinească zece.

---

[1] Bună ziua, domnule Führer, cum vă merge astăzi? (în lb. germană, în original)

Fratele ei era mort.

Un ochi se deschise.

Unul încă visa.

Ar fi fost mai bun un vis întreg, dar nu am deloc control asupra acestor lucruri.

Cel de-al doilea ochi se deschise brusc și mă surprinse, fără îndoială. A fost exact când am îngenuncheat și i-am extras sufletul, ținându-l fără vlagă în brațele mele umflate. Se încălzi curând după aceea, dar, când l-am ridicat, spiritul băiatului era moale și rece ca înghețata. A început să se topească în mâinile mele. Apoi, să se încălzească. Să se vindece.

Mișcările lui Liesel Meminger erau îngreunate de amorțeală, iar gânduri neclare o năpădeau. „*Es stimmt nicht.* Așa ceva nu se întâmplă. Așa ceva nu se întâmplă."

Și zgâlțâitul.

De ce îi zgâlțâie mereu?

Da, știu, știu. Presupun că are de-a face cu instinctul. De a nega adevărul. În acea clipă, inima ei bătea haotic și era fierbinte, și zgomotoasă, atât de zgomotoasă!

În mod stupid, am rămas. Am privit.

A urmat mama ei.

S-a trezit cu aceeași smucitură violentă.

Dacă nu puteți să vă imaginați, gândiți-vă la o tăcere stângace. La bucăți și bucățele de disperare care plutesc. Și la a te îneca în tren.

Căzuse din plin zăpadă, iar trenul spre München a fost obligat să se oprească din cauza unor probleme la calea ferată. O femeie jelea. O fată stătea amorțită lângă ea.

Panicată, mama deschise ușa.

Ținând în brațe micul trup, coborî în zăpadă.

Ce altceva putea face fata decât să o urmeze?

După cum ați aflat, doi controlori au ieșit de asemenea din tren. Au discutat și s-au certat cu privire la ce trebuiau să facă. Situația era cel puțin dezagreabilă. În cele din urmă, au hotărât că toți trei ar trebui duși în următoarea localitate și lăsați acolo pentru a-și rezolva lucrurile.

De data aceasta, trenul merse fără vlagă prin țara înzăpezită.

Șchiopăta și se oprea.

Pășiră pe peron, corpul fiind în brațele mamei fetei.

Se opriră.

Trupul băiatului devenea greu.

Liesel nu avea idee unde se afla. Totul era alb și, în timp ce zăboveau în gară, nu putea decât să privească lung literele șterse ale panoului din fața sa. Pentru Liesel, orașul era lipsit de nume și acolo fratele ei, Werner, a fost înmormântat două zile mai târziu. Martori au fost un preot și doi gropari care dârdâiau.

O OBSERVAȚIE

O pereche de controlori.
O pereche de gropari.
Când a trebuit, unul dintre ei a decis.
Celălalt a făcut cum i s-a spus.
Întrebarea este:
și dacă *celălalt* sunt, de fapt, mult mai mulți?

Greșeli, greșeli, câteodată numai de asta sunt în stare.

Timp de două zile, mi-am văzut de treabă. Am călătorit pe tot globul, ca de obicei, predând suflete pe banda rulantă a eternității. Le-am privit rostogolindu-se pasive. M-am avertizat de mai multe ori că ar trebui să păstrez distanța față de înmormântarea fratelui lui Liesel Meminger. Nu am ţinut seama de propriul sfat.

În vreme ce mă apropiam, de la kilometri depărtare, puteam deja vedea un mic grup de oameni stând impasibili în pustietatea înzăpezită. Cimitirul m-a primit ca pe o prietenă şi în curând eram cu ei. Mi-am aplecat capul.

Stând în stânga lui Liesel, groparii îşi frecau mâinile şi bombăneau despre zăpadă şi despre condiţiile în care trebuia să sape. „E atât de greu să zdrobeşti gheaţa“, şi aşa mai departe. Unul dintre ei nu putea avea mai mult de paisprezece ani. Un ucenic. Când se îndepărtară, o carte neagră căzu inofensivă din buzunarul hainei, fără ştirea lui. Probabil că făcuse vreo douăzeci de paşi.

Câteva minute mai târziu, mama lui Liesel plecă însoţită de preot. Îi mulţumea pentru ceremonie.

Însă fata rămase.

Genunchii ei se cufundară în pământ. Momentul ei sosise. Încă nevenindu-i să creadă, începu să sape. Nu putea fi mort. Nu putea fi mort. Nu putea…

În doar câteva secunde, zăpada îi era încrustată în piele.

Sângele îngheţat era crăpat de-a lungul mâinilor ei.

Undeva în toată zăpada, putea să-şi vadă inima frântă în două. Fiecare jumătate strălucea şi bătea sub tot acel alb. Abia atunci când simţi o mână osoasă pe umăr, îşi dădu seama că mama se întorsese după ea. Era târâtă. Un ţipăt cald îi umplu gâtul.

POATE, O PRIVELIȘTE NEÎNSEMNATĂ, DOUĂZECI DE METRI MAI DEPARTE

Când se termină cu târâtul, mama
și fata se opriră și traseră aer în piept.
Ceva negru și dreptunghiular era adăpostit în zăpadă.
Numai fata îl văzu.
Se aplecă și îl ridică,
și îl ținu cu hotărâre între degete.
Cartea avea litere argintii.

Se țineau de mână.

Își luară un ultim rămas-bun scăldat în lacrimi și se întoarseră și plecară uitându-se înapoi de mai multe ori.

Cât despre mine, am mai stat preț de câteva minute.

Am făcut cu mâna.

Nimeni nu mi-a răspuns.

Mama și fiica au părăsit cimitirul și s-au îndreptat spre următorul tren către München.

Amândouă erau slabe și palide.

Amândouă aveau răni pe buze.

Liesel a remarcat asta în geamul murdar și încețoșat al trenului atunci când se urcară, chiar înainte de amiază. După cum a scris chiar hoțul de cărți, călătoria a continuat ca și cum *nimic* nu s-ar fi întâmplat.

Când trenul opri la Bahnhof, în München, pasagerii se revărsară ca dintr-un ambalaj rupt. Erau oameni de toate condițiile sociale, dar, dintre ei, cel mai ușor de recunoscut erau cei săraci. Oamenii nevoiași mereu încearcă să se miște, ca și cum un loc nou i-ar putea ajuta. Ei ignoră faptul că o nouă versiune a vechii probleme îi va aștepta la capătul călătoriei – ruda pe care te ferești să o săruți.

Cred că mama ei știa asta prea bine. Nu își ducea copiii în înalta societate din München, dar se pare că fusese găsită o familie adoptivă, și în lipsă de altceva, noua familie putea măcar să-i hrănească pe fată și pe băiat puțin mai bine și să-i educe cum se cuvine.

Băiatul.

Liesel era sigură că mama îi purta amintirea atârnată peste umăr. Ea îl scăpase. Ea îi văzuse picioarele și trupul izbind peronul.

Cum de putea să meargă?

Cum de putea să se miște?

Acesta este genul de lucruri pe care nu le voi cunoaște niciodată sau înțelege: de ce sunt oamenii capabili.

Îl ridică și continuă să meargă, cu fata agățată într-o parte.

Se întâlniră cu autoritățile și întrebări despre întârziere și despre băiat au făcut să li se ridice capetele vulnerabile. Liesel rămase în colțul biroului mic și prăfuit, în timp ce mama ei stătea pe un scaun, cu gândurile ei încleștate.

Urmă haosul de rămas-bun.

Fata își îngropă capul în unduirile de lână ale paltonului mamei sale. Și apoi a fost târâtă din nou.

La distanță bunicică de periferia Münchenului se afla un orășel numit Molching, supranumit, de cei ca tine și ca mine, Molking. O duceau acolo, pe o stradă numită Himmel.

O TRADUCERE
Himmel **= Rai**

Oricine ar fi fost cel care a numit strada Himmel, cu siguranță avea un simț zdravăn al ironiei. Nu că ar fi fost iadul pe pământ. Dar era al naibii de cert că nici raiul pe pământ nu era.

Cu toate acestea, părinții sociali ai lui Liesel așteptau.

Hubermannii.

Așteptaseră o fată și un băiat și urma să fie plătiți cu o mică alocație pentru că îi îngrijeau. Nimeni nu voia să fie cel care îi va spune Rosei Hubermann că băiatul nu supraviețuise călătoriei. De fapt, nimeni nu voia să îi zică nimic niciodată. Nu avea un caracter de invidiat, deși avusese rezultate bune cu copiii adoptați în trecut. Aparent, îi îndreptase pe câțiva.

Pentru Liesel, plimbarea cu mașina era ceva nou.

Nu mai fusese niciodată în vreuna.

Avea un nod în stomac și speranța că se rătăciseră sau se răzgândiseră. Dincolo de toate, gândurile ei se întorceau întruna la mama ei, înapoi la Bahnhof, la momentele de dinaintea plecării. Tremurând. Făcută ghem în haina inutilă. Își rosese unghiile așteptând trenul. Peronul era lung și incomod – o fâșie de ciment rece. Oare mama ei va fi atentă să zărească mormântul fiului ei în timpul călătoriei de întoarcere? Sau va dormi prea adânc?

Mașina înainta, în vreme ce Liesel era îngrozită de ultima cotitură fatală.

Ziua era gri, culoarea Europei.

Draperii de ploaie erau trase în jurul mașinii.

– Aproape că am ajuns. Asistenta ei socială, Frau Heinrich, se întoarse și zâmbi. *Dein neues Heim.* Noua ta casă.

Liesel făcu un rotocol pe geamul pe care picura apă și privi afară.

O FOTOGRAFIE DE PE STRADA HIMMEL

Clădirile par să fie
lipite laolaltă, în mare parte mici
case și blocuri ce par
nervoase. Zăpadă întunecată
se întinde ca un covor. Erau

beton, copaci goi
ca niște cuiere și aer cenușiu.

Era și un bărbat în mașină. Rămase cu fata, în vreme ce Frau Heinrich dispăru înăuntru. El nu vorbea niciodată. Liesel presupuse că era acolo să se asigure că nu fuge sau să o determine să intre în casă dacă făcea nazuri. Totuși, mai târziu, atunci când problemele chiar au apărut, el doar stătea și privea. Poate că el era doar ultima salvare, o soluție finală.

După câteva minute, ieși un bărbat foarte înalt. Hans Hubermann, tatăl adoptiv al lui Liesel. Lângă el era Frau Heinrich, o femeie de înălțime medie. În cealaltă parte se afla silueta ghemuită a Rosei Hubermann, care arăta ca un dulap cu o haină aruncată peste el. Mergea cu o legănare specifică. Aproape drăguță, dacă fața nu i-ar fi fost ca un carton încrețit și nu ar fi avut o expresie agasată, ca și cum abia ar fi tolerat situația. Soțul ei mergea drept, cu o țigară arzându-i mocnit între degete. Își răsucea propriile țigări.

Problema era următoarea:
Liesel nu voia să iasă din mașină.

– *Was ist los mit diesem Kind?* o interogă Rosa Hubermann. Repetă: Ce are copilul ăsta? Își băgă capul în mașină și zise: *Na, komm. Komm.*

Spătarul scaunului din față fu azvârlit înainte. Un coridor de lumină rece o invită afară. Nu voia să se miște.

Afară, prin rotocolul făcut, Liesel vedea degetele bărbatului înalt încă ținând țigara. Din capăt cădea scrum care sălta și se ridica de mai multe ori înainte să ajungă jos. Au trecut cincisprezece minute până când au reușit să o smulgă din mașină. Bărbatul înalt a fost cel care a izbutit.

Încet.

După aceea a urmat poarta de care s-a agățat.

Din ochi îi curgeau lacrimi în timp ce se ținea cu îndârjire și refuza să intre. Începuseră să se adune oameni pe străzi, până când Rosa Hubermann i-a înjurat și ei au plecat de unde veniseră.

O TRADUCERE A ANUNȚULUI ROSEI HUBERMANN:

La ce vă uitați, nenorociților?

În cele din urmă, Liesel Meminger intră prudentă înăuntru. Hans Hubermann o ținea de mână. În cealaltă avea gentuța. Îngropată sub stratul răsucit de haine era o carte mică, neagră, pe care probabil o tot căuta, în ultimele ore, un gropar în vârstă de paisprezece ani dintr-un orășel fără nume. Mi-l imaginez zicându-i șefului: „Îți jur, nu am idee ce s-a întâmplat cu ea. Am căutat peste tot. *Peste tot!*" Sunt convinsă că nu ar fi bănuit-o pe fată, și totuși acolo era – o carte neagră, cu litere argintii, ascunsă sub hainele sale.

MANUALUL GROPARULUI

Un ghid în doisprezece pași
pentru succesul în meseria de gropar
Publicată de Asociația Cimitirelor din Bavaria.

Hoțul de cărți dăduse lovitura pentru prima dată, era începutul unei ilustre cariere.

Crescând un *Saumensch*

Da, o carieră ilustră.

Totuși, m-aș grăbi să recunosc că există o pauză considerabilă între prima carte furată și cea de-a doua. Un alt element de notat este că prima a fost furată din zăpadă și a doua din foc. Nu trebuie să omit că altele i-au fost date. În total, deținea paisprezece cărți, însă a înțeles că povestea ei era alcătuită în mare parte din zece dintre ele. Din acele zece, șase erau furate, una apăruse pe masa din bucătărie, două fuseseră făcute pentru ea de un evreu ascuns și alta îi fusese adusă de o după-amiază cu haină galbenă.

Când a început să-și scrie povestea, se întreba când exact cărțile și cuvintele începuseră nu doar să însemne ceva, ci totul. Fusese atunci când pusese ochii prima oară pe camera plină de rafturi cu cărți? Sau fusese momentul în care Max Vandenburg sosise pe strada Himmel plin de suferință și cu *Mein Kampf* a lui Hitler? Fusese cititul prin adăposturi? Ultimul drum spre Dachau? Fusese *Scuturătoarea de cuvinte?* Probabil că nu va exista vreodată un răspuns precis despre când și unde s-a întâmplat. În orice caz, să o luăm cu începutul. Înainte de orice, prima oară, trebuie să facem o prezentare a începuturilor lui Liesel Meminger pe strada Himmel și a artei saumenschingului[1].

Când a sosit, încă puteai vedea mușcăturile zăpezii pe mâinile ei și sângele înghețat pe degete. Totul la ea indica subnutriția. Picioare ca niște fuse. Brațe ca niște bețe. Nu o făcea prea des, dar, în acele rare ocazii, avea un zâmbet înfometat.

Nuanța părului ei se apropia îndeajuns de blondul german, dar avea ochi periculoși. Căprui-închis. În perioada aceea, nu prea voiai ochi căprui în Germania. Probabil îi primise de la tatăl ei, dar nu avea de unde să știe, pentru că nu și-l amintea. De fapt, știa un singur lucru despre tatăl ei. Era o etichetă pe care nu o înțelegea.

UN CUVÂNT STRANIU
Kommunist

Îl auzise de mai multe ori în ultimii ani.

Erau aziluri înțesate de oameni, camere pline de întrebări. Și acel cuvânt. Cuvântul acela straniu era întotdeauna undeva, stând într-un colț, privind din întuneric. Purta costume, uniforme. Indiferent unde mergeau, acolo era, de fiecare dată când tatăl ei era menționat. Când a întrebat-o pe mama ce însemna, ea a spus că nu era important, că nu trebuia să-și facă griji despre astfel de lucruri. La un azil, era o femeie mai în putere, care încerca să-i învețe pe copii să scrie, scriind cu cărbune pe perete. Liesel a fost tentată să întrebe ce însemna cuvântul, dar nu a apucat. Într-o zi, femeia a fost luată pentru a fi interogată. Nu s-a mai întors.

[1] Termenul se referă la talentul de a jigni. (n.tr.)

Când Liesel ajunse în Molching, cel puțin avea o oarecare bănuială că era salvată, dar nici asta nu reprezenta o mângâiere. Dacă mama ei o iubea, de ce o lăsa la ușa altcuiva? De ce? De ce?

De ce?

Era irelevant faptul că știa răspunsul, chiar dacă numai la un nivel intuitiv. Mama ei era în mod constant bolnavă și nu erau niciodată bani pentru a se face bine. Știa asta. Dar asta nu însemna că trebuia să accepte. Indiferent de câte ori i se spusese că era iubită, ea nu putea admite că dovada consta în abandon. Nimic nu schimba faptul că era un copil slăbuț, pierdut într-un alt loc străin, cu și mai mulți oameni străini. Singură.

Familia Hubermann locuia într-una dintre casele mici de pe strada Himmel. Câteva camere, o bucătărie și baia afară, împărțită cu vecinii. Acoperișul era plat și exista o pivniță puțin adâncă pentru depozitare. Nu era o pivniță de *mărime adecvată.* În 1939, asta nu era o problemă. Mai târziu, în '42 și '43, a fost. Când raidurile aeriene au început, mereu trebuiau să se grăbească pe stradă, într-un adăpost mai bun.

La început, necunoașterea avu cel mai mare impact. Totul era atât de *vehement* și de prolific! Fiecare al doilea cuvânt era ori *Saumensch,* ori *Saukerl,* ori *Arschloch.* Ar trebui să explic pentru cei nefamiliarizați cu aceste cuvinte. „Sau", bineînțeles, se referă la porci. În cazul lui „Sau*mensch*", servește la pedepsirea, mustrarea sau pur și simplu umilirea unei femei. „Sau*kerl*" este pentru un bărbat. „Arschloch" poate fi tradus direct prin „gaură-n fund". Însă acest cuvânt nu diferențiază sexele. Pur și simplu este folosit.

– *Saumensch du dreckigs*[1]! îi strigă asistenta maternală lui Liesel în prima seară, când ea refuză să facă baie. Scroafă mizerabilă! De ce nu te dezbraci?

Era pricepută în a fi furioasă. De fapt, s-ar putea spune că Rosa Hubermann avea o față decorată de o furie constantă. Astfel apăruseră încrețiturile pe textura ca de carton a tenului ei.

În mod firesc, Liesel era îngrozită. În nici un caz nu voia să intre în baie sau în pat. Stătea contorsionată într-un colț al camerei de baie nu mai mare decât un dulap, agățându-se de brațe inexistente ale peretelui, în căutarea unui sprijin oarecare. Nu era decât vopsea uscată, respirație grea și potopul de insulte din partea Rosei.

– Las-o în pace! interveni Hans Hubermann în încăierare. Glasul său blând se făcu auzit, de parcă își croia calea printr-o mulțime. Las-o în seama mea!

Se apropie și se așeză pe podea, lângă perete. Gresia era rece și neprimitoare.

– Știi cum să răsucești o țigară? o întrebă el și au stat aproximativ o oră în întunericul tot mai dens, jucându-se cu tutun și foițe, iar Hans Hubermann fumându-le.

Când ora s-a terminat, Liesel putea să înfășoare o țigară destul de bine. Tot nu a făcut baie.

CÂTEVA LUCRURI DESPRE HANS HUBERMANN

Îi plăcea să fumeze.
Ce-i plăcea cel mai mult la fumat era răsucitul.
Era zugrav de meserie și cânta la acordeon.
Asta era convenabil mai ales iarna,
când putea câștiga ceva bani cântând în cârciumile

[1] Jegos (în lb. germană, în original)

din Molching, cum este Knoller.
Deja mă ocolise într-un război mondial, dar se va găsi mai târziu într-altul (ca un fel de recompensă perversă), unde va reuşi cumva să mă evite din nou.

Pentru cei mai mulţi oameni, Hans Hubermann abia dacă era vizibil. O persoană insignifiantă. Cu siguranţă, abilităţile sale de zugrav erau excelente. Priceperea sa la muzică era deasupra mediei. Totuşi, într-un fel, şi sunt convinsă că aţi cunoscut astfel de oameni, părea a se afla în fundal chiar dacă stătea în faţa cozii. Mereu, era doar acolo. Neobservabil. Neimportant sau fără prea mare valoare.

Frustrarea provenea din faptul că aspectul lui era complet înşelător, să spunem. Bineînţeles că avea ceva valoros, iar acest lucru nu a fost trecut cu vederea de Liesel Meminger. (Omul-copil, mult mai perspicace câteodată decât adulţii uimitor de obtuzi.) Îl văzu imediat.

Felul său de a fi.

Aerul liniştit din jurul său.

Liesel observă stranietatea ochilor tatălui adoptiv atunci când aprinse lumina în baia rece. Erau făcuţi din blândeţe şi argint. Ca argintul moale topindu-se. Văzând acei ochi, Liesel a înţeles că Hans Hubermann valora mult.

CÂTEVA LUCRURI DESPRE ROSA HUBERMANN

Avea puţin peste un metru şi jumătate înălţime şi îşi purta laţele castanii-cenuşii ale părului elastic prinse într-un coc.
Pentru a suplimenta venitul familiei Hubermann, ea spăla şi călca pentru gospodăriile mai bogate din Molching.
Gătea cumplit.
Poseda abilitatea unică de a scoate din sărite aproape pe oricine întâlnea.

Dar chiar o iubea pe Liesel Meminger.
Modalitatea de a o arăta se întâmpla să fie însă ciudată.
Însemna să o atingă cu o lingură de lemn
și să o ocărască la intervale variabile.

Atunci când Liesel a făcut în final o baie, după două săptămâni de locuit pe strada Himmel, Rosa o copleși cu o îmbrățișare enormă. Aproape sufocând-o, zise:

– *Saumensch du dreckigs* – era timpul!

După câteva luni, nu mai erau domnul și doamna Hubermann. Cu un ropot de cuvinte, Rosa spuse:

– Acum, ascultă, Liesel, de acum încolo să îmi zici mamă. Se gândi pentru un moment. Cum îi spuneai mamei tale adevărate?

Liesel răspunse încet:

– *Auch Mama* – tot mama.

– Ei bine, eu sunt mama numărul doi atunci. Se uită la soțul ei. Și el de acolo. Părea să adune cuvintele în mână, să le bată ușor împreună și să le azvârle peste masă. Acel *Saukerl*, porcul ăla mizerabil, să-i spui papa, *verstehst?* Înțelegi?

– Da, aprobă prompt Liesel.

Răspunsurile rapide erau apreciate în această casă.

– Da, *mamă*, o corecta mama. *Saumensch.* Spune-mi mamă când vorbesc cu tine.

La acel moment, Hans Hubermann tocmai terminase de făcut o țigară, după ce a lins hârtia și a răsucit-o. Se uită la Liesel și îi făcu cu ochiul. Nu îi era deloc greu să-i spună papa.

Femeia cu pumnul de fier

În mod clar, acele prime câteva luni au fost cele mai grele.

În fiecare noapte, Liesel avea coșmaruri.

Cu chipul fratelui ei.

Holbându-se la podeaua trenului.

Se trezea înotând în pat, țipând și înecându-se în râul de cearșafuri. În cealaltă parte a camerei, patul care fusese destinat fratelui ei plutea ca o barcă în întuneric. Încet, pe măsură ce devenea conștientă, aparent, patul se cufunda în podea. Această viziune agrava lucrurile și, de cele mai multe ori, trecea o vreme până să se oprească din țipat.

Poate singura parte bună a acelor coșmaruri era că îl aduceau pe Hans Hubermann, noul ei papa, în cameră, să o liniștească și să îi arate afecțiune.

Venea în fiecare noapte și stătea cu ea. Primele două dăți stătu numai, ca un străin care să alunge singurătatea. După câteva nopți, șopti:

– Șșșt, sunt aici, e în ordine.

După trei săptămâni, o ținea în brațe. Încrederea se acumulase treptat, mai ales datorită forței brute a blândeții omului și prezenței lui. Fata știa de la început că el mereu va apărea în mijlocul țipătului și nu va pleca.

O DEFINIȚIE PE CARE NU O VEȚI GĂSI ÎN DICȚIONAR

***A nu pleca:* un act de încredere și iubire descifrat deseori de copii.**

Hans Hubermann stătea somnoros pe pat, în timp ce Liesel plângea pe mânecile lui și respira adânc. În fiecare noapte, exact după ora două, adormea din nou în mirosul lui: un amestec de țigări moarte, decenii de vopsea și piele umană. La răsăritul soarelui, era la câțiva metri de ea, gârbovit, aproape înjumătățit, pe scaun. Nu folosea niciodată celălalt pat. Liesel cobora și îi săruta prudent obrazul, iar el se trezea și zâmbea.

Câteodată, papa îi spunea să se întoarcă în pat și să aștepte puțin, că el se va întoarce cu acordeonul și îi va cânta. Liesel se ridica și fredona, cu degetele de la picioare strânse de încântare. Nimeni nu îi mai oferise vreodată muzica. Rânjea prostește, urmărind liniile care i se desenau lui Hans pe față și culoarea metalică, blândă, din ochi – până când se auzeau înjurături din bucătărie.

– OPREȘTE ZGOMOTUL ĂLA, *SAUKERL!*

Papa mai cânta puțin.

Îi făcea cu ochiul fetei și, stângace, ea îi răspundea în același mod.

Uneori, doar pentru a o întărâta pe mama și mai mult, aducea instrumentul în bucătărie și cânta în timpul micului dejun.

Pâinea și gemul lui papa stăteau mâncate pe jumătate în farfurie, ondulate după forma mușcăturii, iar muzica o privea pe Liesel în față. Știu că sună ciudat, dar așa i se părea. Mâna dreaptă a lui papa mângâia clapele de culoarea dinţilor. Cea stângă lovea butoanele. (Îi plăcea în mod deosebit să-l vadă lovind butonul argintiu, strălucitor – do major.) Exteriorul zgâriat, dar lucios al acordeonului se mişca înainte şi înapoi, în vreme ce braţele sale comprimau burduful, făcându-l să elimine aerul şi apoi să-l absoarbă. În dimineţile acelea, în bucătărie, papa însufleţea acordeonul. Cred că se poate spune asta, dacă stai să te gândeşti.

Cum îţi dai seama de ceva că este viu?

Verifici dacă respiră.

De fapt, sunetul acordeonului vestea siguranţa. Lumina zilei. În timpul zilei, nu era posibil să-l viseze pe fratele ei. Îi era dor de el şi obişnuia să plângă în spălătorie pe cât de încet putea, dar tot era bucuroasă că nu dormea. În prima noapte la Hubermanni, ascunsese ultima legătură cu el – *Manualul groparului* – sub saltea şi ocazional îl scotea şi îl ţinea în braţe. Privind lung literele de pe coperte şi atingând literele imprimate dinăuntru, nu avea idee ce însemnau. Realitatea era că nu prea conta despre ce era cartea. Era mai important ce semnifica.

Semnificaţia cărţii

1. Ultima dată când îl văzuse pe fratele ei;
2. Ultima dată când o văzuse pe mama ei.

Uneori şoptea cuvântul „mama" şi vedea chipul mamei sale de sute de ori într-o singură după-amiază. Dar acestea erau necazuri mici în comparaţie cu teroarea viselor. În acele vremuri, în toată acea enormitate de somn, nu se simţise niciodată atât de covârşitor de singură.

După cum sigur deja ați observat, nu mai erau alți copii în casă. Hubermannii aveau doi ai lor, dar erau mai mari și se mutaseră. Hans junior lucra în centrul Münchenului, iar Trudy avea o slujbă ca menajeră și supraveghetoare de copii. Curând, amândoi vor pleca la război. Unul va face gloanțe. Celălalt le va trage.

Școala, după cum probabil vă imaginați, era o mizerie remarcabilă.

Deși ținea de stat, exista o puternică influență catolică, iar Liesel era luterană. Un început nu tocmai favorabil. Apoi, au descoperit că nu putea să scrie sau să citească.

S-a simțit umilită când a fost trimisă la copiii mai mici, care abia învățau alfabetul. Deși era uscățivă și palidă, se simțea ca un gigant printre copiii pitici și își dorea adesea să fie într-atât de străvezie, încât să dispară cu totul.

Nici acasă nu era îndrumată prea bine.

– Nu-i cere *lui* ajutorul, preciza mama. Acel *Saukerl.*

Papa se holba pe fereastră, după cum îi era adesea obiceiul.

– A abandonat școala după clasa a patra.

Fără să se întoarcă, papa răspunse calm, dar veninos:

– Ei bine, nu o întreba nici pe ea. Lăsă scrumul să cadă afară. Ea nu a mers la școală din clasa *a treia.*

Nu erau cărți în casă (cu excepția celei pe care o ascunsese în secret sub saltea) și tot ce putea face Liesel era să murmure alfabetul înainte să i se ceară răspicat să facă liniște. Atâta bâiguială! Abia mai târziu, odată cu incidentul în care a udat patul în timpul unui coșmar, începu să citească mai mult. Neoficial, se numea ora de la miezul nopții, deși începea de obicei pe la ora două. Voi reveni la asta.

La jumătatea lunii februarie, când împlini zece ani, Liesel primi o păpușă cu părul galben, căreia îi lipsea un picior.

– Este tot ce am putut procura, se scuză papa.

– Despre ce vorbeşti? E norocoasă să aibă şi *atât*, îl corectă mama.

Hans continuă examinarea piciorului rămas al păpuşii, în vreme ce Liesel încerca noua uniformă. Vârsta de zece ani însemna Tineretul Hitlerist. Tineretul Hitlerist însemna o mică uniformă brună. Fiind fată, Liesel era înscrisă în Divizia de juniori a ceea ce se numea BDM.

EXPLICAŢIA ABREVIERII

Venea de la Bund Deutscher Mädchen – Uniunea tinerelor germane.

Primul lucru pe care îl făceau acolo era să se asigure că *Heil Hitler* este pronunţat cum trebuie. Se învăţa să se meargă drept, să se înfăşoare bandaje şi să se coasă haine. Se pleca în excursie şi se făceau diverse alte activităţi. Miercurea şi sâmbăta erau desemnate zile de întâlnire, de la trei după-amiază până la cinci.

În fiecare miercuri şi sâmbătă, papa o conducea pe Liesel până la sediul BDM şi o lua două ore mai târziu. Nu vorbeau prea mult despre asta. Doar o ţinea de mână şi ascultau zgomotul paşilor, iar papa fuma o ţigară sau două.

Singura îngrijorare pe care papa i-o provoca era faptul că pleca frecvent. În multe seri, mergea în camera de zi (care servea şi ca dormitor), trăgea acordeonul din vechiul dulap şi se strecura pe lângă bucătărie, spre uşa principală.

În vreme ce mergea pe strada Himmel, mama deschidea fereastra şi striga:

– Să nu întârzii mult!

– Nu aşa tare! se întorcea şi ţipa la rându-i.

– *Saukerl!* Nenorocitule! Vorbesc cât de tare vreau!

Ecoul înjurăturii sale îl urmărea pe stradă. Nu se uita niciodată înapoi, sau cel puțin nu până când era sigur că nevasta sa nu mai era. În serile acelea, la capătul străzii, cu acordeonul în mână, se întorcea chiar înainte de magazinul din colț al lui Frau Diller și vedea silueta care o înlocuise pe soție la fereastră. Mâna lui lungă și fantomatică se ridica, apoi el se răsucea și se îndepărta încet. Liesel îl mai vedea la două dimineața, când o scotea ușor din coșmar.

Serile petrecute în bucătăria mică erau aspre, fără îndoială. Rosa Hubermann vorbea mereu și vorbele erau *schimpfen*[1]. Se certa și se plângea în mod constant. Nu prea era nimeni cu care să se certe, dar mama profita de orice ocazie se ivea. Putea să se certe cu lumea întreagă în acea bucătărie, și asta făcea aproape în fiecare seară. După ce mâncau și papa pleca, Liesel și Rosa rămâneau în mod obișnuit acolo, iar Rosa călca.

De câteva ori pe săptămână, Liesel venea acasă de la școală și apoi mergea pe străzile din Molching cu mama ei, luând și livrând rufele de spălat și de călcat de prin părțile mai avute ale orașului. Knaupt Strasse, Heide Strasse. Și alte câteva. Mama aducea ce fusese călcat sau lua ce era de spălat cu un zâmbet supus, dar, îndată ce ușa era închisă și pleca, îi blestema pe acești oameni bogați, cu toți banii și lenea lor.

– Prea *g'schtinkerdt* să-și spele singuri hainele, spunea ea în ciuda dependenței sale de ei. Ăla, îl acuza pe Herr Vogel de pe strada Heide, și-a făcut toți banii de pe urma tatălui său. Îi aruncă pe femei și băutură. Și pe spălat și călcat, desigur.

Era ca o strigare a catalogului batjocurii.

Herr Vogel, domnul și doamna Pfaffelhürver, Helena Schmidt, familia Weingartner. Toți erau vinovați de *ceva*.

---

[1] A se certa (în lb. germană, în original)

Pe lângă alcoolismul și desfrâul costisitor, Ernst Vogel, potrivit Rosei, își scărpina mereu părul plin de păduchi, își lingea degetele și apoi îi înmâna banii.

– Ar trebui să-i spăl înainte să ajung acasă, încheia ea.

Pfaffelhürverii scrutau rezultatele.

– *Fără vreo cută pe cămășile astea, vă rog*, îi imita Rosa. *Fără vreo dungă pe acest costum*. Și apoi stau acolo și inspectează tot, chiar în fața mea. Chiar sub nasul meu! Ce *G'sindel* – ce porcărie!

Weingartnerii se pare că erau oameni proști, cu un Saumensch de mâță care năpârlea întotdeauna.

– Știi cât de mult îmi ia să scap de toată blana aia? E peste tot!

Helena Schmidt era o văduvă bogată.

– Schiloada aia bătrână... stă acolo nefăcând nimic. Nu a trebuit să muncească o zi în viața ei.

Cel mai mare dispreț al Rosei era rezervat pentru Grande Strasse numărul 8. O casă mare, sus pe deal, în zona bună din Molching.

– Asta, i-a arătat lui Liesel prima oară când au mers acolo, este casa primarului. Escrocul ăla. Nevastă-sa stă acasă toată ziua, prea mândră să aprindă un foc – e mereu ger acolo. E nebună. Accentuă cuvintele. Absolut. Nebună.

La poartă, o împinse pe fată.

– Du-te tu!

Liesel era îngrozită. O gigantică ușă maro-deschis, cu un ciocănel de bronz se afla deasupra câtorva trepte.

– Cum?

Mama o îmbrânci.

– Nu mă enerva, *Saumensch!* Mișcă!

Liesel se mișcă. Merse pe drum, urcă scările, ezită și bătu.

Îi răspunse un halat de baie.

Înăuntrul său, în fața ei, stătea o femeie cu ochi speriați, cu părul zburlit și cu o atitudine înfrântă. O văzu pe mamă la poartă și îi dădu fetei o traistă cu rufe.

– Mulțumesc, zise Liesel, dar nu se auzi nici un răspuns.

Numai ușa. Se închise.

– Vezi? spuse mama când se întoarse la poartă. Prin asta trebuie să trec. Ticăloșii ăștia bogați, porcii ăștia leneși...

Ținând rufele în timp ce plecau, Liesel privi înapoi. De pe ușă, ciocănelul de bronz se zgâia la ea.

Când termina cu ocărârea oamenilor pentru care lucra, Rosa Hubermann trecea de obicei la ținta preferată pentru insulte. Soțul ei. Uitându-se la traista cu rufe și la casele încovoiate, mergea și vorbea, și vorbea, și vorbea.

– Dacă papa al tău ar fi bun la ceva, o informa pe Liesel de *fiecare* dată când mergeau prin Molching, nu ar trebui să fac asta. Pufni în bătaie de joc. Un zugrav! De ce să te măriți cu acel *Arschloch?* Asta mi-au spus, familia mea. Pașii lor scârțâiau pe trotuar. Uite-mă hoinărind pe străzi și muncind ca o sclavă în bucătărie pentru acel *Saukerl* care nu are niciodată ceva de lucru. Oricum, nici o slujbă adevărată. Doar acordeonul ăla jalnic toată noaptea, în văgăunile alea.

– Da, mama.

– Numai atâta ai de zis?

Ochii de un albastru-deschis ai mamei parcă erau decupați și lipiți de față.

Merseră mai departe.

Cu Liesel cărând sacul.

Acasă, rufele erau spălate într-un boiler de lângă cuptor, atârnate lângă soba din camera de zi și apoi călcate în bucătărie. Bucătăria era locul acțiunii.

– Ai auzit asta? o întreba mama aproape în fiecare seară. Avea fierul de călcat în mână, încălzit de la cuptor. Lumina era slabă în toată casa, iar Liesel, stând la masa din bucătărie, se holba la focul din faţă.

– Ce anume? răspundea ea. Ce este?

– Era Holtzapfel aia. Mama deja plecase de la locul ei. Acea *Saumensch* tocmai a scuipat din nou pe uşa noastră.

Era o tradiţie pentru Frau Holtzapfel, una dintre vecine, să scuipe la uşa Hubermannilor de fiecare dată când trecea pe acolo. Uşa din faţă era doar la câţiva metri de poartă şi să spunem doar că Frau Holtzapfel avea forţa şi precizia necesare pentru a reuşi să o facă.

Scuipa din cauza faptului că ea şi Rosa Hubermann erau implicate într-un fel de război verbal. Nimeni nu ştia de unde pornise ostilitatea. Probabil că şi ele uitaseră.

Frau Holtzapfel era o femeie şireată şi, destul de evident, duşmănoasă. Nu se măritase niciodată, dar avea doi fii puţin mai mari decât odraslele Huberbmann. Ambii erau în armată şi amândoi îşi vor face scurte apariţii înainte să terminăm povestirea, vă asigur.

De asemenea, ar trebui să menţionez că, în acţiunile sale duşmănoase, Frau Holtzapfel era scrupuloasă şi cu scuipatul. Nu uita niciodată să se oprească la uşa cu numărul 33 şi să rostească „*Schweine!*“ de fiecare dată când trecea pe acolo. Un lucru am observat la nemţi:

Par foarte ataşaţi de porci.

O MICĂ ÎNTREBARE ŞI RĂSPUNSUL EI

Şi cine credeţi că era obligat să cureţe saliva de pe uşă în fiecare seară?

Da, aţi ghicit.

Când o femeie cu pumnul de fier îți cere să ieși afară și să cureți saliva de pe ușă, o faci. Mai ales când fierul este fierbinte.

De fapt, totul făcea parte din rutină.

Seara, Liesel pășea afară, ștergea ușa și privea cerul. De obicei, cerul era ca o revărsare – rece și greu, alunecos și cenușiu –, dar câteodată unele stele aveau obrăznicia să se ridice și să strălucească fie și numai pentru câteva minute. În serile acelea, stătea puțin mai mult și aștepta.

– Bună, stelelor!

Așteptând.

Vocea din bucătărie.

Sau până când stelele erau din nou trase în jos, spre apele cerului german.

SĂRUTUL
(Un factor de decizie al copilăriei)

Ca multe alte orășele, Molching era plin de personaje. Câteva locuiau pe strada Himmel. Frau Holtzapfel era doar un membru al distribuției.

Ceilalți erau:

• Rudy Steiner – băiatul din vecini care era obsedat de atletul american Jesse Owens;

• Frau Diller – proprietăreasa ariană a magazinului de pe colț;

• Tommy Muller – un puști ale cărui infecții la urechi au dus la mai multe operații și care avea un râu roz pictat pe față și o tendință către ticuri nervoase;

• Și un bărbat care e cunoscut ca Pfiffikus, a cărui vulgaritate o făcea pe Rosa Hubermann să pară o maestră a vorbelor și o sfântă.

În general, era o stradă plină de oameni relativ săraci, în ciuda creșterii aparente a economiei sub conducerea lui Hitler. Încă existau părți sărace ale orașului.

După cum am menționat mai devreme, următoarea casă de lângă Hubermanni era închiriată de o familie pe nume Steiner.

Steinerii aveau șase copii. Unul dintre ei, infamul Rudy, va deveni în curând cel mai bun prieten al lui Liesel, partenerul ei și uneori catalizatorul infracțiunilor. L-a întâlnit pe stradă.

Câteva zile după prima baie a lui Liesel, mama i-a dat voie să se joace cu ceilalți copii. Pe strada Himmel se legau prietenii afară, indiferent de vreme. Copiii rar se vizitau acasă, pentru că erau prea mici casele și nu erau prea multe în ele. De asemenea, ei își petreceau timpul ca niște profesioniști, cu activitatea lor favorită, fotbalul. Erau stabilite echipe. Tomberoane de gunoi erau folosite pentru a marca porțile.

Fiind noul copil în oraș, Liesel a fost imediat îndesată între două tomberoane. (Tommy Muller a fost în sfârșit eliberat, deși era cel mai nepriceput jucător de fotbal pe care îl cunoscuse vreodată strada Himmel.)

A mers binișor o vreme, până în momentul fatidic când Rudy Steiner a fost trântit în zăpadă de o tamponare cu un Tommy Muller frustrat.

– Ce-i? strigă Tommy Muller. Pe față i se vedeau spasme de disperare. Eu ce am făcut?

Toată echipa lui Rudy a fost recompensată cu un penalti și acum era Rudy Steiner împotriva puștoaicei noi, Liesel Meminger.

Puse mingea pe o moviliță murdară de zăpadă, încrezător în viitorul rezultat. În definitiv, Rudy nu ratase un penalti în optsprezece încercări, nici măcar atunci când echipa adversă îl dădea pe Tommy Muller afară din poartă. Indiferent cu cine îl înlocuiau, Rudy înscria.

Cu această ocazie, au încercat să o dea afară pe Liesel. După cum vă imaginați, ea a protestat, iar Rudy a fost de acord.

– Nu, nu, zâmbi el. Lăsați-o să rămână.

Își freca mâinile.

Pe strada mizerabilă nu mai cădea zăpadă și urme de pași noroioase se adunaseră între ei. Rudy jucă mingea, o lovi, iar Liesel a sărit și a deviat-o cumva cu cotul. Stătea rânjind și primul lucru pe care îl văzu fu un bulgăre izbindu-i fața. Jumătate era nămol. Pișca îngrozitor.

– Cum îți place asta? rânji băiatul și fugi după minge.

– *Saukerl!* șopti Liesel.

Prindea rapid vocabularul din noua casă.

CÂTEVA LUCRURI DESPRE RUDY STEINER

Era mai mare decât Liesel cu optsprezece luni,
avea picioare ciolănoase, dinți ascuțiți, ochi blegi,
albaștri și părul de culoarea lămâii.
Fiind unul dintre cei șase copii Steiner,
era mereu înfometat.
Pe strada Himmel, era
considerat un pic nebun.
Asta din cauza unui eveniment despre care
rar se vorbea, dar care era cunoscut
ca „incidentul Jesse Owens“,
în care s-a vopsit singur negru ca tăciunele
și a alergat sute de metri pe
stadionul local.

Nebun sau nu, Rudy a fost mereu destinat să-i fie lui Liesel cel mai bun prieten. Cu siguranță, un bulgăre în față este începutul perfect pentru o prietenie îndelungată.

La câteva zile după ce Liesel a început școala, mergea cu Steinerii. Mama lui Rudy, Barbra, îl făcu să promită că va merge cu fata cea nouă, în principal pentru că auzise de bulgăre. Spre onoarea lui Rudy, chiar era destul de mulțumit să se conformeze. Nu era deloc genul de junior misogin. Îi plăceau mult fetele și o plăcea pe Liesel (de aici și bulgărele). De fapt, Rudy Steiner era unul dintre acei mici pungași insolenți, care își imaginează cum ar fi cu femeile. Fiecare copilărie pare a avea un astfel de copil precoce prin preajmă. Este băiatul care refuză să se teamă de sexul opus doar pentru că toți ceilalți aleg să îmbrățișeze această spaimă, iar el e genul căruia nu-i este frică să ia o decizie. În acest caz, Rudy deja se hotărâse în privința lui Liesel Meminger.

În drum spre școală, încercă să-i arate câteva puncte de interes din oraș și reuși să le menționeze pe toate, în timp ce le spunea rubedeniilor mai mici să-și țină gura, iar cele mai mari îi cereau lui să-și țină gura. Primul lucru interesant a fost o ferestruică la etajul unui bloc de apartamente.

– Acolo locuiește Tommy Muller. Realiză că Liesel nu și-l amintea. Cel cu ticurile? Când avea cinci ani, s-a rătăcit în piață în cea mai rece zi din an. Trei ore mai târziu, când l-au găsit, era înghețat bocnă și avea o teribilă durere de urechi de la frig. După un timp, urechile i s-au infectat cu totul și a făcut trei sau patru operații, iar doctorii i-au distrus nervii. Așa că acum are ticuri.

Liesel adăugă:

– Și nu se pricepe la fotbal.

– Deloc.

Apoi urma magazinul de pe colț, la capătul străzii Himmel. Frau Diller's.

O OBSERVAȚIE IMPORTANTĂ DESPRE FRAU DILLER

Are o regulă de aur.

Frau Diller era o femeie tăioasă, cu ochelari groși și o căutătură cruntă. Și-a compus o privire malițioasă pentru a descuraja și cea mai mică idee de a fura din magazinul ei, pe care îl ocupa stând ca un soldat, cu o voce înghețată și având chiar o respirație care aducea a *Heil Hitler*. Magazinul era alb și rece, și complet lipsit de viață. Și căsuța gâtuită de lângă el tremura puțin mai mult decât alte clădiri de pe strada Himmel. Frau Diller cultiva acest sentiment, oferindu-l ca singurul lucru gratuit din prăvălia ei. Trăia pentru magazinul ei și magazinul trăia pentru al Treilea Reich. Chiar și mai târziu, când a început raționalizarea, era cunoscută pentru că vindea pe sub mână anumite lucruri greu de procurat și dona banii partidului nazist. Pe peretele din spatele locului în care stătea era o fotografie înrămată a Führerului. Dacă intrai în magazinul ei și nu spuneai *Heil Hitler*, nu erai servit. În timp ce treceau pe acolo, Rudy îi atrase atenția lui Liesel asupra uităturii aspre de la fereastra magazinului.

– Să zici *Heil* când intri acolo, o avertiză el sec. Asta dacă nu vrei să mergi nițel mai departe.

După ce depășiră magazinul, Liesel se uită înapoi, iar ochii măriți erau acolo, lipiți de geam.

După colț, strada München (artera principală din Molching) era plină de zloată.

Așa cum se întâmpla adesea, câteva rânduri de trupe aflate la antrenament mărșăluiau pe acolo. Uniformele lor mergeau drepte, iar ghetele lor murdăreau zăpada. Ochii de pe fețele lor concentrate priveau fix înainte.

S-au uitat la soldații care dispăreau, iar apoi grupul de Steineri și Liesel au trecut pe lângă niște vitrine de magazin și pe lângă primăria impunătoare, care, în câțiva ani, avea să fie distrusă din temelii și îngropată. Câteva dintre prăvălii erau abandonate și încă etichetate cu stele galbene și murdării antisemite. Mai jos, biserica țintea către cer, cu vârful format din țigle elaborat întrepătrunse. În general, strada era un lung tub cenușiu – un coridor plin de igrasie, de oameni încovoiați de frig și de sunetul lipăit al pașilor prin apă.

La un moment dat, Rudy se grăbi înainte târând-o pe Liesel cu el.

Ciocăni la fereastra unei croitorii.

Dacă ar fi putut citi firma, ar fi văzut că-i aparținea tatălui lui Rudy. Magazinul nu era încă deschis, dar, înăuntru, un bărbat pregătea articolele de îmbrăcăminte în spatele tejghelei. Își ridică privirea și făcu cu mâna.

– Papa al meu, o informă Rudy și în curând se găsiră printre Steineri de diferite dimensiuni, fiecare făcându-i cu mâna și trimițându-i bezele tatălui sau pur și simplu stând și salutând din cap (în cazul celor mai mari). Apoi, înaintară către ultimul loc înainte de școală.

Ultima oprire
Strada stelelor galbene

Era un loc unde nimeni nu voia să stea și să se uite, dar aproape toți o făceau. De forma unui lung braț rupt, strada avea câteva case cu ferestre distruse și pereți juliți. Steaua lui David era pictată pe una dintre uși. Casele acelea erau aproape ca niște leproși. Sau, în cel mai bun caz, erau ca niște răni infectate pe pământul german.

– Schiller Strasse, zise Rudy. Strada stelelor galbene.

Mai jos, niște oameni umblau încolo și încoace. Burnița îi făcea să pară fantome. Nu oameni, ci forme mișunând sub norii de plumb.

– Haide, voi doi, strigă Kurt (cel mai mare dintre copiii Steiner), iar Rudy și Liesel se apropiară rapid de el.

La școală, Rudy își făcu un scop din a o căuta pe Liesel în timpul pauzelor. Nu-i păsa că elevii ceilalți șușoteau despre prostia noii fete. A fost alături de ea la început și va fi acolo și mai târziu, când frustrarea lui Liesel va da în clocot. Dar nu va face asta gratis.

SINGURUL LUCRU MAI RĂU DECÂT UN BĂIAT CARE TE URĂȘTE

Un băiat care te iubește.

Spre sfârșitul lunii aprilie, când s-au întors de la școală în ziua respectivă, Rudy și Liesel au așteptat pe strada Himmel să înceapă obișnuitul joc de fotbal. Ajunseseră puțin mai devreme și încă nu apăruse nici un alt copil. Singura persoană pe care o văzură a fost Pfiffikus.

– Uită-te acolo! arătă Rudy.

UN PORTRET AL LUI PFIFFIKUS

Era o siluetă delicată.
Avea părul alb.
Era un impermeabil negru,
pantaloni maro, pantofi
în curs de descompunere și o gură – și
ce mai gură era!

– Hei, Pfiffikus!

În timp ce silueta aflată la distanță se întorcea, Rudy începu să fluiere.

Simultan, bătrânul și-a îndreptat trupul și a început să înjure cu o ferocitate care nu poate fi descrisă decât ca fiind talent. Nimeni nu părea să-i știe numele adevărat, sau dacă îl știa, nu îl folosea niciodată. Era strigat Pfiffikus pentru că astfel numești pe cineva căruia îi place să fluiere, lucru pe care Pfiffikus cu siguranță îl făcea. Fluiera în mod constant o melodie numită *Marșul lui Radetzky*[1] și toți

[1] Marș compus în 1848 de Johann Strauss (tatăl) în onoarea feldmareșalului Josef Wenzel Radetzky von Radetz, cu ocazia victoriei pe care armata aflată sub comanda acestuia a repurtat-o la Custoza, contra revoluționarilor italieni. (n.red.)

puștii din oraș îl imitau și repetau melodia. Exact în acel moment, Pfiffikus abandona stilul său obișnuit de a merge (aplecat în față, cu pași mari și deșirați și cu brațele în spatele impermeabilului) și lua poziția de atac. Atunci, orice aparență de serenitate era violent curmată, iar vocea îi deborda de turbare.

Cu ocazia aceea, aproape reflex, Liesel i se alătură lui Rudy în insultarea omului.

– Pfiffikus! repetă ea adoptând repede cruzimea adecvată, pe care numai copilăria pare să o aibă.

Fluiera groaznic, dar nu era vreme să se perfecționeze.

Se repezi spre ei strigând. Începu cu *„Geh' scheissen!"* și apoi evoluă rapid. La început, direcționă ocările numai spre băiat, dar curând veni și rândul fetei.

– Târfă mică! răcni către ea.

Cuvintele o loviră în spate.

– Nu te-am mai văzut până acum!

Imaginați-vă să numești o fată de zece ani târfă. Ăsta era Pfiffikus. Părerea generală era că el și Frau Holtzapfel ar face un cuplu minunat.

– Veniți înapoi! au fost ultimele cuvinte pe care Liesel și Rudy le auziră în timp ce alergau.

Au fugit până au ajuns pe strada München.

– Haide! zise Rudy după ce și-au recăpătat suflul. Doar puțin mai departe.

O duse la Hubert Oval, locul unde se petrecuse incidentul Jesse Owens, și stătură cu mâinile în buzunare. Pista se întindea în fața lor. Un singur lucru se putea întâmpla. Rudy începu.

– O sută de metri, o îmboldi el. Pun pariu că nu mă poți întrece.

– Pe ce pariezi, *Saumensch* mic? Ai bani?

– Sigur că n-am. Tu ai?

– Nu.

Dar Rudy avea o idee. Era iubărețul din el care ieșea la suprafață.

– Dacă te întrec, pot să te sărut.

Se aplecă și începu să își ruleze pantalonii.

Liesel era cel puțin alarmată.

– De ce ai vrea să *mă* săruți? Sunt murdară.

– Și eu.

În mod clar, Rudy nu vedea nici un motiv pentru ca puțină murdărie să reprezinte un obstacol. Trecuse o vreme de când oricare din ei făcuse ultima baie.

Se gândi la asta în timp ce examina picioarele lungi ale adversarului. Erau aproape la fel ca ale ei. „Nu are cum să mă întreacă", se gândi ea. Dădu din cap cu seriozitate. Era o afacere în toată regula.

– Poți să mă săruți dacă învingi. Dar, dacă eu câștig, nu voi mai fi portar la fotbal.

Rudy se gândi.

– Destul de corect.

Au pecetluit înțelegerea cu o strângere de mână.

Cerul era întunecat și înnorat, iar picături mici de ploaie începeau să cadă.

Pista era mai noroioasă decât părea.

Ambii concurenți erau pregătiți.

Rudy aruncă o piatră în aer, în loc de un foc de pistol. Când lovea pământul, puteau lua startul.

– Nici măcar nu pot să văd linia de sosire, se plânse Liesel.

– Și eu pot?

Piatra se înfipse în pământ.

Alergau unul lângă altul, lovindu-se cu cotul și încercând să ajungă unul în fața celuilalt. Nămolul îi făcu să alunece și îi trânti la pământ cu vreo douăzeci de metri înainte de finiș.

– Iisuse! scânci Rudy. Sunt acoperit de rahat!

– Nu-i rahat, e noroi, îl corectă Liesel, deși avea îndoielile ei.

Mai alegară cinci metri spre linia de sosire.

– Să zicem că e remiză?

Rudy privi în sus, tot numai dinți ascuțiți și ochi albaștri, blegi. Jumătate de față îi era murdară de noroi.

– Dacă-i remiză, îmi mai primesc sărutul?

– Nici într-un milion de ani.

Liesel se ridică și își îndepărtă niște noroi de pe jachetă.

– Te scap de stat în poartă.

– Bagă-ți poarta undeva!

Întorcându-se pe strada Himmel, Rudy o avertiză:

– Într-o zi, Liesel, vei muri să mă săruți.

Dar Liesel știa.

Jurase.

Cât timp ea și Rudy Steiner vor trăi, niciodată nu-l va săruta pe acel mizerabil și slinos de *Saukerl*, cu atât mai puțin azi. Erau chestiuni mai importante de făcut. Se uită la costumul plin de nămol și spuse ce era evident:

– O să mă omoare.

Bineînțeles, era vorba despre Rosa Hubermann, cunoscută și ca „mama“, care aproape că a omorât-o. Cuvântul „*Saumensch*“ a apărut din greu în administrarea pedepsei. Tocătură a făcut-o.

Incidentul Jesse Owens

În amintirile lui Liesel, era ca și cum ar fi fost cu adevărat prezentă la actul de infamie copilăroasă al lui Rudy. Se putea vedea cumva în publicul său imaginar. Probabil că doar îi plăcea ideea băiatului pictat în negru și alergând prin iarbă.

Era 1936. Olimpiada. Jocurile lui Hitler.

Jesse Owens tocmai terminase ștafeta de 4 x 100 de metri și câștigase cea de-a patra medalie de aur. Vorbele că nu putea fi considerat om pentru că era negru și refuzul lui Hitler de a-i strânge mâna făcuseră înconjurul lumii. Chiar și cei mai rasiști nemți erau uimiți de eforturile lui Owens, iar vestea despre fapta lui a reușit să se răspândească. Nimeni nu era mai impresionat decât Rudy Steiner.

Toți cei din familia sa erau adunați în camera de zi, când el s-a furișat în bucătărie. A luat niște cărbuni din cuptor și i-a strâns în pumnii lui mici. „Acum", a zâmbit el. Era gata.

Se mânji cu un strat gros de cărbune, până când a fost acoperit de negreală. S-a dat chiar și pe cap.

La fereastră, băiatul a rânjit aproape ca un nebun în fața reflexiei sale și, în pantaloni și flanelă, a furat fără zgomot bicicleta fratelui mai mare și a pedalat pe stradă, spre Hubert Oval. Într-unul dintre buzunare a ascuns câteva bucăți de cărbune în plus, în caz că s-ar fi șters mai târziu.

În mintea lui Liesel, luna era cusută de cer în noaptea aceea. Norii erau brodați în jurul ei.

Bicicleta ruginită se nărui oprindu-se pe Hubert Oval, iar Rudy sări gardul. Ateriză pe partea cealaltă și se îndreptă agale până la linia de start în cei o sută de metri. Cu entuziasm, porni o serie stranie de întinderi pentru încălzire. Făcu gropițe în pământ ca repere pentru locul de pornire.

Așteptând momentul începerii cursei, se plimbă puțin, concentrându-se sub cerul întunecat, cu luna și norii privindu-l în expectativă.

– Owens arată bine, începu el să comenteze. Aceasta ar putea fi cea mai mare victorie...

A strâns mâinile imaginare ale celorlalți atleți și le-a urat noroc, deși știa. Nu aveau nici o șansă.

Semnalul de start îi făcu să-și ocupe locurile. O mulțime s-a materializat pe fiecare centimetru pătrat din Hubert Oval. Strigau un singur lucru. Scandau numele lui Rudy Steiner – și numele lui era Jesse Owens.

S-a făcut liniște.

Picioarele sale goale s-au înfipt în pământ. Îl putea simți între degete.

La semnal, a luat poziția aplecată – iar arma a făcut o gaură în noapte.

În prima treime a cursei a fost aproape egalitate, dar nu a durat mult și înnegritul Owens a ieșit din pluton și s-a distanțat.

– Owens, în față, țipă vocea stridentă a băiatului în timp ce el alerga în linie dreaptă, drept către aplauzele tumultuoase ale gloriei olimpice.

Putu chiar să simtă panglica rupându-se în două la pieptul său când sosi pe primul loc. Cel mai rapid om în viață.

Chiar în turul victoriei, lucrurile au început să devină amare. În mulțime, tatăl său stătea la linia de sosire ca un Baubau. Sau cel puțin ca un Baubau în costum. (După cum am menționat, tatăl lui Rudy era croitor. Rar era văzut pe stradă fără costum și cravată. Cu această ocazie, era doar un costum și o cămașă dezordonată.)

– *Was ist los?* i-a zis fiului său când acesta a apărut în toată în gloria lui de cărbune. Ce naiba se întâmplă aici?

Mulțimea dispăru. O adiere apăru.

– Dormeam pe scaunul meu când Kurt a observat că nu mai erai. Toată lumea e afară să te caute.

Domnul Steiner era un om remarcabil de politicos în condiții normale. Să-l descopere pe unul dintre copiii săi mânjit cu cărbune într-o seară de vară nu era ceea ce el considera o situație normală.

– Băiatul e nebun, a murmurat el, deși, având șase copii, recunoștea că așa ceva era clar că se va întâmpla. Cel puțin unul dintre ei trebuia să fie un măr stricat. Acum, se uita la el așteptând o explicație. Ei bine?

Rudy gâfâi, aplecându-se și punându-și mâinile pe genunchi.

– Eram Jesse Owens. A răspuns de parcă era cel mai natural lucru din lume. În tonul lui a fost ceva chiar și mai subînțeles când a zis: Ce naiba pare că fac?

Totuși, iritarea a dispărut când a observat oboseala dăltuită sub ochii tatălui său.

– Jesse Owens? Domnul Steiner era genul de om foarte scorțos. Glasul lui era strident și sincer. Avea corpul înalt și greoi, ca de stejar. Părul îi era ca niște așchii. Ce-i cu el?

– Știi tu, papa, Magia Neagră.

– *Îți* dau eu ție magie neagră.

Prinse urechea fiului între degetul mare și arătător.

Rudy tresări.

– Au, chiar doare!

– Da? Tatăl lui era mai îngrijorat de cărbunele cleios care îi mânjea degetele. „A acoperit totul, nu-i așa, s-a gândit el. Are chiar și în urechi, pentru numele lui Dumnezeu." Haide!

În drum spre casă, domnul Steiner s-a hotărât să discute cu băiatul politică, atât cât se putea pe înțelesul lui. Abia în anii următori, Rudy va înțelege totul – când va fi prea târziu să se mai deranjeze să priceapă ceva.

CONTRADICTORIA POLITICĂ A LUI ALEX STEINER

Punctul unu: **Era membru al Partidului Nazist, dar nu-i ura pe evrei, de fapt, nu ura pe nimeni.**
Punctul doi: **Totuși, în secret, nu putu să nu simtă o oarecare ușurare (sau, mai rău, bucurie!) atunci când magazinele evreiești au fost eliminate – propaganda l-a informat că nu era decât o chestiune de timp până când o invazie de croitori evrei va apărea și îi va fura clienții.**
Punctul trei: **Dar însemna asta că trebuie eliminați complet?**
Punctul patru: **Familia lui. Desigur, trebuia să facă orice pentru a-i întreține. Dacă asta însemna să fie în partid, însemna să fie în partid.**
Punctul cinci: **Pe undeva, avea o senzație neplăcută în inimă, dar își propunea să nu o analizeze. Îi era teamă de concluzia la care ar fi putut ajunge.**

Mergeau spre strada Himmel când Alex zise:
– Fiule, nu poți umbla vopsit în negru, auzi?

Rudy era interesat și confuz. Luna era descusută acum, liberă să se miște, să se ridice și să cadă pe chipul băiatului, făcându-l plăcut și întunecat, așa cum erau gândurile sale.

– De ce nu, papa?

– Pentru că te vor lua.

– De ce?

– Pentru că nu ar trebui să vrei să fii ca oamenii negri sau ca evreii, sau ca oricine altcineva care... nu este ca *noi*.

– Cine sunt evreii?

– Îl știi pe clientul meu cel mai vechi, domnul Kaufman? De unde ți-am cumpărat pantofii?

– Da.

– Ei bine, el e evreu.

– Nu știam asta. Trebuie să plătești ca să fii evreu? Trebuie să ai licență?

– Nu, Rudy. Domnul Steiner ducea bicicleta cu o mână și pe Rudy cu cealaltă. Avea probleme cu această discuție. Tot nu slăbise urechea fiului său. Uitase de asta. E ca și cum ești neamț sau catolic.

– A. Este Jesse Owens catolic?

– Nu știu!

S-a împiedicat de pedala bicicletei și a dat drumul urechii.

Au mers tăcuți o vreme, până când Rudy a spus:

– Doar îmi doresc să fi fost ca Jesse Owens, papa.

De această dată, domnul Steiner a pus mâna pe capul lui Rudy și i-a explicat:

– Știu, fiule... dar ai păr blond, frumos și ochi mari, albaștri, de care poți fi sigur. Ar trebui să fii mulțumit cu asta, clar?

Dar nimic nu era clar.

Rudy nu înțelegea nimic și acea noapte a fost preludiul lucrurilor care au urmat. Doi ani și jumătate mai târziu, magazinul de încălțăminte Kaufman a fost redus la sticlă spartă, iar pantofii în cutiile lor au fost transportați într-un camion.

CEALALTĂ FAȚĂ A ȘMIRGHELULUI

Oamenii au momente definitorii, presupun, mai ales când sunt copii. Pentru unii, un incident Jesse Owens. Pentru alții, isteria unui moment în care udă patul.

Era sfârșitul lunii mai 1939 și noaptea fusese ca multe altele. Mama flutura pumnul de fier. Papa era plecat. Liesel curăța ușa din față și privea cerul de deasupra străzii Himmel.

Mai devreme fusese o paradă.

Membrii în cămăși brune ai NSDAP[1] (cunoscut ca partidul nazist) mărșăluiseră pe strada München cu pancarte purtate cu mândrie și fețele ținute sus, ca pe niște bețe. Vocile lor erau pline de cântec, culminând cu redarea urlată a *Deutschland über Alles. Germania deasupra tuturor.*

Ca întotdeauna, au fost aplaudați.

Au fost aclamați de parcă se duceau cine știe unde.

Oamenii de pe stradă stăteau și priveau, unii salutau cu brațul drept, alții cu palme care le ardeau de atâtea aplauze.

---

[1] Partidul Muncitoresc German Național Socialist (n.tr.)

Unii aveau chipurile schimonosite de mândrie și avânt, ca Frau Diller, și mai erau cei singuratici, ca Alex Steiner, care stăteau ca stanele de piatră, aplaudând încet și cuminți. Și frumos. Supunere.

Pe alee, Liesel stătea cu papa al ei și cu Rudy. Chipul lui Hans Hubermann exprima același lucru ca o casă cu obloanele coborâte.

CÂTEVA CIFRE ÎNGHESUITE

După 1933, 90% din nemți i-au acordat o susținere neabătută lui Adolf Hitler. Asta înseamnă 10% care nu i-au acordat-o. Hans Hubermann făcea parte din cei 10%. Exista un motiv pentru asta.

Noaptea, Liesel a visat ca de obicei. La început, a văzut cămășile brune mărșăluind, dar, în curând, au condus-o spre un tren unde o aștepta descoperirea obișnuită. Fratele ei avea privirea încremenită din nou.

Când se trezi țipând, Liesel știu imediat că, de data aceasta, ceva se schimbase. Un miros emana din cearșafuri, cald și bolnăvicios. La început, încercă să se convingă că nu s-a întâmplat nimic, dar, când papa s-a apropiat și a luat-o în brațe, ea a plâns și a recunoscut.

– Papa, șopti. Papa.

Și asta a fost. Probabil că putea mirosi.

O ridică ușor din pat și o duse în baie. Momentul veni câteva minute mai târziu.

– Scoatem cearșafurile, zise papa, și când se întinse să apuce pânza, ceva ateriză cu o bufnitură la picioarele bărbatului înalt.

Se uită în jos, la ea.

O privi pe fată, care ridică timid din umeri.

Apoi, citi titlul cu voce tare, concentrat:

– *Manualul groparului.*

„Deci așa se cheamă“, gândi Liesel.

Un văl de liniște se afla între ei acum. Bărbatul, fata, cartea. El o ridică și vorba-i deveni moale ca bumbacul.

O CONVERSAȚIE LA DOUĂ NOAPTEA

– Este a ta?
– Da, papa.
– Vrei să o citești?
Din nou:
– Da, papa.
Un zâmbet obosit.
Ochi metalici, care se topeau.
– Ei, atunci, mai bine am citi-o.

Patru ani mai târziu, când s-a apucat să scrie în pivniță, două gânduri au izbit-o pe Liesel în legătură cu trauma de a fi udat patul. În cele din urmă, s-a simțit extrem de norocoasă că papa fusese cel care descoperise cartea. (Din fericire, când cearșafurile fuseseră spălate, Rosa o pusese pe Liesel să golească patul și să-l facă din nou. „Și grăbește-te, *Saumensch!* Ți se pare că avem toată ziua la dispoziție?“) În al doilea rând, era în mod clar mândră de rolul lui Hans Hubermann în educația ei. „N-ai crede, a scris ea, dar nu școala a fost cea care m-a ajutat atât de mult să citesc. A fost papa. Oamenii nu îl cred foarte deștept, și e adevărat că nu citește prea repede, dar am aflat curând că scrisul și cuvintele chiar i-au salvat viața cândva. Sau, cel puțin, cuvintele și un bărbat care l-a învățat să cânte la acordeon...“

– Să începem cu începutul, a zis Hans Hubermann în acea noapte. A spălat cearșafurile și le-a întins. Acum! spuse el la întoarcere. Să începem ora asta de la miezul nopții.

Lumina galbenă era vie și prăfuită.

Rușinată, înveselită, Liesel stătea pe cearșafuri reci, curate. Gândul că a udat patul o măcina, dar urma să citească. Urma să citească acea carte.

Exaltarea puse stăpânire pe ea.

Imaginația unui mic geniu al cititului se dezlănțui.

Măcar dacă ar fi fost atât de ușor.

– Să-ți spun adevărul, îi explică papa, nici eu nu sunt un foarte bun cititor.

Dar nu conta că el citea încet. Probabil că faptul că ritmul său de citit era mai lent a fost de folos. Poate că, pus în fața neștiinței fetei, simțea mai puțină frustrare.

Totuși, inițial, Hans păru puțin stânjenit să țină cartea și să se uite prin ea.

Când veni și se așeză lângă ea, pe pat, se lăsă pe spate, cu picioarele pe o parte. Examină din nou cartea și o puse pe pătură.

– Acum, de ce ar vrea o fată așa drăguță ca tine să citească un asemenea lucru?

Din nou, Liesel ridică din umeri. Dacă ucenicul de gropar ar fi citit opera completă a lui Goethe sau a vreunui alt asemenea luceafăr, atunci în fața lor s-ar fi aflat o astfel de carte. Încercă să explice:

– Eu... când... Zăcea în zăpadă și...

Cuvintele rostite cu candoare căzură de pe pat, risipindu-se pe podea ca o pudră.

Dar papa a știut ce să spună. Știa mereu ce să spună.

Își trecu o mână prin părul somnoros și zise:

– Ei bine, promite-mi un lucru, Liesel. Dacă mor cândva, curând, să te asiguri că mă îngropi cum trebuie.

Încuviință din cap, cu mare sinceritate.

– A nu se sări peste capitolul șase sau peste paragraful patru din capitolul nouă. Râse și la fel făcu cea care udase patul. Ei, mă bucur că s-a lămurit. Acum, putem continua.

Își schimbă poziția și oasele îi trosniră precum parchetul.

– Începe distracția.

În tihna nopții, cartea se deschise – o rafală de vânt.

Privind în urmă, Liesel își dădea seama cu exactitate la ce se gândea papa al ei când a scrutat prima pagină din *Manualul groparului*. A constatat dificultatea textului și a realizat repede că o astfel de carte e departe de a fi ideală. Erau acolo cuvinte cu care și el avea probleme. Să nu mai vorbim de morbiditatea subiectului. Cât despre fată, avea o dorință bruscă de a o citi, astfel încât nici nu încerca să înțeleagă. La un anumit nivel, probabil, voia să se asigure că fratele ei fusese îngropat așa cum trebuie. Indiferent de motiv, foamea de a citi acea carte era atât de intensă pe cât putea simți un copil de zece ani.

Capitolul unu se numea „Primul pas: Alegerea echipamentului potrivit". Într-un scurt pasaj introductiv, era prezentat materialul care acoperea următoarele douăzeci de pagini. Tipuri de sape, cazmale, mănuși și așa mai departe erau menționate, ca și necesitatea de a le întreține în stare bună. A fi gropar era ceva serios.

În timp ce papa frunzărea cartea, cu siguranță, simțea ochii lui Liesel ațintiți asupra sa. Priveau întrebător și așteptau ceva, orice, să-i alunece de pe buze.

– Aici. Întoarse din nou pagina și îi înmână cartea. Uită-te la pagina asta și spune-mi câte cuvinte poți citi.

Ea o privi și minți:

– Cam jumătate.

– Citește-mi câte ceva.

Dar bineînțeles că nu a putut. Când o făcu să-i indice orice cuvinte pe care le poate citi și chiar să le pronunțe, erau numai trei –

cele trei articole germane *„der“*, *„die“*, *„das“*. Pagina trebuie să fi conținut vreo două sute de cuvinte.

„S-ar putea să fie mai greu decât am crezut.“

Doar pentru o clipită, îl surprinse gândind acest lucru.

El se ridică în picioare și ieși din nou.

De această dată, când se întoarse, zise:

– De fapt, am o idee mai bună. În mână avea un creion gros, de zugrav și câteva foi de șmirghel. Să începem de la zero.

Liesel nu-l contrazise.

În colțul stâng al unei bucăți de șmirghel, desenă un pătrat poate de doi centimetri pătrați și îndesă o literă *A* înăuntru. În celălalt colț, puse o literă *a* mică. Până aici, totul era în regulă.

– *A*, zise Liesel.

– *A* de la ce?

Ea zâmbi.

– *Apfel.*

El scrise cuvântul cu litere mari și desenă un măr hidos sub el. Era zugrav, nu artist. Când termină, se uită și spuse:

– Acum, *B*.

În timp ce parcurgeau alfabetul, ochii lui Liesel se măriră. Făcuse asta la școală, la grădiniță, dar de data asta era mai bine. Era singura de acolo și nu era uriașă. Era plăcut să urmărească mâna lui papa în timp ce scria cuvintele și desena încet schițele primitive.

– A, hai, Liesel, spuse el când ea avu dificultăți mai târziu.

– Ceva care să înceapă cu *S*. E ușor. Sunt foarte dezamăgit de tine.

Nu se putea gândi.

– Haide? Șoapta lui o tachină. Gândește-te la mama.

Apoi, cuvântul o izbi peste față ca o palmă. Un rânjet reflex.

– *SAUMENSCH!* strigă ea, iar papa bubui într-un hohot de râs, după care se liniști.

– Șșșt, nu trebuie să facem zgomot. Dar tot râse în hohote și scrise cuvântul, completându-l cu una dintre schițele sale.

O OPERĂ DE ARTĂ TIPICĂ A LUI HANS HUBERMANN

– Papa! șopti ea. Nu am ochi!

Îi mângâie părul. Căzuse în capcana lui.

– Cu un asemenea zâmbet, rosti Hans Hubermann, nu ai nevoie de ochi. O îmbrățișă, apoi se uită din nou la desen, cu un chip ca de argint cald. Acum, *T*.

Cu alfabetul terminat și studiat de zeci de ori, papa se aplecă și spuse:

– De ajuns pentru noaptea asta?

– Câteva cuvinte în plus?

Tonul lui a fost categoric.

– Destul! Când te trezești, îți cânt la acordeon.

– Mulțumesc, papa.

– Noapte bună! Un râset liniștit, monosilabic. Noapte bună, Saumensch!

– Noapte bună, papa!

Stinse lumina, se întoarse și se așeză pe scaun. În întuneric, Liesel rămase cu ochii deschiși. Privea cuvintele.

MIROSUL PRIETENIEI

A continuat.

De-a lungul următoarelor săptămâni și spre vară, ora de la miezul nopții începea la sfârșitul fiecărui coșmar. Au mai fost două incidente în care a udat patul, dar Hans Hubermann a repetat pur și simplu curățarea eroică de prima dată și a trecut la sarcina de a citi, de a schița și a recita. În primele ore ale dimineții, vocile șoptite se auzeau tare.

Într-o joi, după ora trei după-amiază, mama îi ceru lui Liesel să se pregătească să vină cu ea să livreze niște rufe călcate. Papa avea alte idei.

Intră în bucătărie și îi spuse:

– Îmi pare rău, mamă, nu merge cu tine azi.

Mama nici nu se deranjă să ridice privirea din traista cu haine.

– Cine te-a întrebat pe tine, *Arschloch?* Vino, Liesel!

– Citește, zise el. Papa îi adresă lui Liesel un zâmbet larg și îi făcu cu ochiul. Cu mine, o învăț eu. Mergem la Amper, în amonte, unde obișnuiam să exersez la acordeon.

De data asta i-a atras atenția.

Mama puse rufele pe masă și rosti cu un cinism adecvat:

– Ce ai spus?

– Cred că m-ai auzit, Rosa.

Mama râse.

– Ce naiba ai putea să o înveți tu?

Un rânjet forțat. Cuvinte ca un upercut.

– De parcă tu ai putea să citești cine știe ce, *Saukerl.*

Bucătăria aștepta. Papa lovi la rândul lui.

– O să îți ducem noi rufele călcate.

– Porc... Se opri. Cuvintele i se proptiră în gură în timp ce analiza alternativa. Să vă întoarceți înainte să se întunece.

– Nu putem citi pe întuneric, mama, zise Liesel.

– Ce ai spus, *Saumensch?*

– Nimic, mama.

Papa rânji și se îndreptă spre fată.

– Carte, șmirghel, creion, îi ordonă el, și acordeonul! adăugă după ce ea deja plecase.

În curând, se aflau pe strada Himmel, ducând cuvintele, muzica, rufele.

În vreme ce se îndreptau spre Frau Diller, se întoarseră de câteva ori ca să vadă dacă mama mai era la poartă să-i verifice. Era. La un moment dat, a strigat:

– Liesel, ține drept hainele alea! Nu le șifona!

– Da, mama!

Câțiva pași mai încolo:

– Liesel, ești îmbrăcată bine?

– Ce ai spus?

– *Saumensch dreckings,* nu auzi nimic niciodată! Ești îmbrăcată bine? S-ar putea face frig mai târziu!

După colț, papa se aplecă să-și lege un șiret.

– Liesel, o întrebă el, poți să-mi răsucești o țigară?

Nimic nu putea să-i placă mai mult.

După ce rufele au fost duse, se întoarseră către râul Amper, care se afla la marginea orașului. Râul trecea pe lângă el, spre Dachau, lagărul de concentrare.

Acolo era un pod din scânduri.

S-au așezat poate la vreo treizeci de metri de el, în iarbă, scriind cuvintele și citindu-le cu voce tare, iar la apropierea serii Hans scoase acordeonul. Liesel se uită la el și îl ascultă, dar nu observă imediat expresia confuză de pe fața lui papa în acea seară, în vreme ce cânta.

CHIPUL LUI PAPA
Exprima diverse gânduri și întrebări,
dar nu dezvăluia nici un secret.
Nu încă.

Avusese loc o schimbare în el. O ușoară modificare de atitudine.

A văzut-o, dar nu a conștientizat asta decât mai târziu, când totul a fost pus cap la cap. Nu l-a văzut în timp ce cânta, neavând idee că acordeonul lui Hans Hubermann era o poveste în sine. În vremurile care vor urma, povestea va sosi pe strada Himmel numărul 33, în primele ore ale dimineții, cu umeri șifonați și purtând o jachetă care tremura. Va avea o valiză, o carte și două întrebări. O poveste. Poveste după poveste. Poveste în poveste.

Deocamdată, din perspectiva lui Liesel nu exista decât una, iar ea se simțea bine.

Se așeză pe spate, în brațele lungi ale ierbii.

Închise ochii, iar urechile savurau notele muzicale.

Au existat, bineînțeles, și câteva probleme. De câteva ori, papa aproape că a țipat la ea.

– Haide, Liesel, spunea el. Știi cuvântul ăsta, îl știi!

Exact când păreau să progreseze, lucrurile se împotmoleau cumva.

Când vremea era bună, mergeau la Amper după-amiază. Pe vreme proastă, se duceau în pivniță. Acest lucru se întâmpla cu precădere din cauza mamei. La început, au încercat să stea în bucătărie, dar nu aveau cum.

– Rosa, zise Hans la un moment dat. Încetișor, cuvintele sale au tăiat una dintre propozițiile ei. Ai putea să-mi faci o favoare?

Ea ridică privirea de la cuptor.

– Ce?

– Te rog! Te *implor*, ai putea, te rog, să-ți ții gura pentru doar cinci minute?

Vă puteți închipui reacția.

Au ajuns în pivniță.

Acolo nu era curent electric, așa că au luat o lampă cu kerosen și, treptat, între școală și acasă, între râu și pivniță, între zilele bune și cele rele, Liesel învăța să scrie și să citească.

– Curând, îi spuse papa, vei putea citi cu ochii închiși cartea aia oribilă cu morminte.

– Și pot să scap de clasa de pitici.

Rostea cuvintele cu un îndârjit simț al proprietății.

Într-una dintre sesiunile din pivniță, papa renunță la șmirghel (se consuma rapid) și scoase o pensulă. Nu exista vreun lux în gospodăria Hubermann, dar era un surplus de vopsea care deveni mai mult decât folositoare pentru educația lui Liesel. Papa rostea un cuvânt, iar fata trebuia să-l spună cu voce tare și apoi să-l picteze pe perete dacă îl nimerea. După o lună, peretele a fost zugrăvit. O nouă pagină de ciment.

În unele nopți, după ce termina lucrul la subsol, Liesel stătea ghemuită în baie și auzea aceleași cuvinte din bucătărie.

– Puți! îi zicea mama lui Hans. A țigări și kerosen.

Stând în apă, își imagina mirosul impregnat în hainele lui papa. Mai mult decât orice altceva, era mirosul prieteniei și îl regăsea și pe ea. Liesel iubea acel miros. Își adulmeca brațul și zâmbea în timp ce apa se răcea în jurul ei.

Campionatul la categorie grea din curtea școlii

Vara anului 1939 a trecut în grabă sau poate că Liesel a fost cea grăbită. Și-a petrecut vremea jucând fotbal cu Rudy și cu ceilalți copii de pe strada Himmel (o activitate desfășurată tot timpul anului), ducând rufele călcate prin oraș, cu mama, și învățând întruna. Părea că s-a terminat la câteva zile după ce a început.

Septembrie – Noiembrie 1939

1. Al Doilea Război Mondial începe;
2. Liesel Meminger devine campioană la categoria grea din curtea școlii.

Era o zi rece în Molching atunci când a început războiul și volumul muncii mele a crescut.

Lumea vorbea despre asta.

Primele pagini ale ziarelor se desfătau.

Vocea Führerului bubuia prin radiourile nemțești. *Nu vom renunța. Nu vom avea odihnă. Vom fi învingători. Vremea noastră a sosit.*

Invazia Germaniei în Polonia începuse și oamenii s-au adunat de peste tot, ascultând vestea. Ca orice altă stradă principală din Germania, München era însuflețită de război. Mirosul, vocea. Raționalizarea începuse cu câteva zile în urmă – scrisul pe perete – și acum era oficială. Anglia și Franța se declaraseră împotriva Germaniei. Ca să furăm o vorbă a lui Hans Hubermann:

Începe distracția.

În ziua anunțului, papa avu norocul să aibă ceva de lucru. În drum spre casă, a ridicat un ziar abandonat și, în loc să-l pună printre cutiile cu vopsea din cărucior ul lui, l-a împăturit și l-a strecurat sub cămașă. Până când a ajuns acasă și l-a scos, transpirația îi imprimase cerneala în piele. Ziarul a ajuns pe masă, dar știrea era întipărită de piept. Un tatuaj. Ținând cămașa deschisă, privi jos în lumina nesigură din bucătărie.

– Ce spune? îl întrebă Liesel. Se uită înainte și înapoi, de la conturul negru de pe piele la ziar.

– HITLER CUCEREȘTE POLONIA, răspunse el și se lăsă pe un scaun. *Deutschland über alles,* șopti Hans Hubermann cu o voce nu tocmai patriotică.

Expresia de pe față apăruse din nou – expresia pe care o avea când cânta la acordeon.

Începuse așadar un război.

Liesel se va găsi curând implicată în altul.

Aproape la o lună după ce școala începuse din nou, a fost avansată în anul în care trebuia să fie. S-ar putea crede că asta se datora faptului că învățase să citească, dar nu era așa. În ciuda progreselor, tot mai citea cu mare dificultate. Propozițiile erau trunchiate. Cuvintele o păcăleau. Motivul pentru care a fost transferată a avut de-a face cu faptul că deranja clasa mai mică. Răspundea la întrebări adresate altor copii și era atenționată. De câteva ori, a fost pedepsită cu ceea ce pe coridor era cunoscut ca Watschen.

O DEFINIȚIE

***Watschen* = o altoială zdravănă**

Era luată, pusă pe un scaun aflat la perete și o învățătoare care era și călugăriță îi spunea să-și țină gura închisă. Rudy se uita din celălalt capăt al clasei și îi făcea cu mâna. Liesel îi răspundea și încerca să nu zâmbească.

Acasă, cu papa, avansase binișor cu *Manualul groparului*. Încercuiau cuvintele pe care nu le înțelegeau și în ziua următoare le duceau în pivniță. Credea că este de ajuns. Nu era.

Cândva, la începutul lunii noiembrie, la școală s-au dat niște teste. Unul era pentru citit. Fiecare copil era pus să stea în fața clasei și să citească un pasaj dat de profesor. Era o dimineață geroasă, dar cu soare strălucitor. Copiii își mijeau ochii. O aură o înconjura pe călugărița secerătoare[1], sora Maria. (Apropo, îmi place ideea oamenilor de secerător. Îmi place coasa. Mă amuză.)

În sala plină de lumină, numele erau rostite la întâmplare.

– Waldenheim, Lehman, Steiner.

S-au ridicat cu toții și au citit mai mult sau mai puțin bine. Rudy s-a descurcat surprinzător de bine.

În timpul testului, Liesel a fost cuprinsă de un amestec de nerăbdare covârșitoare și teamă zdrobitoare. Voia cu disperare să știe în ce stadiu era, să afle o dată pentru totdeauna dacă avansase cu învățatul. Putea face față? Era măcar pe aproape de Rudy și de restul?

---

[1] Din engl. *„grim reaper"* – expresie ce reprezintă personificarea morții ca personaj purtând mantie cu glugă neagră și coasă. (n.tr.)

De fiecare dată când sora Maria se uita la listă, o serie de nervi se contractau în trupul lui Liesel. Începea din stomac, dar înainta. Curând, îi va simți ca pe o funie în jurul gâtului.

Când Tommy Muller își termină încercarea mediocră, se uită în jurul sălii. Toți ceilalți citiseră. Numai ea mai rămăsese.

– Foarte bine, dădu din cap aprobator sora Maria cercetând lista. Asta-i tot.

Cum?

– Nu!

O voce practic izbucni din cealaltă parte a încăperii. Atașat de ea era un băiat cu părul de lămâie, ai cărui genunchi osoși băteau în bancă. Ridică mâna și spuse:

– Soră Maria, cred că ați uitat-o pe Liesel.

Sora Maria.

Nu era impresionată.

Trânti dosarul pe masa din față și îl cercetă pe Rudy, oftând dezamăgită. Era aproape un oftat melancolic. „De ce, se lamentă ea, trebuia să-l suporte pe Rudy Steiner? Pur și simplu nu putea să-și țină gura închisă. De ce, Dumnezeule, de ce?"

– Nu, zise ea pe un ton categoric. Burta ei mică se înclină în față odată cu restul corpului. Mă tem că Liesel nu poate să o facă, Rudy. Învățătoarea privi în sală parcă pentru confirmare. Îmi va citi mai târziu.

Fata își drese glasul și vorbi cu sfidare tăcută:

– Pot să o fac acum, soră.

Majoritatea copiilor priveau în liniște. Câțiva practicau frumoasa artă a copilăriei de a chicoti.

Sorei îi era de ajuns.

– Nu, nu poți!... Ce faci?

Dar Liesel nu mai era în bancă, mergea încet, cu trupul țeapăn spre catedră. Luă cartea și o deschise la o pagină oarecare.

– Bine atunci, zise sora Maria. Vrei să o faci? Fă-o!

– Da, soră.

După o privire rapidă către Rudy, Liesel își coborî privirea și examină pagina.

Când se uită din nou în sus, camera parcă era sfâșiată, apoi recompusă. Toți copiii erau striviți chiar în fața ochilor săi, iar ea își imagină cum citește victorioasă toată pagina, fără greșeală, fluent.

UN CUVÂNT-CHEIE
Își imagină.

– Haide, Liesel!

Rudy sparse tăcerea.

Hoțul de cărți privi din nou în jos, spre cuvinte.

„Haide! rosti Rudy, pe mutește de data aceasta. Haide, Liesel!"

Sângele vuia. Propozițiile erau încețoșate.

Pagina albă deveni brusc scrisă într-o altă limbă și lacrimile care erau pe cale să-i curgă din ochi nu o ajutau deloc. Nici nu mai putea vedea cuvintele.

Și soarele. Soarele îngrozitor. Exploda prin fereastră – sticla era împrăștiată peste tot – și strălucea direct spre fata incapabilă. „Poți să furi o carte, dar nu poți să citești una!"

În minte îi veni o soluție.

Respirând, respirând, începu să citească, dar nu din cartea din fața ei. Era ceva din *Manualul groparului.* Capitolul trei: „În caz de zăpadă". Îl memorase ascultând vocea lui papa.

– În caz de zăpadă, vorbi ea, trebuie să vă asigurați că folosiți o sapă bună. Trebuie să săpați adânc, nu puteți fi leneși. Pământul este greu de străpuns. Din nou, trase un bulgăre de aer în piept. Desigur, este mai ușor să așteptați cea mai caldă parte de a zilei, când...

S-a sfârșit.

Cartea îi fu smulsă din strânsoare și fu pedepsită.

– Liesel! Afară!

În timp ce îi era administrat un mic *Watschen,* îi putea auzi râzând în clasă, printre altoielile sorei Maria. Îi vedea. Toți acei copii îmbătați de eșecul ei. Rânjind și râzând. Îmbăiați de soare. Toată lumea râdea, în afară de Rudy.

În pauză, a fost terorizată. Un băiat pe nume Ludwig Schmeikl veni la ea cu o carte.

– Hai, Liesel, întrebă el. Am probleme cu acest cuvânt. Poți să mi-l citești? Râdea – un băiat de zece ani, cu râset îngâmfat. *Dummkopf* – idioato!

Nori apăreau acum, mari și greoi, și mai mulți copii o strigau, urmărind-o cum fierbe.

– Nu-i asculta, o sfătui Rudy.

– E ușor de spus. Nu tu ești prostul.

Spre sfârșitul pauzei, socoteala comentariilor ajunsese la nouăsprezece. La douăzeci, izbucni. A fost Schmeikl, care se reîntorsese cu avânt.

– Haide, Liesel! Îi băgă cartea sub nas. Mă ajuți, te rog?

Liesel l-a ajutat din plin.

Se ridică și îi luă cartea în timp ce zâmbea peste umăr la ceilalți copii, o aruncă și îl lovi cât de tare putu în vecinătatea șlițului.

Ei, după cum vă închipuiți, Ludwig Schmeikl se îndoi la pământ și, în vreme ce se apleca, primi un pumn în ureche. Când ateriză, ea se așeză deasupra lui. După se întâmplă acest lucru, încasă palme și zgârieturi și fu distrus de o fată consumată efectiv de furie. Pielea lui era atât de moale și caldă! Încheieturile degetelor și unghiile erau groaznic de tari, în ciuda dimensiunilor mici.

– *Saukerl!* Până și vocea era capabilă să-l zgârie. *Arschloch!* Poți să-mi spui *Arschloch* pe litere?

Oh, cum se împleticeau norii și se uneau pe cer!

Nori mari, obezi.

Întunecați și bucălați.

Dând unul peste altul. Cerându-și scuze. Mișcându-se și așezându-se.

Copiii erau acolo, rapid... ei bine, pe cât de rapid sunt copiii atrași de gravitația unei bătăi. O priveau pe Liesel Meminger administrându-i lui Ludwig chelfăneala vieții sale.

– Doamne, Iisuse Hristoase, comentă o fată suspinând, o să-l omoare!

Liesel nu l-a omorât.

Dar nu a lipsit mult.

De fapt, probabil că singurul lucru care a oprit-o a fost rânjetul patetic și plin de ticuri nervoase al lui Tommy Muller. Copleșită încă de adrenalină, Liesel îl zări zâmbind într-un mod atât de absurd, încât l-a înșfăcat și a început să-l bată și pe *el*.

– Ce faci? boci băiatul, iar ea se opri abia la a treia sau a patra palmă și la vederea unei dâre de sânge deschis la culoare curgându-i din nas.

În genunchi, înghițea aerul și asculta vaietele de sub ea. Privi învălmășeala de chipuri din stânga și din dreapta și anunță:

– Nu sunt proastă.

Nimeni nu a contrazis-o.

Bătaia a început din nou când toți au revenit înăuntru și sora Maria a văzut starea lui Ludwig Schmeikl. Prima dată, Rudy și alți câțiva au trebuit să poarte povara suspiciunii. Erau mereu unul la gâtul altuia.

– Mâinile, veni ordinul.

Mâinile băieţilor erau curate.

– Nu pot să cred asta, bolborosi sora Maria. Nu se poate.

Când Liesel păşi în faţă, Ludwig Schmeikl se ruginea pe mâinile ei.

– Afară! porunci sora pentru a doua oară în acea zi.

Pentru a doua oară în acea oră, de fapt.

De data aceasta, nu a fost o mică *Watschen*. Nu a fost nici măcar una medie. De data aceasta, era mama tuturor *Watschen*-elor de pe coridor, o usturime de băţ după alta, astfel încât timp de o săptămână Liesel abia a putut să stea jos. Şi nu se mai auzi nici un râset din cameră. Numai frica tăcută a ascultării.

La sfârşitul orelor, Liesel se duse acasă cu Rudy şi ceilalţi copii Steiner. Apropiindu-se de strada Himmel, într-o învălmăşeală de gânduri, un apogeu al nenorocirii o copleşi – recitalul eşuat din *Manualul groparului*, distrugerea familiei sale, coşmarul, umilinţa acelei zile – şi se ghemui într-un şanţ şi plânse. Totul a condus la asta.

Rudy a rămas lângă ea, uitându-se în jos.

A început să plouă zdravăn şi repede.

Kurt Steiner i-a strigat, dar nici unul nu s-a mişcat. Ea a stat îndurerată sub şuvoaiele de ploaie, iar el a stat lângă ea, aşteptând.

– De ce a trebuit să moară? întrebă ea şi se ridică, iar el puse braţul în jurul ei, ca un prieten, şi merseră mai departe.

Nu a existat vreo cerere de sărut. Nimic de genul acesta. Poţi să-l iubeşti pe Rudy pentru asta, dacă vrei.

„Doar nu mă lovi între picioare."

Asta gândea, dar nu i-a zis lui Liesel. Patru ani mai târziu, i-a împărtăşit acest lucru.

Deocamdată, Rudy şi Liesel îşi croiră drum prin ploaie, pe strada Himmel.

El era nebunul care se pictase negru şi învinsese lumea.

Ea era hoţul de cărţi fără cuvinte.

Aveţi încredere în mine, cuvintele urmau să vină, şi când vor fi sosit, Liesel le va ţine în mână ca pe nişte nori şi le va presăra ca o ploaie.

Partea a doua

Ridicarea din umeri

în rolurile principale:

o fată făcută din întuneric – bucuria
țigărilor – un hoinar prin oraș – niște
scrisori moarte – ziua lui hitler –
100% transpirație pur germană – porțile
hoției – și o carte de foc

O FATĂ FĂCUTĂ DIN ÎNTUNERIC

CÂTEVA INFORMAȚII STATISTICE
Prima carte furată: 13 ianuarie 1939
A doua carte furată: 30 aprilie 1940
Durata dintre cele două cărți furate: 463 de zile

Dacă ați privi lucrurile cu superficialitate, ați spune că nu a fost nevoie decât de puțin foc și niște țipete aferente. Ați zice că Liesel nu a avut nevoie decât de asta pentru a pune mâna pe a doua carte, deși îi fumega în mâini. Chiar și dacă îi frigea pieptul.

În realitate, problema este următoarea:

Nu e timp pentru a fi superficial.

Nu este timp pentru frivolitate, să te întorci și să verifici cuptorul – pentru că, atunci când hoțul de cărți a furat-o pe a doua, nu numai că avea multe motive să facă asta, dar actul furtului a declanșat ceea ce va urma. Îi va oferi un punct de pornire pentru furtișagurile viitoare. Îl va inspira pe Hans Hubermann să vină cu un plan pentru a-l ajuta pe boxerul evreu. Și îmi va arăta încă o dată că o oportunitate duce la alta, așa cum riscul duce la mai mult risc, viața la mai multă viață și moartea la mai multă moarte.

A fost soarta, într-un fel.

Vedeți voi, oamenii v-ar putea spune că Germania nazistă s-a bazat pe antisemitism, un lider prea zelos și o națiune de bigoți hrăniți cu ură, dar nimic nu s-ar fi întâmplat dacă nemții nu ar fi adorat o anume activitate – să dea foc.

Nemții adorau să ardă lucruri. Magazine, sinagogi, Reichstagul[1], case, obiecte personale, oameni măcelăriți și, bineînțeles, cărți. Erau încântați de un incendiu care dura toată noaptea – care le oferea oamenilor îndrăgostiți de cărți ocazia de a pune mâna pe anumite publicații pe care altfel nu le-ar fi avut. O persoană cu asemenea înclinații, după cum știm, era o fată costelivă, pe nume Liesel Meminger. Poate a așteptat 463 de zile, dar a meritat. La sfârșitul unei după-amiezi care a presupus multă exaltare, mult sarcasm, o gleznă plină de sânge și o palmă zdravănă, Liesel a obținut cea de-a doua poveste de succes a sa. *Ridicarea din umeri.* Era o carte albastră, cu scris roșu gravat pe copertă, iar sub titlu se afla o mică imagine a unui cuc, de asemenea roșie. Privind în urmă, lui Liesel nu i-a fost rușine că a furat-o. Dimpotrivă, simțea o mândrie care semăna cu *ceva* în stomac. Furia și ura neagră îi alimentaseră dorința de a o fura. În realitate, pe 20 aprilie, ziua de naștere a Führerului, când a șterpelit acea carte de sub un morman de cenușă mocnindă, Liesel era o fată făcută din întuneric.

Desigur, întrebarea ar trebui să fie: De ce?

Ce era acolo să o înfurie?

Ce se întâmplase în urmă cu patru sau cinci luni care să culmineze cu un asemenea sentiment?

---

[1] Clădire istorică a Parlamentului Imperiului German, arsă în mare parte într-un incendiu în 1933. (n.tr.)

Pe scurt, răspunsul călătorea din strada Himmel la Führer, până la locul de negăsit al mamei sale adevărate și înapoi.

Ca multe alte necazuri, începu cu o aparentă fericire.

PLĂCEREA ȚIGĂRILOR

Spre sfârșitul anului 1939, Liesel se obișnuise destul de bine cu viața în Molching. Încă avea coșmaruri despre fratele ei și îi era dor de mama sa, dar exista și consolare.

Îl iubea pe papa, Hans Hubermann, și chiar și pe asistenta sa maternală, în ciuda înghiontelilor, insultelor și atacurilor verbale. Îl iubea și îl ura pe cel mai bun prieten al ei, Rudy Steiner, ceea ce era perfect normal. Și îi plăcea faptul că, în ciuda eșecului din clasă, își îmbunătățise cu siguranță scrisul și cititul și în curând va ajunge la un nivel respectabil. Toate acestea au dus la o oarecare mulțumire și foarte rapid se vor constitui în ceva apropiat de conceptul de *a fi fericit.*

SECRETELE FERICIRII

1. Să termine *Manualul groparului;*
2. Să scape de mânia sorei Maria;
3. Să primească două cărți de Crăciun.

17 decembrie.

Își amintea bine data, fiind cu fix o săptămână înainte de Crăciun.

Ca de obicei, coşmarul de toate nopţile i-a întrerupt somnul şi a fost trezită de Hans Hubermann. Mâna lui se odihnea pe ţesătura istovită a pijamalei fetei.

– Trenul? şopti el.

Liesel confirmă:

– Trenul.

Înghiţi cu lăcomie aerul până când se linişti şi începură să citească din capitolul unsprezece al *Manualului groparului*. Îl terminară puţin după ora trei şi mai rămase ultimul capitol, „Respectul pentru cimitir". Papa, cu ochii săi de argint umflaţi de oboseală şi cu faţa acoperită de mustăţi, închise cartea şi îşi aştepta ceea ce mai rămăsese din somn. Nu a avut noroc.

Lumina abia se stinsese de un minut când Liesel îi vorbi în întuneric:

– Papa?

El scoase doar un sunet de undeva din gât.

– Eşti treaz, papa?

– *Ja.*

Ea se sprijini într-un cot.

– Putem să terminăm cartea, te rog?

Se auzi o răsuflare lungă, un scărpinat al mustăţilor şi apoi lumina. Deschise cartea şi începu:

– Capitolul doisprezece: „Respectul pentru cimitir".

Au citit până în zorii zilei, încercuind şi scriind cuvintele pe care ea nu le înţelegea şi întorcând paginile spre lumină. De câteva ori, papa aproape că a adormit, cedând extenuării iritante din ochi şi aplecării capului. Liesel îl trezea de fiecare dată, dar nu avea altruismul să-l lase să doarmă şi nici să-şi ascundă jignirea. Era o fată care avea un munte de urcat.

Într-un final, au terminat în timp ce întunecimea de afară începea să se risipească puţin. Ultimul pasaj arăta astfel:

„Noi, cei de la Asociația Cimitirelor din Bavaria, sperăm că v-am informat și că v-au făcut plăcere practicile, măsurile de siguranță și datoriile meseriei de gropar. Vă dorim succes în cariera dumneavoastră în artele funerare și sperăm că această carte v-a ajutat în vreun fel“.

Se priviră pe furiș după ce cartea a fost închisă. Papa vorbi:

– Am reușit, nu?

Liesel, pe jumătate înfășurată în pătură, studie cartea neagră cu scris argintiu din mâna sa. Încuviință din cap, cu gura uscată și senzația de foame de dimineață. Era unul dintre acele momente de oboseală perfectă, de cucerire nu numai a operei din mână, ci și a nopții care fusese un obstacol.

Papa se întinse cu pumnii închiși și cu ochii asupriți închiși. Era o dimineață care nu îndrăznea să fie ploioasă. S-au ridicat amândoi și au mers către bucătărie, și în ciuda ceții și a înghețului, au văzut fâșii roz de lumină pe nămeții de zăpadă de pe acoperișurile din strada Himmel.

– Uită-te la culori, zise papa.

E greu să nu-l placi pe un om care nu numai că observă culorile, dar și vorbește despre ele.

Liesel încă ținea cartea. O apucase strâns, iar zăpada devenea portocalie. Pe unul dintre acoperișuri, vedea un băiețel stând și privind cerul.

– Îl cheamă Werner, zise ea.

Cuvintele îi scăpară fără voie.

– Da, spuse papa.

În acea perioadă, la școală nu mai erau teste de citire, dar, în timp ce căpăta treptat încredere în sine, Liesel a luat un manual oarecare înainte de ore, într-o dimineață, pentru a vedea dacă putea să-l citească fără probleme. Citea fiecare cuvânt, însă rămânea captivă într-un ritm mult mai lent decât ceilalți din clasă. „Este mult mai ușor, a realizat ea, să fii pe cale de a face ceva decât să fi ajuns deja acolo. Asta va dura timp."

Într-o după-amiază, a fost tentată să fure o carte de pe raftul cu cărți al clasei, dar, sincer, ideea altui *Watschen* pe coridor, în mâinile sorei Maria, a fost un factor de intimidare îndeajuns de puternic. Pe deasupra, nu avea o dorință adevărată de a lua cărți de la școală. Cel mai probabil era intensitatea eșecului din noiembrie ceea ce a cauzat lipsa de interes, dar Liesel nu era sigură. Nu știa decât că tentația exista.

În clasă, nu vorbea.

Nici măcar nu se uita într-o manieră nepotrivită.

Odată ce iarna își intră în drepturi, nu mai fu o victimă a frustrărilor sorei Maria, preferând să se uite cum alții erau expediați pe coridor și li se aplica pedeapsa meritată. Zgomotul făcut de un alt elev care se chinuia pe hol nu era în mod deosebit distractiv, dar faptul că era altcineva reprezenta o ușurare, chiar dacă nu o reală alinare.

Atunci când școala s-a întrerupt pentru scurt timp, de *Weihnachten*, Liesel chiar și-a permis să-i adreseze sorei Maria un „Crăciun fericit" înainte de a-și vedea de drum. Nu aștepta cu adevărat vreun cadou, știind că Hubermannii erau practic lefteri, încă plăteau datorii și chirie mai rapid decât veneau banii. Poate o mâncare ceva mai bună. Spre surpriza ei, în ajunul Crăciunului, după ce a fost la biserică, la miezul nopții, cu mama, papa, Hans junior și Trudy, a ajuns acasă și a găsit ceva împachetat în hârtie de ziar sub bradul de Crăciun.

– De la Sfântul Nicolae, zise papa, dar fata nu s-a lăsat păcălită.

Îi îmbrățișă pe ambii părinți sociali, care aveau încă zăpada ninsă pe umeri.

A desfăcut hârtia și a scos două cărți mici. Prima, *Câinele Faust*, era scrisă de un autor pe nume Mattheus Ottleberg. În total, va citi acea carte de treisprezece ori. În ajunul Crăciunului, citi primele douăzeci de pagini în bucătărie, pe când papa și Hans junior se certau cu privire la un lucru pe care ea nu îl înțelegea. Ceva numit politică.

Mai târziu, au citit mai mult în pat, continuând tradiția încercuirii cuvintelor pe care nu le știa și notându-le. *Câinele Faust* avea și poze – linii adorabile, urechi și caricaturi ale unui ciobănesc german care saliva în mod nerușinat și avea abilitatea de a vorbi.

A doua carte se numea *Farul* și era scrisă de o femeie, Ingrid Rippinstein. Era puțin mai lungă, așa că Liesel a parcurs-o doar de nouă ori, ritmul ei devenind puțin mai rapid la sfârșitul acelor lecturi prolifice.

La câteva zile după Crăciun, îl întrebă pe papa o chestiune legată de cărți. Mâncau toți în bucătărie. Uitându-se la lingurile cu supă de mazăre care intrau în gura mamei, ea a decis să se concentreze asupra lui papa.

– E ceva ce vreau să te întreb.

La început, nu primi nici un răspuns.

– Și?

Era mama, cu gura pe jumătate plină.

– Voiam doar să știu cum ați găsit bani să-mi cumpărați cărțile.

Un rânjet scurt apăru pe chipul lui papa tocmai când lua o sorbitură.

– Chiar vrei să știi?

– Sigur.

Papa scoase din buzunar ce rămăsese din rația sa de țigări și începu să înfășoare o țigară, moment în care Liesel își pierdu răbdarea.

– Îmi spui sau nu?

Papa râse.

– Dar *îți* spun, copilă. Termină confecționarea unei țigări, îi dădu un bobârnac pe masă și începu alta. Exact așa.

Atunci, mama își termină supa cu un zăngănit, își înăbuși un râgâit și răspunse în locul lui.

– *Saukerl* ăsta, zise ea. Știi ce a făcut? Și-a răsucit toate țigările murdare, s-a dus la piață când era în oraș și le-a negociat cu niște țigani.

– Opt țigări per carte. Triumfător, papa își îndesă una în gură. O aprinse și inhală fumul. Slavă Domnului pentru țigări, nu, mamă?

Mama doar îi aruncă una dintre expresiile sale caracteristice de dezgust, urmată de expresia cel mai des întâlnită în vocabularul ei.

– *Saukerl.*

Liesel și papa și-au făcut cu ochiul și și-au terminat supa. Ca întotdeauna, avea una dintre cărți lângă ea. Nu putea nega că răspunsul la întrebare fusese mai mult decât satisfăcător. Nu erau mulți oameni care puteau spune că educația lor a fost plătită cu țigări.

Pe de altă parte, mama a zis că, dacă Hans Hubermann ar fi bun la ceva, ar schimba niște tutun pentru o rochie nouă, de care avea nevoie disperată, și pentru niște pantofi mai buni.

– Dar nuu... Goli cuvintele în chiuvetă. Când vine vorba de mine, mai bine ai fuma o rație întreagă, nu-i așa? Și, în *plus,* de la vecini.

Totuși, câteva nopți mai târziu, Hans Hubermann veni cu o cutie de ouă.

– Îmi pare rău, mamă.

Le puse pe masă. Nu mai aveau pantofi.

Mama nu s-a plâns.

Chiar a cântat pentru sine în timp ce le gătea până când aproape le-a ars. Se părea că țigările le puteau furniza o mare bucurie și a fost o perioadă fericită în casa Hubermann.

S-a terminat câteva săptămâni mai târziu.

Un hoinar prin oraș

Necazurile au început cu rufele de spălat și au escaladat rapid.

Când Liesel a însoțit-o pe Rosa Hubermann în livrările sale prin Molching, unul dintre clienți, Ernst Vogel, a informat-o că nu-și mai permitea să-i dea să calce și să spele.

– Vremurile, se scuză el, ce pot să spun? Devine greu. Războiul ne face să fim strâmtorați. Se uită la fată. Sunt sigur că primești o alocație pentru că o ai pe asta mică, nu-i așa?

Spre spaima lui Liesel, mama rămase fără cuvinte.

Traista goală era lângă ea.

Haide, Liesel!

Nu i-a zis asta. A tras-o după ea cu asprime.

Vogel strigă de pe prima treaptă. Avea aproape un metru optzeci și suvițe lungi îi atârnau fără viață pe frunte.

– Îmi pare rău, Frau Hubermann!

Liesel îi făcu cu mâna.

Mama o admonestă:

– Să nu-i faci cu mâna lui *Arschloch* ăla, rosti ea. Acum, grăbește-te!

În noaptea aceea, când Liesel făcu baie, mama a frecat-o cu peria exagerat de tare, murmurând tot timpul despre *Saukerl* ăla de Vogel și imitându-l la două minute.

– *Trebuie să primești o alocație pentru fată...* Îi învinețea pieptul în vreme ce tot freca. Nu valorezi atât, *Saumensh*. Nu mă îmbogățești, să știi.

Ea stătea și suporta.

La mai puțin de o săptămână după acel anume incident, Rosa urlă după ea din bucătărie.

– Bine, Liesel. O așeză la masă. Odată ce îți petreci jumătate din timp jucând fotbal, poți să te faci utilă afară. Dacă tot ieși.

Liesel își privea mâinile.

– Ce este, mamă?

– De acum încolo, vei lua și vei livra rufele pentru mine. Sunt mai puține șanse ca bogătanii ăia să renunțe la noi dacă tu ești cea care stă în fața lor. Dacă te întreabă unde sunt, le spui că sunt bolnavă. Și să pari tristă când le zici asta. Ești slabă și îndeajuns de palidă ca să le câștigi mila.

– Lui Herr Vogel nu i-a fost milă de mine.

– Ei... Era evident agitată. Ceilalți *ar putea*. Așa că, fără discuții.

– Da, mamă.

Pentru un moment, păru că asistenta ei maternală vrea să o aline sau să o bată pe umăr.

Dar nu s-a întâmplat nimic de acest gen.

În loc de asta, Rosa Hubermann se ridică și luă o lingură de lemn pe care o ținu sub nasul lui Liesel. În opinia ei, era o necesitate.

– Când ești afară pe străzi, duci traista în fiecare loc și o aduci direct acasă, *cu* banii, chiar dacă e aproape nimic. Nu te duci la papa nici dacă are și el de lucru odată. Nu hoinărești aiurea cu *Saukerl* ăla mic, Rudy Steiner. Direct. Acasă.

– Da, mamă.

– Și când ții traista, ține-o *cum trebuie*. N-o legăna, n-o scăpa, n-o boți și nu o arunca peste umăr.

– Da, mamă.

– *Da, mamă.* Rosa Hubermann era un imitator grozav, chiar unul pasionat. Ai face bine, Saumensch. O să aflu dacă nu, știi asta, da?

– Da, mamă.

Rostirea acelor cuvinte era adesea cea mai bună modalitate de supraviețuire, ca și ascultarea a ceea ce i se spunea, și de atunci încolo, Liesel cutreieră pe străzile din Molching, de la cei săraci la cei bogați, luând și ducând hainele. La început, a fost o slujbă solitară, de care nu s-a plâns vreodată. În cele din urmă, prima oară când a cărat traista prin oraș, a cotit pe strada München și, uitându-se în ambele direcții, a legănat-o cu putere și apoi a verificat conținutul dinăuntru. Din fericire, nu erau cute. Nu erau dungi. Doar un zâmbet și promisiunea de a nu o mai legăna vreodată.

În ansamblu, lui Liesel îi plăcea. Nu primea vreun comision, dar nu stătea acasă, iar plimbatul pe străzi fără mama era raiul pe pământ. Fără acuzări și înjurături. Fără oameni holbându-se la ele în timp ce era insultată că nu ținea bine traista. Doar serenitate.

Chiar și oamenii au început să-i placă:

• Pfaffelhürverii, care inspectau hainele și spuneau: *„Ja, ja, sehr gut, sehr gut“*. Liesel își imagina că ei făceau totul de două ori.

• Blânda Helena Schmidt, care îi înmâna banii cu o mână contorsionată de artrită.

• Weingartenerii, a căror mâță cu mustăți pleoștite răspundea la ușă împreună cu ei. Micul Goebbels, așa îi spuneau, după mâna dreaptă a lui Hitler.

• Și Frau Hermann, soția primarului, stând cu părul zburlit și tremurând în pragul ușii imens și rece. Mereu tăcută. Mereu singură. Nici un cuvânt, nici măcar o dată.

Câteodată, Rudy se ducea cu ea.

– Câţi bani ai acolo? a întrebat el într-o dimineaţă. Era aproape întuneric şi mergeau pe strada Himmel, pe lângă magazin. Ai auzit de Frau Diller, nu? Se zice că are acadele ascunse pe undeva şi pentru preţul corect...

– Nici nu te gândi. Liesel, ca întotdeauna, ţinea strâns banii. Nu o duci aşa de rău, nu tu trebuie să o înfrunţi pe mama.

Rudy a ridicat din umeri.

– Trebuia să încerc.

În mijlocul lunii ianuarie, la şcoală se învăţa cum se scriu scrisorile. După învăţarea noţiunilor de bază, fiecare elev trebuia să scrie două scrisori, una unui prieten şi alta cuiva din afara clasei.

Scrisoarea lui Liesel de la Rudy era cam aşa:

„Dragă *Saumensch*,

Eşti la fel de nepricepută la fotbal cum ai fost ultima oară când am jucat? Sper că da. Asta înseamnă că pot să te calc din nou în picioare exact ca Jesse Owens la olimpiadă..."

Când sora Maria o găsi, îi puse o întrebare, foarte amabilă.

Oferta sorei Maria

Ţi-ar plăcea să vizitezi coridorul, domnule Steiner?

Nu mai este nevoie să spun că răspunsul lui Rudy a fost negativ, iar scrisoarea a fost ruptă şi el a început din nou. De data aceasta, era adresată cuiva pe nume Liesel şi o întreba care erau hobby-urile ei.

Acasă, în timp ce termina scrisoarea dată ca temă, Liesel a decis că a-i scrie lui Rudy sau vreunui alt *Saukerl* era în realitate ridicol. Nu însemna nimic. Pe când scria în pivniță, îi vorbi lui papa, care vopsea din nou peretele.

Era înconjurat de aburi de vopsea.

– *Was wuistz?* Asta era cea mai dură formă de germană pe care o persoană o putea vorbi, dar era vorbită în cel mai plăcut mod. Da, ce este?

– Oare aș putea să-i scriu o scrisoare mamei?

O pauză.

– De ce ai vrea să-i scrii ei o scrisoare? Trebuie să o suporți în fiecare zi. Papa era tot un *schmunzelling* – un zâmbet hâtru. Nu e destul de rău?

– Nu mama aia.

Înghiți un nod.

– Oh. Papa se întoarse spre perete și continuă să vopsească. Ei, cred că poți. Ai putea să i-o trimiți ei, cum îi zice... cea care te-a adus aici și te-a vizitat de câteva ori... de la asistența socială.

– Frau Heinrich.

– Așa. Trimite-i-o ei. Poate i-o expediază mamei tale.

Totuși, cuvintele lui nu sunau convingător, ca și cum îi ascundea ceva lui Liesel. În scurtele ei vizite, Frau Heinrich ezitase să-i dea vești despre mama ei.

În loc să-l întrebe ce nu era în regulă, Liesel a început imediat să scrie, preferând să ignore presentimentul rău care i se cuibărise în suflet. I-a luat trei ore și șase ciorne să încheie scrisoarea, povestindu-i mamei totul despre Molching, despre papa și acordeonul lui, despre firea ciudată, dar sinceră a lui Rudy și despre isprăvile Rosei Hubermann. I-a explicat și cât de mândră era că putea acum să scrie și să citească puțin. În ziua următoare, i-a pus un timbru luat dintr-un sertar din bucătărie și i-a expediat-o lui Frau Diller. Și a început să aștepte.

În noaptea în care a scris scrisoarea, a auzit fără să vrea o conversaţie între Hans şi Rosa.

– Ce a apucat-o să-i scrie maică-sii? spunea mama.

Vocea ei era surprinzător de calmă şi preocupată. Vă puteţi imagina că asta a îngrijorat-o mult pe fată. Mai degrabă ar fi preferat să-i audă certându-se. Adulţii care şuşotesc nu inspiră deloc încredere.

– M-a întrebat, i-a răspuns papa, şi nu am putut să zic nu. Cum aş fi putut?

– Doamne Iisuse Hristoase! Iarăşi se şoptea. Ar trebui să o uite şi gata. Cine ştie pe unde e? Cine ştie ce i-au făcut?

În pat, Liesel şi-a cuprins trupul cu mâinile. Se încuraja singură.

Se gândea la mama ei şi repeta întrebările Rosei Hubermann.

„Unde era?

Ce făcuseră cu ea?

Şi, mai exact, cine, în realitate, erau *ei?*“

Scrisori moarte

O imagine din viitor, în subsol, septembrie 1943.

O fată în vârstă de paisprezece ani scria într-o micuță carte cu coperte negre. Era uscățivă, dar robustă și văzuse multe lucruri. Papa stătea cu acordeonul lângă picioare.

Spuse:

– Știi, Liesel? Aproape că ți-am scris o scrisoare și am semnat-o cu numele mamei tale. Își scărpină piciorul acolo unde fusese ghipsul. Dar nu am putut. Nu m-am simțit în stare să fac asta.

De mai multe ori, la sfârșitul lunii ianuarie și în toată luna februarie, când Liesel cerceta căsuța poștală, așteptând un răspuns la scrisoarea ei, aproape că îi frângea inima tatălui ei adoptiv.

– Îmi pare rău, îi zicea el. Azi nu, nu-i așa?

Mai târziu, și-a dat seama că tot efortul fusese inutil. Dacă mama ei ar fi putut să o facă, i-ar fi contactat deja pe oamenii de la asistența socială sau ar fi venit direct la fată ori la Hubermanni. Dar nu se întâmplase nimic.

Pentru a pune sare pe rană, la mijlocul lunii februarie, Liesel a primit o scrisoare de la un client căruia i se călcau rufele, familia

Pfaffelhürver, de pe strada Heide. Amândoi înalţi, stăteau în uşă, privind-o cu melancolie.

– Pentru mama ta, rosti bărbatul dându-i plicul. Spune-i că ne pare rău. Spune-i că ne pare rău.

Nu a fost o seară bună în locuinţa Hubermann.

Chiar şi după ce s-a retras în pivniţă să-i scrie a cincea scrisoare mamei sale (dintre care numai una fusese trimisă), o auzea pe Rosa înjurând şi vorbind în continuare de acel *Arschlöcher* de Pfaffelhürver şi despre păduchiosul de Ernst Vogel.

– *Feuer soll'n's brunzen für einen Monat!* o auzi strigând. Traducere: N-au decât să se cace toţi ardei iuţi o lună!

Liesel scria.

Nu a fost nici un cadou la aniversarea ei. Nu a fost nici un cadou pentru că nu erau bani, şi la acel moment, lui papa i se terminase tutunul.

– Ţi-am spus eu. Mama arăta către el cu un deget. Ţi-am spus eu să nu-i dai ambele cărţi de Crăciun. Dar nu. Asculţi tu vreodată? *Sigur* că nu!

– Ştiu! Se întoarse încet către fată. Îmi pare rău, Liesel! Pur şi simplu nu ne permitem.

Pe Liesel nu o deranja. Nu s-a smiorcăit, şi nu s-a plâns, şi nu a dat din picioare. Doar şi-a înghiţit dezamăgirea şi s-a hotărât să-şi asume un risc calculat – un cadou de la ea însăşi. Va aduna toate scrisorile adresate mamei sale, le va îndesa într-un plic şi va folosi o foarte mică parte din banii din călcat şi spălat pentru a-l trimite prin poştă. Apoi, bineînţeles, va încasa *Watschen*-ul, cel mai probabil în bucătărie, şi nu va scoate un sunet.

Trei zile mai târziu, planul era dus la îndeplinire.

– Ceva lipseşte.

Mama număra banii a patra oară, Liesel era lângă plită. Era cald acolo și pulsul îi bătea nebunește.

– Ce s-a întâmplat, Liesel?

– Trebuie să-mi fi dat mai puțin ca de obicei, minți ea.

– I-ai numărat?

Cedă.

– I-am cheltuit, mamă.

Rosa se apropie. Nu era un semn bun. Era foarte aproape de lingurile de lemn.

– Ce ai făcut?

Înainte să apuce să răspundă, lingura de lemn îi atinse corpul lui Liesel ca o palmă de la Dumnezeu. Avea dâre roșii ca niște urme de pași și ardeau. De pe podea, după ce s-a terminat, fata s-a uitat în sus și a explicat.

Nu simțea decât pulsul și lumina galbenă. Ochii îi clipeau.

– Am trimis scrisorile.

Ceea ce a urmat a fost praful de pe podea, senzația că hainele îi intrau în piele și revelația că totul fusese în van – că mama ei nu îi va scrie înapoi niciodată și că nu o va mai vedea niciodată. Realitatea acestui lucru a provocat încă un *Watschen*. A usturat-o timp de mai multe minute.

Deasupra ei, Rosa părea mânjită, dar imaginea ei a devenit mai clară după ce chipul ca de mucava s-a apropiat amenințător. Descurajată, stătea acolo în toată trupeșenia ei, ținând lingura de lemn ca pe o bâtă. Se aplecă și îi șopti:

– Îmi pare rău, Liesel.

Liesel știa prea bine că nu pentru bătaie îi părea rău.

Urmele roșii s-au transformat în pete pe pielea ei, în timp ce zăcea acolo, în praf și mizerie, în lumina slabă. Respirația i se calmă, iar o lacrimă galbenă, răzleață i se rostogoli pe față. Își simțea trupul pe podea. Un antebraț, un genunchi. Un cot, un obraz, o gambă.

Podeaua era rece, mai ales sub obrazul ei, dar era incapabilă să se miște.

Nu o va mai vedea niciodată pe mama ei.

Vreme de aproape o oră, a rămas întinsă sub masa din bucătărie, până când papa a venit acasă și a cântat la acordeon. Abia atunci s-a ridicat și a început să-și revină.

Când scrise despre acea noapte, nu avu deloc resentimente față de Rosa Hubermann sau față de mama ei. Pentru ea, erau doar victime ale circumstanțelor. Singurul lucru care se repeta era lacrima galbenă. „În întuneric, realiză ea, lacrima ar fi fost neagră."

„Dar era neagră", spuse în sinea ei.

Indiferent de cât de multe ori încerca, îi era greu să-și imagineze scena cu lumina despre care știa că fusese acolo. Era înfrântă în întuneric și rămăsese acolo, pe podeaua rece a bucătăriei. Chiar și muzica lui papa avea culoarea întunecimii.

Chiar și muzica lui papa.

Era ciudat că se simțea cumva alinată de acel gând mai degrabă decât frământată de el.

Întunericul, lumina.

Care era diferența?

Fiecare coșmar era mai puternic, iar hoțul de cărți începea să înțeleagă cu adevărat cum stăteau lucrurile în realitate și cum vor fi mereu. În lipsă de altceva, se va pregăti. Probabil că de aceea, de ziua Führerului, când i s-a arătat complet răspunsul la întrebarea despre suferința mamei sale, ea a fost capabilă să reacționeze în ciuda perplexității și furiei.

Liesel Meminger era gata.

La mulți ani, Herr Hitler!

La mulți ani!

ZIUA LUI HITLER, 1940

În ciuda deznădejdii, Liesel cercetă căsuța poștală în fiecare după-amiază, în toată luna martie și în aprilie. Asta în ciuda vizitei solicitate de Hans lui Frau Heinrich, care le-a explicat Hubermannilor că biroul de asistență maternală pierduse orice contact cu Paula Meminger. Totuși, fata stăruia și, după cum v-ați aștepta, niciodată nu găsea nimic în cutia poștală.

Molching, ca tot restul Germaniei, era prins în pregătirile pentru ziua lui Hitler. În acest an, cu intensificarea războiului și actuala poziție triumfătoare a lui Hitler, partizanii nazismului din Molching doreau o sărbătoare pe măsură. Va fi o paradă. Un marș. Cântec. Muzică. Va fi un foc.

Liesel mergea pe străzile din Molching, luând și ducând rufe spălate și călcate, și în același timp, membrii partidului nazist strângeau combustibil. În două ocazii, Liesel a văzut cum bărbați și femei băteau la uși, întrebându-i pe oameni dacă aveau orice lucru de care voiau să se descotorească sau pe care să-l distrugă. Exemplarul lui papa din *Molching Express* anunța că va fi un foc festiv în piața din centrul orașului, la care vor asista toate diviziile locale ale tineretului hitlerist. Va celebra nu doar aniversarea lui Hitler, ci și victoria asupra dușmanilor și obstacolelor care ținuseră Germania în loc de la sfârșitul Primului

Război Mondial. „Orice materiale din aceste vremuri, – se cerea –, ziare, postere, cărți, steaguri – și orice propagandă a inamicilor noștri pe care o găsiți trebuie adusă la biroul partidului nazist de pe strada München."

Până și strada Schiller – strada stelelor galbene –, care încă aștepta renovarea, a fost răscolită din nou, pentru a găsi ceva, orice, bun de ars în numele gloriei Führerului. Nu ar fi fost deloc de mirare dacă unii membri ai partidului ar fi publicat o mie și ceva de cărți sau postere de o morală otrăvitoare doar pentru a le incinera.

Totul era pregătit pentru un 20 aprilie grandios. Urma să fie o zi plină de focuri și aclamații.

Și furt de cărți.

În acea dimineață, totul era ca de obicei în casa Hubermann.

– *Saukerlul* ăla se uită pe fereastră în fiecare zi, blestemă Rosa Hubermann. În *fiecare* zi. La ce te uiți de data asta?

– Ohh, suspină papa cu încântare. Drapelul atârnat la fereastră îi ascundea ca o manta spatele. Ar trebui să te uiți la femeia asta pe care o văd. Privi peste umăr și rânji la Liesel. Poate că mă duc să-i fac curte. Asta te-ar da gata, mamă.

– *Schwein!*

Învârti lingura de lemn spre el.

Papa continuă să se uite pe fereastră, la femeia imaginară și la un culoar real de steaguri nemțești.

În acea zi, pe străzile din Molching, fiecare fereastră era decorată pentru Führer. Pe alocuri, ca la Frau Diller, geamul era spălat temeinic, steagul era imaculat, svastica arăta ca o bijuterie pe o pânză albă cu roșu. În cazul altora, steagul atârna de pe margine ca o haină lăsată la uscat. Dar era acolo.

Mai devreme, se întâmplase un mic dezastru. Hubermannii nu-și găseau steagul.

– O să vină după noi, își avertiză mama soțul. O să vină și o să ne ia. Ei bine. Trebuie să-l găsim!

La un moment dat, păru că papa va trebui să meargă la subsol și să vopsească un steag pe un cearșaf folosit la zugrăvit. Din fericire, l-au găsit sub acordeon, în dulap.

– N-am putut să-l văd din cauza acordeonului ăluia blestemat! Mama se răsuci. Liesel!

Fata a avut onoarea de a agăța steagul de rama ferestrei.

Mai târziu, Hans junior și Trudy au venit acasă să mănânce de prânz, așa cum făcuseră de Crăciun și de Paște. Acum pare un moment potrivit să-i prezint mai pe larg.

Trudy sau Trudel, cum era cunoscută, era cu doar câțiva centimetri mai înaltă decât mama. Copiase stilul de mers nefericit și împleticit al Rosei Hubermann, dar în rest, era mai potolită. Fiind o menajeră din părțile mai bogate ale Münchenului, era cel mai probabil plictisită de copii, dar mereu găsea câteva cuvinte amabile pentru Liesel. Avea buze fine. O voce tihnită.

Hans junior avea ochii și înălțimea tatălui său. Argintul din ochii lui nu era însă mai cald decât al lui papa – fusese „Führeruit". Avea mai multă carne pe oase și păr blond, țepos, iar pielea îi era ca o vopsea albă.

Au venit acasă împreună, cu trenul din München, și nu a trecut mult până au apărut vechi tensiuni.

O SCURTĂ ISTORIE A LUI HANS HUBERMANN VERSUS FIUL

În opinia lui Hans junior, tatăl său făcea parte dintr-o Germanie veche, decrepită – una care le permitea tuturor să o înșele în timp ce oamenii săi sufereau. În copilărie, știa că tatăl său fusese numit

„*der Juden Maler*“ – evreul zugrav – pentru că zugrăvea casele evreilor.
Apoi a fost un incident pe care vi-l voi prezenta îndeajuns de curând, ziua în care Hans a dat-o în bară, fiind pe cale să se înscrie în partid. Toată lumea știa că nu ar trebui să vopsești peste murdăriile scrise pe fațada unui magazin evreiesc. Un astfel de comportament era rău pentru Germania și era rău pentru infractor.

– Deci te-au lăsat să intri?

Hans junior o reluă de unde rămăseseră de Crăciun.

– Unde?

– Ia ghici – în partid.

– Nu, cred că au uitat de mine.

– Ei bine, măcar ai încercat încă o dată? Nu poți sta cu mâinile în sân, așteptând ca noua lume să te accepte. Trebuie să ieși și să faci parte din ea – în ciuda greșelilor trecute.

Papa își ridică privirea.

– Greșeli? Am făcut greșeli în viața mea, dar faptul că nu am intrat în partidul nazist nu este una dintre ele. Încă au cererea mea – știi asta – și nu m-aș putea duce înapoi să întreb. Eu doar...

În acel moment, un mare fior și-a făcut apariția.

A valsat prin fereastră purtat de curent. Poate că era adierea celui de-al Treilea Reich care prindea puteri și mai mari. Sau poate că era doar Europa respirând din nou. Oricum, a căzut peste ei în vreme ce ochii lor metalici s-au ciocnit ca niște căni de tinichea în bucătărie.

– Nu ți-a păsat niciodată de țara asta, zise Hans junior. Nu de ajuns, în orice caz.

Ochii lui papa au început să se aprindă. Nu l-a oprit pe Hans junior. Dintr-un motiv, s-a uitat la fată. Cu cele trei cărți ale sale stând drepte pe masă, ca și cum ar fi participat la conversație, ea murmura în liniște cuvintele în timp ce citea dintr-una.

– Și ce gunoi citește fata asta? Ar trebui să citească *Mein Kampf.*

Liesel privi în sus.

– Nu-ți face griji, Liesel, zise papa. Tu citește în continuare. Nu știe ce vorbește.

Dar Hans junior nu terminase. Se apropie și spuse:

– Ori ești cu Führerul, ori ești împotriva lui – și văd că ești împotriva lui. Mereu ai fost.

Liesel privi fața lui Hans junior și se opri pe subțirimea buzelor și pe linia bolovănoasă a dinților de jos.

– E jalnic cum un om poate sta deoparte, fără să facă nimic, iar o nație întreagă curăță mizeria și devine măreață.

Trudy și mama erau la fel de timorate ca și Liesel. Se simțea miros de supă de mazăre, de ceva care se ardea și de confruntare.

Toți așteptau următoarele cuvinte.

Au venit de la fiu. Doar două.

– Ești laș!

I le azvârli în fața lui papa și părăsi imediat bucătăria și casa.

Ignorând zădărnicia gestului, papa se duse spre ușă și strigă către fiul său:

– Laș? *Eu* sunt lașul?!

Apoi, se grăbi după el, spre poartă, continuând să-i vorbească. Mama s-a dus grabnic la fereastră, a smuls de acolo steagul și a deschis-o. Ea, Trudy și Liesel s-au îngrămădit acolo, privind cum un tată îl prinde din urmă pe fiu și îl înșfacă implorându-l să se oprească. Nu puteau auzi nimic, dar felul în care Hans junior a ridicat din umeri și s-a eliberat a fost îndeajuns de limpede. Imaginea lui papa privindu-l cum se îndepărtează urla din stradă.

– Hansie! strigă mama într-un final.

Atât Trudy, cât și Liesel au tresărit la auzul vocii ei.

– Întoarce-te!

Băiatul plecase.

Da, băiatul plecase și mi-aș dori să vă pot spune că totul a mers bine pentru mai tânărul Hans Hubermann, dar nu a fost așa.

După ce a dispărut de pe strada Himmel în acea zi, în numele Führerului, se va pripi către evenimentele altei întâmplări, fiecare pas ducând tragic către Rusia.

Către Stalingrad.

CÂTEVA LUCRURI DESPRE STALINGRAD

1. În 1942 și la începutul anului 1943, în acel oraș,
cerul era înălbit
în fiecare dimineață, alb ca un cearșaf;
2. Toată ziua, în timp ce purtam sufletele peste el, acea pânză
era împroșcată cu sânge, până când se umplea și atârna
către pământ;
3. Seara, era stoarsă și înălbită
din nou, gata pentru zorii zilei următoare;
4. Și asta se întâmpla doar când lupta se dădea în timpul zilei.

După ce fiul a plecat, Hans Hubermann a mai stat preț de câteva clipe. Strada părea atât de mare!

Când și-a făcut apariția înăuntru, mama l-a fixat cu privirea, dar nu au schimbat nici un cuvânt. Nu l-a admonestat deloc, ceea ce, după cum știți, era extrem de neobișnuit. Poate hotărâse că fusese îndeajuns de rănit, fiind etichetat drept laș de singurul său fiu.

Pentru o vreme, a rămas tăcut la masă după ce prânzul a luat sfârșit. Chiar era un laș, așa cum precizase atât de brutal fiul lui? Cu siguranță, în Primul Război Mondial, se considerase astfel.

Acestui lucru îi atribuise supraviețuirea. Dar există oare lașitate în recunoașterea fricii? Există lașitate în a fi bucuros că ai supraviețuit?

Gândurile sale traversau masa, în vreme ce privea fix parcă prin ea.

– Papa? întrebă Liesel, dar el nici nu se uită la ea. Despre ce vorbea? Ce voia să spună când...

– Nimic, răspunse papa. Vorbi, liniștit și calm, către masă. Nu e nimic. Uită de el, Liesel! Mai trecu poate un minut până când vorbi din nou: Nu trebuie să te duci la un foc în aer liber?

– Da, papa.

Hoțul de cărți a mers și s-a schimbat în uniforma de la Tineretul Hitlerist și au plecat o jumătate de oră mai târziu spre sediul BDM. De acolo, copiii erau luați în grupuri spre centrul orașului.

Se țineau discursuri.

Se aprindea un foc.

Se fura o carte.

100% TRANSPIRAȚIE PUR GERMANĂ

Oamenii se aliniau pe străzi, în timp ce tineretul Germaniei mărșăluia spre primărie și piața centrală. De câteva ori, Liesel a uitat de mama ei și de orice altă problemă. Își simțea pieptul umflat, în vreme ce oamenii îi aplaudau. Câțiva copii le făceau cu mâna părinților, dar scurt – exista o instrucțiune clară să meargă cu capul drept și *să nu se uite sau să facă semne cu mâna* mulțimii.

Când grupul lui Rudy ajunse în centru și i se ceru să se oprească, apăru un incident. Tommy Muller. Restul trupei se opri din marș, iar Tommy a intrat direct în băiatul din fața sa.

– *Dummkopf!* scuipă baiatul înainte de a se întoarce.

– Îmi pare rău, zise Tommy cu brațele întinse în apărare. Fața îl dădu de gol. Nu am auzit.

A fost doar un moment scurt, dar ca o previziune a necazurilor ce vor urma. Pentru Tommy. Pentru Rudy.

La sfârșitul marșului, diviziile Tineretului Hitlerist au primit permisiunea să se disperseze. Ar fi fost aproape imposibil să-i păstreze la un loc, odată ce focul în aer liber le ardea ochii și îi stârnea. Au strigat toți la unison: *Heil Hitler,* și apoi au fost liberi să se plimbe. Liesel îl căută pe Rudy, dar fu prinsă în învălmășeala uniformelor și cuvintelor azvârlite după împrăștierea mulțimii. Copii strigând alți copii.

La 15.40, aerul s-a răcit considerabil.

Oamenii au glumit că trebuie să se încălzească.

– Oricum, doar la asta e bun acest gunoi.

Au folosit cărucioare pentru a-l aduce pe tot. A fost aruncat în mijlocul pieței centrale și înmuiat în ceva aromat. Cărți și hârtie și alte materiale alunecau sau cădeau doar pentru a fi din nou aruncate în grămadă. De la depărtare, semăna cu ceva vulcanic. Sau cu ceva grotesc și extraterestru, care aterizase în mod miraculos în mijlocul orașului și trebuia șters rapid de pe fața pământului.

Mirosul s-a strecurat spre mulțimea care se afla la o distanță bunicică. Erau cu o mie de oameni în plus, pe jos, pe treptele primăriei, pe acoperișurile care încercuiau piața.

Liesel tocmai încerca să-și croiască drum, când s-a auzit un pocnet, ceea ce a făcut-o să creadă că focul izbucnise deja. Nu era cazul. Zgomotul era dat de cinetica oamenilor care se mișcau și se încărcau cu energie.

Au început fără mine!

Deși ceva din interiorul ei îi spunea că asta era o infracțiune – până la urmă, cele trei cărți erau obiectele ei cele mai prețioase –, se simțea obligată să vadă mormanul aprinzându-se. Nu se putea desprinde. Presupun că oamenilor le place să vadă puțină distrugere. Castele de nisip, case din cărți de joc, de acolo începe. Marele lor talent este capacitatea de a înteți un conflict.

Ideea că îl va rata a dispărut când a găsit un loc gol printre trupuri și a putut vedea movila de vinovăție încă intactă. Era înghiontită și îmbrâncită, scuipată chiar. Îi amintea de un copil nepopular, lăsat pradă uitării și derutat, incapabil să-și schimbe soarta. Cu capul lăsat. Cu mâinile în buzunare. Pentru totdeauna. Amin.

Pe margini continuau să cadă tot felul de bucățele, iar Liesel îl căuta pe Rudy. „Unde e *Saukerlul* ăla?“

Când își ridică privirea, cerul parcă se ghemuise.

Un orizont de steaguri și uniforme naziste s-a ridicat, acoperindu-i priveliștea de fiecare dată când încerca să se uite peste capul unui copil mai mic. Era zadarnic. Nu exista șovăială, sau vreo posibilitate să te strecori, sau discuție logică. Respirai cu el și îi cântai cântecele. Îi așteptai focul.

Un bărbat de la tribună a cerut liniște. Uniforma lui era de un brun strălucitor. Practic, încă avea fierul de călcat pe ea. Se lăsă tăcerea.

Primele cuvinte:

– *Heil Hitler!*

Prima lui acțiune: salutul adresat Führerului.

– Astăzi este o zi frumoasă, continuă el. Nu numai că este ziua marelui nostru lider, dar i-am și oprit pe inamici încă o dată. I-am împiedicat să ne atingă mințile...

Liesel încă încerca să se strecoare prin mulțime.

– Am pus capăt molimei care se răspândise în Germania în ultimii douăzeci de ani, dacă nu mai mult!

Executa acum ceea ce se numește *Schreierei* – o manifestare desăvârșită a strigătului pasionat –, avertizând mulțimea să fie cu ochii în patru, să fie vigilentă, să caute și să distrugă mașinațiunile malefice care au drept scop infectarea patriei-mamă în cele mai deplorabile moduri.

– Imoralii! *Kommunisten!*

Din nou cuvântul acela. Cuvântul acela vechi. Camere întunecate. Bărbați care purtau costume.

– *Die Juden* – evreii!

La jumătatea discursului, Liesel a renunțat. Cuvântul „comunist“ a împietrit-o, iar restul discursului a trecut în goană, pierdut undeva printre picioarele germane din jurul ei. Cascade de cuvinte. O fată pășind pe apă. Se gândi din nou. „*Kommunisten.*“

Până acum, la BDM, li se spusese că germanii erau rasa superioară, dar nimeni altcineva nu fusese menționat. Desigur, toată lumea știa de evrei ca principalii vinovați de violarea idealului nemțesc. Dar, până astăzi, niciodată nu fuseseră menționați comuniștii, în ciuda faptului că oamenii cu un asemenea crez politic trebuiau, de asemenea, pedepsiți.

Trebuia să iasă.

În fața ei, un cap cu păr blond împărțit în două cozi stătea absolut nemișcat pe umeri. Holbându-se la el, Liesel vizită din nou acele camere întunecate ale trecutului și și-o aminti pe mama ei răspunzând la întrebări alcătuite dintr-un cuvânt.

Văzu totul clar.

Pe mama ei înfometată, pe fratele dispărut. *Kommunisten.*

Pe fratele mort.

– Și acum, spunem adio acestei mizerii, acestei otrăvi.

Chiar înainte ca Liesel Meminger să se răsucească brusc pe călcâie, îngrețoșată, către ieșirea din mulțime, creatura lucioasă, cu cămașă brună părăsi tribuna. Primi o torță de la un acolit și aprinse grămada care îl făcea să pară un pitic în toată vina lui.

– *Heil Hitler!*

Audiența:

– *Heil Hitler!*

O serie de bărbați au plecat de la tribună și au înconjurat mormanul, l-au aprins, în aclamațiile tuturor. Glasuri se cățărau pe umeri și mirosul de transpirație pur germană s-a străduit la început, apoi s-a revărsat afară. A dat colț după colț, până când toți înotau în el. Cuvintele, transpirația. Și zâmbetele. Să nu uităm zâmbetele.

Au urmat multe comentarii umoristice, plus încă un atac violent cu „*Heil Hitler*". Ştiţi, chiar mă întreb dacă nu cumva cineva şi-a pierdut pe acolo vreun ochi sau şi-a rănit vreo mână ori vreo încheietură. Nu trebuia decât să te uiţi în direcţia greşită la momentul nepotrivit sau să stai prea aproape de altă persoană. Poate că oamenii chiar se răneau. Personal, vă pot zice că nimeni nu a murit din asta, cel puţin nu fizic. Rămânea, bineînţeles, realitatea celor patruzeci de milioane de oameni pe care i-am ridicat până când toată chestiunea a luat sfârşit, dar devine prea metaforic. Permiteţi-mi să mă întorc la foc.

Flăcările portocalii salutau mulţimea, în timp ce hârtia şi litera de tipar se dizolvau. Cuvintele arse erau zdrobite în propoziţiile lor.

Pe de altă parte, dincolo de fierbinţeala neclară, puteai vedea cămăşile brune şi svasticile luându-se de mână. Nu se vedeau oamenii. Doar uniforme şi semne.

Păsările de deasupra dădeau târcoale.

Descriau cercuri, atrase cumva de strălucire – până când se apropiau prea mult de căldură. Sau erau oamenii? Cu siguranţă, căldura nu era nimic.

În încercarea de a scăpa, o găsi o voce:

– Liesel!

Ajunse până la ea, iar fata a recunoscut-o. Nu era Rudy, dar cunoştea acel glas.

S-a răsucit, s-a eliberat şi a urmat vocea pentru a-i găsi faţa ataşată. O, nu! Ludwig Schmeil. Dar el nu a început să o şicaneze, să glumească şi nici n-a pornit o conversaţie, după cum se aştepta ea. Tot ce a putut face a fost să o tragă după el şi să îi arate spre glezna lui, care fusese zdrobită în învălmăşeală şi sângera întunecat şi năvalnic prin şosetă. Chipul lui avea o expresie neajutorată sub părul blond, încâlcit. Un animal. Nu o căprioară în lumina farurilor. Nimic atât de firesc. El era doar un animal rănit într-o încăierare a membrilor aceleiași specii, aproape călcat în picioare.

Cumva, ea l-a ajutat și l-a tras îndărăt. La aer curat.

S-au clătinat spre treptele dintr-o parte a bisericii. Era ceva loc acolo și au respirat și s-au odihnit, amândoi ușurați.

Răsuflarea se prăbuși din gura lui Schmeikl. Îi alunecă în jos, pe gât. Reuși să vorbească.

Stând jos, se ținea de gleznă și privirea lui găsi fața lui Liesel Meminger.

– Mulțumesc! zise el mai degrabă gurii decât ochilor ei. Alte înghițituri de aer. Și... Urmăriră amândoi imagini ale poznelor din curtea școlii și ale unei bătăi. Îmi pare rău pentru... pentru... știi tu.

Liesel auzi din nou.

Kommunisten.

A ales totuși să se concentreze asupra gleznei lui Ludwig Schmeikl.

– Și mie.

Apoi, s-au străduit să respire pentru că nu mai era nimic de zis. Ce avuseseră de împărțit luase sfârșit.

Pata de sânge de pe glezna lui Ludwig Schmeikl se mărea.

Un singur cuvânt răsuna în mintea fetei.

În stânga lor, flăcările și cărțile care ardeau erau aclamate ca niște eroi.

PORȚILE HOȚIEI

Ea a rămas pe trepte, așteptându-l pe papa, privind cenușa dispersată și cadavrul cărților adunate. Totul era trist. Cenușa fierbinte, portocalie și roșie și mare parte din mulțime dispăruseră. Îi văzuse pe Frau Diller plecând (foarte mulțumită) și pe Pfiffikus (păr alb, o uniformă nazistă, pantofi uzați și un fluierat triumfător). Acum se făcea curat și în curând nimeni nu și-ar fi închipuit că se întâmplase.

Dar se putea mirosi.

– Ce faci?

Hans Hubermann ajunse la treptele bisericii.

– Bună, papa.

– Trebuia să fii în fața primăriei.

– Îmi pare rău, papa.

Se lăsă lângă ea, înjumătățindu-și înălțimea când s-a așezat pe beton, și mângâie o șuviță din părul lui Liesel. Degetele lui o aranjară cu blândețe în spatele urechii.

– Liesel, ce s-a întâmplat?

Nu spuse nimic pentru o vreme. Făcea calcule, deși știa deja.

O MICĂ ADUNARE

Cuvântul *comunist* + un mare foc în aer liber + o colecție de scrisori moarte + suferința mamei sale + moartea fratelui său = Führerul

Führerul.

El însemna *ei* despre care vorbeau Hans și Rosa Hubermann în acea seară când ea i-a scris prima oară mamei sale. Știa, dar trebuia să întrebe.

– Este mama mea comunistă? Privi lung. Drept înainte. Mereu o întrebau lucruri înainte ca eu să vin aici.

Hans se trase puțin spre marginea treptei, începând să contureze o minciună.

– Habar nu am... nu am cunoscut-o niciodată.

– Führerul a luat-o?

Întrebarea îi luă pe amândoi prin surprindere și îl forță pe papa să se ridice în picioare. Se uită la oamenii în cămăși brune luând cenușa cu lopeți. Îi auzea dovedind mormanul. O altă minciună i se năștea pe buze, dar i se păru imposibil să o rostească. Zise:

– Cred că e posibil, da.

Cuvintele au fost aruncate pe trepte și Liesel simți mocirla de furie lovind-o fierbinte în stomac.

– Îl urăsc pe Führer, spuse ea. Îl urăsc!

Iar Hans Hubermann?

Ce a făcut? Ce a spus?

S-a aplecat și a îmbrățișat-o pe fiica adoptivă așa cum dorea? I-a zis că regreta ceea ce li se întâmplase ei și mamei sale, ce pățise fratele ei?

Nu chiar.

Își închise strâns ochii. Apoi îi deschise. O plesni pe Liesel Meminger peste față.

– Să nu mai spui asta *niciodată!*

Vocea lui era joasă, dar tăioasă.

Fata se înfioră și se lăsă pe spate, iar el stătea lângă ea ținându-și fața în mâini. Ar fi ușor de zis că el era doar un bărbat înalt stând încovoiat și zdruncinat pe niște trepte de biserică, dar nu era așa. În acel moment, Liesel nu avea idee că părintele adoptiv, Hans Hubermann, era prins într-una dintre cele mai periculoase dileme pe care un cetățean german le putea avea. Mai mult, se confrunta cu asta de aproape un an.

– Papa?

Emoția din propria voce o copleși și o făcu neputincioasă. Voia să fugă, dar nu putea. Papa nu mai avea mâinile pe față acum, dar găsi rezolvarea vorbind din nou.

– Poți să spui asta în casa noastră, zise el uitându-se grav la obrazul lui Liesel. Dar să nu o mai faci niciodată pe stradă, la școală, la BDM, niciodată!

Stătea în fața ei și o ridică de brațe. O zgâlțâi.

– Mă auzi?

Cu ochii agățați de ai lui și larg deschiși, Liesel încuviință din cap ascultătoare.

De fapt, era o repetiție pentru o viitoare morală, când cele mai rele coșmaruri ale lui Hans Hubermann vor ajunge pe strada Himmel mai târziu în acel an, la primele ore ale unei dimineți de noiembrie.

– Bine. O puse jos. Acum, hai să încercăm... La baza treptelor, papa stătea drept și cu brațul la patruzeci și cinci de grade. *Heil Hitler!*

Lisel s-a ridicat și a săltat brațul. Suferind cumplit, ea repetă:

– *Heil Hitler.*

A fost ca un oftat – o fată de unsprezece ani încercând să nu plângă pe treptele bisericii, salutând Führerul în timp ce vocile de dincolo de umărul lui papa tocau și băteau în mormanul întunecat din fundal.

– Mai suntem prieteni?

Poate un sfert de oră mai târziu, papa ținea o țigară ca o creangă de măslin în palmă – hârtia și tutunul pe care tocmai le primise.

Fără vreun cuvânt, Liesel se întinse posomorâtă și începu să o răsucească.

O vreme, au stat unul lângă celălalt.

Fumul se cățăra pe umărul lui papa.

Peste încă zece minute, porțile hoției se vor întredeschide, iar Liesel Meminger le va mai lărgi puțin și se va strecura printre ele.

DOUĂ ÎNTREBĂRI
Porțile se vor închide după ea?
Sau vor avea bunăvoința
să o lase să iasă înapoi afară?

După cum va descoperi Liesel, un hoț bun are nevoie de mai multe lucruri.

Să se furișeze bine. Să aibă curaj. Să fie rapid.

Totuși, mai importantă decât toate aceste lucruri era o cerință finală.

Norocul.

De fapt.

Uitați de cele zece minute.

Porțile se deschid acum.

Carte de foc

Întunericul venea fragmentat, iar ţigara odată terminată, Liesel şi Hans Hubermann au pornit spre casă. Ca să iasă din piaţă, trebuia să treacă de foc şi printr-o străduţă lăturalnică, spre strada München. Nu au ajuns până acolo.

Un tâmplar între două vârste, pe nume Wolfgang Edel, i-a strigat. Construise tribuna unde au stat mai-marii nazişti în timpul focului şi acum se afla în cursul procesului de dezasamblare.

– Hans Hubermann? Avea perciuni care îi ajungeau până la gură şi o voce cavernoasă. Hansie?

– Salut, Wolfal, i-a răspuns Hans.

A urmat prezentarea lui Liesel şi obligatoriile *Heil Hitler!* Bine, Liesel.

În primele câteva minute, Liesel a stat pe la cinci metri depărtare de conversaţia celor doi. Frânturi ajungeau la ea, dar nu le-a dat mare atenţie.

– Găseşti ceva de muncă?

– Nu, totu-i greu acum. Ştii cum e, mai ales când nu eşti membru.

– Mi-ai spus că te înscrii, Hansie.

– Am încercat, dar am făcut o greşeală – cred că încă se gândesc la asta.

Liesel se îndreptă alene spre muntele de cenușă. Era ca un magnet, ca o ciudățenie. Irezistibil ochilor, ca strada stelelor galbene.

Ca și în cazul impulsului de mai devreme de a vedea aprinderea mormanului, ea nu-și putea lua privirea. Complet singură, nu avea disciplina de a păstra o distanță sigură. O sorbea către el și ea începu să se apropie.

Deasupra, cerul își termina rutina de a se întuneca, dar departe, peste coama muntelui, se zărea o fâșie de lumină slabă.

– *Pass auf, Kind,* îi zise o uniformă la un moment dat. Ai grijă, copile!

Și continuă să pună cu lopata cenușă într-o roabă.

Mai aproape de primărie, sub o lumină, niște umbre stăteau și vorbeau, cel mai probabil exaltate de succesul focului. De unde se afla Liesel, erau doar sunete. Fără cuvinte.

Preț de câteva minute, privi cum bărbații încărcau mormanul, la început luând de la margini, pentru a-l face să se prăbușească. Veneau și plecau cu un camion, și după trei drumuri mormanul fusese îndepărtat aproape complet și o părticică de material viu alunecă din cenușă.

Materialul

Jumătate de steag roșu, două postere care făceau reclamă unui poet evreu, trei cărți și un semn de lemn cu ceva scris pe el în ebraică.

Poate că au fost umede. Poate că focul nu a ars îndeajuns încât să ajungă până la ele. Indiferent de motiv, erau cuibărite în cenușă, zguduite. Supraviețuitoare.

– Trei cărți.

Liesel vorbi încet și se uită la spinările bărbaților.

– Haide! zise unul dintre ei. Vrei să te grăbești? Sunt mort de foame.

Se apropiară de camion.

Cele trei cărți grupate se ițeau dintre resturi.

Liesel înaintă.

Dogoarea era destul de puternică încât să o încălzească atunci când se aflǎ la marginea grămezii de cenușă. Băgând mâna înăuntru, pielea îi fu pișcată, dar, la a doua încercare, s-a asigurat că este destul de rapidă. Înhăță cea mai apropiată carte. Era albastră și arsă pe margini, dar altfel neatinsă.

La atingere, coperta părea ca și cum ar fi fost țesută cu sute de ațe strânse și fixate împreună. Singurul cuvânt pe care Liesel avu timp să-l citească fu „umeri". Nu era îndeajuns timp pentru a citi și restul, plus că mai avea o problemă. Fumul.

Fumul se ridică din învelitoare în timp ce ea o șterpeli și se îndepărtă. Nu putea ține capul drept, dar plăcerea bolnăvicioasă a nervilor încordați se dovedi mai teribilă cu fiecare pas. Făcu paisprezece pași până să audă vocea.

Se ridică în spatele ei.

– Hei!

Atunci aproape că a fost pe cale să fugă înapoi și să arunce cartea în grămadă, dar nu a fost capabilă. Singura mișcare posibilă era să se întoarcă.

– Aici sunt niște lucruri care nu au ars! Era unul dintre cei de la curățenie. Nu era cu fața către fată, ci mai degrabă spre oamenii care stăteau lângă primărie.

– Atunci, aprinde-le din nou! veni replica. Și *ai grijă* să ardă!

– Cred că sunt ude!

– Doamne Dumnezeule, trebuie să fac totul singur?

Un zgomot de pași trecu pe lângă ea. Era primarul, purtând o haină neagră pe deasupra uniformei naziste. Nu a observat-o pe fata care stătea la mică distanță, absolut nemișcată.

O REALIZARE

O statuie a hoțului de cărți
stătea în curte...
Este foarte rar, nu
credeți, ca o statuie să
apară înainte ca subiectul ei
să devină vestit?

Se scufunda.

Ușurarea de a fi ignorat!

Cartea părea îndeajuns de rece pentru a putea fi strecurată sub uniformă. La început, a fost caldă și plăcută la piept. Dar, când începu să meargă, cartea se încălzi.

Când a ajuns înapoi la papa și la Wolfgang Edel, cartea începuse să o ardă. Părea că se aprinde.

Amândoi bărbații priviră în direcția ei.

Ea zâmbi.

Îndată ce zâmbetul i se stinse pe buze, simți altceva. Sau, mai exact, pe *altcineva.* Nu putea să confunde sentimentul de a fi urmărită. O învăluia, și s-a confirmat când a îndrăznit să privească spre umbrele de lângă primărie. La câțiva metri de grupul de siluete stătea o alta, iar Liesel și-a dat seama de două lucruri.

CÂTEVA FRAGMENTE DE RECUNOAȘTERE

1. Identitatea umbrei
și

2. Faptul că
văzuse totul.

Umbra avea mâinile în buzunare.

Avea părul ciufulit.

Dacă ar fi avut un chip, ar fi fost unul ofensat.

– *Gott verdammt!* murmură Liesel doar pentru sine. La naiba!

– Suntem gata de plecare?

În momentele de dinaintea conștientizării pericolului copleșitor, papa își luase rămas-bun de la Wolfgang Edel și se pregătea să o însoțească pe Liesel spre casă.

– Gata! răspunse ea.

Începură să se îndepărteze de locul faptei, iar cartea o ardea de-a binelea acum. *Ridicarea din umeri* i se lipise de coaste.

Hoțul de cărți tresări când trecură pe lângă umbrele primejdioase de lângă primărie.

– Ce s-a întâmplat? întrebă papa.

– Nimic.

Totuși, destule lucruri nu erau deloc în regulă:

Din gulerul lui Liesel ieșea fum.

O dâră de transpirație i se formase în jurul gâtului.

Sub cămașă, cartea o mânca de vie.

PARTEA A TREIA

MEIN KAMPF

în rolurile principale:

drumul spre casă – o femeie defectă –
un luptător – un jongler –
atributele verii – un comerciant arian –
un sforăitor – doi șarlatani
și răzbunarea în formă de acadele combinate

DRUMUL SPRE CASĂ

Mein Kampf.

Cartea iscălită de Führerul însuși.

Era a treia carte de mare importanță care ajunsese la Liesel Meminger, numai că, de această dată, nu a furat-o. Cartea și-a făcut apariția pe strada Himmel numărul 33 poate la o oră după ce Liesel s-a cufundat din nou în somn, după coșmarul obligatoriu.

Unii ar spune că era un miracol că a deținut vreodată o carte.

Călătoria a început în timpul drumului spre casă, în noaptea focului.

Făcuseră jumătate din drumul spre strada Himmel, când Liesel nu a mai putut suporta. S-a aplecat și a scos cartea fumegândă, pe care o tot trecu dintr-o mână în cealaltă.

Când se răci îndeajuns, o priviră amândoi pentru o clipă, așteptând cuvintele.

Papa:

– Ce naiba mai e și aia?

Se întinse și apucă *Ridicarea din umeri.* Nu era nevoie de nici o explicație. Era evident că fata o furase din foc. Cartea era fierbinte și umedă, albastră și roșie – rușinată –, iar Hans Hubermann o deschise. La paginile treizeci și opt și treizeci și nouă.

– Încă una?

Liesel își freca pieptul.

Da.

Încă una.

– Se pare că, a sugerat papa, nu trebuie să mai fac schimb pentru țigări, nu-i așa? Nu când le furi la fel de repede pe cât le pot eu cumpăra.

Papa studie titlul, întrebându-se probabil ce fel de amenințare constituise această carte pentru inimile și mințile nemților. I-o dădu înapoi. Ceva se întâmplase.

– Doamne Iisuse Hristoase!

Fiecare cuvânt cădea pe muchie. Se spărgea și îl forma pe următorul.

Infractorul nu mai putu rezista.

– Ce e, papa? Ce este?

– Sigur că da!

Ca majoritatea oamenilor fascinați de o revelație, Hans Hubermann era cuprins de o oarecare amorțeală. Următoarele cuvinte vor fi ori urlate, ori nu vor răzbi printre dinți. De asemenea, ele, cel mai probabil, ar fi o repetiție a ultimului lucru pe care l-a spus cu doar câteva momente mai devreme.

– Sigur că da.

De această dată, vocea lui era ca un pumn tocmai izbit de masă.

Omul vedea ceva. Privea acel lucru rapid, de la un capăt la altul, ca pe o cursă, dar era prea sus și prea departe pentru ca Liesel să vadă. Îl imploră:

– Haide, papa, ce este? O rodea că i-ar zice mamei despre carte. Ca în cazul tuturor oamenilor, totul avea legătură cu ea. Ce-o să-i spui?

– Poftim?

– Știi tu. Ce îi vei spune mamei?

Hans Hubermann încă privea, înalt și distant.

– Despre ce?

Ea a ridicat cartea.

– Asta!

O flutură prin aer ca și cum ar fi învârtit o armă.

Papa era uluit.

– De ce i-aș spune?

Ura întrebări de genul acesta. O forțau să recunoască adevărul hidos, să aducă la suprafață firea ei murdară, de hoț.

– Pentru că am furat din nou.

Papa se aplecă, apoi se ridică și puse o mână pe capul fetei. Îi mângâie părul cu degetele sale lungi și aspre și zise:

– Sigur că nu, Liesel. Ești în siguranță.

– Deci ce vei face?

Asta era întrebarea.

Ce act minunat era pe cale Hans Hubermann să producă din aerul rarefiat de pe strada München?

Înainte să vă arăt, cred că ar trebui să aruncăm o privire asupra a ceea ce văzuse el înainte de a lua respectiva decizie.

VIZIUNILE FUGARE ALE LUI PAPA

Prima dată, vede cărțile fetei: *Manualul groparului, Câinele Faust, Farul* și acum *Ridicarea din umeri.*
Urmează o bucătărie și un Hans junior superficial,
uitându-se la acele cărți de pe masă,
unde fata citește deseori. El vorbește:
– Și ce gunoi citește fata asta?
Fiul său repetă întrebarea de trei ori,

după care face sugestia că ar fi mai potrivit să citească altceva.

– Ascultă, Liesel! Papa o cuprinse cu brațul și merseră împreună mai departe. Este secretul nostru cartea asta. O vom citi noaptea sau în pivniță, ca și pe celelalte, dar trebuie să îmi promiți ceva.

– Orice, papa.

Seara era plăcută și neclintită. Totul asculta.

– Cândva, dacă o să te rog să păstrezi un secret pentru mine, o vei face?

– Promit!

– Bine. Acum, vino. Dacă mai întârziem mult, mama o să ne omoare și nu vrem asta, nu-i așa? S-a terminat cu furatul de cărți atunci, da?

Liesel rânji.

Ceea ce nu a aflat decât mai târziu a fost că, în următoarele câteva zile, tatăl ei adoptiv a reușit să schimbe niște țigări pentru o altă carte, numai că, de data aceasta, nu era pentru ea. A bătut la ușa biroului partidului nazist din Molching și a folosit ocazia pentru a întreba de cererea lui de adeziune. După ce a discutat despre asta, a mers mai departe și le-a dat ultimele rămășițe de bani și o duzină de țigări. În schimb, a primit un exemplar uzat din *Mein Kampf.*

– Lectură plăcută! zise unul dintre membrii de partid.

– Mulțumesc, încuviință din cap Hans.

Din stradă, încă îi putea auzi pe cei de dinăuntru. Una dintre voci a fost în mod deosebit clară:

– Nu va fi niciodată admis, zicea, nici dacă o să cumpere o sută de exemplare din *Mein Kampf.*

Afirmația a fost aprobată în mod unanim.

Hans ținea cartea în mâna dreaptă, gândindu-se la banii pentru poștă, o existență lipsită de țigări și o fiică adoptivă care îi dăduse această idee strălucită.

– Mulțumesc, repetă el, la care un trecător l-a întrebat ce spusese.

Cu amabilitatea-i specifică, Hans răspunse:

– Nimic, domnule drag, absolut nimic. *Heil Hitler!*

Apoi o luă pe strada München, ținând în mână paginile Führerului. Trebuie să fi simțit o porție zdravănă de sentimente contradictorii la acel moment, pentru că ideea lui Hans Hubermann nu a fost inspirată doar de Liesel, ci și de fiul său. Îi era deja teamă că nu îl va mai vedea vreodată? Pe de altă parte, se bucura de extazul unei idei, neîndrăznind să-și închipuie complicațiile, pericolele și absurditățile malițioase ale acesteia. Deocamdată, ideea era de ajuns. Era indestructibilă. Să o transforme în realitate... asta era cu totul altceva. Momentan însă, să îl lăsăm să se bucure.

Îi vom da șapte luni.

Apoi, vom veni după el.

Și, oh, ce vom mai veni!

Biblioteca primarului

Cu siguranță, ceva de o magnitudine extraordinară se îndrepta spre strada Himmel numărul 33, ceva de care Liesel habar nu avea încă. Pentru a parafraza o expresie a oamenilor mult prea folosită, fata avea lucruri mai importante de făcut.

Furase o carte.

Cineva o văzuse.

Hoțul de cărți reacționase. Corespunzător.

Fiecare minut, fiecare oră reprezenta o grijă, sau mai exact paranoia. Activitatea infracțională stârnește asta într-o persoană, mai ales într-un copil. Ei își imaginează un fel de prins-cu-mâța-în-sac. Câteva exemple: oameni repezindu-se la tine pe alei. Profesori care sunt dintr-odată conștienți de orice păcat pe care l-ai comis. Poliția apărând la ușă de fiecare dată când se mișcă o frunză sau o poartă îndepărtată se închide cu o izbitură.

Pentru Liesel, paranoia însăși devenise o pedeapsă, așa cum devenise și groaza de a livra rufe spălate acasă la primar. Fără îndoială că, așa cum sunt sigură că vă puteți închipui, când era timpul, Liesel trecea cu vederea în mod convenabil casa de pe Grande Strasse. Trecu pe la artritica Helena Schmidt și luă hainele de la reşedinţa Weingartner cea iubitoare de pisici, dar ignoră casa care le aparţinea lui *Bürgermeister* Heinz Herman şi soţiei sale, Ilsa.

O MICĂ TRADUCERE
***Bürgermeister* = primar**

La prima ocazie, ea a spus că pur şi simplu a uitat de acel loc – o scuză jalnică odată ce casa era în mijlocul dealului care domina oraşul şi care era de neignorat. Când s-a dus înapoi şi s-a întors tot cu mâna goală, a minţit că nu era nimeni acasă.

– Nimeni acasă? Mama era sceptică. Scepticismul o făcea să fie atrasă de lingura de lemn. O flutură spre Liesel şi zise: Întoarce-te acolo acum, şi dacă nu vii acasă cu rufele, nu mai veni deloc!

– Serios?

Asta a fost reacţia lui Rudy când Liesel i-a spus ce îi zisese mama.

– Vrei să fugim împreună?

– O să murim de foame.

– Oricum mor de foame!

Au râs amândoi.

– Nu, spuse ea, trebuie să fac asta.

Au colindat oraşul aşa cum făceau de obicei când venea şi Rudy. Încerca mereu să fie un gentleman şi să-i care traista, dar Liesel refuza de fiecare dată. Numai pe ea o păştea ameninţarea unui *Watschen* şi de aceea numai ea putea fi de încredere să care traista corect. Oricine altcineva, cel mai probabil, ar fi purtat-o greşit, ar fi răsucit-o sau ar fi maltratat-o cumva şi nu merita riscul. De asemenea, pesemne că, dacă i-ar fi permis lui Rudy să o care în locul ei, el ar fi aşteptat un sărut în schimbul serviciilor, şi asta nu era o opţiune. Pe lângă asta, era obişnuită cu greutatea ei. Muta traista de pe un umăr pe altul cam la fiecare o sută de paşi.

Liesel mergea la stânga, Rudy – la dreapta. În mare parte din vreme, Rudy vorbea despre ultimul meci de fotbal de pe strada Himmel, despre cum lucra la magazinul tatălui său și despre orice altceva îi venea în minte. Liesel încerca să asculte, dar nu reușea. Ceea ce auzea era groaza răsunându-i în urechi, devenind din ce în ce mai puternică pe măsură ce se apropiau de Grande Strasse.

– Ce faci? Nu e aici?

Liesel îl aprobă din cap pe Rudy. Încercase să treacă de casa primarului ca să câștige puțin timp.

– Păi, du-te! o grăbi băiatul.

În Molching se întuneca. Frigul ieșea din pământ.

– Mișcă, *Saumensch,* zise el și rămase la poartă.

La capătul aleii se aflau opt trepte până la intrarea principală a casei, iar ușa cea mare era ca un monstru. Liesel se încruntă la ciocănelul de aramă.

– Ce mai aștepți? strigă Rudy.

Liesel se întoarse spre stradă. Exista vreo cale, orice cale posibilă de a scăpa de acest lucru? Mai exista vreo alternativă sau, ca să fim sinceri, vreo minciună pe care o omisese?

– Nu avem toată ziua. Din nou, glasul distant al lui Rudy. Ce naiba aștepți?

– Vrei să-ți ții fleanca, Steiner?

Era un țipăt la volumul unei șoapte.

– Ce?

– Am zis să taci, *Saukerl* prost!

Cu asta, se întoarse din nou spre ușă, trase ciocănelul de aramă și lovi ușor de trei ori. Se apropiau pași din cealaltă parte.

La început, nu se uită la femeie, ci se concentră asupra traistei cu rufe din mână. Îi examină toarta în timp ce i-o înmână. Primi bani și apoi nimic. Soția primarului, care nu vorbea niciodată, stătea pur și simplu în halat, cu părul fin și ciufulit legat la spate, într-o coadă scurtă. Se simțea un curent venind dinăuntru. Ceva asemănător unei răsuflări imaginare a unui cadavru. Nici acum nu se auzi vreun cuvânt, iar atunci când Liesel găsi curajul de a o privi, femeia avea o expresie nu de reproș, ci de indiferență totală. Pentru o clipă, se uită peste umărul lui Liesel la băiat, apoi dădu din cap și păși înapoi, închizând ușa.

O vreme, Liesel rămase acolo, cu fața la suprafața de lemn drept.

– Hei, *Saumensch!*

Nici un răspuns.

– Liesel!

Liesel o luă îndărăt.

Prudentă.

Făcu primii câțiva pași înapoi, calculând.

Poate că, până la urmă, femeia nu o văzuse furând cartea. Fusese pe înserate. Poate că fusese una dintre acele ocazii în care o persoană pare că se uită direct la tine când în realitate privește altceva sau pur și simplu visează cu ochii deschiși. Indiferent care era răspunsul, Liesel nu a continuat să analizeze. Scăpase basma curată și asta era de ajuns.

S-a întors și a făcut restul pașilor în mod normal, ultimii trei dintr-odată.

– Să mergem, *Saukerl!*

Chiar își permise să râdă. Era puternică paranoia unui copil de unsprezece ani. Iar ușurarea era extatică.

CEVA MIC, CARE SĂ TEMPEREZE EUFORIA

Nu scăpase deloc basma curată.
Soția primarului chiar o văzuse.
Doar că aștepta momentul potrivit.

Au trecut câteva săptămâni.

Fotbal pe strada Himmel.

Citea *Ridicarea din umeri* între două și trei în fiecare noapte, după coșmar, sau în timpul după-amiezii, în pivniță.

Încă o vizită benignă la casa primarului.

Totul era minunat.

Până când.

Când Liesel a venit din nou în vizită, fără Rudy, oportunitatea și-a făcut apariția. Era o zi de luat rufe.

Soția primarului deschise ușa și nu avea traista ca de obicei. În loc de asta, păși într-o parte și, cu o mișcare din încheietura mâinii ei ca de cretă, îi făcu semn fetei să intre.

– Nu am venit decât pentru rufe.

Sângele îi înghețase. Se făcuse fărâme. Fata aproape că se făcu bucăți pe trepte.

Femeia îi adresă primul cuvânt. Întinse mâna cu degetele reci și zise:

– *Warte* – așteaptă.

După ce se asigură că fata stă pe loc, se răsuci și intră rapid înăuntru.

– Slavă Domnului! răsuflă Liesel. Le aduce.

„Le“ se referea la rufe.

Dar ceea ce a adus femeia nu era nimic de genul acesta.

Când se întoarse și se opri în prag cu o fermitate imposibil de fragilă, ținea un turn de cărți lipite de abdomen, de la buric până sub sâni. Părea atât de vulnerabilă în ușa monstruoasă! Gene lungi, deschise la culoare și cea mai vagă expresie. Sugestia unei expresii.

„Vino să vezi“, zicea.

„O să mă tortureze, era Liesel convinsă. O să mă ducă înăuntru, o să aprindă șemineul și o să mă arunce acolo, cu tot cu cărți. Sau o să mă încuie la subsol, fără pic de mâncare.“

Dintr-un oarecare motiv totuși – probabil ispita cărților – s-a trezit intrând. Scârțâitul pantofilor pe parchetul de lemn o făcu să bată în retragere, şi aproape că se opri atunci când atinse un punct sensibil, făcând lemnul să suspine. Nevasta primarului nu se lăsă descurajată. Se uită scurt în urmă şi se îndreptă spre o uşă de culoarea castanului. Acum, chipul ei punea o întrebare:

„Eşti gata?“

Liesel îşi întinse puţin gâtul, ca şi cum voia să vadă peste uşa care îi stătea în cale. Era limpede, era semnalul să o deschidă.

– Doamne Iisuse...

O spuse cu voce tare, cuvintele răspândindu-se într-o cameră plină de aer rece şi de cărţi. Peste tot cărţi! Fiecare perete era căptuşit cu rafturi supraaglomerate, dar impecabile. Abia dacă se zărea vreun tablou. Erau stiluri şi mărimi diferite ale literelor pe cotoarele cărţilor negre, roşii, gri şi de toate culorile. Erau cele mai frumoase lucruri pe care Liesel Meminger le văzuse vreodată.

Cu mirare, ea zâmbi.

Că exista o astfel de cameră!

Chiar şi atunci când a încercat să-şi şteargă zâmbetul cu braţul, şi-a dat seama pe loc că era un efort inutil. Putea simţi ochii femeii plimbându-se pe trupul ei, şi atunci când se uită la ea, privirea i se opri pe chipul acesteia.

Era mai multă linişte decât se gândise vreodată că este posibil. Se întindea ca un elastic pe cale să plesnească. Fata sparse tăcerea:

– Pot?

Cuvântul se afla în mijlocul întinderii nesfârşite de spaţiu gol, de lemn. Cărţile erau la kilometri depărtare.

Femeia încuviinţă din cap.

– Da, poţi.

Încet şi sigur, camera se micşoră până când hoţul de cărţi a putut să atingă rafturile după câţiva paşi mici. Mângâie cu dosul palmei primul raft, ascultând foşnetul făcut de unghiile sale pe coloana vertebrală a fiecărei cărți. Suna ca un instrument sau ca notele unor picioare care aleargă. Folosi ambele mâini. Se întreceau una cu cealaltă. Un raft împotriva celuilalt. Și râse. Vocea ei izbucni din gât, și în cele din urmă se opri în mijlocul camerei, unde petrecu mai multe minute privind de pe rafturi la degetele ei, și apoi invers.

Câte cărți atinsese?

Câte *simțise?*

Se apropie și le pipăi iarăși, de data asta mult mai încet, cu palma înainte, ca să poată simți din plin micul obstacol al fiecărei cărți. Părea ceva magic și frumos datorită razelor de lumină venite dinspre candelabru. De mai multe ori, aproape că a tras o carte de la locul ei, dar nu a îndrăznit să le deranjeze. Erau prea perfecte.

La stânga ei, o văzu din nou pe femeie stând lângă un birou mare, încă ținând micul turn sprijinit de trunchi. Stătea într-o arcuire încântată. Un zâmbet părea să-i fi paralizat pe buze.

– Vreți să vă?...

Liesel nu termină întrebarea, ci făcu ceea ce dorea să spună, mergând și luând cărțile ușor din brațele femeii. Le puse apoi în locul gol de pe raft, lângă fereastra întredeschisă. Frigul de afară intra în șuvoaie.

Pentru un moment, se gândi să o închidă, dar se abținu. Aceasta nu era casa ei, iar atmosfera nu trebuia schimbată. Se întoarse către doamna din spatele ei, al cărei zâmbet dădea în clipa aceea impresia unei vânătăi și ale cărei brațe atârnau zvelte de fiecare parte a trupului. Ca brațele fetei.

Și acum?

Un sentiment de stânjeneală se pofti în cameră, iar Liesel aruncă în trecere o ultimă privire către pereții acoperiți de cărți. Cuvintele i se învălmășeau în gură și ieșiră grăbite:

– Ar trebui să plec.

A avut nevoie de trei încercări până când reuși să părăsească încăperea.

Așteptă în hol câteva minute, dar femeia nu veni, și când Liesel se întoarse în pragul ușii bibliotecii, o văzu stând la birou și uitându-se în gol la una dintre cărți. Se hotărî să nu o deranjeze. În hol, luă rufele de spălat.

De data aceasta, evită punctul sensibil din parchet, mergând pe lângă peretele din stânga al coridorului. Când închise ușa în urma ei, un zăngănit de aramă îi răsună în urechi și, cu rufele în mână, mângâie trupul lemnului.

– Haide! zise ea.

Năucită, o luă spre casă.

O însoțea experiența suprarealistă a camerei pline de cărți și a femeii dărâmate și fără de grai. Putea să o vadă pe clădiri, ca pe o piesă de teatru. Poate că era ceva asemănător felului în care papa avusese revelația lui cu *Mein Kampf.* Oriunde se uita, Liesel o vedea pe soția primarului cu cărțile vrăfuite în brațe. La colțuri, putea auzi foșnetul propriilor mâini deranjând rafturile. Vedea fereastra deschisă, candelabrul luminii minunate și se vedea pe sine plecând fără măcar un cuvânt de mulțumire.

În curând, starea de amorțeală se transformă în ciudă și în dispreț de sine. Începu să se acuze singură.

– Nu ai spus nimic. Dădu cu putere din cap, făcând pași grăbiți. Nici rămas-bun. Nici mulțumesc. Nu: asta a fost cea mai frumoasă priveliște pe care am văzut-o vreodată. Nimic!

Cu siguranță, era un hoț de cărți, dar asta nu însemna că trebuia să fie lipsită de orice maniere. Nu însemna că nu poate fi politicoasă.

Merse câteva minute bune luptându-se cu nehotărârea.

Pe strada München, ajunse la o concluzie.

Exact când zări placa pe care scria *STEINER – SCHNEIDERMEISTER*, se întoarse și fugi înapoi.

De data aceasta nu avu nici o ezitare.

Bătu la ușă, trimițând un ecou de bronz prin lemn.

Scheisse![1]

Nu soția primarului, ci chiar primarul stătea în fața ei. În grabă, Liesel trecuse cu vederea mașina din stradă.

Cu mustață și costum negru, bărbatul vorbi:

– Pot să te ajut?

Liesel nu putu rosti nimic. Nu încă. Era încovoiată, fără aer, dar, din fericire, femeia sosi când fata își revenise măcar parțial. Ilsa Hermann venise în spatele soțului ei.

– Am uitat, zise Liesel. Ridică traista și i se adresă soției primarului. Deși respira cu greutate, proiectă cuvintele prin spațiul de la intrare – printre primar și ușă –, spre femeie. Făcea un efort atât de mare să respire, încât cuvintele scăpau doar câteva odată: Am uitat... Vreau să spun, doar, voiam, îngăimă ea, să vă mulțumesc.

Soția primarului strivi un zâmbet. Veni în față, lângă soț, dădu vag din cap, așteptă și închise ușa.

Lui Liesel îi luă aproximativ un minut ca să plece.

Zâmbi către trepte.

---

[1] Rahat (în lb. germană, în original)

VI-L PREZINT PE LUPTĂTOR

Acum, să schimbăm peisajul.

Ne-a mers prea ușor până acum, prieteni, nu credeți? Ce ar fi să uităm de Molching pentru o clipă sau două?

Ne va face destul de bine.

Este important și pentru poveste.

Vom călători puțin, către o magazie secretă, și vom vedea ce vom vedea.

UN TUR CU GHID AL SUFERINȚEI
La stânga voastră, poate la dreapta,
poate chiar drept în față,
veți găsi o cămăruță neagră.
În ea stă un evreu.
E un nenorocit. E lihnit.
E înfricoșat.
Vă rog, încercați să nu vă îndepărtați privirea.

Câteva sute de kilometri la nord-vest, în Stuttgart, departe de hoții de cărți, de nevestele de primari și de strada Himmel, un bărbat stătea în întuneric. Era cel mai bun loc, hotărâseră ei. E mai greu să găsești un evreu în întuneric.

Stătea pe valiza lui, așteptând. Câte zile trecuseră?

Nu mâncase decât gustul odios al propriei respirații înfometate timp de ceea ce părea a fi săptămâni, și tot nimic. Ocazional, voci treceau pe acolo și câteodată tânjea ca oamenii să bată la ușă, să o deschidă, să-l tragă afară, în lumina insuportabilă. Deocamdată, putea doar să stea pe valiza-canapea, ținând mâinile sub bărbie, coatele arzându-i coapsele.

Somnul, somnul înfometat și iritația stării de trezie pe jumătate, și pedeapsa podelei.

Ignoră picioarele care te mănâncă.

Nu-ți scărpina tălpile.

Și nu te mișca prea mult.

Doar lasă totul cum este, indiferent de efort. Ar putea fi vremea să pleci în curând. Ușor ca o pușcă. Exploziv pentru ochi. Ar putea fi timpul să pleci. Ar putea fi timpul, așa că trezește-te! Trezește-te acum, fir-ar să fie! Trezește-te!

Ușa fu deschisă și închisă, iar o siluetă era aplecată deasupra lui. Mâna tulbură valurile reci ale hainelor sale și curenții murdari de dedesubt. O voce veni în jos, în urma mâinii.

– Max, șopti. Max, trezește-te!

Ochii săi nu făcură nimic din ceea ce descriem în mod obișnuit a fi șoc. Fără vreun pocnet, fără vreo plesnitură sau vreo zdruncinătură. Astfel de lucruri se întâmplă când te trezești dintr-un vis rău, nu când te trezești *într-unul.* Nu, și-a deschis ochii cu greu, din întuneric spre crepuscul. Corpul a fost cel care a reacționat ridicând din umeri și aruncând în aer un braț, ca să înhațe aerul.

Vocea îl calma acum.

– Îmi pare rău că a durat atât de mult. Cred că am fost urmărit. Și i-a luat mai mult decât credeam omului cu legitimația de identitate. Nu e de o calitate extraordinară, dar să sperăm că-i de ajuns de bună ca să ajungi acolo dacă se va putea. Se aplecă și flutură mâna spre valiză. În cealaltă mână avea ceva greu și plat. Haide, sus! zise.

Max ascultă, ridicându-se în picioare și scărpinându-se. Putea simți cum i se contractă oasele.

– Legitimația e în asta.

Era o carte.

– Ar trebui să pui acolo și harta, și indicațiile. Și e o cheie – lipită în interiorul copertei, mai spuse el. Deschise valiza cât mai încet posibil și instală acolo cartea ca pe o bombă. O să mă întorc în câteva zile, adăugă.

Lăsă o mică sacoșă plină de pâine, untură și trei morcovi micuți. Lângă ea era o sticlă cu apă. Nu se scuză deloc.

– Doar de atât am putut face rost.

Deschise ușa, o închise.

Singur din nou.

Ceea ce l-a atins imediat a fost sunetul.

Totul era atât de deznădăjduitor de zgomotos în întuneric, când era singur. De fiecare dată când se mișca, se auzea sunetul unei cute. Se simțea ca un bărbat într-un costum de hârtie.

Mâncarea.

Max împărți pâinea în trei bucăți și puse două deoparte. Se afundă în cea din mână, mestecând și înghițind, forțând-o în jos pe culoarul uscat al gâtlejului. Untura era rece și tare, trecând în bucăți și rămânând uneori pe loc. Înghițituri mari le urneau și le trimiteau în jos.

Apoi, morcovii.

Din nou, puse doi deoparte și îl devoră pe cel de-al treilea. Zgomotul era asurzitor. Sigur, și Führerul însuși putea auzi sunetul unei sfărâmări portocalii în gură. Îi spărgea dinții cu fiecare mușcătură. Când a băut, a fost destul de sigur că i-a înghițit. „Data viitoare, se sfătui singur, să bei înainte."

Mai târziu, spre ușurarea sa, când ecourile îl părăsiră și găsi curajul să verifice cu degetele, constată că fiecare dinte era la locul lui, intact. Încercă un zâmbet, dar fără succes. Putea doar să-și imagineze o încercare umilă și o gură plină de dinți stricați. Îi cercetă timp de ore întregi.

Deschise valiza și luă cartea.

Nu-i putea citi titlul în întuneric, iar riscul de a aprinde un chibrit părea prea mare acum.

Când vorbi, simți gustul unei șoapte.

– Te rog! spuse. Te rog!

Vorbea cu un om pe care nu-l cunoscuse niciodată. Printre alte câteva detalii importante, știa numele bărbatului. Hans Hubermann. Din nou, îi vorbi străinului îndepărtat. Îl imploră:

– Te rog!

Atributele verii

Prin urmare, așa stau lucrurile.

Știți foarte bine exact ce urma să vină pe strada Himmel la sfârșitul anului 1940.

Eu știu.

Voi știți.

Liesel, pe de altă parte, nu face parte din această categorie.

Pentru hoțul de cărți, vara acelui an era ceva simplu. Conținea patru elemente principale sau atribute. Câteodată, se întreba care era cel mai puternic.

Iar nominalizații sunt...

1. Să progreseze în fiecare noapte cu *Ridicarea din umeri*;
2. Să citească pe jos, în biblioteca primarului;
3. Să joace fotbal pe strada Himmel;
4. Să găsească o altă ocazie de a fura.

Ridicarea din umeri, a decis ea, era excelentă. În fiecare noapte, când se liniștea după coșmar, nu trecea mult și era mulțumită că era trează și putea citi.

– Câteva pagini? o întreba papa, iar ea aproba din cap.

Câteodată, termina un capitol în după-amiaza următoare, jos, în pivniță.

Problema autorităților cu cartea era evidentă. Protagonistul era un evreu și era prezentat într-o lumină bună. De neiertat. Era un om avut, care se săturase să lase viața să treacă pe lângă el – ceea ce el numea ridicatul din umeri în fața problemelor și plăcerilor din timpul vieții unei persoane pe pământ.

La începutul verii în Molching, pe măsură ce Liesel și papa avansau cu lectura, acest bărbat călătorea la Amsterdam cu afaceri, iar zăpada dârdâia afară. Fata adora asta – zăpada care dârdâia.

– Chiar asta face când ninge, îi zise ea lui Hans Hubermann.

Stăteau împreună pe pat, papa dormind pe jumătate și fata complet trează.

Uneori, îl privea pe papa cum dormea, știind mai multe și mai puține despre el decât își dădea seama vreunul dintre ei. Îl auzea adesea certându-se cu mama despre lipsa de lucru sau vorbind mâhniți despre cum Hans se dusese să-și vadă fiul și descoperise că tânărul își părăsise locuința și, cel mai probabil, se înrolase în armată.

– *Schlaf gut, Papa!* îi spunea fata lui papa în acele vremuri. Somn ușor, și se strecura din pat, pe lângă el, ca să stingă lumina.

Următorul atribut, după cum am menționat, era biblioteca primarului.

Că să ilustrăm această anume situație, putem arunca o privire asupra unei zile răcoroase de la sfârșitul lunii iunie. Rudy era cel puțin scandalizat.

Cine se credea Liesel Meminger să-i spună că azi trebuia să livreze și să ia singură rufele de spălat și de călcat? Nu era îndeajuns de bun să meargă cu ea pe stradă?

– Încetează cu văicărelile, *Saukerl*, îl mustră ea. Doar mă simt rău. O să ratezi meciul.

El privi peste umăr.

– Ei, dacă pui problema așa. Era un *Schmunzel.* Poți să îți bagi rufele undeva.

Apoi a luat-o la fugă și nu a pierdut timpul, alăturându-se unei echipe. Când Liesel ajunse la capătul străzii Himmel, se uită înapoi și apucă să-l vadă stând în fața porții improvizate. Îi făcea cu mâna.

– *Saukerl,* râse ea și ridică mâna, știind cu siguranță că el îi spunea în același timp *Saumensch.*

Cam atât de puternică bănuiesc că este iubirea între doi copii de unsprezece ani.

Începu să alerge spre Grande Strasse și casa primarului.

Desigur că a transpirat și a ajuns acolo suflând din greu.

Dar citea.

Soția primarului o lăsase să intre pentru a patra oară și acum stătea la birou, privind pur și simplu cărțile. La a doua vizită, îi dăduse voie lui Liesel să tragă afară o carte și să o răsfoiască, fapt care a dus la încă una și o alta, până când o jumătate de duzină de cărți se lipiseră de ea, ori prinse sub braț, ori în teancul care devenea din ce în ce mai înalt în mâna rămasă.

De data aceasta, Liesel stătea în picioare în răcoarea camerei, stomacul ei chiorăia, dar nici o reacție nu venea de la femeia mută, vătămată. Era din nou în halat și, cu toate că o observase pe fată de mai multe ori, nu o privea niciodată prea mult. De obicei, era mai atentă la ceea ce se afla dincolo de ea, la ceva care lipsea. Fereastra era larg deschisă, o gură pătrată, răcoroasă, prin care intrau uneori rafale de vânt.

Liesel stătea pe podea. Cărțile erau împrăștiate în jurul ei.

După patruzeci de minute, a plecat. Fiecare carte a fost pusă la locul său.

– La revedere, Frau Hermann! Cuvintele veneau mereu ca un șoc. Mulțumesc!

După aceea, femeia o plătea și ea pleca. Fiecare mișcare era contabilizată, iar hoțul de cărți fugea acasă.

Odată cu instalarea verii, biblioteca deveni mai primitoare și, cu fiecare livrare sau luare de haine, podeaua nu mai era atât de dureroasă. Liesel stătea cu o grămăjoară de cărți lângă ea și citise câteva paragrafe din fiecare, încercând să memoreze cuvintele pe care nu le știa, ca să-l întrebe pe papa când ajungea acasă. Mai târziu, ca adolescentă, când Liesel scria despre acele cărți, nu-și mai amintea titlurile. Nici măcar unul. Poate că, dacă le-ar fi furat, ar fi fost mai bine pregătită.

Ceea ce își amintea era că una dintre cărțile cu ilustrații avea un nume scris stângaci pe coperta interioară.

NUMELE UNUI BĂIAT
Johann Hermann

Liesel își mușcă buza de jos, dar nu mai rezistă prea mult timp. De pe podea, se întoarse și se uită la femeia în halat, și puse o întrebare:

– Johann Hermann, zise ea. Cine este?

Femeia se uită pe lângă ea, undeva lângă genunchii fetei.

Liesel își ceru scuze.

– Îmi pare rău, nu ar trebui să întreb despre astfel de lucruri.

Lăsă cuvintele să se stingă.

Chipul femeii nu-și schimbă expresia, dar reuși cumva să vorbească.

– Acum, el nu mai este nimic pe lumea asta, explică ea. Era al meu...

DIN DOSARELE MEMORIEI

Oh, da, mi-l amintesc cu certitudine.
Cerul era întunecos și de nepătruns, ca
nisipurile mișcătoare. Era un tânăr
împachetat în sârmă ghimpată, ca
o coroană uriașă de ghimpi. L-am descâlcit
și l-am purtat afară. În înaltul
cerului, ne-am cufundat împreună, până la genunchi.
Era doar o altă zi, 1918.

– În afară de toate celelalte, spuse ea, a murit înghețat. Pentru un moment, își făcu de lucru cu mâinile, apoi rosti: A murit înghețat, sunt sigură.

Soția primarului era doar un membru al unui detașament mondial. Ați văzut-o înainte, sunt convinsă. În poveștile voastre, în poezii, pe ecranele pe care vă place să le priviți. Sunt peste tot, așa că de ce nu și aici? De ce nu și pe un deal lin, într-un orășel german? Este un loc la fel de bun pentru suferință ca oricare altul.

Ideea este că Ilsa Hermann se hotărâse să facă din suferință o victorie. Când suferința refuza să o părăsească, ea îi ceda. O accepta cu brațele deschise.

Putea să se împuște, să se rănească sau să se lase în voia altor forme de automutilare, dar a ales ceea ce credea a fi varianta cea mai ușoară – să suporte măcar disconfortul vremii. Din câte știa Liesel, se ruga pentru zile reci și ploioase. În cea mai parte a timpului, trăia în locul potrivit.

Când Liesel plecă în acea zi, rosti ceva cu o mare nervozitate. În traducere, s-a luptat cu trei cuvinte uriașe, le-a săltat pe umăr și le-a scăpat la picioarele Ilsei Hermann. Au căzut fiindcă fata nu le-a mai putut suporta povara. Stăteau împreună pe podea, mari și zgomoase, și stinghere.

TREI CUVINTE URIAȘE ÎMI PARE RĂU

Din nou soția primarului privea pe lângă ea. Cu o față ca o coală de hârtie albă.

– Pentru ce? întrebă ea, dar vremea se scursese deja.

Fata ieșise deja din cameră. Aproape că ajunsese la ușa principală. Când a auzit, Liesel s-a oprit, dar a hotărât că este mai bine să nu se întoarcă, preferând să se strecoare în liniște afară din casă și pe trepte. Privi Molchingul înainte să coboare în oraș, dar o compătimi pe soția primarului pentru ceva timp.

Uneori, Liesel se întreba dacă ar trebui să o lase în pace, dar Ilsa Hermann era prea interesantă, iar atracția cărților – prea mare. Cândva, cuvintele o făcuseră pe Liesel să se simtă prost, dar acum, când stătea pe podea, iar nevasta primarului era la biroul soțului, avea un sentiment instinctiv de putere. Se întâmpla de fiecare dată când descifra un cuvânt nou sau când punea cap la cap o propoziție.

Era o fată.

În Germania nazistă.

Ce convenabil era că descoperea puterea cuvintelor!

Și ce îngrozitor (și incitant în același timp!) va fi câteva luni mai târziu, când va elibera puterea nou descoperită chiar în momentul în care soția primarului o va dezamăgi. Cât de repede o va părăsi compătimirea și cât de repede va deveni ceva cu totul...

Acum însă, în vara anului 1940, nu putea ști ce o aștepta, în mai mult de un singur sens. Avea de-a face cu o femeie plină de amărăciune, cu o cameră plină de cărți pe care le vizita cu plăcere. Asta era tot. Era Partea a Doua din existența ei în acea vară.

Partea a Treia, slavă Domnului, era ceva mai ușor – fotbalul pe strada Himmel.

Dați-mi voie să vă derulez un film:

Picioare târșâite pe stradă.

Respirația rapidă a băieților.

Cuvinte strigate: „Aici! Pe aici! *Scheisse!*“

Țopăitul haotic al mingii pe stradă.

Toate erau pe strada Himmel, ca și sunetul scuzelor, pe măsură ce vara prindea puteri.

Scuzele îi aparțineau lui Liesel Meminger.

Îi erau adresate lui Tommy Muller.

Până la începutul lunii iulie, a reușit într-un final să-l convingă că nu are de gând să-l omoare. După bătaia administrată în noiembrie, Tommy era încă înfricoșat în preajma ei. Când jucau fotbal pe strada Himmel, se ținea la distanță.

– Nu știi niciodată când ar putea să-i sară țandăra, i se confesase el lui Rudy, pe jumătate strâmbându-se, pe jumătate vorbind.

În apărarea lui Liesel, ea nu a renunțat niciodată să încerce să-l liniștească. O dezamăgea că a reușit să facă pace cu Ludwig Schmeikl, dar nu cu nevinovatul Tommy Muller. Încă se făcea mic ori de câte ori o vedea.

– Cum era să știu că zâmbeai *pentru* mine în ziua aia? îl întrebase ea în mai multe rânduri.

Ca portar, chiar parase câteva șuturi de-ale lui până când toți ceilalți din echipă l-au implorat să se întoarcă.

– Du-te înapoi în poartă! îi ordonă în cele din urmă un băiat pe nume Harald Mollenhauer. Nu ești bun de nimic.

Asta a fost după ce Tommy se împiedicase când era pe cale să dea un gol. S-ar fi premiat singur cu un penalti dacă n-ar fi fost în aceeași echipă.

Liesel revenea pe teren și mereu sfârșea cumva dându-i gol lui Rudy. Mereu se împungeau și își puneau piedică, făcându-se în toate felurile. Rudy comenta:

– Nu-l mai dovedește de data *asta*, proasta de *Saumensch Arschgrobbler*. Nu are nici o șansă.

Se pare că îi plăcea să-i spună lui Liesel „mâncă-n fund". Era una dintre bucuriile copilăriei.

O altă bucurie era, desigur, furatul. Partea a Patra, 1940, vara.

Ca să fim sinceri, erau multe lucruri care îi apropiau pe Rudy și pe Liesel, dar prietenia le-a fost cimentată pe deplin de furat. Acesta a fost provocat de o anume ocazie și motivat de o forță imposibil de înfrânt – foamea lui Rudy. Băiatul întotdeauna murea să mănânce ceva.

În afară de raționalizare, afacerea tatălui său nu mai mergea așa de bine în ultima vreme (fusese înlăturată amenințarea competiției evreiești, dar cu ea plecaseră și clienții evrei). Steinerii improvizau ca să se descurce. Ca mulți alți oameni de pe strada Himmel, trebuia să facă troc. Liesel îi dădea ceva de mâncare de la ea de acasă, dar nu avea nici ea din abundență. Mama făcea de obicei supă de mazăre. În serile de duminică o gătea – și nu doar atât cât să mai aibă una-două zile. Făcea destul de multă supă de mazăre ca să le ajungă până duminica următoare. Apoi, duminică, gătea iarăși. Supă de mazăre, pâine, câteodată o porție mică de cartofi sau carne. Nu lăsai nimic în farfurie, și nu puneai vreo întrebare, și nu te plângeai.

La început, făceau diverse lucruri ca să uite de asta.

Lui Rudy nu îi era foame dacă juca fotbal pe stradă. Sau dacă luau bicicletele de la fratele și sora lui și mergeau până la magazinul lui Alex Steiner ori îl vizitau pe papa, dacă lucra în ziua respectivă. Hans Hubermann stătea cu ei și le spunea bancuri în lumina târzie a după-amiezii.

Cu sosirea câtorva zile călduroase, o altă distracție era să învețe să înoate în râul Amper. Apa era încă puțin cam rece, dar mergeau oricum.

– Haide, o îndemna Rudy în apă. Doar aici. Nu e așa de adâncă aici.

Ea nu văzu gaura imensă în care intra și se cufundă cu totul. A înotat câinește ca să se salveze, deși aproape că s-a înecat cu apa înghițită.

– *Saukerl* ce ești, îl acuză ea când se prăbuși pe malul râului.

Rudy s-a asigurat că păstrează distanța. Văzuse ceea ce îi făcuse lui Ludwig Schmeikl.

– Acum poți să înoți, nu?

Ceea ce nu o înveseli prea tare și plecă grăbită. Părul îi era lipit de față și îi curgeau muci din nas.

El strigă după ea:

– Asta înseamnă că nu primesc un sărut pentru că te-am învățat?

Ce neobrăzat!

Era inevitabil.

Deprimanta supă de mazăre și foamea lui Rudy i-au împins într-un final spre hoție. I-au făcut să se alăture unui grup de copii mai mari care furau de la fermieri. Hoți de fructe. După un meci de fotbal, Liesel și Rudy au descoperit beneficiile de a fi atenți la ce se întâmplă. Stând în fața ușii casei lui Rudy, l-au observat pe Fritz Hammer – un băiat mai mare, din echipa adversă – mâncând un măr. Era din soiul Klar – care se cocea în iulie și august – și arăta uimitor în mâna lui. Poate că trei sau mai multe mere erau înghesuite în buzunarele jachetei. S-au apropiat.

– De unde ai alea? l-a întrebat Rudy.

La început, băiatul doar rânji.

– Șșșt! Apoi extrase un măr din buzunar și îl zvârli în aer. Doar uitați-vă la el, îi avertiză el. Nu-l mâncați!

S-au luat după el data următoare când l-au văzut pe același băiat purtând aceeași jachetă într-o zi prea caldă pentru asta. I-a condus până în partea de amonte a râului Amper. Era aproape de locul în care Liesel citea uneori cu papa al ei când începuse să învețe.

Acolo se afla un grup de cinci băieți, unii înalți și subțiri, alții scunzi și slabi.

Existau câteva astfel de grupuri în Molching, la acea vreme, unele având membri chiar și în vârstă de șase ani. Liderul acestui grup era un infractor simpatic, de cincisprezece ani, pe nume Arthur Berg. Privi în jur și îi văzu pe cei doi copii de unsprezece ani în spatele lui.

– *Und?* întrebă el. Și?

– Mor de foame, răspunse Rudy.

– Și e rapid, zise Liesel.

Berg se uită la ea.

– Nu-mi amintesc să-ți fi cerut părerea. Era un adolescent înalt și cu gâtul lung. Pe față coșurile îi erau grupate în pâlcuri. Dar te plac, spuse el. Era prietenos, într-un fel adolescentin, dezghețat. Nu e ea cea care l-a bătut pe fratele tău, Anderl?

Vestea ajunsese la ei, cu siguranță. O chelfăneală bună impresionează indiferent de vârstă.

Băgă de seamă un alt băiat – dintre cei scunzi și slăbuți –, cu păr blond, zburlit și piele de culoarea gheții.

– Cred că da.

– Ea e, confirmă Rudy.

Andy Schmeikl se apropie și o cercetă de sus până jos, cu o expresie meditativă înainte să zâmbească larg.

– Bună treabă, puștoaico! Chiar o bătu pe spate, dând peste un omoplat ascuțit. Și eu aș fi fost bătut măr dacă aș fi făcut asta.

Arthur trecuse mai departe, la Rudy.

– Și tu ești cel cu Jesse Owens, nu-i așa?

Rudy dădu din cap.

– Este clar, zise Arthur, ești un idiot – dar ești genul nostru de idiot. Veniți!

Erau acceptați.

Când ajunseră la fermă, lui Liesel și lui Rudy li s-a aruncat un sac. Arthur Berg apucă sacul său de pânză tare. Își trecu o mână prin șuvițele moi.

– Vreunul dintre voi a mai furat înainte?

– Sigur că da, îl asigură Rudy. Tot timpul.

Nu a fost foarte convingător.

Liesel a răspuns mai la obiect:

– Am furat două cărți, la care Arthur râse cu trei fornăituri scurte, iar coșurile i se deplasau de la locurile lor.

– Cărțile nu sunt de mâncat, scumpo.

După aceea, toți au examinat merii care erau aflați în rânduri lungi, strâmbe. Arthur Berg dădea ordine.

– Unu, zise el. Nu vă prindeți în gard. Dacă rămâneți agățați în gard, vă abandonăm. Clar? Cu toții au dat din cap sau au zis da. Doi. Unul în pom, altul jos. Cineva trebuie să le adune. Își freca mâinile. Se distra. Trei. Dacă vedeți pe cineva că vine, strigați tare să treziți morții – și fugim toți. *Richtig?*[1]

– *Richtig*, se auzi corul.

DOI HOȚI DE MERE ÎNCEPĂTORI, ȘOPTIND:

– Liesel, ești sigură? Mai vrei să faci asta?

– Uită-te la sârma ghimpată, Rudy, e așa de înaltă!

– Nu, nu, uite, arunci sacul peste ea. Vezi? Ca ei.

– Bine.

– Hai atunci!

---

[1] Corect (în lb. germană, în original)

– Nu pot! Ezită. Rudy, eu...

– Mişcă, *Saumensch!*

O împinse spre gard, aruncă sacul gol peste sârmă și se cățără peste ea, alergând spre ceilalți. Rudy urcă în cel mai apropiat pom și începu să arunce merele. Liesel stătea sub măr, punându-le în sac. După ce-l umplu, apăru o altă problemă.

– Cum trecem înapoi peste gard?

Răspunsul veni atunci când l-au observat pe Arthur Berg urcând cât mai aproape posibil de un stâlp al gardului.

– Sârma e mai tare acolo, indică Rudy.

Aruncă sacul pe partea cealaltă, o ajută mai întâi pe Liesel, apoi ateriză lângă ea, printre fructele care aluncaseră din sac.

Lângă ei se aflau picioarele lungi ale lui Arthur Berg, iar el îi privea amuzat.

– Nu-i rău, ateriză vocea de sus. Nu-i rău deloc.

Când s-au întors la râu, ascunși printre copaci, el a luat sacul și le-a dat lui Liesel și lui să-și împartă o duzină de mere.

– Bună treabă! fu ultimul său comentariu despre subiect.

În după-amiaza aceea, înainte să se întoarcă acasă, Liesel și Rudy au mâncat fiecare câte șase mere într-o jumătate de oră. La început, au nutrit gândul să-și împartă fructele cu cei de acasă, dar asta presupunea un pericol considerabil. Nu le-ar fi făcut nici o plăcere să explice proveniența fructelor. Liesel chiar se gândi că ar putea să-i spună doar lui papa, dar nu voia ca el să creadă că are de-a face cu un infractor înrăit. Așadar, a mâncat merele.

Pe malul râului unde a învățat să înoate, fiecare măr a fost dat gata. Neobișnuiți cu un asemenea lux, știau că era probabil să le fie rău.

Au mâncat oricum.

– *Saumensch!* a ocărât-o mama în acea seară. De ce vomiți atât de mult?

– Poate că e supa de mazăre, a sugerat Liesel.

– Așa e, i-a cântat papa în strună. Era din nou la fereastră. Asta trebuie să fie. Și eu mă simt un pic rău.

– Pe tine cine te-a întrebat, *Saukerl?* Rapid, ea s-a întors să se ocupe de *Saumensch*-ul vomitător. Ei? Ce este? Ce este, scroafă mizerabilă?

Dar Liesel nu a spus nimic.

„Merele, se gândi ea fericită. Merele“, și a vomitat încă o dată, pentru noroc.

Proprietăreasa ariană

Stăteau afară, la Frau Diller's, lângă peretele văruit cu alb.
Liesel avea în gură o acadea.
Soarele îi intra în ochi.
În ciuda acestor dificultăți, încă putea să vorbească și să se certe.

O altă conversație între Rudy și Liesel

– Grăbește-te, *Saumensch,* cu asta sunt deja zece.
– Nu, sunt numai opt – mai am două.
– Atunci, grăbește-te! Ți-am spus că ar fi trebuit să luăm un cuțit și să o tăiem în două... Haide, cu asta sunt două.
– Bine. Uite. Și nu o înghiți.
– Arăt ca un idiot?
O scurtă pauză.
– E grozavă, nu?
– Fără doar și poate, *Saumensch*.

La sfârșitul lunii august și la sfârșitul verii, găsiseră un pfenig[1] pe jos. Exaltare pură.

---

[1] Unitate monetară divizionară germană, reprezentând a suta parte dintr-o marcă (n.tr.)

Zăcea pe jumătate descompus în pământ, pe traseul rufelor de spălat şi de călcat. O monedă ruginită, singuratică.

– Ia te uită la asta!

Rudy se năpusti asupra ei. Entuziasmul aproape că pişca în timp ce se întorceau la Frau Diller's şi nici nu le trecea prin cap că un singur pfenig ar putea să nu însemne *preţul corect.* Au năvălit pe uşă şi s-au postat în faţa proprietăresei ariene, care le aruncă o privire sfidătoare.

– Aştept! spuse ea.

Avea părul strâns la spate şi rochia neagră îi sufoca trupul. Fotografia înrămată a Führerului stătea de gardă pe perete.

– *Heil Hitler!* a luat Rudy iniţiativa.

– *Heil Hitler!* a răspuns ea îndreptându-se în spatele tejghelei. Şi tu? o privi cu asprime pe Liesel, care a rostit şi ea grabnic un „*Heil Hitler*".

Nu i-a luat mult lui Rudy să dezgroape moneda din buzunar şi să o pună ferm pe tejghea. Privi drept în ochii cu ochelari ai lui Frau Diller şi rosti:

– Acadele combinate, vă rog.

Frau Diller zâmbi. Dinţii îşi dădeau coate ca să-i încapă în gură, iar amabilitatea neaşteptată îi făcu pe Rudy şi pe Liesel să zâmbească înapoi. Nu pentru mult timp.

S-a aplecat, a căutat puţin şi a revenit.

– Uite! zise ea, aruncând o singură acadea pe tejghea. Combin-o singur.

Afară, au desfăcut-o şi au încercat să o muşte ca să o împartă în două, dar zahărul era ca sticla. Mult prea dur chiar şi pentru caninii ca de animal ai lui Rudy. În loc să facă asta, au trebuit să şi-o treacă unul altuia până când s-a terminat. De zece ori a supt Rudy. De zece ori, Liesel. Când unul, când celălalt.

– Asta înseamnă viaţă bună, anunţă Rudy la un moment dat, rânjind cu bomboana în gură, iar Liesel nu îl contrazise.

După ce au terminat, amândoi avea gurile exagerat de roșii și, în timp ce se îndreptau spre acasă, s-au sfătuit reciproc să stea cu ochii în patru, că poate mai găseau o monedă.

Bineînțeles că nu au găsit nimic. Nimeni nu poate fi atât de norocos de două ori în același an, mai ales în aceeași după-amiază.

Totuși, au mers pe strada Himmel căutând veseli pe jos, cu gurile și dinții roșii.

Acea zi fusese grozavă, iar Germania nazistă era un loc nemaipomenit.

Luptătorul, continuare

Mergem mai departe acum, la o luptă dintr-o noapte friguroasă. Îl vom lăsa pe hoțul de cărți să recupereze mai târziu.

Era 3 noiembrie, iar pardoseala trenului îi ținea bine picioarele. În fața lui se afla exemplarul *Mein Kampf* din care citea. Salvatorul său. Transpirația îi șiroia din mâini. Urme de degete țineau strâns cartea.

Editura Hoțul de cărți prezintă oficial
Mein Kampf
(Lupta mea)
de
Adolf Hitler

În urma lui Max Vandenburg, orașul Stuttgart își deschidea brațele batjocoritor.

Nu era bine-venit acolo și încercă să nu privească înapoi. Pâinea învechită i se dezintegra în stomac. De câteva ori, se răsuci din nou și privi luminile mișcorându-se și dispărând cu totul.

„Să pari mândru, se sfătui singur. Nu poți să arăți că ți-e teamă. Citește cartea. Zâmbește la ea. Este o carte grozavă – cea mai grozavă carte pe care ai citit-o vreodată. Ignor-o pe femeia de vizavi. Oricum acum, doarme. Haide, Max, mai ai doar câteva ore până acolo."

După cum s-a dovedit, următoarea vizită promisă în camera întunericului nu a venit după câteva zile, ci după o săptămână și jumătate. Apoi, încă o săptămână până la următoarea și încă una, până când a pierdut orice simț al trecerii zilelor și orelor. A fost mutat încă o dată, în altă magazie, unde erau mai multă lumină, mai multe vizite și mai multă mâncare. Dar nu mai avea prea mult timp.

– Plec în curând, îi spuse prietenul său, Walter Kugler. Știi cum este – armata.

– Îmi pare rău, Walter.

Walter Kugler, prietenul lui Max din copilărie, puse mâna pe umărul evreului.

– Ar putea fi mai rău. Își privi prietenul în ochii de evreu. Aș putea fi tu.

Asta a fost ultima lor întâlnire. Un ultim pachet a fost lăsat într-un colț și, de data aceasta, era și un bilet. Walter deschise *Mein Kampf* și îl strecură înăuntru, lângă harta pe care o adusese cu cartea.

– La pagina treisprezece, a zâmbit el, să-ți poarte noroc, da?

– Pentru noroc, răspunse el și se îmbrățișară.

Când ușa s-a închis, Max deschise cartea și cercetă biletul. *Stuttgart-München-Pasing.* Pleca în două zile, noaptea, chiar la vreme ca să prindă ultima legătură. De acolo, va merge pe jos. Avea harta deja în minte, împăturită în sferturi. Cheia era încă lipită de coperta interioară.

A stat o jumătate de oră înainte să se apropie de traistă și să o deschidă. Pe lângă mâncare, mai erau câteva obiecte.

CONȚINUTUL SUPLIMENTAR AL DARULUI DE LA WALTER KUGLER

O lamă mică.
O lingură – cel mai apropiat lucru de o oglindă.
Spumă de ras.
O foarfecă.

Magazia mică era goală când a părăsit-o.

– Rămas-bun! a șoptit el.

Ultimul lucru pe care l-a văzut Max a fost o grămăjoară de păr, aruncată neglijent lângă perete.

Rămas-bun!

Cu o față proaspăt bărbierită și cu părul într-o parte, dar pieptănat îngrijit, din acea clădire ieșise un alt om. De fapt, ieșise neamț. Stați o secundă, *era* neamț. Sau cel puțin *fusese.*

În stomac avea o combinație electrizantă de speranță și greață.

S-a dus la gară.

A arătat biletul și cartea de identitate, iar acum stătea într-un compartiment mic din tren, direct în lumina reflectoarelor primejdiei.

– Actele!

Asta îi era groază să audă.

A fost îndeajuns de rău când fusese oprit pe peron. Știa că nu se poate împotrivi de două ori.

Mâinile tremurânde.

Mirosul – nu, duhoarea – vinovăției.

Pur și simplu nu putea suporta din nou.

Din fericire, au venit devreme și nu au cerut decât biletul, iar acum tot ceea ce rămăsese era o fereastră dincolo de care se zăreau orășele, întruniri ale luminilor și femeia care sforăia în partea cealaltă a compartimentului.

În cea mai mare parte a călătoriei încercase să citească din carte, străduindu-se să nu-și ridice deloc privirea.

Cuvintele îi umblau haihui prin gură.

Ciudat, dar, în timp ce întorcea paginile și avansa cu fiecare capitol, simțise gustul a doar două cuvinte.

Mein Kampf. Lupta mea.

Titlul, iarăși și iarăși, pe când trenul susura dintr-un oraș german într-altul.

Mein Kampf.

Dintre toate lucrurile care îl puteau salva.

Șarlatanii

Ați putea susține că lui Liesel Meminger nu i-a mers rău deloc. Chiar așa a fost, în comparație cu Max Vandenburg. Cu certitudine, fratele ei îi murise în brațe. Mama ei o abandonase.

Dar orice era mai bine decât să fii evreu.

Înainte să sosească Max, fusese pierdut încă un client căruia mama ei îi spăla hainele; de data aceasta, familia Weingarten. *Schimpfenul* obligatoriu a avut loc în bucătărie, iar Liesel s-a consolat cu faptul că mai rămăseseră doi și, chiar mai bine, unul dintre ei era primarul, cu soția și cărțile.

Cât despre celelalte activități ale lui Liesel, încă făcea prăpăd împreună cu Rudy Steiner. Aș îndrăzni să sugerez chiar că își șlefuiau înclinațiile infracționale.

Au mai făcut câteva excursii cu Arthur Berg și prietenii lui, ținând să-și demonstreze talentul și să-și extindă repertoriul de furtișaguri. Au luat cartofi dintr-o fermă, cepe dintr-alta. Dar cea mai mare victorie au izbutit-o pe cont propriu.

După cum am fost martori mai devreme, unul dintre avantajele mersului prin oraș era posibilitatea găsirii de lucruri pe jos. Un altul era observarea oamenilor sau, mai important, a acelorași oameni făcând lucruri identice săptămână după săptămână.

Un băiat de la școală, Otto Strum, era o astfel de persoană. În fiecare după-amiază de vineri, mergea cu bicicleta la biserică, ducându-le bunătăți preoților.

Timp de o lună, l-au urmărit pe măsură ce vremea bună devenea proastă, iar Rudy era hotărât în mod deosebit ca într-o vineri, într-o săptămână anormal de rece din octombrie, Otto să nu ajungă chiar la destinație.

– Toți preoții ăia, explica Rudy în vreme ce colindau prin oraș. Sunt oricum prea grași. S-ar putea lipsi de hrană o săptămână și ceva.

Liesel nu putea decât să-l aprobe. Mai întâi de toate, ea nu era catolică. În al doilea rând, era destul de înfometată și ea. Ca întotdeauna, căra rufele spălate. Rudy ducea două găleți cu apă rece sau, cum zicea el, două găleți de viitoare gheață.

Exact înainte de ora două, se apucă de treabă.

Fără ezitare, turnă apa pe stradă, chiar în locul în care Otto pedala când dădea colțul.

Liesel trebuia să admită.

La început, simțise o oarecare vină, dar planul era perfect sau pe cât de perfect posibil. În fiecare zi de vineri, puțin după ora două, Otto Sturm vira spre strada München cu produsele în coșul din față, pe ghidon. În această vineri, nu va merge mai departe.

Strada era acoperită cu gheață, dar Rudy avea o jachetă în plus și abia își stăpânea un rânjet. Îi traversa fața ca o patină.

– Haide, zise el, în tufișul de acolo.

După aproximativ cincisprezece minute, planul diabolic a dat roade. Ca să spunem așa.

Rudy arătă cu un deget printr-o deschizătură din tufiș.

– Iată-l!

Otto veni după colț, inocent ca un mielușel.

Nu irosi timpul și pierdu controlul bicicletei, alunecând pe gheață și aterizând cu fața în jos pe stradă.

Văzând că nu se mai mișcă, Rudy se uită alarmat la Liesel.

– Sfinte Iisuse pe cruce, spuse el, cred că l-am *omorât!*

S-a furișat încet, a luat coșul și au plecat rapid.

– Respira? întrebă Liesel după ce s-au îndepărtat pe stradă.

– *Keine Ahnung*, rosti Rudy ținând strâns coșul.

Habar n-avea.

Aflați mai jos pe deal, au privit cum Otto s-a ridicat, s-a scărpinat în cap, s-a scărpinat la prohab și a căutat peste tot coșul.

– *Scheisskopf*[1] prost, rânji Rudy și examină prada. Pâine, ouă sparte și, mai presus de toate, *șuncă*. Rudy duse șunca grasă la nas și o adulmecă încântat. Superb! rosti el.

Oricât de tentant era să păstreze secretul victoriei pentru ei, au fost copleșiți de sentimentul de loialitate față de Arthur Berg. S-au îndreptat spre casa sărăcită din Kempf Strasse și i-au arătat prada. Arthur nu s-a putut abține să nu-și manifeste încântarea.

– De la cine ați furat astea?

Rudy răspunse:

– De la Otto Sturm.

– Ei bine, dădu el din cap, oricine ar fi, îi sunt recunoscător.

Se duse înăuntru și se întoarse cu un cuțit de pâine, o tigaie și o jachetă, iar cei trei hoți au străbătut holul blocului de apartamente.

– O să îi aducem și pe ceilalți, spuse Arthur Berg după ce au ajuns afară. Om fi noi infractori, dar nu suntem total imorali.

Ca și hoțul de cărți, cel puțin trăgea linia undeva.

---

[1] Cap plin de rahat (în lb. germană, în original)

S-a mai ciocănit la câteva uși. Nume au fost strigate la apartamentele din străzile de mai jos și în curând toată trupa de hoți de fructe era în drum spre Amper. În poiana de pe malul celălalt, a fost făcut un foc și ouăle rămase au fost prăjite. Pâinea și șunca au fost tăiate. Folosindu-se de mâini și de cuțite, copiii au mâncat până la ultima fărâmă bunătățile de la Otto Sturm. Fără vreun popă în peisaj.

Abia la sfârșit a apărut o ceartă, cu privire la coș. Majoritatea băieților voiau să-l ardă. Fritz Hammer și Andy Schmeikl doreau să-l păstreze, dar Arthur Berg avea o idee mai bună, dovedindu-și moralitatea total nepotrivită.

– Voi doi, le zise el lui Rudy și lui Liesel. Poate că ar trebui să-l duceți înapoi personajului ăluia, Sturm. Aș spune că bietul nemernic merită probabil măcar atâta.

– O, fii serios, Arthur.

– Nu vreau să aud, Andy.

– Iisuse Hristoase!

– Nici *El* nu vrea să audă.

Grupul a râs și Rudy Steiner a ridicat coșul.

– O să-l ducem înapoi și o să-l agățăm de căsuța lor poștală.

Se îndepărtase deja vreo douăzeci de metri când fata îl ajunse din urmă. Va sosi acasă mult prea târziu ca să nu aibă probleme, dar știa foarte bine că trebuia să-l însoțească pe Rudy Steiner până în cealaltă parte a orașului, la ferma Sturm.

Multă vreme au mers în liniște.

– Te simți prost? îl întrebă într-un final Liesel.

Erau deja în drum spre casă.

– De ce?

– Știi tu.

– Sigur că da, dar nu îmi mai este foame și pun pariu că nici *lui* nu îi este. Să nu-ți treacă prin cap că preoții ar primi mâncare dacă el n-ar avea destulă acasă.

– Doar că s-a lovit de pământ așa de rău.

– Nu-mi aminti.

Dar Rudy Steiner nu s-a putut abține să nu zâmbească. În anii următori, el va oferi pâine, nu o va fura – încă o dovadă despre natura contradictorie a ființei umane. Atât de mult bine, atât de mult rău. Doar adăugați apă.

La cinci zile după mica victorie dulce-amăruie, Arthur Berg și-a făcut o ultimă apariție și i-a invitat la următoarea sa expediție de furat. Au dat de el pe strada München, într-o miercuri, în drum spre casă de la școală. Era deja în uniforma lui de la Tineretul Hitlerist.

– Mergem din nou mâine după-amiază. Sunteți interesați?

Nu s-au putut abține.

– Unde?

– În locul ăla cu cartofi.

Douăzeci și patru de ore mai târziu, Liesel și Rudy au înfruntat din nou gardul cu sârmă ghimpată și și-au umplut sacul.

Problema s-a ivit în timp ce se pregăteau să plece.

– Iisuse! strigă Arthur. Fermierul!

Oricum, următorul cuvânt a fost cel care i-a înfricoșat. Îl strigă de parcă deja fusese atacat de el! Gura i se deschise ca o tăietură. Cuvântul a zburat afară și era: topor.

Cu certitudine, când s-au răsucit să vadă despre ce-i vorba, fermierul alerga spre ei, cu arma ridicată.

Întregul grup fugi spre gard și a reușit să sară peste el. Rudy, care era cel mai departe, a recuperat rapid, dar nu îndeajuns de repede ca să nu rămână ultimul. În timp ce își trecea piciorul pe deasupra, s-a agățat de sârmă.

– Hei!

Era chemarea celui captiv.

Grupul s-a oprit.

Instinctiv, Liesel a fugit înapoi.

– Grăbește-te! strigă Arthur.

Vocea lui se auzi de departe, de parcă ar fi fost înghițită înainte să-i iasă din gură.

Cer alb.

Ceilalți fugeau.

Liesel se întoarse și începu să tragă de materialul pantalonilor. Ochii lui Rudy erau larg deschiși de frică.

– Repede, zise el, vine.

La distanță, încă putea auzi sunetul picioarelor care dezertau, când o altă mână apucă sârma și o smuci din pantalonii lui Rudy. O fâșie rămăsese agățată în țepii metalici, dar băiatul a reușit să se elibereze.

– Acum, mișcați-vă! îi zori Arthur nu cu mult înainte ca fermierul să ajungă înjurând și răsuflând greu.

Toporul se îndrepta furios spre piciorul lui Arthur. Omul strigă cuvintele inutile ale celui jefuit:

– O să pun să vă aresteze! O să vă găsesc! O să aflu eu cine sunteți!

Atunci, Arthur Berg a dat replica:

– Owens e numele! Alergă rapid, prinzându-i din urmă pe Liesel și pe Rudy. Jesse Owens!

Când au ajuns pe teren sigur, luptându-se să tragă aer în plămâni, s-au așezat jos și Arthur a încercat să-i liniștească. Rudy nu voia să-l privească.

– Ni s-a întâmplat tuturor, zise Arthur simțind dezamăgirea.

Mințea? Nu puteau fi siguri și nu vor afla niciodată.

Câteva săptămâni mai târziu, Arthur Berg s-a mutat în Köln.

L-au mai văzut încă o dată, cu ocazia uneia dintre livrările lui Liesel. Pe o alee de lângă strada München, i-a dat lui Liesel o pungă de hârtie maro, cu o duzină de castane. Zâmbea atotcunoscător.

– De la o relație din industria de profil.

După ce i-a informat de plecare, a reușit să le ofere câte un zâmbet plin de coșuri și apoi le-a lovit frunțile cu palma.

– Să nu cumva să le mâncați pe toate odată, și nu l-au mai văzut niciodată pe Arthur Berg.

Cât despre mine, pot să vă spun că l-am văzut cu siguranță.

UN MIC TRIBUT LUI ARTHUR BERG, UN OM ÎNCĂ ÎN VIAȚĂ

Cerul din Köln era galben și putrezea,
răzuindu-se pe margini.
Stătea sprijinit de un perete, cu un copil
în brațe. Sora lui.
Când ea nu a mai respirat, a rămas cu ea,
și am simțit că o va ține timp de ore întregi.
Două mere furate erau în buzunarul lui.

De data aceasta, au fost mai deștepți. Au mâncat fiecare câte o castană și le-au vândut pe celelalte din ușă în ușă.

– Dacă aveți câțiva pfenigi în plus, spunea Liesel la fiecare ușă, am castane. În final, s-au ales cu șaisprezece monede.

– Acum, rânji Rudy, răzbunarea.

În aceeași după-amiază, s-au întors la Frau Diller's, au zis „Heil Hitler" și au așteptat.

– Din nou acadele combinate, a *schmunzellit* ea, la care ei au încuviințat din cap.

Banii au fost aruncați pe tejghea și zâmbetul lui Frau Diller s-a topit pe jumătate.

– Da, Frau Diller, au rostit la unison, acadele combinate, vă rugăm.

Führerul înrămat părea mândru de ei.

Victoria de dinaintea furtunii.

Luptătorul, concluzie

Pungășiile se termină acum, dar nu și necazurile.

O am pe Liesel Meminger într-o mână, iar pe Max Vandenburg în cealaltă. În curând, voi aplauda cu ei. Doar dați-mi câteva pagini.

Luptătorul:

Dacă l-ar omorî în seara asta, măcar ar muri viu.

Drumul cu trenul se terminase de mult, sforăitoarea cel mai probabil stătea confortabil în compartimentul pe care și-l făcuse pat, călătorind mai departe. Acum, pe Max doar câțiva pași îl despărțeau de supraviețuire. Pași, și gânduri, și îndoieli.

A urmat harta din minte, de la Pasing la Molching. Era târziu când a văzut orașul. Picioarele îl dureau îngrozitor, dar aproape ajunsese – în cel mai periculos loc în care putea fi. Îndeajuns de aproape ca să-l atingă.

După cum era notat pe hartă, a găsit strada München și a înaintat pe alee.

Totul împietrise.

Pâlcuri strălucitoare de felinare.

Clădiri întunecate, supuse.

Primăria se înălța ca un gigant, ca un tânăr nefiresc de înalt pentru vârsta lui. Biserica dispărea în întunecime cu cât ochii lui priveau mai sus.

Totul se uita la el.

Tremura.

Se avertiză singur: „Ține ochii deschiși!"

(Copiii nemți căutau monede pierdute. Evreii nemți erau cu ochii în patru să nu fie arestați.)

Continuând să folosească numărul 13 pentru a avea noroc, numără pașii în serii de câte treisprezece. „Doar atâția pași, își spunea sieși. Haide, doar alți treisprezece." Ca o estimare, a terminat nouăzeci de serii până când, într-un sfârșit, a ajuns la colțul străzii Himmel.

Într-o mână avea valiza.

În cealaltă încă ținea *Mein Kampf.*

Ambele erau grele și ținute în mâinile puțin transpirate.

O luă pe strada lăturalnică, ajungând până la numărul 33, rezistând impulsului de a zâmbi, rezistând impulsului de a plânge sau de a-și închipui siguranța care l-ar putea aștepta. Își aminti că nu era deloc timpul pentru speranță. Cu certitudine, putea aproape să o atingă. O putea simți undeva, totuși inaccesibilă. În loc să o accepte, începu să se gândească din nou ce să facă dacă era prins în ultimul moment sau dacă exista posibilitatea ca un dușman să-l aștepte înăuntru.

Desigur, era și sentimentul iritant al păcatului.

Cum putea face asta?

Cum putea să apară și să-i roage pe oameni să-și riște viețile pentru el? Cum putea fi atât de egoist?

Treizeci și trei.

Se priveau unul pe celălalt.

Casa era palidă, aproape că arăta bolnavă, cu poarta de fier și ușa maronie, pătată de salivă.

Scoase o cheie din buzunar. Nu lucea, doar îi zăcea în mână, greoaie și molatică. Pentru o clipă, a strâns-o, așteptându-se pe jumătate să se topească și să-i alunece spre încheietură. Nu s-a întâmplat asta. Metalul era dur și plat, cu un set zdravăn de dinți, și a strâns-o până când l-a durut palma.

Apoi, încet, luptătorul s-a aplecat, și-a lipit obrazul de lemnul ușii și a desfăcut pumnul în care se afla cheia.

PARTEA A PATRA

OMUL APLECAT ASUPRA MEA

în rolurile principale:
acordeonistul – un om care își ține promisiunile –
o fată bună – un boxer evreu
– furia rosei – o prelegere – un
somnoros – schimbul de coșmaruri
– și câteva pagini din pivniță

ACORDEONISTUL

(Viața secretă a lui Hans Hubermann)

Era un tânăr care stătea în bucătărie. Simțea că-i ruginește cheia în palmă. Nu a spus nimic de genul „bună“ sau „ajutor, vă rog“, sau altceva de acest fel.

PRIMA ÎNTREBARE
Hans Hubermann?

A DOUA ÎNTREBARE
Mai cântați la acordeon?

În timp ce se uita stânjenit la silueta din fața sa, glasul tânărului bărbat era făcut cioburi și vibra prin întuneric ca și cum ar fi fost tot ce rămase din el.

Papa, atent și înspăimântat, s-a apropiat.

În bucătărie, șopti:

– Sigur că da.

Totul începuse cu mulți ani în urmă, în Primul Război Mondial.

Sunt ciudate aceste războaie.

Pline de sânge și violență – dar și de povești care sunt la fel de greu de pătruns. „E adevărat, bodogănesc oamenii. Nu-mi pasă dacă nu mă crezi. Vulpea aia mi-a salvat viața“ sau „Au murit unul într-o parte, iar altul în cealaltă parte și am rămas stând acolo, singurul fără un glonț între ochi. De ce eu? De ce eu, și nu ei?“

Povestea lui Hans Hubermann era cam de felul ăsta. Când am găsit-o printre cuvintele hoțului de cărți, mi-am dat seama că trecuserăm unul pe lângă celălalt din când în când în acea perioadă, deși nici unul din noi nu a programat o întâlnire. Personal, aveam mult de lucru. Cât despre Hans, cred că făcea tot posibilul să mă evite.

Prima oară când ne-am aflat unul în vecinătatea celuilalt, Hans avea douăzeci și doi de ani și se lupta cu francezii. Majoritatea tinerilor din plutonul său era dornici să lupte. Hans nu era așa de sigur. Îi luasem pe parcurs pe câțiva dintre ei, dar ați putea spune că nu am fost niciodată pe cale să-l ating pe Hans Hubermann. Ori era prea norocos, ori merita să trăiască, ori exista un motiv bun pentru ca el să trăiască.

În armată, nu s-a remarcat în nici o privință. Alerga în mijloc, se urca în mijloc și putea trage îndeajuns de bine ca să nu-și enerveze superiorii. Nici nu excela destul ca să fie printre cei aleși mai întâi ca să fugă direct spre mine.

O MICĂ OBSERVAȚIE, DAR DEMNĂ DE LUAT ÎN SEAMĂ

De-a lungul anilor, am văzut
atât de mulți tineri care cred că
aleargă spre alți tineri.
Ei nu fac asta.
Aleargă către mine.

Luptase aproape șase săptămâni când a sfârșit în Franța, unde, aparent, un eveniment ciudat i-a salvat viața. O altă perspectivă ar sugera că, într-un război absurd, asta era perfect rațional.

În general, timpul petrecut în marele război îl uluise din momentul în care intrase în armată. Era ca un serial. Zi după zi după zi. După zi:

Conversația gloanțelor.

Oameni care se odihneau.

Cele mai bune bancuri deocheate din lume.

Transpirația rece – micul prieten perfid – zăbovind mai mult decât era bine-venită la subsuori și în pantaloni.

Cel mai mult îi plăceau jocurile de cărți urmate de câteva partide de șah, deși era mereu jalnic la ele. Și muzica. Întotdeauna muzica.

Un bărbat cu un an mai în vârstă decât el – un evreu neamț, pe nume Erik Vandenburg – l-a învățat să cânte la acordeon. Cei doi au devenit treptat prieteni pentru că nici unul din ei nu era teribil de interesat să lupte. Preferau să răsucească țigări decât să se răsucească prin zăpadă și noroi. Preferau să pescuiască mai curând crapi decât gloanțe. O prietenie solidă, care s-a bazat pe jocuri de noroc, fumat și muzică, pentru a nu mai vorbi de dorința comună de supraviețuire. Singura problemă cu asta era că Erik Vandenburg va fi mai târziu găsit făcut bucăți pe un deal acoperit cu iarbă. Ochii lui erau deschiși și verigheta îi fusese furată. I-am luat cu lopata sufletul împreună cu celelalte suflete și ne-am lăsat duși de vânt. Orizontul era de culoarea laptelui. Rece și proaspăt. Turnat printre cadavre.

Tot ce rămăsese cu adevărat din Erik Vandenburg erau câteva obiecte personale și acordeonul pictat cu degetele. Totul, în afară de instrument, a fost trimis acasă. Acesta a fost considerat prea mare. Aproape autoincriminându-se, stătea pe patul improvizat din tabără și i-a fost dat prietenului său, Hans Hubermann, care s-a întâmplat să fie singurul supraviețuitor.

A SUPRAVIEȚUIT ASTFEL
Nu a participat la bătălie în acea zi.

Pentru asta, trebuia să-i mulțumească lui Erik Vandenburg. Sau, mai exact, lui Erik Vandenburg și periuței de dinți a sergentului.

În acea dimineață, nu cu mult înainte să plece, sergentul Stephan Schneider a pășit în spațiul pentru dormit și le-a atras tuturor atenția. Era popular printre militari pentru simțul umorului și festele pe care le juca, dar mai mult pentru faptul că niciodată nu se afla în spatele cuiva în focul luptei. Mereu era primul.

În anumite zile, avea obiceiul să intre în camera bărbaților care se odihneau și să spună ceva de genul: „Cine-i din Pasing?" sau „Cine-i bun la matematică?" sau, în cazul fatidic al lui Hans Hubermann, „Cine are scrisul frumos?"

Nimeni nu se oferea voluntar vreodată, nu după prima dată când a întrebat. În acea zi, un tânăr soldat înflăcărat, pe nume Philipp Schlink, s-a ridicat mândru și a zis: „Da, domnule, eu sunt din Pasing". I s-a înmânat pe loc o periuță de dinți și i s-a cerut să curețe toaleta.

Când sergentul a întrebat cine are cea mai frumoasă caligrafie, cu siguranță înțelegeți de ce nimeni nu era doritor să facă un pas în față. Credeau că vor fi primii care, înainte să plece, vor trebui să facă față unei inspecții generale a igienei sau vor freca ghetele care călcaseră prin rahat ale unui locotenent excentric.

– Haide acum, se juca Schneider cu ei. Uns cu briantină, părul său strălucea, deși o suviță mică era mereu dreaptă și vigilentă în creștetul capului. Măcar *unul* dintre voi, lepădături bune de nimic, trebuie să fie capabil să scrie cum trebuie.

La distanță se auzeau focuri de armă.

Au declanșat o reacție.

– Uite, zise Schneider, asta nu e precum celelalte. Va dura toată dimineața, poate mai mult. Nu putu să-și rețină un zâmbet. Schlink a lustruit buda în timp ce voi, restul, jucați cărți, dar de data asta vă duceți *acolo,* afară.

Viața sau mândria.

În mod clar, spera ca unul dintre bărbați să aibă inteligența să aleagă viața.

Erik Vandenburg și Hans Hubermann și-au aruncat o privire. Celui care făcea acum un pas înainte, plutonul îi va face viața un iad pe pământ pentru tot timpul cât vor fi împreună. Pe de altă parte, dacă trebuia nominalizat cineva...

Nimeni nu pășise în față încă, dar o voce a ieșit încovoiată și s-a îndreptat agale spre sergent. Stătea la picioarele lui, așteptând câteva șuturi. Spunea:

– Hubermann, domnule.

Vocea îi aparținea lui Erik Vandenburg. Era limpede că el credea că azi nu era timpul potrivit pentru ca prietenul său să moară.

Sergentul a pășit încolo și încoace printre cele două șiruri de soldați.

– Cine a zis asta?

Avea un mers grozav, Stephan Schneider – un bărbat mic, care vorbea, se mișca și acționa în grabă. În vreme ce el mărșăluia de colo-colo printre ei, Hans și-a ridicat privirea, așteptând să afle ce avea de făcut. Poate că una dintre asistente era bolnavă și avea nevoie de cineva care să desprindă și să înlocuiască bandajele de pe membrele infectate ale soldaților răniți. Poate că o mie de plicuri trebuiau linse și ștampilate pentru a fi trimise acasă, cu anunțuri de deces în ele.

În acel moment, vocea ieși din nou la înaintare, stârnind alte câteva care doreau a se face auzite.

– Hubermann, au răspuns în ecou.

Erik chiar a adăugat:

– Scrie impecabil, domnule, *impecabil.*

– S-a hotărât atunci. Pe față i se vedea un rânjet mic, rotund. Hubermann. Tu ești.

Soldatul tânăr și subțire a ieșit în față și a întrebat care îi va fi sarcina.

Sergentul a oftat.

– Căpitanul are nevoie să-i fie scrise câteva duzini de scrisori. Are un reumatism îngrozitor în degete. Sau artrită. Tu le vei scrie pentru el.

Nu era vreme de discuții, mai ales că Schlink a fost trimis să curețe toaletele, iar celălalt, Pfegger, aproape că s-a sinucis lingând plicuri. Limba lui era de un albastru infectat.

– Da, domnule, a aprobat din cap Hans și asta a fost.

Abilitățile lui în ale scrisului erau cel puțin îndoielnice, ca să nu spunem mai mult, dar se considera norocos. A scris scrisorile pe cât de bine a putut, pe când ceilalți bărbați au plecat la luptă.

Nici unul nu s-a întors.

Asta a fost prima oară când Hans Hubermann m-a evitat. În marele război.

A doua ocazie când a scăpat avea să vină în 1943, în Essen.

Două războaie pentru două supraviețuiri.

Prima dată tânăr, a doua oară la vârsta mijlocie.

Nu mulți oameni sunt îndeajuns de norocoși să mă fenteze de două ori.

A cărat acordeonul cu el tot timpul războiului.

Când a dat de urma familiei lui Erik Vandenburg în Stuttgart, la întoarcere, soția lui Vandenburg l-a informat că putea să-l păstreze. Apartamentul ei era plin de ele și o supăra prea mult să se uite la acel acordeon anume. Celelalte îi aminteau îndeajuns de el, ca și profesia ei, aceeași ca și a lui, în care îi învăța pe alții să cânte la acele instrumente.

– El m-a învățat să cânt, o informat-o Hans, crezând că ar ajuta.

Poate că așa a fost, fiindcă femeia deznădăjduită l-a întrebat dacă ar putea cânta pentru ea, apoi a plâns în tăcere, în vreme ce Hans apăsa neîndemânatic butoanele și clapele pentru a face să răsune valsul *Dunărea albastră.* Era preferatul soțului ei.

– Știți, i-a explicat Hans, mi-a salvat viața. Lumina din cameră era slabă, iar aerul rarefiat. El... Dacă aveți vreodată nevoie de ceva... I-a strecurat peste masă o bucățică de hârtie cu numele și adresa lui. Sunt de meserie zugrav. Vă zugrăvesc apartamentul gratis, oricând doriți.

Știa că era o răsplată inutilă, dar s-a oferit oricum.

Femeia a luat hârtia și, nu mult după aceeea, un copil mic a intrat ezitând și i s-a așezat în poală.

– El e Max, a zis femeia, dar băiatul era prea mic și timid ca să spună ceva.

Era slăbuț, cu părul moale, și ochii adânci, de nepătruns au privit cum străinul a mai cântat un cântec în odaia cu o atmosferă apăsătoare. Se uită de la unul la altul, la bărbatul care cânta și la femeia care plângea. Diferite note stârneau diferite reacții ale ochilor. O tristețe imensă.

Hans a plecat.

– Nu mi-ai spus niciodată, i-a zis el unui Erik Vandenburg mort și liniei orizontului din Stuttgart. Nu mi-ai spus niciodată că aveai un fiu.

După ce se opri un moment, doar cât să clatine din cap, Hans s-a întors la München, neașteptându-se să mai audă vreodată de acei oameni. Ceea ce nu știa era că, în mod categoric, va fi nevoie de ajutorul lui, nu pentru zugrăvit și nu timp de aproximativ douăzeci de ani.

Au trecut câteva săptămâni înainte să se apuce de zugrăvit. În lunile cu vreme bună, a lucrat energic, și chiar iarna, îi spunea adesea Rosei că nu ploua cu cereri, dar măcar picura din când în când.

Totul a mers bine mai mult de un deceniu.

S-au născut Hans junior și Trudy. Au crescut vizitându-l pe papa la muncă, lovind cu palma în vopseaua de pe pereți și curățând pensulele.

Însă atunci când Hitler a venit la putere, în 1933, afacerea cu zugrăvitul a avut de suferit. Hans nu a aderat la NSDAP, așa cum au făcut majoritatea oamenilor. S-a gândit mult înainte de a lua o decizie.

PROCESUL DE GÂNDIRE AL LUI HANS HUBERMANN

Nu era foarte educat și nu avea preferințe politice, dar, în lipsă de altceva, era un om care aprecia corectitudinea. Un evreu îi salvase odată viața și el nu putea uita asta. Nu putea să adere la un partid care învrăjbea oamenii într-un asemenea mod. În plus, ca și în cazul lui Alex Steiner, unii dintre cei mai fideli clienți erau evrei. Așa cum credeau mulți evrei, el nu se gândea că ura va dura mult și a nu-l urma pe Hitler a fost o decizie conștientă. Din multe puncte de vedere, o decizie dezastruoasă.

Odată cu începerea persecuțiilor, a fost tot mai puțin de muncă. La început, nu era așa de rău, dar curând constată că pierde clienți. Pumni de citate păreau să se evapore în aerul nazist care cuprindea totul.

Văzându-l pe strada München, l-a abordat pe un vechi client credincios, pe nume Herbert Bollinger – un bărbat cu o talie rotundă, ce vorbea germana literară (era din Hamburg). Prima oară, bărbatul a privit în jos, dincolo de centură, în pământ, dar, atunci când ochii săi s-au întors spre zugrav, era limpede că întrebarea îl stingherea. Nu exista nici un motiv ca Hans să întrebe asta, dar a făcut-o.

– Ce se întâmplă, Herbert? Pierd clienți mai repede decât pot să-i număr.

Bollinger nu s-a mai eschivat. Cu trupul drept, a răspuns cu o altă o întrebare:

– Ei bine, Hans. Ești membru?

– Membru unde?

Dar Hans Hubermann știa perfect despre ce vorbea bărbatul.

– Haide, Hansie, a insistat Bollinger. Nu mă face să o zic pe litere.

Zugravul cel înalt i-a făcut cu mâna și și-a văzut de drum.

Cu trecerea anilor, evreii au început să fie terorizați la întâmplare, în toată țara, iar în primăvara anului 1937, aproape rușinat, Hans Hubermann a cedat în final. A făcut niște cercetări și a depus o cerere ca să intre în partid.

După ce a lăsat formularul la sediul naziștilor de pe strada München, a văzut cum câțiva bărbați aruncau cu cărămizi într-un magazin de îmbrăcăminte numit Kleinman's. Era unul dintre puținele magazine evreiești care încă funcționau în Molching. Înăuntru, un bărbat scund îngăima ceva, zdrobind sticla spartă sub picioare în timp ce încerca să facă o oarecare curățenie. O stea de culoarea muștarului era mânjită pe ușă. Cu un scris dezordonat, literele cuvintelor MIZERIE EVREIASCĂ încă picurau. Mișcarea din interior s-a dizolvat devenind din grăbită, morocănoasă, apoi încetând cu totul.

Hans s-a apropiat și și-a băgat capul înăuntru.

– Aveți nevoie de vreun ajutor?

Domnul Kleinman a privit în sus. Ținea cu putere o mătură.

– Nu, Hans. Te rog! Pleacă!

Hans zugrăvise casa lui Joel Kleinman cu un an în urmă. Și-i amintea pe cei trei copii ai săi. Le putea vedea fețele, dar nu își amintea numele.

– Voi veni mâine, zise el, și voi zugrăvi din nou ușa.

Ceea ce a și făcut.

A fost a doua sa greșeală.

Pe prima a comis-o imediat după incident.

S-a întors de unde venise și a dat cu pumnul în ușa, apoi în fereastra de la NSDAP. Geamul s-a cutremurat, dar nimeni nu a răspuns. Toată lumea își strânsese lucrurile și plecase acasă. Un ultim membru era mai departe, pe strada strada München. Când a auzit zornăitul geamului, s-a răsucit și l-a zărit pe zugrav.

S-a întors și l-a întrebat ce nu era în regulă.

– Nu mai pot să intru în partid, a afirmat Hans.

Bărbatul era șocat.

– De ce nu?

Hans s-a uitat la articulațiile mâinii sale drepte și a înghițit un nod. Simțea deja gustul greșelii ca o tabletă de metal în gură.

– Lasă!

S-a întors și s-a dus acasă.

Cuvintele l-au urmărit.

– Tu doar gândește-te la asta, Herr Hubermann. Să ne anunți ce ai hotărât.

Nu le-a băgat în seamă.

În dimineaţa următoare, aşa cum promisese, s-a trezit mai devreme decât de obicei, dar nu destul de devreme. Uşa de la magazinul Kleinman's era încă umedă de rouă. Hans a şters-o. A reuşit să potrivească nuanţa pe cât era omeneşte posibil şi a dat un strat gros.

Inofensiv, un bărbat a trecut pe acolo.

– *Heil Hitler!* a spus el.

– *Heil Hitler!* a răspuns Hans.

TREI ADEVĂRURI MICI, DAR IMPORTANTE

1. Bărbatul care a trecut pe acolo era Rolf Fischer, unul dintre cei mai mari nazişti din Molching;
2. În şaisprezece ore, alte cuvinte urâte au fost scrise pe uşă;
3. Lui Hans Hubermann nu i s-a aprobat aderarea la partidul nazist.
Cel puţin nu încă.

În anul următor, Hans a fost norocos că nu şi-a retras cererea de aderare oficial. În timp ce multora solicitarea li s-a aprobat instantaneu, el a fost trecut pe o listă de aşteptare, fiind privit cu suspiciune. Spre sfârşitul anului 1938, când evreii au fost complet eliminaţi după *Kristallnacht*, Gestapoul i-a făcut o vizită. I-au scotocit casa şi, deoarece nimeni şi nimic suspicios nu a fost găsit, Hans Hubermann s-a aflat printre cei norocoşi:

I s-a permis să rămână.

Ceea ce probabil l-a salvat a fost că se ştia că măcar *aştepta* să fie aprobată cererea lui. Pentru asta era tolerat, dacă nu apreciat fiindcă era un zugrav priceput.

Mai exista şi celălalt salvator al său.

Acordeonul a fost cel care probabil l-a cruţat de ostracizarea totală. Zugravi mai erau în tot Molchingul, dar, sub scurta îndrumare a lui Erik Vandenburg și după aproape două decenii de practică susținută, nu mai era nimeni în oraș care să poată cânta exact ca el. Nu avea un stil perfect, ci plin de căldură. Chiar și greșelile dădeau o senzație plăcută.

Spunea *„Heil Hitler“* când i se cerea și arbora steagul în zilele când trebuia. Aparent, nu era nici o problemă.

Apoi, în 16 iunie 1939 (acum, data era precum cimentul), chiar la șase luni după sosirea lui Liesel pe strada Himmel, a avut loc un eveniment care i-a transformat viața lui Hans Hubermann în mod ireversibil.

Era o zi în care avea ceva de lucru.

A părăsit casa la șapte dimineața fix.

Trăgea după el căruciorul pentru zugrăvit, ignorând faptul că era urmărit.

Când a ajuns pe șantier, un tânăr străin s-a apropiat de el. Avea părul blond și era înalt și serios.

Se priveau reciproc.

– Dumneavoastră ați fi Hans Hubermann?

Hans a dat o dată din cap. Se întindea după o pensulă.

– Da, eu aș fi.

– Întâmplător cântați la acordeon?

De data aceasta, Hans s-a oprit, lăsând pensula unde era. Din nou a încuviințat din cap.

Străinul și-a frecat obrazul, uitându-se în jurul său, și apoi a vorbit foarte încet, dar foarte limpede:

– Dumneata ești bărbatul căruia îi place să-și păstreze cuvântul dat?

Hans a scos două bidoane cu vopsea și l-a invitat să stea jos. Înainte să accepte invitația, tânărul a întins mâna și s-a prezentat.

– Kugler mă cheamă. Vin din Stuttgart.

Au stat și au vorbit în liniște timp de aproximativ cincisprezece minute, stabilind o întâlnire pentru mai târziu în noapte.

O FATĂ BUNĂ

În noiembrie 1940, Max Vandenburg avea douăzeci și patru de ani când a ajuns în bucătăria de pe strada Himmel numărul 33. Hainele lui păreau să-l strivească, și era atât de obosit, încât o iritație l-ar fi frânt în două. Stătea în ușă cutremurat și cutremurându-se.

– Mai cântați la acordeon?

Desigur, întrebarea era de fapt: „Mai vreți să mă ajutați?“

Papa al lui Liesel a mers la ușa principală și a deschis-o. Prudent, s-a uitat afară, în ambele părți și s-a întors. Verdictul a fost:

– Nimic!

Max Vandenburg, evreul, își închise ochii și se dădu mai mult înapoi, ca să fie în siguranță. Ideea în sine era absurdă, dar a acceptat-o așa cum era.

Hans a verificat dacă draperiile era trase cum trebuia. Nici o crăpătură nu trebuia să se vadă. Între timp, Max nu mai putu suporta. S-a lăsat pe vine și și-a strâns mâinile.

Întunericul îl mângâia.

Degetele îi miroseau a metal, a valiză, a *Mein Kampf* și a supraviețuire. Lumina slabă din hol i-a ajuns la ochi abia când a ridicat capul. A observat fata în pijama stând acolo, sub privirile sale.

– Papa?

Max s-a ridicat ca un chibrit aprins. Întunecimea se umfla în jurul lui.

– Totul e în ordine, Liesel, zise papa. Du-te înapoi în pat.

Ea a mai zăbovit o clipă înainte ca picioarele să i se târască îndărăt. Când s-a oprit și i-a mai aruncat o ultimă privire străinului din bucătărie, a deslușit conturul cărții de pe masă.

– Nu-ți fie frică, l-a auzit pe papa spunând. E o fată bună.

În ora următoare, fata bună stătea complet trează în pat, ascultând murmurul în surdină al propozițiilor din bucătărie.

Mai rămăsese un joker de jucat.

O SCURTĂ ISTORIE A BOXERULUI EVREU

Max Vandenburg s-a născut în 1916.

A crescut în Stuttgart.

Când era mai tânăr, a ajuns să nu iubească nimic mai mult decât o luptă bună cu pumnii.

Prima bătaie s-a petrecut când avea unsprezece ani și era costeliv ca o coadă de mătură.

Wenzel Gruber.

Cu el s-a bătut.

Avea gura mare puștiul Gruber, și părul cârlionțat ca de sârmă. Copiii de pe terenul de joacă local le ceruseră să se bată și nici unul dintre ei nu avea de gând să nu o facă.

S-au luptat ca niște campioni.

Timp de un minut.

Tocmai când devenea interesant, ambii băieți au fost trași de gulere. Un părinte grijuliu.

O dâră de sânge îi curgea din gură lui Max.

A gustat-o și i-a plăcut.

Nu mulți oameni care veneau din cartierul lui erau buni luptători, și dacă erau, nu erau boxeri. În acele vremuri, se spunea că evreii preferau pur și simplu să stea și să încaseze. Să încaseze abuzul în tăcere și apoi să se străduiască să ajungă din nou în vârf. Evident, nu toți evreii erau la fel.

Avea aproape doi ani când tatăl lui a murit făcut fărâme de o explozie pe un deal acoperit cu iarbă.

Când avea nouă ani, mama lui era complet falită. A vândut studioul de muzică în care și locuiau și s-au mutat în casa unchiului. Acolo a crescut cu șase veri care îl băteau zdravăn, îl enervau și îl iubeau. Bătăile cu cel mai mare, Isaac, au fost un bun antrenament pentru luptele sale cu pumnii. Era făcut praf aproape în fiecare seară.

Când avea treisprezece ani, tragedia a lovit din nou, odată cu moartea unchiului său.

Unchiul său nu era la fel de ușor iritabil ca Max. Era genul de evreu care muncea timp îndelungat pentru o răsplată neînsemnată. Nu era un bărbat bogat. Nu lua ce aparținea de drept altui om și a murit din cauza a ceva care îi creștea în stomac. Ceva înrudit cu o bilă de bowling otrăvită.

Așa cum se întâmpla adesea, familia i-a înconjurat patul și l-a privit capitulând.

Cumva, între tristețe și pierdere, Max Vandenburg, care era acum un adolescent cu mâinile dure, cu ochi învinețiți și dinți dureroși, era și puțin dezamăgit. Chiar supărat. Urmărindu-l pe unchiul său cufundându-se ușor în pat, a decis că nu-și va permite vreodată să moară astfel.

Chipul omului era atât de resemnat! Atât de galben și de senin, în ciuda conformației solide a craniului său...

Linia nesfârșită a mandibulei, care se întindea pe kilometri, maxilarele ieșite în afară și ochii adânciți. Atât de calmi, încât îl făceau pe băiat să vrea să întrebe ceva.

„Unde e lupta? se întreba el.

Unde e voința de a mai rămâne?“

Bineînțeles, la treisprezece ani, exagera puțin în asprimea lui. Nu căuta ceva ca *mine* pe chip. Nu încă.

A stat cu ceilalți lângă pat și l-a privit pe bărbat murind – o trecere firească de la viață la moarte. Lumina din fereastră era gri și portocalie, culoarea văratică a pielii, și unchiul lui a părut ușurat când respirația i-a dispărut complet.

„Când moartea o să mă prindă, a jurat băiatul, ea va simți pumnul meu în față."

Personal, chiar îmi place asta. O asemenea bravură prostească.

Da.

Îmi place mult asta.

Din acel moment, a început să lupte cu regularitate. Un grup de prieteni și dușmani care nu renunțau prea ușor se adunau într-un părculeț de pe strada Steber și se băteau la lumina zilei. Nemți tipici, evreul ciudat, băieții din est. Nu conta. Nimic nu se compara cu o bătaie bună pentru a elimina energia adolescentină. Până și dușmanii erau la doi centimetri distanță de prietenie.

Îi plăceau cercurile restrânse și necunoscutul.

Incertitudinea dulce-amăruie.

Să câștigi sau să pierzi.

Avea o senzație în stomac care se intensifica până când nu o mai putea tolera. Singurul leac era să mergi înainte și să dai cu pumnul. Max nu era genul de băiat care să se gândească prea mult la ce însemna asta.

Privind în trecut, bătaia lui preferată a fost cea cu numărul 5, împotriva unui puști înalt, dur, ager, pe nume Walter Kugler. Aveau cincisprezece ani. Walter câștigase toate cele patru dispute anterioare, dar, de această dată, Max simțea ceva diferit. Parcă un sânge nou îi curgea în vene – sângele victoriei –, care avea capacitatea de a înfricoșa și de a entuziasma.

Ca întotdeauna, în jurul lor se înghesuise un cerc strâns. Pământul era murdar. Fețele care priveau erau practic acoperite de zâmbete. Degetele nespălate apucau banii, iar strigătele și chemările era pline de o asemenea vitalitate, ca și cum nu ar fi existat nimic în afară de asta.

Doamne, era atâta bucurie și teamă acolo, un freamăt atât de grandios!

Cei doi luptători erau încleștați în intensitatea momentului, fețele lor încărcate de expresie, exagerate de stres. Concentrarea cu ochi mari.

După ce s-au tatonat timp de aproximativ un minut, au început să se apropie și să-și dea unul altuia câte o lovitură. Era o bătaie de stradă, în cele din urmă, nu un meci pentru titlu, lung de o oră. Nu aveau toată ziua.

– Haide, Max! striga unul dintre prietenii lui. Nu respira deloc între cuvinte. Haide Maxi-Taxi acu' l-ai dat gata l-ai dat gata evreule l-ai dat gata l-ai dat gata!

Max, un puști mic, cu tuleie abia mijite, cu un nas zdrobit și ochi apoși, era cu peste un cap mai mic decât adversarul său. Stilul său de luptă era total lipsit de grație, orientat spre atac direct, dându-i lui Kugler lovituri rapide în față. Celălalt băiat, în mod clar mai puternic și mai dibace, rămânea drept, aruncând lovituri bruște, care aterizau mereu pe obrajii și bărbia lui Max.

Max se tot apăra.

Deși era bătut măr, el continua să atace. Buzele îi erau mânjite de sânge. În curând i se va usca printre dinți.

Un răcnet imens s-a auzit când el a fost doborât la pământ. Aproape că s-a făcut schimb de bani.

Max s-a ridicat.

A fost trântit încă o dată înainte să-și schimbe tactica, ademenindu-l pe Walter Kugler puțin mai aproape decât voia el să vină. Odată aflat acolo, Max a putut să-i aplice o lovitură scurtă și puternică în față. A fost de ajuns. Direct în nas.

Kugler, orbit dintr-odată, s-a eschivat dându-se înapoi, iar Max s-a folosit de prilej. L-a urmat la dreapta, l-a lovit scurt din nou și l-a debusolat cu un pumn în coaste. Mâna dreaptă, care l-a terminat, i-a aterizat în bărbie. Walter Kugler era jos, cu părul său blond piperat cu țărână. Picioarele sale erau despărțite într-un V. Lacrimi precum cristalul îi curgeau pe piele, în ciuda faptului că nu plângea. Lacrimile îi fuseseră secate.

Cercul de băieți număra.

Mereu numărau, preventiv. Voci și numere.

După o bătaie, obiceiul era ca învinsul să ridice mâna învingătorului. Atunci când Kugler s-a ridicat într-un final în picioare, s-a dus pe neașteptate la Max Vandenburg și i-a ridicat brațul în aer.

– Mulțam, i-a zis Max.

Kugler l-a avertizat:

– Data viitoare o să te omor.

În total, în următoarele câteva săptămâni, Max Vandeburg și Walter Kugler s-au bătut de treisprezece ori. Walter mereu căuta răzbunare pentru prima victorie pe care Max i-a furat-o, iar Max căuta mereu să repete momentul său de glorie. În sfârșit, scorul a fost 10-3 pentru Walter.

S-au bătut unul cu altul până în 1933, când aveau șaptesprezece ani. Respectul scrâșnit printre dinți a devenit o adevărată prietenie, iar dorința aprigă de a lupta i-a părăsit. Amândoi au rămas la slujbele lor până când Max a fost dat afară, împreună cu restul evreilor, de la Uzina Jederman, în '35. Nu a fost cu mult după apariția Legilor Nürnberg, care interziceau cetățenia germană pentru evrei și căsătoriile dintre nemți și evrei.

– Iisuse, a spus Walter într-o seară, când s-au întâlnit în părculețul unde obișnuiau să se bată. Ce timpuri erau, nu-i așa? Nu era nimic de genul ăsta. A atins cu dosul palmei steaua de pe mâneca lui Max. N-am mai putea să ne batem acum ca atunci.

Max nu a fost de acord.

– Ba am putea. Nu poți să te căsătorești cu o evreică, dar nu e nici o lege care interzice bătaia cu un evreu.

Walter a zâmbit.

– Probabil că există o lege care *răsplătește* asta... atât timp cât tu câștigi.

În următorii câțiva ani, s-au văzut cel mult sporadic. Max, la fel ca restul evreilor, era constant respins și călcat în picioare, vreme în care Walter s-a cufundat în slujba sa. O tipografie.

Dacă sunteți genul care este interesat, da, au fost câteva fete în acei ani. Una pe nume Tania, cealaltă Hildi. Cu nici una din ele nu a avut o relație de durată. Nu era timp, cel mai probabil din cauza incertitudinii și a presiunii crescânde. Max trebuia să cutreiere străzile, în căutare de muncă. Oare ce le putea oferi el acelor fete? Deja în 1938 era greu de imaginat că viața putea deveni mai grea de atât.

Apoi a venit 9 noiembrie. *Kristallnacht.* Noaptea de cristal.

A fost incidentul care i-a distrus pe atât de mulți dintre camarazii săi evrei, dar pentru Max Vandenburg s-a dovedit a fi momentul eliberării. Avea douăzeci și doi de ani.

Multe locuințe evreiești au fost zdrobite și prădate meticulos după ce se auzeau bătăi la ușa casei. Max era înghesuit cu mătușa și mama sa, cu verii lui și copiii lor în camera de zi.

– *Aufmachen!*

Membrii familiei se priveau între ei. Exista o mare tentație de a se împrăștia în celelalte camere, dar neliniștea este cel mai ciudat lucru. Nu se puteau mișca.

Din nou.

– Deschideți!

Isaac s-a ridicat și s-a dus la ușă. Lemnul era viu, încă răsunând din pricina bătăilor. S-a uitat în spate, la fețele temătoare, lipsite de apărare, a tras ivărul și a deschis ușa.

Așa cum se aștepta, era un nazist. În uniformă.

– Niciodată!

Acesta a fost primul răspuns al lui Max.

Le ținea strâns de mână pe mama lui și pe Sarah, cea mai apropiată dintre verișoare.

– Nu o să plec. Dacă nu putem pleca toți, nici eu nu mă duc.

Mințea.

Când a fost îndepărtat de restul familiei, ușurarea se lupta în el ca o obscenitate. Nu era ceva ce voia să simtă, dar, cu toate acestea, o simțea cu atâta forță, încât îl făcea să vrea să vomite. Cum putea? Cum putea?

Dar a putut.

– Nu lua nimic, i-a spus Walter. Doar ce ai pe tine. O să-ți dau eu restul.

– Max.

Era mama lui.

A scos dintr-un dulap o veche bucățică de hârtie și i-a îndesat-o în buzunarul jachetei.

– Dacă ai vreodată... Îl îmbrățișa pentru ultima oară, ținându-l de coate. Asta ar putea fi ultima ta speranță.

El i-a privit chipul îmbătrânit și a sărutat-o apăsat pe buze.

– Haide! Walter l-a tras, iar restul familiei și-a luat rămas-bun și i-a dat bani și câteva obiecte de valoare. E haos acolo și de asta avem nevoie, a mai zis el.

Au plecat fără să se uite în urmă.

Asta l-a torturat.

Măcar dacă s-ar fi întors să-și privească o ultimă dată familia în timp ce părăseau apartamentul. Poate că atunci vina nu ar fi fost atât de grea. Nici un ultim rămas-bun.

Nici o privire de adio, ochi în ochi.

Nimic decât plecare.

În următorii doi ani, a rămas în ascunzătoare, într-o magazie goală. Era o clădire în care Walter lucrase în anii precedenți. Mâncarea era puțină. Suspiciunea era însă din plin. Evreii cu bani rămași în cartier emigrau. Evreii fără bani încercau și ei, dar fără prea mare succes. Familia lui Max intra în cea de-a doua categorie. Walter mai trecea pe la ei ocazional, pe cât de neobservat putea. Într-o după-amiază, când s-a dus în vizită, altcineva a deschis ușa.

După ce Max a auzit vestea, parcă și-a simțit corpul mototolit într-o minge, ca o foaie murdărită de greșeli. Ca un gunoi.

Cu toate acestea, a reușit în fiecare zi să se descopere și să devină mai puternic, dezgustat și recunoscător. Distrus, dar cumva nu rupt în bucăți.

La jumătatea anului 1939, chiar după șase luni de stat ascuns, au decis că trebuie să adopte un nou plan de acțiune. Au examinat hârtiuța care îi fusese înmânată la dezertare. Așa este – dezertarea lui, nu doar scăparea. Astfel o vedea acum, în plină ușurare grotescă. Deja știa ce era scris pe acea bucată de hârtie.

UN NUME, O ADRESĂ
Hans Hubermann
Himmel Strasse 33, Molching

– Devine tot mai rău, i-a spus Walter lui Max. În orice moment, ar putea să afle de noi.

Erau atâtea presimțiri în întuneric!

– Nu știm ce s-ar putea întâmpla. Aș putea fi prins. Tu s-ar putea să trebuiască să găsești locul ăla... Mi-e prea teamă să cer ajutorul cuiva de aici. S-ar putea să mă toarne.

Nu era decât o soluție.

– O să mă duc acolo și o să-l găsesc pe omul ăsta. Dacă s-a transformat într-un nazist – ceea ce e foarte probabil –, o să mă întorc pur și simplu. Măcar atunci vom ști, *richtig?*

Max i-a dat toți ultimii pfenigi pentru drum și, câteva zile mai târziu, la întoarcerea lui Walter, s-au îmbrățișat, iar Max și-a ținut respirația.

– Cum e?

Walter a dat din cap.

– E-n regulă. Încă mai cântă la acordeonul de care ți-a spus mama – al tatălui tău. Nu este membru de partid. Mi-a dat bani.

În această etapă, Hans Hubermann era doar o notiță.

– E destul de sărac, este căsătorit și mai e și un copil.

Acest lucru i-a atras atenția și mai mult lui Max.

– De câți ani?

– Zece. Nu le poți avea pe toate.

– Da. Copiii au gura mare.

– Suntem norocoși și așa.

Au tăcut o vreme. Max a fost cel care a vorbit:

– Trebuie că mă urăște deja, nu?

– Nu cred. Mi-a dat bani, nu-i așa? A zis că o promisiune e o promisiune.

O săptămână mai târziu, a venit o scrisoare. Hans îl anunța pe Walter Krugler că va încerca să trimită lucruri care să le fie de folos ori de câte ori va putea. Era o hartă de o pagină a Molchingului și a Münchenului de Nord, precum și o rută directă din Pasing (gara cea mai de încredere) până la ușa sa. În scrisoare cuvintele erau clare.

Ai grijă.

Spre jumătatea lunii mai 1940, *Mein Kampf* a sosit cu o cheie lipită de coperta interioară.

„Omul e un geniu“, a decretat Max, dar simțea totuși un fior la gândul de a călători spre München. În mod clar, el își dorea – ca și celelalte părți implicate – ca această călătorie să nu fi fost deloc necesară.

Nu primești mereu ceea ce îți dorești.

Mai ales în Germania nazistă.

Din nou, timpul a trecut.

Războiul s-a extins.

Max a rămas ascuns de lume într-o altă cameră goală.

Până când inevitabilul s-a produs.

Walter a fost înștiințat că urma să fie trimis în Polonia, pentru a continua afirmarea autorității germane atât asupra polonezilor, cât și asupra evreilor. Venise vremea.

Venise timpul ca Max să plece spre München și Molching și acum stătea în bucătăria unui necunoscut, cerând ajutorul la care râvnea și suferind condamnarea pe care simțea că o merită.

Hans Hubermann i-a strâns mâna și s-a prezentat.

I-a făcut niște cafea în întuneric.

Fata plecase de ceva vreme, dar acum alți pași se apropiau. Jokerul.

În întuneric, toți trei erau complet izolați. Toți priveau fix. Numai femeia a vorbit.

Furia Rosei

Liesel alunecase din nou în somn, când vocea de neconfundat a Rosei Hubermann a intrat în bucătărie. S-a trezit tresărind.

– *Was ist los?*

Curiozitatea a învins-o, închipuindu-și tirada izvorâtă din furia Rosei. Cu siguranță, se auzea mișcare și un scaun tras pe podea.

După zece minute de disciplină zdrobitoare, Liesel a mers pe coridor și ceea ce a văzut a uimit-o cu adevărat, pentru că Rosa Hubermann stătea lângă umărul lui Max Vandenburg, urmărindu-l cum mânca lacom respingătoarea ei supă de mazăre. Pe masă erau lumânări aprinse. Nu pâlpâiau.

Mama avea o expresie gravă.

Era îngrijorată.

Cumva, totuși, i se citea și triumful pe chip, și nu era triumful de a fi salvat o altă ființă omenească de la persecuție. Era mai degrabă ceva de genul: „Vezi? Măcar *el* nu se plânge". Se uita de la supă la evreu și iarăși la supă.

Când vorbi din nou, nu întrebă decât dacă mai vrea.

Max a refuzat, preferând să se grăbească spre chiuvetă și să vomite. Spatele îi era cuprins de convulsii și avea brațele întinse. Strângea metalul cu degetele.

– Doamne Iisuse Hristoase, murmură Rosa. Încă unul.

Întorcându-se, Max și-a cerut scuze. Cuvintele lui erau alunecoase și abia se auzeau, înăbușite de acid.

– Îmi pare rău. Cred că am mâncat prea mult. Știți, stomacul meu, a trecut așa mult de când... Nu cred că pot să mă descurc cu așa...

– Mișcă! îi ordonă Rosa.

Începu să curețe mizeria. După ce termină, îl zări pe tânăr stând foarte posac la masa din bucătărie. Hans ședea în partea opusă, cu mâinile împreunate deasupra blatului de lemn.

Din hol, Liesel putea să vadă fața trasă a străinului și, dincolo de ea, expresia îngrijorată, parcă mâzgălită dezordonat pe chipul mamei.

Se uită la ambii părinți adoptivi.

Cine erau oamenii ăștia?

Prelegerea lui Liesel

Ce fel de oameni erau exact Hans și Rosa Hubermann nu constituia cea mai ușoară problemă de rezolvat. Oameni buni? Oameni ridicol de ignoranți? Oameni cu o sănătate mintală îndoielnică?

Ușor de definit era situația dificilă în care se aflau.

Situația lui Hans și a Rosei Hubermann
Chiar foarte ingrată.
De fapt, *înfricoșător* de ingrată.

Când un evreu apare în zorii zilei acolo unde locuiți, niciunde altundeva decât în locul de naștere al nazismului, e probabil să simțiți un disconfort extrem. Anxietate, neîncredere, paranoia. Toate își joacă rolul și toate duc la o suspiciune ascunsă că urmează nu tocmai o binefacere divină. Frica este strălucitoare. Cu ochi necruțători.

Elementul surprinzător este că, în ciuda acestei temeri care strălucea în întuneric, era ceva care se opunea tendinței de isterie.

Mama o alungă pe Liesel cu un ordin.

– *Bett*[1], *Saumensch!*

[1] Pat (în lb. germană, în original)

Vocea era calmă, dar fermă. Mai mult decât neobișnuit.

Papa veni câteva minute mai târziu și ridică pledul de pe patul liber.

– *Alles gut, Liesel?* Totul e în ordine?

– Da, papa.

Câteva minute mai târziu, Max Vandenburg era în cameră, fără să facă nici un zgomot și întunecat. Bărbatul nu respira. Nu se mișca. Dar, cumva, a străbătut distanța de la ușă la pat și a ajuns sub pături.

– Totul e în ordine?

Era din nou papa, vorbind de această dată cu Max.

Răspunsul i-a zburat din gură, apoi s-a mulat ca o pată pe tavan. Atât de mare era rușinea lui.

– Da, mulțumesc. A spus-o din nou, când papa a ajuns în locul lui obișnuit de pe scaunul de lângă patul lui Liesel: Mulțumesc!

Încă o oră a trecut înainte ca Liesel să adoarmă.

A dormit mult și adânc.

O mână a trezit-o puțin după 8.30 în următoarea dimineață.

Vocea de la capătul ei a informat-o că nu putea merge la școală în acea zi. Aparent, era bolnavă.

Când s-a trezit cu totul, s-a uitat la străinul din patul celălalt. Pătura lăsa să se vadă doar un cuib de păr turtit într-o parte și nimic nu se auzea, de parcă se antrenase cumva chiar să și doarmă cât mai tăcut. Cu mare grijă, ea a trecut pe lângă el, urmându-l pe papa în hol.

Pentru prima dată dintotdeauna, bucătăria și mama erau în stare de repaus. Era un fel de liniște inaugurală năucitoare. Spre ușurarea lui Liesel, nu a durat decât câteva minute.

Era mâncare și sunetul activității de a mânca.

Mama a anunțat prioritatea zilei. S-a așezat la masă și a zis:

– Acum ascultă, Liesel! Papa o să îți spună ceva astăzi.

Asta era ceva serios – nici măcar nu i-a zis *Saumensch*. Era o izbândă personală în materie de abţinere.

– O să îţi vorbească şi tu va trebui să-l asculţi. E clar?

Fata încă înghiţea mâncarea.

– E clar, *Saumensch?*

Asta a sunat mai bine.

Fata aprobă din cap.

Când intră în dormitor să-şi ia hainele, observă că trupul din patul celălalt se întorsese şi se încovoiase. Nu mai era o bârnă dreaptă, ci un fel de formă în Z, întinzându-se de la o diagonală la alta. Făcut zigzag în pat.

Îi putea vedea chipul acum, în lumina obosită. Avea gura deschisă şi culoarea pielii era precum coaja de ou. Mustăţi îi îmbrăcau maxilarul şi bărbia, iar urechile erau aspre şi plate. Avea un nas mic, dar deformat.

– Liesel!

Se întoarse.

– Mişcă!

Intră în camera de baie.

Odată îmbrăcată şi ieşită în hol, realiză că nu va pleca prea departe. Papa stătea în faţa uşii pivniţei. Cu un zâmbet slab, aprinse lampa şi o conduse jos.

Printre grămezile de cearşafuri de pe jos şi mirosul de vopsea, papa i-a spus să se instaleze comod. Aprinse pe pereţi erau cuvintele pictate, învăţate în trecut.

– Trebuie să îţi spun câteva lucruri.

Liesel stătea în vârful unui morman de un metru de cearşafuri pătate cu vopsea, iar papa – pe un bidon de vopsea de cincisprezece litri. La câteva minute după aceea, îşi căuta cuvintele. Când le găsi, se ridică pentru a le rosti. Îşi frecă ochii.

– Liesel, zise el încet, nu am fost niciodată sigur că asta se va întâmpla, așa că nu ți-am spus niciodată. Despre mine. Despre bărbatul de sus. A mers de la un capăt al subsolului la altul, iar lumina lămpii îi mărea umbra. Îl transforma într-un uriaș pe perete, mergând înainte și înapoi.

Când s-a oprit din umblat, umbra îi era în spate, privind. Cineva privea mereu.

– Știi acordeonul meu? întrebă el și atunci începu povestea.

I-a explicat despre Primul Război Mondial și Erik Vandenburg și apoi despre vizita la soția soldatului căzut.

– Băiatul care a intrat în cameră în acea zi este bărbatul de sus. *Verstehst?* Înțelegi?

Hoțul de cărți stătea și asculta povestea lui Hans Hubermann. A durat o oră bună până a ajuns la momentul adevărului, care implica o prelegere foarte evidentă și necesară.

– Liesel, trebuie să asculți.

Papa o făcu să se ridice și o luă de mână.

S-au îndreptat către perete.

Forme întunecate și exercițiul cuvintelor.

Îi ținea ferm degetele.

– Îți amintești ziua Führerului – când am venit acasă de la foc, în acea noapte? Îți amintești ce mi-ai promis?

Fata intră în joc. Cu fața spre perete, zise:

– Că voi păstra un secret.

– Așa e.

Între umbrele care se țineau de mâini, cuvintele pictate erau dispersate, agățate de umerii lor, li se odihneau pe capete și le atârnau de brațe.

– Liesel, continuă el, dacă spui cuiva despre omul de sus, cu toții vom avea necazuri mari.

Merse pe granița incertă dintre a o speria de moarte și a o alina îndeajuns încât să-și păstreze calmul. O hrăni cu propoziții și o privi cu ochii săi metalici. Disperare și pasivitate.

– Cel puțin mama și cu mine am fi luați, a zis.

Hans era în mod cert îngrijorat că era pe cale de a o înspăimânta prea mult, dar și-a calculat riscul, preferând să greșească și să bage prea multă frică în ea decât prea puțină. Supunerea fetei trebuia să fie un fapt absolut, imuabil.

Spre sfârșit, Hans Hubermann s-a uitat la Liesel și s-a asigurat că era atentă.

I-a prezentat o listă cu consecințe.

– Dacă spui cuiva, oricui, despre omul acela...

Învățătoarei.

Lui Rudy.

Nu conta cui.

Ceea ce conta era că toți erau pasibili de pedeapsă.

– Pentru început, spuse el, voi lua absolut fiecare dintre cărțile tale... și o voi arde. Era crud. Le voi arunca în cuptor sau în vatră. Cu siguranță acționa ca un tiran, dar era necesar. Înțelegi?

Șocul făcu o gaură prin ea, foarte clară, foarte precisă.

Lacrimi curgeau șiroaie.

– Da, papa.

– Mai departe. Încerca să rămână dur, dar trebuia să facă eforturi pentru asta. O să te ia de lângă mine. Vrei asta?

Acum plângea de-a binelea.

– *Nein.*

– Bine. O strânse și mai tare de mână. Îl vor târî de aici pe omul ăla și poate și pe mama și pe mine... și nu ne vom întoarce niciodată.

Și asta a fost de ajuns.

Fata a început să plângă în hohote atât de incontrolabil, încât papa murea să o tragă către el și să o îmbrățișeze strâns. Nu a făcut-o. În loc de asta, s-a lăsat jos și a privit-o drept în ochi. A dat drumul celor mai șoptite cuvinte ale sale de până atunci:

– *Verstehst du mich?* Înțelegi?

Fata a încuviințat din cap. Plângea și acum învinsă, zdrobită, papa al ei o ținea în aerul pictat și în lumina de kerosen.

– Înțeleg, papa, înțeleg.

Vocea îi era înăbușită în strânsoarea lui și au stat așa preț de câteva minute, Liesel cu răsuflarea strivită, iar papa mângâind-o pe spate.

Sus, când s-au întors, au găsit-o pe mama stând în bucătărie singură și gânditoare. Când i-a văzut, s-a ridicat și i-a făcut semn lui Liesel să se apropie, observând lacrimile uscate care îi brăzdau chipul. A strâns-o lângă ea pe fată și a copleșit-o cu o tipică îmbrățișare aspră.

– *Alles gut, Saumensch?*

Nu avea nevoie de un răspuns.

Totul era în ordine.

Și în același timp era groaznic.

SOMNOROSUL

Max Vandenburg a dormit timp de trei zile.

Liesel îi veghe anumite etape ale somnului. Ați putea spune că, deja în a treia zi, devenise o obsesie să-l verifice, să vadă dacă mai respiră. Putea acum să interpreteze semnele de viață, de la mișcarea buzelor, barba care creștea până la șuvițele de păr care se mișcau aproape insesizabil atunci când capul tresărea involuntar în somn.

Adesea când îl privea, o chinuia gândul că el tocmai se trezise și cu ochii larg deschiși o vedea – o privea privind. Ideea de a fi prinsă o deranja și o entuziasma în același timp. Era îngrozită de asta. Dar o și incita. Abia când mama a strigat-o, a reușit să se rupă de acolo, fiind și alinată, și dezamăgită că nu va fi acolo când el se va trezi.

Câteodată, spre sfârșitul maratonului de somn, el a vorbit.

A dat un recital de nume murmurate. O listă de bifat.

Isaac. Mătușa Ruth. Sarah. Mama. Walter. Hitler.

Familie. Prieten. Dușman.

Toți erau cu el sub pătură și, la un moment dat, păru că se luptă cu sine.

– *Nein*, a șoptit el. A repetat de șapte ori. Nu.

Liesel, care tocmai îl privea, deja observa asemănările dintre străin și ea însăși. Amândoi erau agitați când au sosit pe strada Himmel. Amândoi aveau coșmaruri.

Când veni momentul, el s-a trezit cu tresărirea neplăcută a dezorientării. Deschise gura pentru o clipă după ce deschise ochii și se ridică drept.

– Ai!

O urmă de glas îi scăpă din gură.

Când văzu fața cu susul în jos a unei fete deasupra lui, pentru un moment avu senzația iritantă de nefamiliaritate și amintire bruscă – decodarea exactă a unde și când era în prezent. După câteva secunde, reuși să se scarpine în cap (freamătul curiozității) și o privi. Mișcările lui erau fragmentate și acum ochii lui căprui și apoși erau deschiși. Adânci și grei.

Reflex, Liesel se dădu înapoi.

Era prea înceată.

Străinul se întinse și o luă de braț cu mâna încălzită de somn.

– Te rog!

Și vocea o prindea, ca niște unghii care strângeau. O strânse de mână.

– Papa!

Tare.

– Te rog!

Blând.

Era o după-amiază târzie, cenușie și scânteietoare, dar numai o lumină murdară avea voie să pătrundă în cameră. Era tot ceea ce îngăduia țesătura draperiilor. Dacă sunteți optimiști, gândiți-vă la ea ca având culoarea bronzului.

Când papa veni, rămase la început în prag și văzu degetele încleștate cu care Max Vandenburg o ținea pe Liesel și chipul lui disperat.

– Văd că voi doi v-ați cunoscut, zise el.

Degetele lui Max începură să se relaxeze.

SCHIMBUL DE COȘMARURI

Max Vandenburg a promis că nu va mai dormi niciodată în camera lui Liesel. La ce se gândise în prima noapte? Ideea în sine îl înspăimânta.

A găsit explicația în faptul că era atât de tulburat la venire, încât a permis un astfel de lucru. Pivnița era singurul loc pentru el, în opinia sa. Să trecem peste frig și singurătate. Era un evreu, și dacă exista vreun loc unde îi era menit să stea, acela era pivnița sau vreun alt loc al supraviețuirii.

– Îmi cer scuze, li se confesă el lui Hans și Rosei pe treptele subsolului. De acum încolo, voi sta aici. Nu veți auzi de mine. Nu o să scot un sunet.

Hans și Rosa, amândoi cufundați în disperarea situației dificile, nu l-au contrazis nici măcar cu privire la frig. Au dus pături jos și au umplut lampa cu kerosen. Rosa a admis că nu va fi prea multă mâncare, la care Max a rugat-o arzător să aducă numai resturi și numai când nu erau dorite de nimeni altcineva.

– *Na na,* l-a asigurat Rosa. Vei fi hrănit, pe cât voi putea.

Au dus și salteaua jos, luând-o de pe patul liber din camera lui Liesel și înlocuind-o cu cearșafuri stropite cu vopsea – un troc excelent.

Jos, Hans și Max au pus salteaua sub scară și au construit un perete de cearșafuri într-o parte. Erau îndeajuns de înalte ca să acopere toată intrarea triunghiulară și, în lipsă de altceva, puteau fi ușor mutate dacă Max avea mare nevoie de aer în plus.

Papa s-a scuzat.

– E destul de jalnic, realizez.

– Mai bine decât nimic, l-a asigurat Max. Mai bine decât merit – vă mulțumesc.

Cu câteva bidoane de vopsea bine poziționate, Hans chiar a fost de acord că pur și simplu arăta ca un morman de cârpe adunat neglijent în colț, ca să nu stea în drum. Singura problemă era că nu trebuiau decât mutate câteva bidoane și date la o parte un cearșaf sau două pentru ca oricine să-l miroasă pe evreu.

– Să sperăm doar că va fi îndeajuns, spuse el.

– Trebuie. Max s-a târât înăuntru. Mulțumesc, a zis el din nou.

Mulțumesc.

Pentru Max Vandenburg, acesta era cel mai demn de milă cuvânt pe care-l putea rosti vreodată, întrecut doar de „îmi pare rău". Simțea un imbold permanent de a le spune pe ambele, izvorâte de vina chinuitoare.

De câte ori în acele prime ore de trezie nu a dorit să iasă din subsol și să plece din casă cu totul? Trebuie să fi fost sute.

De fiecare dată însă nu a fost decât un acces de durere.

Ceea ce a înrăutățit totul și mai mult.

Își dorea să iasă – Dumnezeule, cât mai dorea (sau cel puțin își *dorea* să-și dorească) –, dar știa că nu o va face. Era asemănător cu modul în care și-a părăsit familia din Stuttgart, sub un văl de loialitate fabricată.

Ca să trăiască.

A trăi înseamnă a trăi.

Prețul erau vina și rușinea.

În primele câteva zile în pivniță, Liesel nu a avut treabă cu el. Îi nega existența. Părul lui foșnitor, degetele lui reci, alunecoase.

Prezența-i torturată.

Mama și papa.

Era o așa gravitate între ei și neputința de a lua decizii.

S-au întrebat dacă l-ar putea muta.

– Dar unde?

Nu găsiră nici un răspuns.

În situația asta, erau lipsiți de prieteni și paralizați. Nu exista nici un loc în care Max Vandenburg să se poate duce. Numai în casa lor. Hans și Rosa Hubermann. Liesel nu îi văzuse niciodată uitându-se unul la altul atât de mult sau atât de solemn.

Ei au fost cei care i-au dus mâncare și au aranjat să-și facă nevoile într-un bidon de vopsea gol. Conținutul va fi golit de Hans pe cât de prudent posibil, în speranța că va primi mai multe lucrări ca zugrav. Roza i-a dus și niște găleți cu apă fierbinte, ca să se spele. Evreul era murdar.

Afară, un munte de aer rece de noiembrie aștepta la ușa principală de fiecare dată când Liesel pleca din casă.

Cădea burniță cu lopata.

Frunze moarte se așterneau pe stradă.

Nu trecu mult și a fost rândul hoțului de cărți să viziteze pivnița. Au obligat-o.

A coborât prudentă treptele, știind că nu era nevoie de vreun cuvânt. Sunetul pașilor era de ajuns să-l trezească.

Rămase în mijlocul pivniței și așteptă, simțind mai degrabă că stătea în mijlocul unui câmp întins și mohorât. Soarele apunea în spatele unei recolte de cearșafuri folosite la zugrăvit.

Când Max apăru, avea în mână *Mein Kampf.* Când sosise, i-o oferise înapoi lui Hans Hubermann, care i-a spus că putea să o păstreze.

Firește că, în timp ce ținea în mâini mâncarea pentru cină, Liesel nu-și putea lua ochii de la ea. Era o carte pe care-o văzuse de câteva ori la BDM, dar nu fusese citită sau folosită direct în activitățile lor. Uneori, se făcuseră referiri la importanța sa și promisiuni că, în anii următori, va apărea ocazia de a o studia, când vor avansa în Divizia de seniori din Tineretul Hitlerist.

Max, urmându-i privirea, examină și el cartea.

– Este? șopti ea.

Avea o notă ciudată în voce care i se împleticea în gură.

Evreul își apropie puțin capul.

– *Bitte?* Poftim?

I-a dat supa de mazăre și s-a întors pe scări, roșie, grăbită și simțindu-se ca o proastă.

– Este o carte bună?

În baie, în fața oglinzii mici, exersă ce voia să spună. Mirosul de urină încă o înconjura, deoarece Max folosise bidonul de vopsea chiar înainte ca ea să coboare. „*So ein G'stank*, se gândi ea. Ce putoare."

Urina nimănui nu miroase la fel de bine ca propria urină.

Zilele înaintau cu greu.

În fiecare seară, înainte să se cufunde în somn, îi auzea pe mama și pe papa în bucătărie, discutând ceea ce fusese făcut, ce făceau acum și ceea ce trebuia să se întâmple de acum încolo. Între timp, o imagine a lui Max plana lângă ea. Era mereu expresia rănită și recunoscătoare de pe fața lui și ochii apoși.

O singură dată s-a petrecut o erupție în bucătărie.

Papa.

– Știu!

Vocea lui era abrazivă, dar o reduse grabnic la o șoaptă înăbușită.

– Totuși, trebuie să o fac în continuare, măcar de câteva ori pe săptămână. Nu pot să fiu aici tot timpul. Avem nevoie de bani și, dacă nu mai cânt acolo, vor deveni bănuitori. S-ar putea întreba de ce m-am oprit. Le-am spus că ai fost bolnavă săptămâna trecută, dar acum trebuie să facem totul ca întotdeauna.

Aici era problema.

Viața se înrăutățise în cel mai sălbatic mod cu putință, dar era imperativ ca ei să se poarte ca și cum nimic nu s-ar fi întâmplat.

Imaginați-vă că zâmbiți după o palmă pe care ați primit-o peste față. Apoi, gândiți-vă că faceți asta douăzeci și patru de ore pe zi.

Asta era ocupația de a ascunde un evreu.

După ce zilele s-au transformat în săptămâni, devenise, în lipsă de altceva, o acceptare deranjantă a ceea ce se întâmplase – totul fusese rezultatul războiului, acțiunea unui om de cuvânt și importanța unui acordeon. De asemenea, de-a lungul a puțin peste o jumătate de an, Hubermannii pierduseră un fiu și câștigaseră un înlocuitor care reprezenta un pericol de proporții epice.

Faptul care a șocat-o cel mai mult pe Liesel a fost schimbarea mamei. Indiferent dacă era vorba despre modul calculat în care împărțea mâncarea sau tăcerea remarcabilă a gurii ei, care fusese notorie, sau expresia mai blândă de pe chipul ei ca de carton, un lucru devenea clar.

O CALITATE A ROSEI HUBERMANN
Era o femeie bună pentru o criză.

Chiar și atunci când artritica Helena Schmidt a anulat serviciul pentru spălat și călcat haine, o lună după sosirea lui Max pe strada Himmel, s-a așezat pur și simplu la masă și a tras castronul către ea.

– E bună supa azi.

Supa era groaznică.

În fiecare dimineață când Liesel pleca la școală sau în zilele în care se aventura să joace fotbal ori să termine ceea ce rămăsese din rondul de dus rufe, ea îi vorbea încet fetei.

– Și nu uita, Liesel! Ducea degetul la gură și asta era tot. Când Liesel încuviința din cap, ea îi spunea: Bravo, *Saumensch*, fetițo! Acum, du-te!

Respectând dorințele lui papa, și chiar ale mamei acum, era o fată bună. Își ținea gura închisă oriunde mergea. Secretul era îngropat adânc.

Mergea prin oraș cu Rudy, așa cum făcea mereu, ascultându-i sporovăiala. Câteodată, își confruntau notițele de la grupele lor de la Tineretul Hitlerist, Rudy pomenind pentru prima dată de un tânăr lider pe nume Franz Deutscher. Dacă Rudy nu vorbea despre firea aprigă a lui Deutscher, vorbea ca de obicei, ca o placă stricată, oferind interpretări și reluări ale ultimului său gol de pe stadionul de fotbal din strada Himmel.

– *Știu*, îl asigura Liesel. Eram *acolo*.

– Așa, și?

– Așa că am văzut, *Saukerl*.

– Și eu cum știu asta? E foarte posibil să fi fost prin țărână pe undeva, lingând noroiul pe care l-am răscolit când am dat gol.

Probabil că Rudy era cel care o făcea să nu-și piardă mințile, cu stupiditatea vorbăriei sale, cu părul lui de culoarea lămâii și cu felul său țanțoș de a fi.

Părea să inspire un gen de încredere că viața încă era doar o glumă – o succesiune nesfârșită de goluri la fotbal, furtișaguri și un repertoriu interminabil de flecăreală fără sens.

De asemenea, au fost soția primarului și cititul în biblioteca soțului ei. Era frig acolo acum, mai frig decât la ultima vizită, dar, cu toate astea, Liesel nu putea sta departe. Alegea o mână de cărți și citea mici fragmente din fiecare, până când, într-o după-amiază, a găsit una pe care nu a putut să o lase din mână. Se numea *Omul care fluiera*. La început, a fost atrasă de ea din cauză că-l zărise de câteva ori pe omul care fluiera pe strada Himmel – Pfiffikus. Și-l amintea încovoiat în haina lui și apariția sa la focul în aer liber, de ziua Führerului.

Primul eveniment din carte era o crimă. O înjunghiere. O stradă din Viena. Nu departe de Stephansdom.

UN MIC EXTRAS DIN *OMUL CARE FLUIERA*

Ea zăcea acolo, înfricoșată, într-o baltă de sânge, o melodie ciudată cântându-i în ureche. Își amintea cuțitul care intra și ieșea din ea și un zâmbet. Ca întotdeauna, omul care fluiera zâmbise pe când fugea într-o noapte întunecată și ucigătoare...

Liesel nu era sigură dacă vorbele sau fereastra deschisă o făceau să tremure. De fiecare dată când lua sau aducea ceva la casa primarului, citea trei pagini și tremura, dar nu putea rezista prea mult timp.

Cam în același fel, Max Vandenburg nu mai putea suporta prea mult pivnița. Nu se plângea – nu avea dreptul –, dar putea simți cum frigul îl distruge. După cum s-a dovedit, salvarea a venit odată cu puțină lectură și scris, și cu o carte numită *Ridicarea din umeri*.

– Liesel, zise Hans într-o noapte. Haide!

De la venirea lui Max, a existat o lacună considerabilă în exercițiul de citit al lui Liesel și papa. Era limpede că simțea că acum era un moment bun de a continua de unde rămăseseră.

– *Na Komm*, îi spuse. Nu vreau să te lași pe tânjală. Du-te și adu una dintre cărți. Ce zici de *Ridicarea din umeri?*

Elementul derutant în toate acestea a fost atunci când ea aduse cartea, iar papa îi indică să-l urmeze jos, în vechea lor cameră de lucru. Pivnița.

– Dar, papa, încercă ea să-l oprească. Nu putem...

– Ce? E vreun monstru pe-acolo?

Era începutul lunii decembrie și ziua fusese rece. Pivnița devenea tot mai neprimitoare cu fiecare treaptă de ciment coborâtă.

– E prea frig, papa.

– Nu te-a deranjat până acum.

– Da, dar nu a fost niciodată așa de frig.

Când au ajuns jos, papa i-a șoptit lui Max.

– Putem să împrumutăm lampa, te rog?

Trepidând, cearșafurile și bidoanele s-au mișcat și lumina a fost trecută dintr-o mână în alta. Uitându-se la flacără, Hans dădu din cap și rosti:

– *Es ist ja Wahnsinn, net?* E o nebunie, nu-i așa? Înainte ca mâna de dinăuntru să rearanjeze cearșafurile, a prins-o. Vino și tu. Te rog, Max!

Apoi, încet, cearșafurile stropite de vopsea au fost trase la o parte, iar corpul emaciat și chipul lui Max Vandenburg și-au făcut apariția. În lumina jilavă, se ridică în picioare cu o dificultate magică. Tremura.

Hans i-a atins brațul, să-l aducă mai aproape.

– Doamne Iisuse Hristoase! Nu poți sta aici, jos. O să mori de frig. Se răsuci. Liesel, umple cada. Nu prea fierbinte. Fă-o ca atunci când începe să se răcească.

Liesel fugi sus.

– Doamne Iisuse Hristoase!

Auzi exclamația din nou când ajunse în hol.

Când el se află în cada de mărimea unei halbe, Liesel pândi ușa camerei de baie, închipuindu-și că apa călduță se transformă în abur în timp ce încălzește trupul lui ca un aisberg. Mama și papa erau în toiul unei dezbateri în camera de zi care servea și ca dormitor, cu glasurile lor domoale, captive dincolo de peretele coridorului.

– O să moară acolo, îți jur.

– Dacă se uită cineva înăuntru?

– Nu, nu, nu urcă decât noaptea. Ziua lăsăm totul deschis. Nimic de ascuns. Și o să folosim mai degrabă camera asta decât bucătăria. Cel mai bine este să ne ferim de ușa din față.

Tăcere.

Apoi, mama.

– Bine... Da, ai dreptate.

– Dacă tot riscăm pentru un evreu, zise papa puțin mai târziu, aș prefera să riscăm pentru unul viu.

Din acel moment, o nouă rutină a luat naștere.

În fiecare noapte se aprindea focul în camera mamei și a lui papa, iar Max apărea pe nesimțite. Stătea într-un colț, chircit și total surprins, cel mai probabil de bunătatea oamenilor, de chinul supraviețuirii și, mai presus de toate, de splendoarea căldurii.

Cu draperiile trase bine, dormea pe podea, cu o pernă sub cap, în timp ce focul se stingea și se transforma în cenușă.

Dimineață se întorcea în pivniță.

O ființă umană lipsită de voce.

Un șobolan evreu, înapoi în gaura lui.

Crăciunul a sosit și a trecut înmiresmat de pericolul suplimentar. După cum se așteptau, Hans junior nu s-a întors acasă (o binecuvântare și o prevestire rea), dar Trudy a venit ca de obicei și lucrurile s-au desfășurat fără probleme.

CE ÎNSEAMNĂ FĂRĂ PROBLEME
Max a rămas în pivniță.
Trudy a venit și a plecat fără
vreun dram de bănuială.

S-a decis că Trudy, în ciuda firii blânde, nu era de încredere.

– Avem încredere doar în oamenii în care trebuie neapărat, a declarat papa, și ăștia suntem noi trei.

Era mâncare în plus și scuza către Max că asta nu era religia lui, dar era totuși un ritual.

Nu s-a plâns.

Ce motive ar fi avut?

A explicat că era născut și crescut evreu, dar că a fi evreu nu era nimic mai mult decât o etichetă – un element dezastruos al celui mai tâmpit ghinion posibil.

Atunci a folosit ocazia să spună că îi părea rău că fiul Hubermannilor nu venise acasă. În replică, papa i-a zis că nu puteau controla astfel de lucruri.

– În cele din urmă, spuse el, ar trebui să știi și tu – un tânăr e încă un băiat, și un băiat are câteodată dreptul să fie încăpățânat.

Au lăsat-o așa.

În primele câteva săptămâni în fața focului, Max a rămas tăcut. Acum, că făcea o baie cum se cuvine o dată pe săptămână, Liesel a observat că părul lui nu mai era ca un cuib de rămurele, ci mai degrabă ca un mănunchi de pene fâlfâindu-i pe cap. Încă timidă în fața străinului, îi șopti acest lucru lui papa:

– Părul lui e ca penele.

– Cum?

Focul sugrumase cuvintele.

– Am zis, șopti ea din nou, apropiindu-se, că are părul ca penele.

Hans Hubermann se uită la tânăr și încuviință din cap. Sunt sigură că își dorea să aibă ochii ca ai fetei. Nu și-au dat seama că Max auzise fiecare cuvânt.

Uneori, aducea exemplarul din *Mein Kampf* şi citea lângă flăcări, clocotind de nervi. A treia oară când a adus-o, Liesel a găsit în final curajul de a-i pune întrebarea.

– Este... bună?

El ridică privirea din pagini, strângându-şi degetele în pumn şi apoi relaxându-le din nou. Alungându-şi furia, îi zâmbi. Şi-a îndepărtat bretonul care i-a căzut din nou pe ochi.

– Este cea mai bună carte. Uitându-se la papa, apoi iarăşi la fată: Mi-a salvat viaţa.

– Cum?

Astfel a început un fel de fază a povestirilor din camera de zi, în fiecare noapte. Se vorbea doar atât de tare cât era necesar pentru a se auzi. Piesele unui puzzle evreiesc al luptelor cu pumnii erau asamblate înaintea lor.

Uneori era umor în glasul lui Max Vandenburg, deşi vigoarea sa era ca o fricţiune – ca o piatră frecată uşor de o rocă mare. Pe alocuri era solidă, fisurată în alte părţi, câteodată spartă cu totul. Cel mai profund era când regreta şi distrus după ce rostea o glumă sau când se condamna pe sine.

– Iisuse pe cruce, a fost cea mai frecventă reacţie la povestea lui Max Vandenburg, urmată de obicei de o întrebare.

ÎNTREBĂRI GEN:

Cât timp ai stat în camera aia?
Unde este Walter Kruger acum?
Ştii ce s-a întâmplat cu familia ta?
Încotro călătorea sforăitoarea?
Un scor de 10-3 pentru el? De ce
te-ai mai bate cu el?

Când Liesel privea în trecut la evenimentele din viaţa ei, acele nopţi în camera de zi erau printre cele mai clare amintiri pe care le avea. Putea vedea lumina arzătoare pe fața de culoarea cojii de ou a lui Max și chiar putea gusta aroma umană a cuvintelor sale. Era relatată desfășurarea supraviețuirii lui, piesă cu piesă, ca și cum ar fi tăiat fiecare parte din sine și ar fi prezentat-o pe o farfurie.

– Sunt atât de egoist!

Când spuse asta, își acoperi fața cu brațul.

– Să-i abandonez pe oameni. Să vin aici. Să vă pun pe voi toți în pericol... Renunță la orice reținere și începu să-i implore. Deznădejdea și izolarea erau ca niște palme peste fața lui. Îmi pare rău. Mă credeți? Îmi pare așa de rău, îmi pare așa de rău, îmi pare...

Brațul lui atinse focul și îl trase rapid înapoi.

Toți îl urmăreau în liniște, până când papa s-a ridicat în picioare și s-a apropiat. S-a așezat lângă el.

– Te-ai ars la cot?

Într-o seară, Hans, Max și Liesel stăteau în fața focului. Mama era în bucătărie. Max citea *Mein Kampf* din nou.

– Știi ceva? zise Hans. Se aplecă înspre foc. Și Liesel este o mică cititoare destul de bună. Max lăsă cartea jos, iar Hans continuă: Și are mai multe în comun cu tine decât ai crede. Papa se uită să nu vină Rosa. Îi place și o bătaie cu pumnii.

– Papa!

Liesel, care se apropia de doisprezece ani și încă arăta ca un fus de slabă, era copleșită de rușine.

– Nu m-am bătut niciodată!

– Șșșt, râse papa. Îi făcu semn cu mâna să coboare tonul și îi spuse: Ei bine, dar chelfăneala pe care i-ai dat-o lui Ludwig Schmeikl, ha?

– Niciodată... Fusese prinsă. Era inutil să nege în continuare. Cum ai aflat de asta?

– L-am văzut pe tatăl lui la Knoller.

Liesel își ascunse fața în mâini. Când și-a descoperit-o, a pus întrebarea fundamentală:

– I-ai spus mamei?

– Glumești? Îi făcu lui Max cu ochiul și îi șopti fetei: Ești încă în viață, nu?

În acea noapte, a fost prima dată după câteva luni când papa a cântat la acordeon acasă. A durat cam o jumătate de oră până când i-a pus o întrebare lui Max:

– Tu ai învățat?

Chipul din colț urmărea flăcările.

– Da. Făcu o pauză considerabilă. Până la vârsta de nouă ani. Atunci, mama a vândut studioul de muzică și nu a mai predat. A păstrat doar un instrument și a renunțat când n-am mai vrut să învăț. Am fost un prost.

– Nu, zise papa. Erai un băiat.

În timpul nopților, și Liesel Meminger, și Max Vandenburg demonstrau asemănarea dintre ei. În camerele lor separate, își visau coșmarurile și se trezeau, unul cu țipăt în cearșafurile inundate și altul luptându-se să respire lângă focul mocnit.

Câteodată, când Liesel citea cu papa, pe la ora trei noaptea, surprindeau amândoi momentul trezirii lui Max.

– Visează ca tine, zicea papa, și odată stârnită de sunetul anxietății lui Max, Liesel a decis să se dea jos din pat.

De la ascultarea poveștii lui, avea propria opinie despre ce vedea el în vise, chiar dacă nu episodul exact al poveștii pe care o retrăia în fiecare noapte.

Încet, înaintă pe hol și prin camera de zi și dormitor.

– Max?

Șoapta era blândă, răgușită în gâtul somnoros.

La început nu se auzi vreo replică, dar în curând el se ridică și bâjbâi prin întuneric.

Papa fiind încă în dormitor, Liesel se așeză în cealaltă parte a căminului, vizavi de Max. În spatele lor, mama dormea zgomotos. Era în concurență strânsă cu sforăitoarea din tren.

Focul nu mai era acum decât o înmormântare de fum, mort și muribund în același timp. În acea anume dimineață, erau și voci.

SCHIMBUL DE COȘMARURI

Fata: Spune-mi ce vezi
când visezi așa?
Evreul: ... Mă văd pe mine întorcându-mă
și făcând cu mâna un semn de rămas-bun.
Fata: Și eu am coșmaruri.
Evreul: Ce vezi?
Fata: Un tren și pe fratele meu mort.
Evreul: Pe fratele tău?
Fata: A murit când m-am mutat
aici, pe drum.
Fata și evreul, împreună: *Ja* – Da.

Ar fi frumos să spun că, după această destăinuire reciprocă, nici Liesel, nici Max nu au mai avut acele viziuni rele. Ar fi frumos, dar ar fi neadevărat. Coșmarurile au venit ca întotdeauna, precum cel mai bun jucător al echipei adverse când s-au auzit zvonuri că ar fi rănit sau bolnav – dar este acolo, făcându-și încălzirea cu ceilalți, gata să cucerească terenul. Sau ca un tren care respectă orarul, ajungând noaptea pe peron cu amintirile trase în urma lui cu o funie. Trase anevoie. Cu multe salturi ciudate.

Singurul lucru care s-a schimbat a fost că Liesel i-a zis lui papa că este îndeajuns de mare acum pentru a se descurca singură cu toate visele. Pentru o clipă, s-a arătat puțin ofensat, dar, ca întotdeauna în cazul lui papa, a încercat să zică lucrul potrivit.

– Ei, slavă Domnului, rânji pe jumătate. Măcar acum pot să dorm puțin cum trebuie. Scaunul ăla mă omora. O cuprinse pe fată cu brațul și merseră în bucătărie.

Pe măsură ce timpul trecea, s-a dezvoltat o distincție clară între două lumi foarte diferite – cea din casa de pe strada Himmel numărul 33 și cea care locuia și apărea în afara ei. Trucul era să nu le lași să se întâlnească.

În lumea exterioară, Liesel învăța să-i descopere mai multe dintre utilizări. Într-o după-amiază, când mergea acasă cu o sacoșă goală de rufe, a observat un ziar ieșit dintr-un coș de gunoi. Ediția săptămânală a *Molching Express.* Îl ridică și îl duse acasă, prezentându-i-l lui Max.

– M-am gândit că ți-ar plăcea să faci un rebus ca să treacă timpul.

Max a apreciat gestul și, pentru a justifica aducerea lui acasă, a citit ziarul din scoarță în scoarță și i-a arătat rebusul câteva ore mai târziu, terminat cu excepția unui cuvânt.

– Fir-ar să fie de șaptesprezece-jos, zise el.

În februarie 1941, când a împlinit doisprezece ani, Liesel a primit o altă carte uzată și a fost recunoscătoare. Se numea *Oamenii nămolului* și era despre un tată și un fiu foarte bizari. Îi îmbrățișă pe mama și papa, în timp ce Max stătea stânjenit în colț.

– *Alles Gute zum Geburtstag,* zâmbi el slab. Toate cele bune de ziua ta. Avea mâinile în buzunar. Nu știam, că altfel ți-aș fi luat ceva. O minciună sfruntată – nu avea nimic de dăruit, poate doar *Mein Kampf,* dar sub nici o formă nu i-ar fi dat o asemenea propagandă unei tinere nemțoaice. Ar fi fost ca și cum un miel i-ar fi pus un cuțit în mână măcelarului.

Se lăsă o tăcere supărătoare.

Ea i-a îmbrățișat pe mama și pe papa.

Max părea atât de singur!

Liesel înghiți un nod.

Apoi se duse și îl îmbrățișă.

– Mulțumesc, Max.

La început, a rămas nemișcat, dar fiindcă ea continua să îl țină în brațe, mâinile lui s-au ridicat treptat și i-au cuprins umerii.

Abia mai târziu va afla ea de expresia neajutorată de pe chipul lui Max Vandenburg. De asemenea, va descoperi că s-a hotărât în sinea lui să-i ofere ceva în schimb. Mi-l imaginez adesea stând treaz în acea noapte, gândindu-se ce i-ar putea dărui.

Până la urmă, cadoul a fost oferit pe hârtie, cu o săptămână și ceva mai târziu.

El i-l va duce în zorii zilei, înainte să se retragă jos, pe treptele de ciment, în locul pe care acum îi plăcea să-l numească acasă.

Pagini din pivniță

Timp de o săptămână, Liesel nu a fost lăsată să meargă în pivniță sub nici o formă. Mama și papa au avut grijă să îi ducă ei mâncarea lui Max.

– Nu, *Saumensch*, îi zicea mama de fiecare dată când se oferea. Mereu exista o nouă scuză: Ce-ar fi să mai faci ceva folositor și *pe aici*, cum ar fi să termini de călcat? Crezi că e cine știe ce să le duci prin oraș? Încearcă să le calci!

Poți apela la tot felul de tertipuri atunci când ai o reputație caustică. A mers.

În acea săptămână, Max tăiase o sumedenie de pagini din *Mein Kampf* și le vopsise cu alb. Apoi le-a atârnat cu cârlige pe o funie, de la un capăt al subsolului la altul. Când s-au uscat, a început greul. Era destul de educat cât să se descurce, dar, cu siguranță, nu era scriitor și nici artist. Cu toate astea, a formulat în minte cuvintele până când le-a putut recita fără greșeală. Numai atunci, pe hârtia care se bombase și făcuse bule din cauza vopselei ce se uscase, el a început să scrie povestea. A folosit o pensulă mică, neagră.

Omul aplecat asupra mea.

A calculat că avea nevoie de treisprezece pagini, așa că a vopsit patruzeci, așteptându-se la de două ori mai multe eșecuri decât reușite. Existau ciorne pe paginile din *Molching Express,* unde și-a îmbunătățit opera artistică de la elementar și stângace la un nivel acceptabil. În timp ce lucra, auzea cuvintele șoptite ale unei fete.

– Părul lui, îi repeta ea, e ca penele.

Când a terminat, a folosit un cuțit ca să străpungă paginile și să le lege cu sfoară. Rezultatul era o broșură de treisprezece pagini, care arăta astfel:

Toată viața mea

mi-a fost frică

de oamenii aplecați asupra mea.

Presupun că primul om aplecat

asupra mea a fost tata,

dar el a dispărut

înainte să mi-l pot aminti.

Dintr-un oarecare motiv, în copilărie,
îmi plăcea să mă bat. Mare parte din timp,
pierdeam. Un alt băiat, uneori cu sânge
curgându-i din nas, stătea
aplecat asupra mea.

Mulți ani mai târziu, a trebuit să mă ascund. Am încercat să nu dorm pentru că mi-era teamă de cine

ar putea fi acolo când mă voi trezi.

Când mă ascundeam, am visat
un anumit bărbat. Cel mai greu
a fost când am plecat la drum ca să-l găsesc.

Din noroc pur și după
multe trepte, am ajuns.

Am dormit acolo mult timp.
Trei zile, mi-au spus ei...
Şi ce am găsit când
m-am trezit? Nu un bărbat, ci
pe altcineva aplecat asupra mea.

Odată cu trecerea timpului,
eu şi fata am înţeles
că avem unele lucruri în comun.
TREN
VISE
PUMNI

Dar e
un lucru straniu.
Fata spune
că arăt a altceva.

Acum, locuiesc în pivniță. Coșmarurile încă sunt vii în somnul meu.

Într-o noapte, după coșmarul obișnuit, o umbră veghea asupra mea. Ea a zis: „Spune-mi ce visezi". Așa că am făcut asta.

În schimb, ea mi-a explicat
din ce sunt făcute
visele ei.

Acum, cred că suntem prieteni, eu și fata asta. De ziua ei, ea a fost cea care mi-a dat mie un dar.

Mă face să înțeleg că omul cel mai bun care a vegheat vreodată asupra mea nici măcar nu este un bărbat...

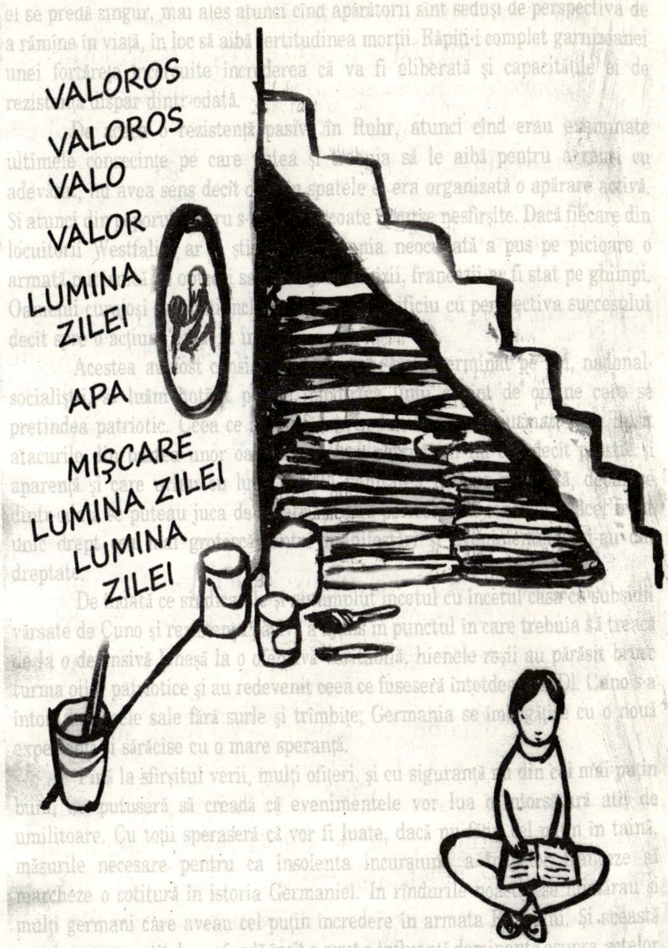

convingere era atît de profundă încît a avut o influență dominantă asupra actelor și în special asupra educației date nenumăraților tineri.

Dar cînd frontul unic s-a prăbușit în mod rușinos, cînd, după sacrificarea atîtor miliarde în argint și atîtor mii de tineri germani care avuseseră naivitatea de a lua în serios promisiunile șefilor Reichului - a fost semnată o capitulare rușinoasă și zdrobitoare, atunci indignarea provocată de această trădare a bietului nostru popor a izbucnit ca o flacără. În milioane de capete s-a format subit convingerea netă și clară că numai o transformare radicală care ar face tabula rasa din sistemul politic actual ar putea salva Germania.

La sfârșitul lunii februarie, când Liesel s-a trezit în primele ore ale zilei, o siluetă a intrat în dormitorul ei. Tipic pentru Max, deoarece el era aproape o umbră care nu făcea nici un zgomot.

Liesel, bâjbâind prin întuneric, nu putea decât să bănuiască apropierea bărbatului.

– Hei?

Nu se auzi nici o replică.

Nu era decât liniștea aproape desăvârșită a picioarelor sale în vreme ce se apropia de pat și puse paginile pe podea, aproape de șosetele ei. Paginile trosneau. Numai puțin. Marginea uneia dintre ele se curbă în podea.

– Hei?

De această dată a primit un răspuns.

Nu putea spune exact de unde veneau cuvintele. Ceea ce conta era că au ajuns la ea. Au sosit și au îngenuncheat lângă pat.

– Un cadou întârziat cu ocazia zilei tale de naștere. Să te uiți dimineață. Noapte bună!

Un timp, ea s-a tot cufundat în somn și s-a trezit, nefiind sigură dacă îl visase pe Max intrând.

Dimineață, când s-a deșteptat și s-a răsucit în pat, a văzut paginile pe podea. S-a întins după ele și le-a ridicat, ascultând cum hârtia fremăta în mâinile sale abia trezite.

„Toată viața mea, mi-a fost frică de oamenii care vegheau asupra mea..."

Când le întorcea, paginile era zgomotoase, ca energia statică în jurul poveștii scrise.

„Trei zile, mi-au spus ei... și ce am găsit când m-am trezit?"

Erau paginile rupte din *Mein Kampf* înecându-se și sufocându-se sub vopsea în timp ce erau întoarse.

„Mă face să înțeleg că omul cel mai bun care a vegheat
vreodată asupra mea..."

Liesel a citit și s-a uitat de trei ori la cadoul lui Max Vandenburg, observând o nouă tușă și un nou cuvânt de fiecare dată. Când a terminat a treia lectură, s-a dat jos din pat cât mai încet posibil și s-a dus în camera mamei și a lui papa. Spațiul de lângă foc era gol.

Gândindu-se la asta, și-a dat seama că era potrivit sau chiar mai bine – perfect – să-i mulțumească în locul unde fuseseră făcute paginile.

Coborî treptele subsolului. Văzu o imaginară poză înrămată pe perete – un secret cu un zâmbet tăcut.

Erau numai câțiva metri, dar i s-a părut mult de mers până la cearșafurile stropite de vopsea și bidoanele care îl apărau pe Max Vandenburg. Ea a dat cearșafurile cât mai aproape de perete, până când se formă o mică deschizătură prin care să se uite.

Primul lucru pe care l-a putut vedea a fost un umăr și, prin spațiul mic, și-a strecurat puțin și cu mare greutate mâna și și-a odihnit-o acolo. Hainele îi erau reci. Nu s-a trezit.

Îl simțea cum respiră și umărul care se mișca în sus și-n jos abia sesizabil. L-a urmărit o vreme. Apoi, s-a așezat și s-a lăsat pe spate.

Aerul somnoros părea să o fi urmărit.

Cuvintele mâzgălite în timpul exercițiilor stăteau grandios pe pereții dinspre scări, nesigure, copilăroase și dulci. Priveau cum evreul ascuns și fata dormeau mână la umăr.

Respirau.

Plămâni germani și evrei.

Lângă perete, *Omul aplecat asupra mea* stătea amorțit și încântat, ca o iritație frumoasă pe picioarele lui Liesel Meminger.

Partea a cincea

Omul care fluiera

în rolurile principale:

o carte plutitoare – jucătorii
– o mică fantomă – două tunsori –
tineretul lui rudy – învinși și schițe
– un om care fluiera și niște pantofi –
trei acte de prostie – și
un băiat îngrozit, cu picioare înghețate

Cartea plutitoare

(Partea I)

O carte plutea în jos pe râul Amper.

Un băiat a sărit în apă, a prins-o și a ținut-o în mâna dreaptă. Rânjea.

Se ridică în picioare, iar apa de decembrie, rece ca gheața, îi ajungea până la talie.

– Ce zici de un sărut, *Saumensch?* zise el.

Aerul din jur era fermecător, minunat, amețitor de rece, ca să nu mai menționăm de durerea concretă din apă, care se amplifica de la degete la coapse.

– Ce zici de un sărut?

– Ce zici de un sărut?

Bietul Rudy!

Un mic anunț despre Rudy Steiner

Nu merita să moară în felul acela.

În viziunile voastre, vedeți marginile de hârtie murdară încă prinsă de degetele sale. Vedeți o chică blondă, care tremură.

Decideți anticipat, așa cum aș face și eu, că Rudy a murit chiar în acea zi, de hipotermie. Nu a fost așa. Astfel de amintiri îmi spun din nou că nu merita soarta peste care a dat la mai puțin de doi ani mai târziu.

Din multe puncte de vedere, a lua un băiat ca Rudy înseamnă a fura – atât de multă viață, atât de multe lucruri pentru care să trăiască – și totuși, cumva, sunt sigură că i-ar fi plăcut să vadă dărâmăturile înfricoșătoare și cerul cum se umflă în acea noapte în care el s-a stins. Ar fi plâns și s-ar fi întors, și ar fi zâmbit dacă ar fi putut să-l vadă pe hoțul de cărți stând în mâini și în genunchi, lângă trupul lui lipsit de viață. Ar fi fost bucuros să vadă cum ea l-a sărutat pe buzele prăfuite, lovite de suflul exploziei unei bombe.

Da, știu.

În toată întunecimea inimii mele care bate în noapte, știu. Ar fi fost încântat.

Vedeți?

Orice moarte are o inimă.

Jucătorii

(Un zar cu șapte fețe)

Desigur, sunt nepoliticoasă. Stric finalul, nu doar al întregii cărți, dar și al acestei părți anume. V-am prezentat două evenimente în avans, pentru că nu mă interesează foarte tare să construiesc misterul. Misterul mă plictisește. Mă obosește. Știu ce se va întâmpla și știți și dumneavoastră. Mașinațiunile care ne îndreaptă în acea direcție sunt cele care mă scot din sărite, mă zăpăcesc, mă interesează și mă uluiesc peste măsură.

Sunt multe lucruri la care să ne gândim.

Povestea este foarte consistentă.

Cu siguranță, există o carte numită *Omul care fluiera,* despre care trebuie neapărat să vorbim, ca și despre cum exact a ajuns să plutească în jos pe râul Amper, în perioada de dinaintea Crăciunului din 1941. Ar trebui să ne ocupăm de asta înainte, nu credeți?

Rămâne stabilit atunci.

Așa vom face.

A început cu jocurile de noroc. Ai aruncat un zar asumându-ți riscul de a ascunde un evreu și așa vei trăi. Așa stau lucrurile.

TUNSOAREA: JUMĂTATEA LUNII APRILIE 1941

Viața începea cel puțin să mimeze normalitatea cu mai multă forță. Hans și Rosa Hubermann se certau în camera de zi, deși mult mai încet decât de obicei. Liesel, ca de obicei, era spectatoare.

Cearta începuse în seara precedentă, în pivniță, unde Hans și Max stăteau printre bidoane de vopsea, cuvinte și cearșafuri stropite. Max a întrebat dacă Rosa ar putea cândva să-l tundă.

– Îmi intră în ochi, zisese el, la care Hans spusese:

– O să văd ce pot face.

Acum, Rosa răscolea sertarele. Cuvintele ei îl dădeau la o parte pe papa odată cu restul nimicurilor.

– Unde e afurisita aia de foarfecă?

– Nu-i în cel de dedesubt?

– M-am uitat deja în ăla.

– Poate nu ai observat-o.

– Ți se pare că sunt chioară? Ridică privirea și bubui: Liesel!

– Sunt chiar aici.

Hans se lăsă în jos.

– Fir-ar să fie, femeie, asurzește-mă, nu vrei?

– Tacă-ți gura, *Saukerl!* Rosa răscolea în continuare și i se adresă fetei: Liesel, unde e foarfeca?

Dar nici Liesel nu avea idee.

– *Saumensch,* nu ești bună de nimic, nu-i așa?

– Nu o amesteca în asta.

Și mai multe cuvinte au fost expediate înainte și înapoi, de la femeia cu părul de elastic la bărbatul cu ochii de argint, până când Roza a izbit sertarul.

– Probabil oricum o să dau greș cu tunsoarea.

– Să dai greș? În acel stadiu, papa arăta de parcă era gata să-și smulgă el părul din cap, dar glasul lui părea o șoaptă abia auzită: Cine naiba o să-l *vadă?*

Făcu un gest, pregătindu-se să vorbească din nou, dar fu distras de apariția lui Max Vandeburg cu părul ca niște pene, care stătea politicos, jenat, în ușă. Adusese propria foarfecă și se apropie, dându-i-o nu lui Hans sau Rosei, ci fetei de doisprezece ani. Era persoana cea mai calmă. Gura sa ezită un moment, apoi întrebă:

– Ai vrea?

Liesel luă foarfeca și o deschise. Era ruginită pe alocuri și lucioasă în altele.

– Poți să faci cât de multe greșeli vrei, îi spuse el.

Papa s-a așezat pe trepte.

Liesel a ridicat primele smocuri din părul lui Max Vandenburg.

Pe când tăia suvițele ca niște pene, se minuna de sunetul făcut de foarfecă. Nu de sunetul tăierii, ci de scrâșnetul brațelor metalice în timp ce secerau câte un smoc.

Când treaba a fost terminată, puțin ciuntit pe alocuri, puțin strâmb pe ici, pe colo, ea se duse sus cu părul în mâini și îl băgă în sobă. Aprinse un chibrit și urmări cum ghemotocul se strângea și se topea, portocaliu și roșu.

Din nou, Max era în ușă, de data aceasta aflându-se pe treptele subsolului.

– Mulțumesc, Liesel.

Vocea lui era înaltă și aspră, având în ea sunetul unui zâmbet ascuns.

Imediat ce vorbi, dispăru din nou, înapoi în pământ.

ZIARUL: ÎNCEPUTUL LUNII MAI

– E un evreu în subsolul meu.

– E un evreu. În subsolul meu.

Stând pe podeaua camerei pline de cărți a primarului, Liesel Meminger auzea aceste cuvinte. O sacoșă cu rufe de spălat se afla lângă ea și silueta fantomatică a nevestei primarului stătea încovoiată peste birou. În fața ei, Liesel citea *Omul care fluiera,* paginile douăzeci și doi și douăzeci și trei. Se uită în sus. Își închipuia că se apropie ușor, că îi dă cu blândețe la o parte părul ciufulit și îi șoptește femeii la ureche:

– E un evreu în subsolul meu.

În timp ce cartea fremăta în poala ei, secretul îi stătea pe buze. Se făcea comod. Își încrucișa picioarele.

– Ar trebui să plec acasă.

De data aceasta, chiar vorbi. Mâinile îi tremurau. În ciuda unui licărit de soare undeva în zare, o adiere ușoară intra prin fereastra deschisă, împreună cu ploaia care cădea ca rumegușul.

Când Liesel puse cartea la loc, scaunul femeii se mișcă pe podea și ea se apropie de fată. Mereu era așa la final. Inelele blânde ale ridurilor pricinuite de amărăciune pe chipul femeii s-au adâncit o clipă, în timp ce ea se apropie și luă cartea de pe raft.

I-o oferi fetei.

Liesel deveni sfioasă.

– Nu, zise, mulțumesc. Am destule cărți acasă. Poate altădată. Acum, recitesc ceva cu papa. Știți, pe cea pe care am furat-o din foc, în acea seară.

Soția primarului dădu din cap. Dacă putem spune ceva despre Liesel Meminger este că hoția ei nu era nejustificată. Fura cărți când simțea nevoia să aibă o bază. În acel moment, avea destule. Parcursese deja *Oamenii nămolului* de patru ori și se bucura de recitirea *Ridicării din umeri*. De asemenea, în fiecare seară înainte de culcare, deschidea manualul meseriei de gropar, care nu o dezamăgea niciodată. Îngropat adânc în el se afla *Omul aplecat asupra mea*. Pronunța cuvintele și atingea păsările. Întorcea încet paginile zgomotoase.

– La revedere, Frau Hermann.

Ieși din bibliotecă, merse pe holul cu parchet și ieși pe ușa monstruoasă. Așa cum făcea de obicei, zăbovi o vreme pe trepte, privind Molchingul de dedesubt. În acea după-amiază, orașul era acoperit de o ceață galbenă, care mângâia vârfurile acoperișurilor ca pe niște animale de casă și umplea străzile ca pe o cadă.

Când ajunse pe strada München, hoțul de cărți ocoli bărbați și femei sub umbrele – o fată învelită de ploaie, care trecea fără rușine de la un coș de gunoi la altul. Cu precizie de ceasornic.

– Acolo!

Sărbătorind, râse la norii de bronz înainte să se întindă și să ia ziarul mototolit. Cu toate că prima și ultima pagină erau brăzdate de șiroaie negre de cerneală, l-a împăturit frumos și l-a pus sub braț. La fel făcuse în fiecare joi în ultimele luni.

Joi era acum singura zi de livrare pentru Liesel Meminger și, de obicei, putea aduce un fel de profit. Sentimentul victoriei nu era niciodată domolit când găsea un *Molching Express* sau vreun alt fel de publicație. Era o zi bună când găsea un ziar. Dacă era un ziar în care rebusul nu era făcut, era o zi extraordinară. Putea să ajungă acasă, să închidă ușa în urma ei și să i-l ducă jos, lui Max Vandenburg.

– Rebusul? întreba el.

– Nerezolvat.

– Excelent.

Evreul zâmbea, accepta ziarul și începea să citească la lumina slabă a pivniței. Adesea, Liesel îl privea în vreme ce se concentra să citească ziarul, să completeze rebusul și apoi să-l citească din nou, de la început la sfârșit.

Odată cu încălzirea vremii, Max a rămas jos tot timpul. Ziua, ușa pivniței era lăsată deschisă pentru a permite puținei lumini naturale să ajungă la el din coridor. Holul în sine nu era îmbăiat în soare, dar, în anumite situații, te mulțumești cu ce ți se dă. Lumina palidă era mai bună decât nimic și nu puteau cheltui mult. Kerosenul nu se apropiase încă de un nivel periculos de scăzut, dar cel mai bine era să păstreze consumul la minim.

De obicei, Liesel stătea pe niște cearșafuri. Citea în vreme ce Max completa câte un rebus. Stăteau la câțiva metri unul de celălalt, vorbind foarte rar și nu se auzea decât sunetul paginilor răsfoite. Deseori, îi lăsa cărțile ei lui Max să le citească atunci când ea era la școală. Dacă Hans Hubermann și Erik Vandenburg au fost până la urmă uniți de muzică, Max și Liesel erau legați de tăcerea cuvintelor tipărite.

– Bună, Max.

– Bună, Liesel.

Apoi, se așezau și citeau.

Câteodată, ea îl urmărea. A hotărât că putea fi descris cel mai bine ca un tablou de concentrare palidă. Piele de culoarea bej. O mlaștină în fiecare ochi. Și respira ca un fugar. Disperat, dar fără să facă vreun zgomot. Pieptul lui era singurul care îl dădea de gol că era ceva viu.

Din ce în ce mai des, Liesel își închidea ochii și îl ruga pe Max să îi pună întrebări despre acele cuvinte pe care le tot greșea și înjura dacă tot nu îi ieșeau. Pe urmă, se ridica în picioare și picta cuvintele respective pe perete, chiar și de douăsprezece ori. Împreună, Max Vandenburg și Liesel Meminger inhalau vaporii de vopsea și de ciment.

– Pa, Max.

– Pa, Liesel.

În pat, ea stătea trează și și-l imagina jos, în pivniță. În viziunile sale de dinainte să se culce, el mereu dormea îmbrăcat complet, inclusiv cu pantofi, în caz că trebuia să o ștergă din nou. Dormea cu un ochi deschis.

METEOROLOGUL: MIEZUL ZILEI

Liesel deschise ușa și gura în același timp.

Pe strada Himmel, bătuseră cu 6–1 echipa lui Rudy și, victorioasă, dădu buzna în bucătărie, spunându-i mamei și lui papa totul despre golul pe care îl marcase ea. Apoi, se grăbi să coboare în pivniță, pentru a-i descrie lui Max meciul lovitură cu lovitură. Acesta și-a pus ziarul jos, a ascultat atent și a râs împreună cu fata.

După ce povestea cu golul a luat sfârșit, a fost liniște câteva minute bune, până când Max își ridică încet privirea.

– Ai vrea să faci ceva pentru mine, Liesel?

Încă entuziasmată de victoria de pe strada Himmel, fata sări de pe cearşafuri. Nu o spuse, dar mişcarea ei arăta evident intenţia de a-i oferi exact ceea ce-şi dorea.

– Mi-ai zis totul despre gol, spuse el, dar nu ştiu ce fel de zi este acolo sus. Nu ştiu dacă ai dat gol şi era soare sau dacă norii au acoperit totul. Îşi trecu mâna prin părul tăiat scurt şi ochii lui apoşi implorară să i se spună cel mai simplu dintre lucruri. Ai putea să te duci sus şi să-mi zici cum este vremea?

Fireşte, Liesel se grăbi pe scări. Se opri la câţiva metri de uşa pătată de salivă şi se roti în loc, observând cerul.

Când se întoarse în subsol, îi spuse:

– Cerul este albastru azi, Max, şi e un nor mare şi lung şi este întins ca o funie. La capătul lui, soarele e ca o gaură galbenă...

În acel moment, Max ştiu că numai un copil ar fi putut să-i dea un astfel de buletin meteo. Pe perete, el a pictat o funie lungă, strâns înnodată, cu un soare care picura la margine ca şi cum ai fi putut plonja direct în el. Pe norul ca o frânghie, a desenat două siluete – o fată slăbuţă şi un evreu ofilit – şi ei mergeau mână în mână, spre cerul care picura. Sub acea imagine, a scris următoarea propoziţie.

CUVINTELE SCRISE PE PERETE DE MAX VANDENBURG

Era o zi de luni, iar ei mergeau pe o sârmă, spre soare.

BOXERUL: SFÂRŞITUL LUNII MAI

Pentru Max Vandenburg, cimentul era rece şi avea vreme berechet de petrecut împreună cu el.

Minutele erau crude.

Orele pedepseau.

Mâna timpului stătea deasupra lui în toate momentele de trezie și nu ezita să-l strângă cu putere. Să-i zâmbească și să-l lase în viață. Ce răutate grozavă trebuie să fie în a-i permite cuiva să trăiască!

Măcar o dată pe zi, Hans Hubermann cobora scările pivniței și făcea puțină conversație. Rosa aducea ocazional o coajă de pâine disponibilă. Însă, când Liesel venea jos, Max se simțea cel mai interesat de viață din nou. Inițial, a încercat să reziste, dar a fost mai greu cu fiecare zi în care fata apărea, de fiecare dată cu un nou buletin meteo, ori de cer senin, nori de carton sau un soare ce se destrămase ca un zeu care se așază după ce a mâncat prea mult la cină.

Când era singur, cel mai limpede sentiment era de dispariție. Toate hainele lui erau gri – indiferent dacă fuseseră așa de la început sau nu –, de la pantaloni la puloverul de lână, la haina care curgea de pe el ca apa. Verifica adesea dacă nu cumva pielea i se transforma în solzi, deoarece așa părea.

Avea nevoie de o serie de noi proiecte. Primul era să facă exerciții. A început cu flotări, stând cu abdomenul pe podeaua rece a pivniței, apoi ridicându-se. Simțea de parcă brațele i se rupeau din coate și își închipui că inima i se prelingea din corp și cădea patetică pe jos. Ca adolescent în Stuttgart, putea face cincizeci de flotări odată. Acum, la vârsta de douăzeci și patru de ani, poate cu șapte kilograme mai ușor decât greutatea normală, abia putea să ajungă la zece. După o săptămână, izbutea câte trei seturi fiecare a șaisprezece flotări și douăzeci și două de genuflexiuni. Când termina, stătea lipit de peretele pivniței cu prietenele sale, bidoanele de vopsea, simțindu-și pulsul în dinți. Mușchii îi păreau ca o prăjitură.

Se întreba câteodată dacă merita măcar puțin să se forțeze astfel. Alteori, totuși, când pulsul i se stabiliza și corpul îi devenea funcțional, stingea lampa și stătea în picioare în întunericul subsolului.

Avea douăzeci și patru de ani, dar încă putea să viseze cu ochii deschiși.

– În colțul albastru, comenta el încet, îl avem pe campionul mondial, opera de artă ariană – Führerul. Respiră și se răsuci. Și în colțul roșu, îl avem pe challengerul cu față de șoarece – Max Vandenburg.

Totul se materializa în jurul lui.

Lumina albă coborî într-un ring de box și o mulțime se afla în jur și murmura – sunetul magic al multor oameni vorbind toți odată. Cum puteau persoanele de acolo să aibă atât de multe de spus în același timp? Ringul în sine era perfect. Prelată perfectă, corzi minunate. Chiar și firele răzlețe ale fiecărei corzi întărite erau fără cusur, strălucind în lumină, lumina albă. Sala mirosea a țigări și a bere.

Adolf Hitler stătea în colț, cu anturajul lui. Picioarele îi ieșeau dintr-un halat roșu cu alb, cu o svastică neagră imprimată pe spate. Mustața îi era lipită de față. Antrenorul lui, Goebbels, îi șoptea ceva. Sărea de pe un picior pe altul și zâmbea. Surâse larg când maestrul de ceremonii a înșiruit multele sale reușite, toate aplaudate zgomotos de mulțimea care îl adora.

– De neînvins! proclamă maestrul de ceremonii. Victorios împotriva evreilor și a numeroase amenințări ale idealului german! *Herr Führer*, concluzionă el, te salutăm!

Mulțimea: haos.

Apoi, după ce toți se liniștiră, urmă challengerul.

Maestrul de ceremonii se apropie legănându-se de Max, care stătea singur în colțul său. Fără halat. Fără anturaj. Doar un tânăr evreu singuratic, cu respirația infectă, cu pieptul gol și mâinile și picioarele obosite. Firește, șortul său era gri. Și el se mișca de pe un picior pe altul, dar cât mai încet, ca să-și conserve energia. Transpirase mult în sala de sport ca să atingă greutatea regulamentară.

– Challengerul! cântă maestrul de ceremonii. Cu, și făcu o pauză pentru efect, sânge *evreu*.

Mulțimea făcu „aaah“, ca niște șacali.

– Pentru greutatea...

Restul discursului nu se auzi. A fost acoperit de injuriile spectatorilor, iar Max privi cum oponentul său își lepădă halatul și veni în mijlocul ringului, ca să audă regulile și să dea mâna.

– *Guten Tag, Herr Hitler,* salută din cap Max, dar Führerul doar îi arătă dinții galbeni, pe care îi ascunse apoi îndărătul buzelor.

– Domnilor, începu un arbitru neînfricat, în pantaloni negri și o cămașă albastră. La gât avea fixat un papion. Mai întâi de toate, vrem o luptă curată și dreaptă. I se adresă numai Führerului: Asta doar dacă nu, desigur, Herr Hitler, dumneavoastră începeți să pierdeți. Dacă se întâmplă asta, voi fi dispus să închid un ochi la tacticile lipsite de scrupule pe care le-ați putea folosi ca să puneți la pământ această putoare și murdărie evreiască. Dădu din cap cu mare curtoazie. Este clar?

Führerul rosti atunci primele lui cuvinte:

– Cristal.

Arbitrul i-a dat un avertisment lui Max:

– Cât despre tine, camaradul meu evreu, în locul tău, aș fi cu mare băgare de seamă. Cu foarte mare băgare de seamă.

Apoi, au fost trimiși în colțurile lor.

A urmat un scurt moment de liniște.

Gongul.

Primul a fost Führerul, cu picioarele lui ciudate și ciolănoase alergând către Max și lovindu-l ferm în față. Mulțimea vibra, cu gongul încă răsunându-le oamenilor în urechi, iar zâmbetele lor satisfăcute săreau peste corzi, în ring. Respirația fumegândă a lui Hitler îi ieșea sub formă de aburi din gură, iar mâinile lui zdrobeau fața lui Max, pumnii săi izbindu-l de nenumărate ori în gură, nas, bărbie – și Max tot nu se aventurase să-și abandoneze colțul. Ca să absoarbă pedeapsa, își ridică mâinile, dar Führerul ținti apoi către coaste, rinichi, plămâni. Oh, ochii, ochii Führerului. Erau atât de delicios de căprui – ca ochii unui evreu – și exprimau atâta hotărâre, încât Max rămase pironit pentru un moment, când i-a zărit dincolo de negura grea a mănuşilor care îl loveau.

A fost o singură rundă şi a durat ore, şi în cea mai mare parte, nimic nu s-a schimbat.

Führerul izbea în continuare în sacul de box evreu.

Peste tot era sânge de evreu.

Ca nişte nori de ploaie roşie pe cerul prelatei albe aflată sub picioarele lor.

La un moment dat, genunchii lui Max au început să se îndoaie, maxilarele au început să geamă încet, iar Führerul cu expresie încântată încă îl zdrobea bucată cu bucată, îl zdrobea bucată cu bucată, până când, frânt şi dărâmat, evreul se prăbuşi la pământ.

La început, un răget.

Apoi, linişte.

Arbitrul numără. Avea un dinte de aur şi un smoc de păr în nas.

Încet, Max Vandenburg, evreul, se ridică în picioare şi îşi îndreptă trupul. Vocea lui se împleticea. O invitaţie.

– Haide, Führere, zise el, şi de această dată, când Adolf Hitler se năpusti asupra adversarului evreu, Max păşi într-o parte şi îl trimise în colţ. Îl lovi cu pumnul de câteva ori, ţintind de fiecare dată un singur lucru.

Mustaţa lui.

Cu fiecare pumn o rata. Bărbia Führerului a fost cea care a încasat lovitura. Dintr-odată, ajunse în corzi şi se aplecă în faţă, aterizând în genunchi. Nu a mai avut loc nici o numărătoare. Arbitrul tresări în colţul lui. Cei din public, dezamăgiţi, s-au ocupat de berile lor. În genunchi, Führerul verifică dacă nu-i curge sânge şi îşi îndreptă părul, de la dreapta la stânga. Când se ridică în picioare, spre marea încântare a celor mai bine de o mie de oameni, se apropie de corzi şi făcu ceva destul de ciudat. Se întoarse cu spatele la evreu şi îşi scoase mănuşile.

Mulţimea împietrise.

– A renunțat, șopti cineva, dar, după câteva clipe, Adolf Hitler se ridică pe corzi și se adresă mulțimii.

– ConaționaliiΔ mei nemți, strigă el, în această seară, puteți vedea ceva aici, nu-i așa? Cu pieptul gol și privirea victorioasă, arătă către Max. Puteți vedea că avem de-a face cu ceva mult mai sinistru și mai puternic decât ne-am imaginat vreodată. Puteți vedea asta?

Au răspuns.

– Da, Führere.

– Puteți vedea că inamicul acesta și-a găsit mijloacele... mijloacele sale mârșave... de a străpunge armura noastră și, în mod clar, nu pot rămâne singur aici să mă lupt cu el. Cuvintele erau efectiv vizibile. Îi cădeau din gură ca niște bijuterii. Uitați-vă la el! Uitați-vă bine.

S-au uitat. La însângeratul Max Vandenburg.

– Chiar în timp ce vorbim, face planuri cum să intre în cartierul vostru. Se mută în casa vecină. Vă infectează cu familia lui și este pe cale să preia controlul. El – Hitler îi aruncă o privire dezgustată – vă va stăpâni în curând, până când el va fi cel care stă nu la tejgheaua aprozarului vostru, ci în spate, fumându-și pipa. Înainte să vă dați seama, veți lucra pentru el pe un salariu minim, în vreme ce el abia va putea merge din cauza greutății buzunarelor. Veți sta pur și simplu acolo și-l veți lăsa să facă asta? Veți sta deoparte, cum au făcut liderii voștri din trecut, când au dat pământul vostru oricui altcuiva, când v-au vândut țara cu prețul câtorva semnături? Veți sta acolo, neputincioși? Ori – și urcă o treaptă – veniți alături de mine, în ring?

Max se cutremură. Oroarea îi bolborosea în stomac.

Adolf îi dădu lovitura de grație.

– Veți urca aici, ca să-l putem învinge împreună pe acest dușman?

În pivnița din strada Himmel numărul 33, Max Vandenburg simțea pumnii unei întregi națiuni. Unul câte unul, au urcat în ring și l-au bătut. L-au făcut să sângereze. L-au lăsat să sufere. Milioane – până după o ultimă lovitură, când se adună și se ridică...

O privi pe următoarea persoană care trecu printre corzi. Era o fată, și în timp ce el traversa ușor ringul, observă o lacrimă curgându-i pe obrazul stâng. În mâna dreaptă avea un ziar.

– Rebusul, zise ea cu blândețe, este nerezolvat, și i-l întinse.

Întuneric.

Nimic altceva decât întuneric.

Doar un subsol. Doar un evreu.

VISUL CEL NOU: CÂTEVA NOPȚI MAI TÂRZIU

Era după-amiază. Liesel coborî treptele subsolului. Max făcuse jumătate din flotări.

Îl privi o vreme fără ca el să știe, și când se apropie și se așeză lângă el, tânărul se ridică și se sprijini cu spatele de perete.

– Ți-am spus, a întrebat-o, că de la o vreme visez ceva nou?

Liesel se răsuci puțin, ca să-i vadă fața.

– Dar visez asta când sunt treaz. Făcu un gest spre lampa cu kerosen lipsită de strălucire. Câteodată sting lumina. Apoi, stau aici și aștept.

– Ce?

Max o corectă.

– Nu ce. Ci pe cine.

Preț de câteva momente, Liesel nu zise nimic. Era una dintre acele conversații în care este nevoie de ceva timp între replici.

– Pe cine aștepți?

Max nu se mișcă.

– Pe Führer. Era foarte serios când spunea asta. De asta mă antrenez.

– Flotările?

– Exact. Se îndreptă spre scara de ciment. În fiecare noapte aștept în întuneric și Führerul coboară scările alea. Vine jos și ne batem ore întregi.

Liesel era în picioare acum.

– Cine câștigă?

La început, a vrut să răspundă că nimeni, dar observă cu coada ochiului bidoanele de vopsea, cearșafurile și teancul de ziare care tot creștea. Privi cuvintele, norul lung și siluetele de pe perete.

– Eu, zise el.

Era ca și cum îi deschisese palma, îi dăduse cuvintele și o închisese la loc.

Sub pământ, în München, Germania, doi oameni stăteau și vorbeau în pivniță. Suna ca începutul unei glume:

„Un evreu și un neamț stăteau într-o pivniță, da?“

Totuși, nu era deloc o glumă.

ZUGRAVII: ÎNCEPUTUL LUNII IUNIE

Un alt proiect al lui Max era ce rămăsese din *Mein Kampf.* Fiecare pagină a fost ruptă ușor din carte și așezată pe jos, pentru ca pe ea să fie întins un strat de vopsea. Pe urmă, a fost atârnată ca să se usuce și pusă la loc între coperte. Când Liesel coborî după o zi de școală, îi găsi pe Max, pe Rosa și pe papa vopsind fiecare câte o pagină. Multe dintre ele deja atârnau pe o funie prinse în cârlige, așa cum trebuie să fi stat pentru *Omul aplecat asupra mea.*

Toți trei și-au ridicat privirile și au rostit:

– Bună, Liesel.

– Uite o pensulă, Liesel.

– Era și timpul, *Saumensch.* Unde ai zăbovit atâta?

Începând să vopsească, Liesel se gândi la Max Vandenburg luptându-se cu Führerul, exact cum explicase.

VIZIUNI DIN PIVNIȚĂ, IUNIE 1941

Pumni lovesc, mulțimea coboară din pereți. Max și Führerul se luptă

pe viață și pe moarte, fiecare aruncat înapoi din corzi.
Sânge este în mustața Führerului,
ca și pe tâmplă, pe partea dreaptă
a capului său.
– Haide, Führere, zice evreul. Îi face semn să se apropie.
Haide, Führere!

Când viziunea se disipă și ea termină o primă pagină, papa îi făcu cu ochiul. Mama o certă că risipea vopseaua. Max examină fiecare pagină în parte, probabil gândindu-se la ceea ce plănuia să realizeze pe ele. Multe luni mai târziu, va vopsi și coperta cărții și îi va da un nou titlu, al uneia dintre poveștile pe care le va scrie și le va ilustra.

În acea după-amiază, în subsolul ascuns de sub strada Himmel numărul 33, Hubermannii, Liesel Meminger și Max Vandenburg au pregătit paginile pentru *Scuturătoarea de cuvinte.*

Ce bine era să fii zugrav!

ETALAREA CĂRȚILOR DE JOC: 24 IUNIE

Apoi, a urmat cea de-a șaptea față a zarurilor. La două zile după ce Germania a invadat Rusia. Cu trei zile înainte ca Marea Britanie și sovieticii să-și unească forțele.

Șapte.

Le arunci și le privești cum se opresc și-ți dai complet seama că nu sunt deloc zaruri obișnuite. Dai vina pe ghinion, dar știai tot timpul că o să iasă la iveală. Tu l-ai adus în cameră. Cei de la masă îl puteau simți după felul cum respirai. Evreul se ițea dintr-un buzunar al tău încă de la început. Este mânjit pe reverul tău, iar în momentul în care arunci zarurile, știi că este șapte – singurul lucru care cumva găsește o cale să te rănească. Aterizează. Te privește fix în ochi, miraculos și detestabil, și te îndepărtezi cu ghinionul hrănindu-se la pieptul tău.

Doar ghinion.

Asta spui.

Fără vreo urmare.

De asta te convingi singur – pentru că, în adâncul sufletului, știi că acest mic zar ghinionist este un semnal al lucrurilor ce vor veni. Ascunzi un evreu. Plătești. Într-un fel sau altul, trebuie să o faci.

Privind în trecut, Liesel își spunea că nu a fost chiar cine știe ce. Probabil pentru că atât de multe s-au întâmplat până când a început să-și scrie povestea în pivniță. În marea ordine a lucrurilor, a considerat faptul că Rosa a fost concediată de primar și de soția lui ca nefiind deloc ghinion. Avea din plin legătură cu circumstanțele mai grave ale războiului. Totuși, în acel moment, exista cu siguranță senzația că a fost o pedeapsă.

De fapt, totul a început cu circa o săptămână înainte de data de 24. Ca întotdeauna, Liesel cotrobăia prin gunoaie după ziar pentru Max Vandenburg. Se întinse după unul și îl împături sub braț. După ce i-l aduse lui Max și el începu prima lectură, tânărul îi aruncă o privire și indică spre o imagine care se afla pe prima pagină.

– Nu este el cel căruia îi duci rufele spălate și călcate?

Liesel se îndepărtă de perete. Scrisese cuvântul „argument“ de șase ori, lângă desenul lui Max cu norul ca o funie și soarele care picura. Max îi înmână ziarul și ea confirmă:

– El e.

În articol, Heinz Hermann, primarul, era citat spunând că, deși războiul avea o evoluție splendidă, cetățenii din Molching, ca toți nemții responsabili, ar trebui să ia măsuri adecvate și să se pregătească pentru posibilitatea unor vremuri mai grele. „Nu știm niciodată, afirma el, ce gândesc inamicii noștri sau cum vor încerca să ne slăbească forțele."

O săptămână mai târziu, cuvintele primarului au dat roade amare. Liesel, ca întotdeauna, apăru pe Grande Strasse și citi din *Omul care fluiera*, pe podeaua bibliotecii primarului. Soția primarului nu a dat semne de anormalitate (sau, să fim sinceri, nu a arătat semne de anormalitate suplimentară) până când nu a venit vremea de plecare.

De data aceasta, când i-a oferit lui Liesel *Omul care fluiera*, a insistat ca fata să o ia.

– Te rog! Aproape că implora. Îi întindea cartea pe care o ținea strâns în mână. Ia-o. Te rog, ia-o!

Liesel, surprinsă de stranietatea femeii, nu a putut suporta să o dezamăgească din nou. Cartea cu coperte cenușii și pagini îngălbenite ajunse în mâna ei și fata se îndepărtă pe coridor. Tocmai când era pe cale să întrebe de hainele de spălat, nevasta primarului îi oferi o ultimă priveliște a tristeții înveșmântate într-un halat. Deschise un dulap cu sertare și scoase un plic. Vocea, aspriță din cauza nefolosirii, aproape că tuși cuvintele:

– Îmi pare rău. Este pentru mama ta.

Liesel încetă să respire.

Deveni brusc conștientă de cât de goale își simțea picioarele în pantofi. Ceva îi fremătă în gât. Tremura. Când în final întinse mâna și luă plicul, auzi sunetul ceasului din bibliotecă. „Ceasurile de perete nu fac un sunet care să semene măcar puțin a tic-tac", realiză ea cu amărăciune. Se auzea mai mult ca un baros lovind metodic pământul. Era sunetul unui mormânt. „De-ar fi al meu gata acum", se gândi ea – pentru că, în acel moment, Liesel Meminger își dorea să moară. Când ceilalți au renunțat la serviciile mamei sale nu a durut atât de mult. Existau întotdeauna primarul, biblioteca și legătura ei cu soția lui. De asemenea, asta era ultima, ultima speranță care dispărea. De această dată, părea cea mai mare trădare.

Cum putea să o mai privească în ochi pe mama?

Acei bănuți o ajutaseră totuși pe Rosa. O mână de făină în plus. Puțină untură.

Ilsa Hermann murea și ea acum – de nerăbdare să scape de Liesel. Liesel își dădea seama de asta din felul în care își strângea mai tare halatul. Stângăcia amărăciunii încă o făcea să rămână în apropierea fetei, dar era clar că voia să se termine odată.

– Spune-i mamei tale, vorbi din nou. Vocea ei își revenea acum și o propoziție se transformă în două. Că ne pare rău.

O îndrumă pe fată spre ușă.

Liesel o simțea în umeri. Durerea, impactul respingerii definitive.

„Asta e? întrebă în sinea ei. Pur și simplu mă dai afară?"

Încet, ridică sacoșa goală și se îndreptă spre ușă. Odată ajunsă afară, se întoarse și o privi pe soția primarului pentru a doua și ultima oară în acea zi. O privi în ochi cu o mândrie aproape sălbatică.

– *Dankeschön,* zise ea și Ilsa Hermann zâmbi inutil, învinsă.

– Dacă vrei vreodată să vii să citești, minți femeia (sau astfel percepu fata cuvintele, în șocul ei, întristată), ești bine-venită.

În acel moment, Liesel fu uimită de lățimea cadrului ușii. Era atât de mult spațiu! De ce aveau oamenii nevoie de atâta spațiu ca să intre pe ușă? Dacă Rudy ar fi fost acolo, i-ar fi spus că e o proastă – era pentru a-și băga toate lucrurile înăuntru.

– La revedere, zise fata, și încet, neîndurător, ușa a fost închisă.

Liesel nu a plecat.

Vreme îndelungată a stat pe trepte și a privit Molchingul. Nu era nici cald, nici rece, iar orașul nemișcat se vedea clar. Molching era într-un borcan.

Deschise scrisoarea. În ea, primarul Heinz Hermann puncta cu diplomație motivele pentru care trebuia să renunțe la serviciile Rosei Hubermann. În cea mai mare parte, explica faptul că ar fi fost un ipocrit dacă n-ar fi renunțat la propriul lux, în timp ce îi sfătuia pe alții *să se pregătească pentru timpuri mai grele.*

Când în cele din urmă se ridică și se îndreptă spre casă, avu un alt șoc când văzu semnul *STEINER – SCHNEIDERMEISTER* din strada München. Tristețea o părăsi și fu copleșită de furie.

– Nenorocitul ăla de primar, șopti ea, femeia aia patetică.

Faptul că veneau vremuri mai grele era cu siguranță cel mai bun motiv să o păstreze angajată pe Rosa, dar nu, au concediat-o. „În orice caz, a decis ea, puteau să-și spele și să-și calce singuri blestematele de rufe, așa cum făceau oamenii normali. Ca oamenii săraci."

Strânse și mai tare în mână *Omul care fluiera.*

– Așa că îmi dai cartea, zise fata, de milă – ca să te simți tu mai bine...

Faptul că acea carte îi fusese oferită și altă dată nu conta prea mult.

Se întoarse din drum așa cum mai făcuse înainte și porni grăbită înapoi spre Grande Strasse numărul 8. Tentația de a alerga era imensă, dar se abținu, ca să aibă destul timp să-și aleagă cuvintele.

Când sosi, fu dezamăgită că primarul nu era acolo. Nici o mașină nu era parcată grijuliu la bordură, ceea ce probabil că era un lucru bun. Dacă ar fi fost, nu se poate spune ce i-ar fi putut face în acest moment al înfruntării săraci *versus* bogați.

Urcând două trepte odată, ajunse la ușă și ciocăni cu putere, până când o duru mâna. Savură micile înțepături de durere.

Evident, soția primarului fu șocată să o vadă din nou. Părul ciufulit îi era umed și ridurile i se adânciră când observă furia vădită pe chipul de obicei palid al lui Liesel. Deschise gura, dar nimic nu ieși, ceea ce a fost în realitate convenabil, pentru că Liesel avea de gând să conducă discuția.

– Credeți, zise ea, că mă puteți cumpăra cu cartea asta? Vocea ei, deși tremurătoare, se repezi la gâtul femeii. Furia scânteietoare era puternică și înfricoșătoare, dar fata a reușit să-și continue cuvântarea: Îmi dați *Saumensch*-ul ăsta de carte și credeți că va face ca totul să fie bine când o să mă duc să-i spun mamei că tocmai am pierdut ultimul client? În timp ce dumneavoastră stați aici, în conac?

Brațele soției primarului.

Atârnau.

Fața i se descompuse.

Liesel însă nu dădu înapoi. Azvârlea cuvintele direct în ochii femeii:

– Dumneavoastră împreună cu soțul. Stând sus, aici.

Deja devenea dușmănoasă. Mai dușmănoasă și mai rea decât credea că este capabilă.

Jignirea cuvintelor.

Da, brutalitatea cuvintelor.

Le convoca dintr-un loc pe care abia acum îl recunoștea și le repezea către Ilsa Hermann.

– Oricum, era și timpul, o informă ea, să vă ocupați de rufele alea împuțite. Era și timpul să acceptați ideea că fiul dumneavoastră este mort. A fost omorât! A fost sugrumat și tăiat acum mai bine de douăzeci de ani! Sau a murit de frig? În orice caz, e mort! E mort și este jalnic să stați aici tremurând în propria casă și să suferiți pentru asta. Credeți că sunteți singura?

Imediat.

Fratele ei fu lângă ea.

Îi șopti să se oprească, dar și el era mort și nu avea rost să-l asculte.

A murit în tren.

L-au îngropat în zăpadă.

Liesel îl privi fugitiv, dar nu se putea opri. Nu încă.

– Cartea asta, continuă. Îl împinse pe băiat pe scări, făcându-l să cadă. Nu o vreau. Cuvintele erau rostite mai încet acum, dar încă erau fierbinți. Aruncă *Omul care fluiera* la picioarele în papuci ale femeii, auzindu-i pocnetul când a aterizat pe ciment. Nu vreau cartea dumneavoastră mizerabilă.

De data asta reuşi. Rămase tăcută.

Gâtul ei era sterp acum. Nici un cuvânt cale de kilometri întregi.

Fratele ei, ţinându-se de genunchi, dispăru.

După o pauză stânjenitoare, soţia primarului se lăsă pe vine şi luă cartea. Era dărâmată şi înfrântă, dar, de data aceasta, nu din pricina efortului de a zâmbi. Liesel putea vedea acest lucru pe faţa ei. Sânge îi curgea din nas şi pe buze. Ochii îi erau înnegriţi. Tăieturi erau deschise şi o serie de răni îi apăreau la suprafaţa pielii. Toate din cauza cuvintelor. Din cauza cuvintelor lui Liesel.

Cu cartea în mână şi ridicându-se, însă rămânând cu trupul încovoiat, Ilsa Hermann dădu să îşi ceară scuze din nou, dar propoziţia nu răzbi printre buze.

„Pocneşte-mă, se gândi Liesel. Haide, pocneşte-mă!"

Ilsa Hermann nu o pocni. Se retrase încet înăuntru, în aerul hidos al casei frumoase, iar Liesel rămase singură încă o dată, încercând să nu se clatine pe trepte. Îi era teamă să se întoarcă pentru că ştia că, atunci când o va face, va descoperi că învelişul de sticlă al Molchingului fusese sfărâmat şi ea va fi bucuroasă de asta.

Ca o ultimă sarcină a slujbei tocmai pierdute, citi scrisoarea pentru ultima dată şi, când ajunse aproape de poartă, o mototoli cât putu de strâns şi o aruncă spre uşă ca şi cum ar fi fost o piatră. Nu am idee la ce se aştepta hoţul de cărţi, dar mingea de hârtie lovi măreaţa suprafaţă de lemn şi se rostogoli înapoi pe scări. Ateriză la picioarele ei.

– Tipic, rosti ea trimiţând-o cu un şut în iarbă. Inutil.

De această dată, în drum spre casă, îşi imagină soarta hârtiei la următoarea ploaie, când, reparată, casa de sticlă a Molchingului va fi întoarsă cu susul în jos. Deja putea vedea cuvintele dizolvându-se literă cu literă, până când nu mai rămânea nimic. Doar hârtie. Doar pământ.

Acasă, după cum i-a fost norocul, când Liesel intră pe ușă, Rosa era în bucătărie.

– Și? întrebă ea. Unde sunt hainele de spălat?

– Nu-i nimic de spălat azi, îi spuse Liesel.

Rosa se așeză la masa din bucătărie. Știa. Brusc, păru mult mai în vârstă. Liesel își imagină cum ar fi arătat dacă și-ar fi dezlegat cocul și ar fi lăsat părul să-i cadă pe umeri. Un prosop cenușiu de păr elastic.

– Ce ai făcut acolo, *Saumensch* mic?

Propoziția era amorțită. Nu-și putea aduna veninul obișnuit.

– Este vina mea, răspunse Liesel. Cu totul. Am insultat-o pe nevasta primarului și i-am spus să înceteze cu plânsul după fiul ei mort. I-am spus că-i jalnică. Atunci te-au concediat. Asta am făcut. Se duse la lingurile de lemn, luă câteva și i le puse în față. Alege-ți!

Rosa atinse una și o ridică, dar nu o folosi.

– Nu te cred!

Liesel era prinsă între nefericire și neputința de a înțelege. Singura dată când voia cu disperare un *Watschen* și nu putea să primească unul!

– Este vina mea.

– Nu este, zise mama și chiar se ridică și îi mângâie părul soios, nespălat. Știu că nu ai spune lucrurile alea.

– Le-am spus!

– Bine, le-ai spus.

După ce plecă din încăpere, auzi lingurile de lemn zăngănind în timp ce erau puse înapoi la locul lor, în borcanul de metal. Până să ajungă în dormitor, toate, inclusiv borcanul, au fost aruncate pe podea.

Mai târziu, a coborât în pivniță, unde Max stătea în întuneric, cel mai probabil boxând cu Führerul.

– Max? Lumina era slabă – ca o monedă roșie plutind în colț. Poți să mă înveți cum să fac flotări?

Max îi arătă și uneori îi ridica trunchiul ca să o ajute, dar, în ciuda aspectului ciolănos, Liesel era puternică și își putea susține greutatea trupului destul de bine. Nu a numărat câte a făcut, dar, în acea seară, la flăcăruia din subsol, hoțul de cărți a executat destule flotări cât să o doară vreme de mai multe zile. Chiar și atunci când Max a sfătuit-o să se oprească, fiindcă deja făcuse prea multe, a continuat. În pat, a citit cu papa, care își dădea seama că era ceva în neregulă. Era prima oară după o lună când venise și stătuse cu ea, și se simțea alinată, chiar dacă puțin. Cumva, Hans Hubermann știa mereu ce să spună, când să stea și când să o lase în pace. Poate că Liesel era singurul lucru la care se dovedea un expert adevărat.

– Este vorba de rufele de spălat? întrebă el.

Liesel dădu din cap.

Papa nu se bărbierise de câteva zile și își freca țepii aspri la două sau trei minute. Ochii lui de argint erau inexpresivi și calmi, ușor calzi, așa cum erau mereu când era vorba de Liesel.

După ce terminară de citit, papa adormi. Abia atunci Liesel rosti ceea ce voise să spună în tot acest timp.

– Papa, șopti ea, cred că mă duc în iad.

Picioarele ei erau calde. Genunchii erau reci.

Își aminti nopțile în care udase patul și papa spălase cearșafurile și o învățase literele alfabetului. Acum îi simțea răsuflarea peste pătură și îl sărută pe obrazul aspru.

– Ai nevoie de un bărbierit, zise.

– Nu te duci în iad, răspunse papa.

Pentru câteva clipe îi privi chipul. Apoi se lăsă jos, sprijinindu-se de el și au adormit împreună, aflându-se în München, dar undeva pe cea de-a șaptea față a zarurilor Germaniei.

Tineretul lui Rudy

În final, trebuia să admită.
Știa cum să joace.

Un portret al lui Rudy Steiner: iulie 1941
Dâre de nămol îi înclești ează fața. Cravata lui este un pendul mort demult în ceasul său. Părul lui ca lămâia, ca aprins de lampă, este răvășit și are un zâmbet trist, absurd.

Stătea la câțiva metri de trepte și vorbea cu mare convingere, cu mare bucurie.

– *Alles ist Scheisse*, a anunțat el.

Totul e rahat.

În prima jumătate a anului 1941, când Liesel era ocupată să-l ascundă pe Max Vandenburg, să fure ziare și să pună la punct neveste de primari, Rudy purta povara unei noi vieți, la Tineretul Hitlerist. Din primele zile ale lunii februarie, se tot întorcea de la întruniri într-o stare considerabil mai rea decât la plecare. De multe ori când se întorcea, Tommy Muller era lângă el, arătând la fel. Necazul era format din trei elemente.

UN NECAZ ÎN TREI STRATURI

1. Urechile lui Tommy Muller;
2. Franz Deutscher – liderul mânios al Tineretului Hitlerist;
3. Incapacitatea lui Rudy de a-şi vedea de treaba lui.

Ce bine ar fi fost ca Tommy Muller să nu fi dispărut timp de şapte ore într-una dintre cele mai friguroase zile din istoria Münchenului, cu şase ani în urmă. Infecţiile sale la urechi şi leziunile nervilor încă afectau schema de marş a Tineretului Hitlerist, ceea ce, vă asigur, nu era un lucru pozitiv.

La început, pierderea ritmului se întâmpla când şi când, dar, în timp ce lunile treceau, mânia liderilor Tineretului Hitlerist împotriva lui Tommy se tot acumula, mai ales când venea vorba de marş. Vă amintiţi ziua lui Hitler de anul trecut? De ceva vreme, infecţiile la urechi se înrăutăţeau. Ajunseseră la punctul în care Tommy avea reale probleme de auz. Nu putea desluşi ordinele strigate grupului în timp ce mărşăluiau în formaţie. Nu conta dacă erau pe hol sau afară, în zăpadă ori în noroi, ori sub biciuirea ploii.

Ideea era ca toţi să se oprească în aceeaşi clipă.

– Un singur clic! li se spunea. Doar asta vrea Führerul să audă. Toţi uniţi. Toţi ca unul!

Tommy se oprea întotdeauna ultimul.

Era urechea lui stângă, cred. Din cele două, aceasta îi cauza cele mai multe probleme şi când amarnicul strigăt „Opriţi!“ bubuia în urechile tuturor, Tommy mărşăluia comic şi inocent înainte. Putea transforma cât ai clipi din ochi o formaţie de marş într-o harababură.

Într-o duminică de la începutul lunii iulie, puțin după 15.30 și o serie nesfârșită de încercări eșuate de a mărșălui ale lui Tommy, Franz Deutscher (numele suprem al adolescentului nazist suprem) era complet sătul.

– *Muller du Affe!* Părul lui des și blond parcă îi masa capul, iar cuvintele sale avură un efect ciudat asupra feței lui Tommy! Maimuțo – ce e în neregulă cu tine?

Tommy se încovoie și se dădu înapoi temător, însă obrazul lui stâng era schimonosit de o expresie maniacă, veselă. Părea nu numai că rânjește triumfător, dar și că acceptă cu bucurie ocara. Iar Franz Deutscher nu tolera nimic de acest gen. Ochii lui palizi aruncau flăcări.

– Ei? întrebă. Ce ai de spus în apărarea ta?

Ticurile lui Tommy nu au făcut decât să devină mai rapide și mai intense.

– Îți bați joc de mine?

– *Heil!* se schimonosi Tommy într-o încercare disperată de a câștiga puțină aprobare, dar nu a ajuns la partea cu „Hitler".

Atunci, Rudy a făcut un pas în față. Îl înfruntă pe Franz Deutscher, uitându-se în sus, la el.

– Are o problemă, domnule...

– Pot să văd asta!

– Cu urechile, termină Rudy. Nu poate să...

– Așa e, nu poate să. Deutsher își freca mâinile. Amândoi – șase tururi de teren.

Au ascultat, dar nu îndeajuns de repede.

– *Schnell*[1]*!* îi urmări vocea lui.

Când cele șase tururi au fost terminate, a urmat instrucția obișnuită – culcat la pământ, ridicat, culcat din nou și, după cincisprezece minute foarte lungi, li s-a ordonat să se culce la pământ pentru ceea ce ar fi trebuit să fie ultima oară.

---

[1] Repede (în lb. germană, în original)

Rudy își coborî privirea.

Un cerc deformat de noroi îi rânjea în față.

„La ce crezi că te uiți?" părea să întrebe.

– Jos! ordonă Franz.

Rudy sări în mod firesc peste el și ateriză pe burtă.

– Sus! zâmbi Franz. Un pas înapoi.

L-au făcut.

– Jos!

Mesajul era clar și, de data aceasta, Rudy l-a acceptat. A plonjat în nămol, și-a ținut respirația și în acel moment, pe când zăcea cu urechea lipită de pământul îmbibat cu apă, instrucția a luat sfârșit.

– *Vielen Dank, meine Herren,* zise politicos Franz Deutscher. Vă mulțumesc mult, domnii mei!

Rudy se ridică în genunchi, se scobi în ureche și privi spre Tommy.

Tommy închise ochii și ticurile începură din nou.

Când s-au întors pe strada Himmel, Liesel juca șotron cu câțiva dintre copiii mai mici, încă în uniforma ei BDM. Cu coada ochiului, văzu cele două siluete melancolice venind spre ea. Una din ele o strigă.

S-au întâlnit pe treapta din față a casei din ciment a familiei Steiner, care arăta ca o cutie de pantofi, iar Rudy îi povesti totul despre incidentul zilei.

După zece minute, Liesel se așeză.

După unsprezece minute, Tommy, care stătea lângă ea, zise:

– Este numai vina mea.

Dar Rudy îi alungă vorbele cu un semn din mână, undeva între pedeapsă și zâmbet, și zdrobind cu degetul dâra de noroi în două.

– Este... încercă Tommy din nou, dar, de data aceasta, Rudy l-a întrerupt cu totul și a arătat spre el cu degetul.

– Tommy, te rog!

Pe fața lui Rudy era o anumită expresie de mulțumire. Liesel nu văzuse niciodată pe cineva atât de amărât, dar și atât de însuflețit.

– Doar stai acolo... și strâmbă-te... sau ce vrei, zise și își continuă povestea.

Avea un ritm alert.

Se luptă cu cravata.

Cuvintele zburau către ea, aterizând undeva pe treapta de ciment.

– Deutscher ăla, a concluzionat el vioi. Ne-a făcut-o, nu, Tommy?

Tommy a aprobat din cap, s-a strâmbat și a vorbit, nu neapărat în această ordine.

– A fost vina mea.

– Tommy, ce-am spus eu?

– Când?

– Acum! Taci doar!

– Sigur, Rudy.

După ce Tommy a plecat oropsit acasă, la puțin timp după aceea, Rudy a încercat ceea ce părea o nouă tactică plină de măiestrie.

Mila.

Examină nămolul care se uscase ca o crustă pe unifoma sa, apoi o privi deznădăjduit în față pe Liesel.

– Și ce zici, *Saumensch?*

– Despre ce?

– Știi tu...

Liesel i-a răspuns în maniera obișnuită.

– *Saukerl,* râse ea și străbătu rapid distanța scurtă până acasă.

Un amestec tulburător de nămol și milă era un lucru, dar să-l sărute pe Rudy Steiner era ceva total diferit.

Zâmbind trist pe treaptă, el o strigă, răscolindu-și părul cu o mână.

– Într-o zi, o avertiză el. Într-o zi, Liesel!

În pivniță, doi ani și ceva mai târziu, uneori Liesel ar fi vrut cu ardoare să se ducă până la casa vecină și să-l vadă, chiar dacă scria la primele ore ale dimineții. Și-a dat seama că acele zile blestemate de la Tineretul Hitlerist îi alimentaseră lui, și prin urmare și ei, dorința de infracțiuni.

În cele din urmă, în ciuda obișnuitelor rafale de ploi, vara începea să-și intre în drepturi. Merele Klar ar fi trebuit să se fi copt. Mai rămăseseră furtișaguri de comis.

ÎNVINȘII

Când venea vorba de furat, la început Liesel și Rudy se agățară de ideea că în numere exista siguranță. Andy Schmeikl i-a invitat la râu, pentru o întâlnire. Printre altele, un plan pentru furat de mere era pe ordinea de zi.

– Așadar, tu ești acum liderul? întrebase Rudy, dar Andy a negat din cap, împovărat de dezamăgire.

În mod clar, își dorea să fi avut el calitățile necesare.

– Nu. Vocea lui impasibilă era neobișnuit de caldă. Coaptă pe jumătate. E altcineva.

NOUL ARTHUR BERG
Avea părul în vânt și ochii încețoșați,
și era genul de delincvent
care nu avea vreun alt motiv să fure
în afara faptului că îi plăcea.
Numele lui era Viktor Chemmel.

Spre deosebire de majoritatea celor implicați în diferitele arte ale hoției, Viktor Chemmel avea totul. Locuia în cea mai bună zonă a Molchingului, sus, într-o vilă care fusese afumată după ce evreii au fost alungaţi. Avea bani. Avea ţigări. Voia însă mai mult.

– Nu e nici o infracţiune în a vrea mai mult, pretindea el stând pe spate în iarbă, cu o ceată de băieţi adunaţi în jurul lui. A dori mai mult este dreptul nostru fundamental ca nemţi. Ce spune Führerul nostru? Răspunse tot el: Trebuie să luăm ceea ce este al nostru de drept.

Conform aparenţelor, era limpede că Viktor Chemmel aparţinea seriei standard de adolescenţi-artişti cu capul plin de aiureli. Din nefericire, când avea chef să dovedească asta, poseda şi o anume charismă, un fel de „urmează-mă".

Când Liesel şi Rudy s-au apropiat de grupul de pe malul râului, ea l-a auzit punând o întrebare:

– Şi unde sunt cei doi ciudaţi cu care v-aţi tot lăudat? E deja 4.10.

– Nu după ceasul meu, zise Rudy.

Vicktor Chemmel se sprijini într-un cot.

– Nu porţi ceas.

– M-aş afla aici dacă aş fi îndeajuns de bogat încât să am un ceas?

Noul lider se ridică în picioare şi zâmbi cu dinţi albi, drepţi. Apoi, nonşalant, îşi îndreptă atenţia către fată.

– Cine e târfuliţa?

Liesel, deprinsă prea bine cu abuzul verbal, privea pur şi simplu ochii lui înceţoşaţi.

– Anul trecut, am furat cel puţin trei sute de mere şi câteva duzini de cartofi. Nu prea am probleme cu gardurile de sârmă ghimpată şi pot să ţin pasul cu oricine de aici.

– Aşa e?

– Da. Nu se făcu mică şi nu se dădu înapoi. Tot ce cer este o mică parte din tot ce luăm. O duzină de mere când şi când. Câteva resturi pentru mine şi prietenul meu.

– Ei bine, presupun că asta se poate aranja.

Viktor aprinse o ţigară şi o puse în gură. Făcu un efort intens să sufle următorul fum în faţa lui Liesel.

Liesel nu a tuşit.

Era acelaşi grup ca anul trecut, singura excepţie fiind liderul. Liesel se întreba de ce nici unul dintre ceilalţi nu-şi asumase acest rol, dar, uitându-se pe rând la feţele lor, realiză că nici unul dintre ei nu era apt. Nu aveau nici o reţinere legată de hoţie, dar trebuiau să fie îndrumaţi. Le *plăcea* să fie îndrumaţi, iar lui Viktor Chemmel îi plăcea să fie îndrumătorul. Era un microcosmos bine alcătuit.

Pentru un moment, Liesel tânji după revenirea lui Arthur Berg. Sau şi el ar fi ajuns sub conducerea lui Chemmel? Nu conta. Liesel nu ştia decât că Arthur Berg nu avea nici cea mai mică înclinaţie către tiranie, în timp ce noul lider avea din plin. Anul trecut, avea certitudinea că, dacă s-ar fi agăţat de vreo cracă, Arthur ar fi venit înapoi după ea, deşi spunea altceva. Anul acesta, prin comparaţie, a fost brusc conştientă că Viktor Chemmel nici nu s-ar deranja să privească îndărăt.

Stătea şi se uita la băiatul înalt şi subţire şi la fata care părea prost hrănită.

– Deci vreţi să furaţi cu mine?

Ce aveau de pierdut? Au încuviinţat din cap.

Păşi mai aproape şi îl apucă de păr pe Rudy.

– Vreau să o aud.

– Absolut, spuse Rudy înainte de a fi îmbrâncit.

– Şi tu?

– Sigur că da.

Liesel a fost îndeajuns de rapidă ca să evite acelaşi tratament.

Viktor zâmbi. Strivi ţigara, respiră adânc şi se scărpină pe piept.

– Domnii mei, târfa mea, se pare că este timpul să mergem la cumpărături.

Rudy şi Liesel mergeau în spatele grupului, ca şi în trecut.

– Îţi place de el? şopti Rudy.

– Ție?

Rudy făcu o pauză de un moment.

– Cred că e un ticălos desăvârșit.

– Și eu cred același lucru.

Grupul se îndepărta de ei.

– Haide, zise Rudy, am rămas în urmă.

După câțiva kilometri, au ajuns la prima fermă. Ceea ce i-a întâmpinat a fost șocant. Pomii despre care își închipuiau că sunt încărcați de fructe erau fragili și păreau răniți, cu doar câteva mere atârnând jalnic de fiecare ramură. În următoarea fermă, lucrurile stăteau la fel. Poate că era un sezon prost sau ei aleseseră o perioadă nu tocmai potrivită.

La sfârșitul după-amiezii, după ce prada a fost împărțită, Liesel și Rudy au primit amândoi un singur măr miniatural. Adevărat, prada fusese foarte sărăcăcioasă, dar și Viktor Chemmel era un căpitan de corabie mai avar.

– Cum numești asta? întrebă Rudy cu mărul în mână.

Viktor nici măcar nu se întoarse.

– Cum arată?

Cuvintele erau aruncate peste umăr.

– Un prăpădit de măr?

– Uite!

Unul mâncat pe jumătate a fost aruncat spre ei, ajungând cu partea mușcată pe pământ.

– Puteți să-l luați și p-ăsta.

Rudy era indignat.

– La naiba! Nu am mers mai bine de cincisprezece kilometri pentru un măr sfrijit și jumătate, nu-i așa, Liesel?

Liesel nu a răspuns.

Nu a avut timp, pentru că Viktor Chemmel era călare pe Rudy înainte ca ea să poată scoate vreun cuvânt. Genunchii îi țintuiseră brațele și mâinile îl strângeau de gât. Merele au fost luate de nimeni altul decât Andy Scmeikl, la cererea lui Viktor.

– Îl rănești, zise Liesel.

– Serios?

Viktor zâmbea din nou. Ea ura acel zâmbet.

– *Nu* mă rănește.

Cuvintele lui Rudy au fost grăbite și fața lui era roșie de efort. Din nas începu să-i curgă sânge.

După un moment prelungit de tensiune, Viktor îl eliberă pe Rudy, se dădu jos de pe el și făcu câțiva pași indiferent. Zise:

– Ridică-te, băiete!

Rudy, înțelept, făcu întocmai cum i s-a spus.

Degajat, Viktor se apropie și îl privi în ochi. Îl bătu ușor pe braț și îi rânji. Apoi, șopti:

– Dacă nu vrei să-ți transform sângerarea aia într-un șuvoi, ți-aș sugera să pleci, băiețaș. Se uită la Liesel. Și ia-o și pe mica târâtură cu tine.

Nimeni nu se mișca.

– Ei, ce mai aștepți?

Liesel îl luă de mână pe Rudy și plecară, dar nu înainte ca Rudy să se întoarcă pentru o ultimă dată și să scuipe niște sânge cu salivă la picioarele lui Viktor Chemmel. Ceea ce a provocat o ultimă remarcă.

O MICĂ AMENINȚARE DE LA VIKTOR CHEMMEL CĂTRE RUDY STEINER:
O să plătești pentru asta altădată, prietene!

Puteți spune ce vreți despre Viktor Chemmel, dar cu siguranță avea răbdare și o memorie bună. I-a luat aproximativ cinci luni să-și transforme promisiunea în faptă.

Schițe

Dacă vara anului 1941 se ridica precum un zid în jurul celor ca Rudy și Liesel, se scria și se vopsea în viața lui Max Vandenburg. În momentele cele mai singuratice din pivniță, cuvintele au început să se îngrămădească unele peste altele în jurul lui. Viziunile au început să curgă și să cadă, și uneori să-i șchioapete din mâini.

Avea ceea ce el numea doar o mică rație de unelte.

O carte pictată.

O mână de creioane.

O minte plină de gânduri.

Ca pe un simplu puzzle, le-a pus laolaltă.

La început, Max intenționase să-și scrie propria poveste.

Ideea era să scrie despre tot ce i se întâmplase – tot ce îl adusese într-o pivniță din strada Himmel –, dar nu acest lucru i-a ieșit. Exilul lui Max a produs ceva cu totul diferit. Era o colecție de gânduri aleatorii și a decis să profite de ele. Le simțea ca fiind *adevărate*. Erau mai reale decât scrisorile pe care le-a scris familiei și prietenului Walter Kugler, știind foarte bine că nu le va putea trimite niciodată. Paginile profanate din *Mein Kampf* deveneau o serie de schițe, filă după filă, ceea ce pentru el reprezenta suma evenimentelor care îi schimbaseră viața trecută cu o alta. Câteva au durat minute.

Altele ore. Se gândea că, după ce cartea va fi terminată, i-o va da lui Liesel, când va fi destul de mare și când poate toată această aberație se va termina.

Din momentul în care a testat creioanele pe prima pagină vopsită, a păstrat cartea în preajma lui tot timpul. Adesea, era lângă el sau chiar în mâna lui în timp ce dormea.

Într-o după-amiază, după seria obișnuită de flotări și genuflexiuni, adormi sprijinit de peretele pivniței. Când Liesel veni jos, găsi cartea lângă el, sprijinită de coapsa lui, și curiozitatea a învins-o. S-a aplecat și a ridicat-o, așteptându-se ca el să se foiască. Nu a făcut-o. Max stătea cu capul și umerii rezemați de perete. Abia dacă îi putea auzi sunetul respirației în timp ce deschise cartea și privi câteva pagini la întâmplare...

Nu Führerul – conductorul!

Nu-i așa
că-i o zi
minunată...

Speriată de ce văzuse, Liesel puse cartea jos, exact cum a găsit-o, sprijinită de piciorul lui Max.

O voce a speriat-o.

– *Dankeschön,* zise, şi când ea privi, luând-o pe urma sunetului, spre chipul celui căruia îi aparţinea, zări o mică urmă de satisfacţie pe buzele evreului.

– Sfinte Iisuse! Lui Liesel i se tăiase răsuflarea. M-ai speriat, Max!

A adormit din nou, iar fata târî după ea acelaşi gând pe trepte.

„M-ai speriat, Max."

OMUL CARE FLUIERA ȘI PANTOFII

Același șablon s-a menținut până spre sfârșitul verii și o bună parte din toamnă. Rudy a încercat pe cât de bine a putut să supraviețuiască Tineretului Hitlerist. Max a continuat cu flotările și și-a făcut schițele. Liesel a găsit ziare și a scris cuvinte pe peretele din pivniță.

Merită totuși menționat că fiecare șablon are cel puțin o mică neregularitate și, într-o zi, se va destrăma sau va cădea dintr-o pagină pe alta. În acest caz, factorul determinant a fost Rudy. Sau cel puțin Rudy și un teren de sport proaspăt fertilizat.

La sfârșitul lunii octombrie, totul părea ca de obicei. Un băiat murdar mergea pe strada Himmel. Familia lui îi aștepta sosirea în câteva minute și el urma să-i mintă că toți cei din grupa lui de la Tineretul Hitlerist au trebuit să facă niște exerciții suplimentare. Părinții lui chiar s-ar aștepta ca el să râdă puțin. Nu a fost așa.

Astăzi, Rudy a rămas fără râsete și fără minciuni.

În această miercuri, când Liesel s-a uitat mai îndeaproape, a văzut că Rudy Steiner nu avea cămașă. Și că era furios.

– Ce s-a întâmplat? întrebă ea în timp ce el își târa picioarele.

El se dădu înapoi și îi întinse cămașa.

– Miroase-o! zise.

– Cum?

– Eşti surdă? Am spus să o miroşi.

Ezitând, Liesel s-a aplecat şi a simţit duhoarea îngrozitoare a cămăşii maro.

– Doamne Iisuse Hristoase! Este?...

Băiatul a încuviinţat din cap.

– E şi pe bărbie. Pe bărbie! Am noroc că nu l-am înghiţit!

– Doamne Iisuse Hristoase!

– Terenul de la Tineretul Hitlerist tocmai a fost fertilizat. Fără nici un chef, dezgustat, se referi din nou la cămaşa lui: E bălegar de vacă presupun.

– Ştia, cum îl cheamă – Deutscher –, că e acolo?

– El zice că nu. Dar rânjea.

– Doamne Iisuse Hri...

– Poţi să nu mai spui asta?

În acest moment, lucrul de care Rudy avea nevoie era o victorie. Pierduse în confruntările sale cu Viktor Chemmel. Îndurase problemă după problemă la Tineretul Hitlerist. Tot ce dorea era o fărâmă de triumf şi era hotărât să o obţină.

S-a îndreptat spre casă, dar, când a ajuns la treapta de ciment, s-a răzgândit şi a venit înapoi la fată, încet şi conştient de ceea ce-şi dorea.

Cu grijă şi încet, vorbi:

– Ştii ce m-ar înveseli?

Liesel bătu în retragere.

– Dacă tu crezi că... în starea asta...

Păru dezamăgit de ea.

– Nu, nu asta. Oftă şi se apropie. Altceva. După ce se gândi un moment, ridică puţin capul. Uită-te la mine! Sunt murdar. Put a rahat de vacă sau de câine, cum consideri, şi, ca de obicei, sunt absolut hămesit. Făcu o pauză. Am nevoie să obţin ceva, Liesel! Sincer!

Liesel ştia.

S-ar fi apropiat puțin dacă nu ar fi fost mirosul.

Să fure.

Trebuiau să fure ceva.

Ba nu.

Trebuiau să fure ceva *ce le fusese furat.* Nu conta ce. Trebuia doar să fie curând.

– Doar tu și cu mine de data asta, a sugerat Rudy. Fără vreun Chemmel sau vreun Schmeikl. Doar tu și eu.

Fata nu se putu abține.

Mâinile o mâncau, pulsul o luase razna și gura îi zâmbea în același timp.

– Sună bine.

– Rămâne stabilit atunci. Și cu toate că a încercat, nu și-a putut ascunde rânjetul murdar de bălegar care i se lățea pe față. Mâine?

Liesel fu de acord.

– Mâine.

Planul lor era perfect, cu excepția unui singur lucru.

Nu aveau idee de unde să înceapă.

Fructele se terminaseră. Rudy strâmbă din nas când auzi de cepe și cartofi și au decis că este exclusă o altă tentativă asupra lui Otto Sturm și a bicicletei încărcate cu produse de la fermă. Pe de o parte, era imoral. Pe de altă parte, era o ticăloșie totală.

– Așadar, ce naiba facem? întrebă Rudy.

– De unde să știu eu? A fost ideea ta, nu?

– Asta nu înseamnă că nu ar trebui să te gândești și tu un pic. Nu mă pot gândi la toate.

– Abia dacă te poți gândi la ceva.

Se certau în timp ce mergeau prin oraș. La periferia urbei, au văzut prima fermă și pomii arătând ca statui emaciate. Crengile erau cenușii și, când și-au ridicat privirile spre ele, nu au văzut decât brațe zdrențuite și cer gol.

Rudy scuipă.

Merseră înapoi prin Molching, fiecare făcând diverse sugestii.

– Ce zici de Frau Diller?

– Ce-i cu ea?

– Poate că, dacă spunem „*Heil Hitler*" și *apoi* furăm ceva, va fi în regulă.

După ce cutreierară pe strada München mai bine de o oră, lumina zilei se pregătea să tragă cortina și ei erau pe cale să renunțe.

– E în zadar, zise Rudy, și acum sunt chiar mai înfometat decât am fost vreodată. Mor de foame, în numele Cerului. Mai merse unsprezece pași înainte să se oprească și să se uite în urmă și să spună: Ce-i cu tine?, pentru că Liesel stătea complet nemișcată și revelația i se citea pe chip.

De ce nu se gândise la asta mai devreme?

– Ce este? Rudy devenea nerăbdător. *Saumensch*, ce se întâmplă?

Chiar în acel moment, Liesel trebuia să ia o decizie. Cum putea cu adevărat să comită ce îi venise în minte? Cum putea să se răzbune pe o persoană în acest mod? Cum putea disprețui pe cineva atât de mult?

O luă în direcția opusă. Când Rudy o prinse din urmă, încetini puțin, cu speranța deșartă de a-și limpezi gândurile. În cele din urmă, vina deja exista. Era umedă. Sămânța erupea deja într-o floare cu frunze întunecate. Chibzui dacă ar putea să facă așa ceva. La o intersecție, se opri.

– Știu un loc.

Traversară râul și urcară dealul.

Pe Grande Strasse, ușile de la intrare străluceau bine lustruite, iar țiglele acoperișului arătau ca niște meșe perfect pieptănate. Pereții și ferestrele aveau manichiura făcută, iar burlanele aproape că scoteau inele de fum.

Rudy se opri.

– Casa primarului?

Liesel dădu din cap. Urmă o pauză.

– Au concediat-o pe mama.

Când se îndreptară spre casă, Rudy întrebă exact cum, pentru numele lui Dumnezeu, ar putea ei intra înăuntru, dar Liesel știa.

– Cunosc locul, răspunse.

Îl cunoștea, dar când se apropiară și zăriră fereastra de la bibliotecă, fata avu un șoc. Fereastra era închisă.

– Ei? întrebă Rudy.

Liesel se învârti încet și plecă grăbită.

– Nu azi, zise.

Rudy râse.

– Știam eu. O ajunse din urmă. Știam eu, *Saumensch* murdar. Nu ai putea intra acolo nici dacă ai avea cheia.

– Mă lași? Grăbi și mai mult pasul și ignoră comentariul lui Rudy. Trebuie doar să așteptăm ocazia potrivită.

În sinea ei, se distanța de bucuria că fereastra era închisă. Se mustră singură: „De ce, Liesel? întrebă ea. De ce a trebuit să izbucnești când au concediat-o pe mama? De ce nu ai putut doar să-ți ții gura? E foarte posibil ca soția primarului să fie acum complet schimbată după ce ai țipat și ai zbierat la ea. Poate că și-a venit în fire, s-a adunat. Poate că nu va mai simți niciodată nevoia să tremure în acea casă și fereastra va fi închisă pe vecie... *Saumensch* idiot!"

Totuși, o săptămână mai târziu, la a cincea vizită în zona de sus a Molchingului, găsiră ce-și doreau.

Fereastra deschisă inspira o felie de aer.

Doar atât era necesar.

Rudy a fost cel care s-a oprit primul. Cu dosul palmei, o înghionti ușor în coaste pe Liesel.

– Este fereastra aia deschisă? șopti el.

Nerăbdarea din glas parcă i se prelinse din gură și se sprijini ca un braț pe umărul lui Liesel.

– *Jawohl*, răspunse ea. Fără îndoială.

Și a simțit cum inima i se încălzește.

Cu fiecare ocazie precedentă, când au găsit fereastra bine închisă, dezamăgirea exterioară a lui Liesel mascase o ușurare feroce. Cum ar fi avut curajul să intre? Și pentru ce, și mai ales pentru cine intra? Pentru Rudy? Să găsească înăuntru ceva mâncare?

Nu, adevărul respingător era acesta:

Nu-i păsa de mâncare. Rudy, oricât ar fi încercat să reziste ideii, se afla pe al doilea loc în planul ei. *Omul care fluiera.* Nu putea tolera ca acea carte să-i fi fost dată de o femeie în vârstă, singuratică, jalnică. Să o fure, pe de altă parte, părea puțin mai acceptabil. Într-un mod bolnăvicios, să o fure era ca și cum ar fi meritat-o.

Lumina se preschimba în blocuri de umbre.

Parcă atrași de un magnet, cei doi se îndreptară spre casa imaculată, masivă. Își murmurau gândurile.

– Ți-e foame? întrebă Rudy.

Liesel răspunse:

– Mor de foame.

De o carte.

– Uite... o lumină tocmai a apărut la etaj.

– Văd.

– Încă ți-e foame, *Saumensch?*

Au râs nervos preț de un moment înainte să înceapă discuția legată de cine ar trebui să intre și cine ar trebui să stea de pază. Fiind bărbatul din această operațiune, Rudy simțea în mod clar că el ar trebui să fie agresorul, dar era evident că Liesel cunoștea acest loc. Ea avea să fie cea care va intra înăuntru. Știa ce se afla de cealaltă parte a ferestrei.

O spuse:

– Eu trebuie să intru.

Liesel închise ochii. Strâns.

Își impuse să își amintească, să și-i aducă în fața ochilor pe primar și pe soția lui. Revăzu evoluția prieteniei cu Ilsa Hermann și se asigură că este distrusă și abandonată pentru totdeauna. Mergea. Îi detesta.

Au cercetat strada și au traversat grădina în liniște.

Acum, stăteau pe vine sub fereastra deschisă la parter. Sunetul respirației lor se intensifică.

– Dă-mi pantofii, sugeră Rudy. O să faci mai puțin zgomot.

Fără să comenteze, Liesel desfăcu șireturile negre, uzate și își lăsă pantofii pe pământ. Se ridică și Rudy deschise încet fereastra exact cât era nevoie ca Liesel să se poată strecura înăuntru. Zgomotul făcut de ea trecu pe deasupra ca un avion care zbura la joasă înălțime.

Liesel se săltă în mâini, se ridică pe pervaz și intră. Să-și dea jos pantofii, și-a dat ea seama, a fost o idee genială, pentru că aterizase mai greoi pe podeaua de lemn decât se așteptase. Tălpile o durură.

Camera în sine era așa cum fusese întotdeauna.

În întunecimea prăfuită, Liesel alungă sentimentele de nostalgie. Înaintă și își lăsă ochii să se obișnuiască.

– Ce se-ntâmplă? șopti strident Rudy de afară, dar ea îl izgoni cu un gest din mână care însemna *„Halt's Maul"*. Liniște!

– Mâncarea, îi aminti el. Găsește *mâncarea.* Și țigările, dacă poți.

Ambele însă erau ultimele lucruri la care se gândea. Era acasă, printre cărțile de diverse culori și aspecte, ale primarului, cu scrierile lor argintii și aurii. Putea mirosi paginile. Aproape că putea să guste cuvintele în timp ce acestea se adunau în jurul ei. Picioarele au dus-o către peretele din dreapta. Știa ce voia – poziția exactă –, dar când ajunse la locul obișnuit de pe raft al *Omului care fluiera,* nu îl găsi acolo. Un mic spațiu liber se afla în locul cărții.

De sus auzi pași.

– Lumina! șopti Rudy. Cuvintele erau împinse prin fereastra deschisă. S-a aprins!

– *Scheisse.*

– Coboară scările.

Trecu un moment de o lungime enormă, eternitatea unei decizii într-o fracțiune de secundă. Ochii ei scrutară încăperea și zăriră cartea stând liniștită pe biroul primarului.

– Grăbește-te! o avertiză Rudy, dar Liesel se îndreptă foarte calmă și hotărâtă spre birou, luă cartea și apoi ieși cu prudență.

Cu capul înainte, coborî pe fereastră, reușind să aterizeze din nou în picioare, simțind încă o dată împunsătura durerii, de data aceasta în glezne.

– Haide! o implora Rudy. Fugi! Fugi! *Schnell!*

După ce au trecut de colț, pe drumul la vale, spre râu și spre strada München, ea se opri și se aplecă încercând să își vină în fire. Trupul ei era îndoit de la mijloc, în gură aerul îi înghețase, iar inima îi răsuna în urechi.

Rudy era în aceeași stare.

Când privi spre ea, îi văzu cartea sub braț. Vorbi cu greutate:

– Ce e, se luptă el cu cuvintele, cu cartea?

Întunericul era tot mai adânc. Liesel își trase sufletul, iar aerul din gâtul ei se dezgheță.

– E tot ce am putut găsi.

Din nefericire, Rudy o putea adulmeca. Minciuna. Ridică semeț capul și îi rosti ceea ce credea că reprezintă adevărul.

– Nu ai mers acolo pentru mâncare, nu-i așa? Ai căpătat ce voiai.

Liesel își îndreptă trupul și fu copleșită de conștientizarea unei alte drame.

Pantofii.

Se uită la picioarele lui Rudy, apoi la mâinile lui și pe jos în jurul lui.

– Ce-i? întrebă el. Ce este?

– *Saukerl,* îl acuză. Unde îmi sunt pantofii?

Lui Rudy i se albi fața, ceea ce îi îndepărtă orice îndoială.

– Sunt lângă casă, nu? presupuse ea.

Rudy căută disperat în jurul lui, sperând, în ciuda oricărei evidențe, că poate i-a luat cu el. Își imagină cum îi ridica de la pământ, își dorea să fie adevărat – dar pantofii nu erau acolo. Stăteau inutili, sau de fapt mult mai rău, incriminator, lângă peretele casei din Grande Strasse numărul 8.

– *Dummkopf!* îl admonestă ea plesnindu-l peste ureche.

El se uită rușinat la șosetele neiertătoare ale lui Liesel.

– Idiotule!

Nu i-a luat mult să se hotărească să îndrepte situația.

– Așteaptă-mă! zise el cu convingere și se grăbi înapoi după colț.

– Să nu te lași prins, strigă Liesel după el, dar băiatul nu auzi.

Minutele trecură cu greutate cât a fost el plecat.

Întunericul era acum total, iar Liesel era destul de convinsă că un *Watschen* era aproape sigur când se va întoarce acasă.

– Grăbește-te! murmură, dar Rudy tot nu apăru.

Își imagină urletul intermitent al unei sirene de poliție – țâșnind și apoi parcă rulându-se înapoi. Adunându-se.

Tot nimic.

Îl văzu numai atunci când, în șosetele umede și murdare, se apropie de intersecția dintre cele două străzi. Chipul victorios al lui Rudy era ridicat cu mândrie în timp ce venea repede spre ea. Un rânjet lăsa să i se vadă dinții, iar pantofii i se legănau într-o mână.

– Aproape că m-au omorât, dar am reușit.

După ce traversară râul, îi înmână lui Liesel pantofii, iar ea îi aruncă pe jos.

Stând pe pământ, fata ridică privirea spre prietenul ei cel mai bun.

– *Danke,* zise ea.

Rudy făcu o plecăciune.

– Cu plăcere. Făcu o încercare pentru a căpăta puțin mai mult. Cred că nu are rost să te mai întreb dacă primesc un sărut pentru asta?

– Pentru că mi-ai adus pantofii pe care *tu* i-ai uitat?

– Destul de corect.

Ridică braţele şi continuă să vorbească în vreme ce porniră mai departe, iar Liesel făcu un efort substanţial să-l ignore. Nu auzi decât ultima parte.

– Probabil că oricum nu aş vrea să te sărut – nu dacă respiraţia ta aduce câtuşi de puţin cu pantofii, spuse el.

– Mă scârbeşti, îl informă ea şi speră că el nu putea să vadă începuturile involuntare ale unui zâmbet care i se aşternea pe buze.

Pe strada Himmel, Rudy îi luă cartea. Sub un stâlp de felinar citi cu voce tare titlul şi întrebă despre ce era vorba.

Visătoare, Liesel răspunse:

– Doar despre un criminal.

– Asta-i tot?

– E şi un poliţist care încearcă să-l prindă.

Rudy i-o dădu înapoi.

– Apropo, cred că pe amândoi ne cam aşteaptă o papară straşnică atunci când vom ajunge acasă. Mai ales pe tine.

– De ce pe mine?

– Ştii... mama ta.

– Ce-i cu ea? Liesel îşi exercita dreptul arogant al fiecărei persoane care a aparţinut vreodată unei familii. Este în ordine ca o persoană să bombăne şi să se văicărească, şi să-i critice pe alţi membri ai familiei, dar nu lasă pe *nimeni* altcineva să o facă. E ceva în neregulă cu ea?

Rudy dădu înapoi.

– Scuze, *Saumensch!* Nu am vrut să te jignesc.

Chiar şi pe întuneric, Liesel putea să vadă că Rudy creştea. Faţa i se lungea. Părul şocant de blond se închidea la culoare şi trăsăturile păreau că-şi schimbă forma. Dar un lucru nu se va schimba niciodată. Era imposibil să fii supărat pe el mult timp.

– La tine e ceva bun de mâncat astă-seară? întrebă.

– Mă îndoiesc.

– Nici la mine. Mare păcat că nu putem să mâncăm cărți. Arthur Berg a zis ceva de genul ăsta odată. Îți amintești?

Restul drumului au rememorat zilele bune care trecuseră, Liesel aruncând adeseori câte o privire spre *Omul care fluiera,* la coperta cenușie și la titlul scris cu negru.

Înainte să meargă fiecare la casa lui, Rudy se opri pentru o clipă și spuse:

– La revedere, *Saumensch*. Râse. La revedere, hoțule de cărți!

Era pentru prima dată când Liesel fusese însemnată cu acest titlu și nu putea să ascundă faptul că îi plăcea foarte mult. După cum știm, ea furase cărți și înainte, dar, la sfârșitul lunii octombrie 1941, a devenit oficial. În acea noapte, Liesel Meminger a devenit cu adevărat hoțul de cărți.

Trei acte de prostie, de Rudy Steiner

Rudy Steiner, un geniu autentic
1. A furat cel mai mare cartof de la Mamer's, aprozarul local;
2. S-a luat de Franz Deutscher pe strada München;
3. A chiulit de la toate întâlnirile Tineretului Hitlerist.

Problema cu prima ispravă a lui Rudy a fost lăcomia. Era o obișnuită după-amiază mohorâtă, la jumătatea lunii noiembrie 1941.

Mai devreme, își croise destul de măiestrit drum printre femeile cu cupoane – aproape, aș îndrăzni să spun, cu o urmă de geniu infracțional. Era cât pe ce să scape complet neobservat.

Totuși, deși se străduia să rămână nebăgat în seamă, a reușit să pună mâna pe cel mai mare cartof din grămadă – exact cel pe care mai mulți oameni de la rând îl urmăreau. Toți s-au uitat cum un pumn de treisprezece ani s-a ridicat și l-a înșfăcat. Un cor de femei robuste pe nume Helga l-a indicat cu degetul, iar Thomas Mamer veni valvârtej spre infractor.

– *Meine Erdäpfel*, zise el. Merele mele de pământ.

Cartoful era încă în mâinile lui Rudy (nu putea să-l țină doar cu o mână), iar femeile se adunară în jurul său ca o trupă de luptători. Era necesar să vorbească repede.

– Familia mea, a explicat Rudy. Sosit la momentul potrivit, un șuvoi de lichid limpede începu să-i curgă din nas. Avu grijă să nu-l șteargă. Cu toții murim de foame. Sora mea are nevoie de o haină nouă. Ultima i-a fost furată.

Mamer nu era deloc prost. Încă ținându-l pe Rudy de guler, zise:

– Și ai de gând să o îmbraci cu un cartof?

– Nu, domnule.

Se uită pe diagonală în singurul ochi pe care putea să-l vadă al celui care îl capturase. Mamer era un bărbat ca un butoi, cu doi ochi mici, ca niște gloanțe de care să te ferești. Dinții lui erau ca o mulțime la un meci de fotbal, înghesuiți unul în altul.

– Am dat toate punctele noastre pentru haină, cu trei săptămâni în urmă, și acum nu mai avem nimic de mâncare, spuse Rudy.

Băcanul îl ținea cu o mână și în cealaltă mână avea cartoful. Strigă cuvintele temute spre soția lui:

– *Polizei!*

– Nu, imploră Rudy, vă rog!

Mai târziu, îi va zice lui Liesel că nu i-a fost deloc frică, dar, cu siguranță, în acel moment, inima îi bubuia în piept, sunt convinsă. Nu poliția. Vă rog, nu poliția.

– Polizei!

Mamer rămase de neclintit, pe când băiatul se zvârcolea și se lupta cu aerul.

În acea dimineață, la coadă era și un profesor, Herr Link. Era unul dintre profesorii care nu erau preoți sau călugărițe. Rudy îl zări și îl privi în ochi.

– Herr Link. Era ultima sa șansă. Herr Link, spuneți-i, vă rog! Spuneți-i cât de sărac sunt.

Băcanul se uită cu ochi întrebători la profesor.

Herr Link făcu un pas înainte și rosti:

– Da, Herr Mamer. Băiatul ăsta este sărac. E de pe strada Himmel.

La auzul acestor cuvinte, mulțimea, în mare parte formată din femei, începu să se sfătuiască, știind că strada Himmel nu reprezenta tocmai chintesența vieții idilice din Molching. Era cunoscută ca o zonă relativ săracă.

– Are opt frați și surori.

Opt!

Rudy a trebuit să-și țină în frâu un zâmbet, deși încă nu scăpase basma curată. Cel puțin, acum, îl făcuse pe profesor să mintă. Reușise cumva să adauge trei copii la familia Steiner.

– Vine adesea la școală fără să fi luat micul dejun.

Mulțimea de femei se sfătui din nou. Era ca un strat de vopsea peste situație, adăugând ceva mai multă forță și atmosferă.

– Și asta înseamnă că ar trebui să aibă voie să-mi fure cartofii?

– Pe cel mai mare! exclamă una dintre femei.

– Faceți liniște, Frau Metzing, o avertiză Mamer și ea se domoli rapid.

La început, toată atenția a fost îndreptată asupra lui Rudy și a traiului său de azi pe mâine. Apoi, aceasta s-a mutat înainte și înapoi, de la băiat la cartof, la Mamer – situația părând când roz, când albastră – și va rămâne mereu un mister ce anume l-a făcut pe băcan să decidă în favoarea lui Rudy.

A fost atitudinea patetică a băiatului?

Demnitatea lui Herr Link?

Enervanta Frau Metzing?

Indiferent ce a fost, Mamer dădu drumul cartofului înapoi în grămadă și îl târî pe Rudy de la locul faptei. Îi trase un șut cu gheata dreaptă și zise:

– Să nu te mai întorci!

De afară, Rudy urmări cum Mamer se apropie de tejghea, pentru a-l servi pe următorul client cu mâncare și sarcasm.

– Mă întreb ce cartof veți cere *dumneavoastră*, zise el cu un ochi atent după Rudy.

Pentru Rudy, acesta era un alt eșec.

Al doilea act de prostie a fost la fel de periculos, dar din motive diferite. Rudy va ieși din această altercație cu un ochi învinețit, câteva coaste rupte și cu o nouă tunsoare.

Încă o dată, la întâlnirile Tineretului Hitlerist, Tommy Muller avea problemele sale, iar Franz Deutscher abia aștepta ca Rudy să intervină. Nu a durat mult.

Rudy și Tommy au avut parte de încă o sesiune de instrucție intensivă, timp în care ceilalți s-au dus înăuntru să învețe tactici. Alergând în frig, puteau să vadă prin ferestre capetele și umerii încălziți. Chiar și când s-au alăturat grupului, exercițiile nu se terminaseră complet. Când Rudy se prăbuși într-un colț și încerca să expedieze cu câteva bobârnace noroiul de pe mânecă pe fereastră, Franz îl bombardă cu întrebarea favorită a Tineretului Hitlerist:

– Când s-a născut Führerul nostru, Adolf Hitler?

Rudy își ridică privirea.

– Poftim?

Întrebarea a fost repetată și foarte prostul Rudy Steiner, care știa foarte bine că era 20 aprilie 1889, a răspuns indicând data nașterii lui Hristos. Chiar adăugă și un Betleem ca informație suplimentară.

Franz își frecă mâinile.

Un semn foarte rău.

Se îndreptă spre Rudy și îi ordonă să se ducă înapoi afară și să mai facă niște tururi de teren.

Rudy le alergă singur și, după fiecare tur, era din nou întrebat despre data de naștere a Führerului. A făcut șapte tururi înainte să răspundă corect.

Marele necaz s-a întâmplat la câteva zile după această întâmplare.

Pe strada München, Rudy l-a observat pe Deutscher mergând pe trotuar cu câțiva prieteni și a simțit nevoia să arunce cu o piatră în el. Ați putea foarte bine să vă întrebați ce a fost în capul lui. Răspunsul este probabil că absolut nimic. Probabil ar spune că își exercita dreptul la prostie dat de la Dumnezeu. Ori asta, ori simpla vedere a lui Franz Deutscher i-a dat impulsul acut de a se autodistruge.

Piatra a ajuns la destinație, în coloană, deși nu l-a lovit atât de tare pe cât ar fi sperat Rudy. Franz Deutscher se răsuci și păru bucuros să-l zărească stând acolo, cu Liesel, Tommy și sora mai mică a lui Tommy, Kristina.

– Să fugim! îl grăbi Liesel, dar Rudy nu se mișcă.

– Acum nu suntem la Tineretul Hitlerist, o informă el.

Băieții mai mari se apropiaseră deja. Liesel rămase lângă prietenul ei, la fel și Tommy cu ticurile lui și delicata Kristina.

– Domnule Steiner, declară Franz înainte să-l salte și să-l arunce pe trotuar.

Faptul că Rudy se ridică în picioare nu făcu decât să-l înfurie și mai rău pe Deutscher. Îl trânti la pământ pentru a doua oară, proptindu-și un genunchi în coastele lui.

Din nou Rudy s-a ridicat, iar grupul de băieți mai mari râdea acum de prietenul lor. Nu era cel mai bun lucru pentru Rudy.

– Nu poți să faci să-l doară? zise cel mai înalt dintre ei.

Ochii lui erau la fel de albaștri și reci precum cerul, iar cuvintele erau tot îndemnul de care Franz avea nevoie. Era hotărât ca Rudy să se izbească de pământ și să rămână acolo.

O mulțime tot mai mare s-a adunat în jurul lor, iar Rudy încercă să-l lovească pe Franz Deutscher în burtă, dar rată complet. În aceeași clipă simți un pumn arzător în orbita stângă. Văzu stele verzi și se pomeni la pământ înainte să-și poată da seama. Încasă un alt pumn, în același loc, și putea simți vânătaia devenind galbenă, albastră și neagră în același timp. Trei straturi de durere înfiorătoare.

Mulțimea din ce în ce mai numeroasă se uita avidă dacă Rudy va fi în stare să se ridice din nou. Nu a făcut-o. De data aceasta rămase pe pământul rece și umed, simțindu-l cum îi trecea prin haine și se răspândea peste tot.

Încă avea scântei în ochi și nu a observat decât prea târziu că Franz stătea acum deasupra lui cu un briceag nou-nouț, pe punctul de a se apleca și a-l înfige în el.

– Nu! protestă Liesel, dar băiatul cel înalt era în spatele ei.

În urechea ei, cuvintele lui era profunde și străvechi.

– Nu-ți face griji, o asigură el. Nu o va face. Nu are curaj.

Greșea.

Franz se lăsă ușor pe genunchi. Se aplecă mai aproape de Rudy și șopti:

– Când s-a născut Führerul nostru? Fiecare cuvânt era articulat cu grijă la urechea lui. Haide, Rudy, când s-a născut? Poți să-mi spui, totul e în ordine, nu-ți fie frică.

Și Rudy?

Ce a răspuns?

A răspuns prudent sau i-a permis prostiei să-l afunde și mai rău în mocirlă?

Privi vesel în ochii de un albastru-pal ai lui Franz Deutscher și răspunse:

– Luni, după Paște.

În câteva secunde, cuțitul i-a tăiat părul. Era tunsoarea Numărul 2 în această etapă a vieții lui Liesel. Părul unui evreu fusese tăiat cu o foarfecă ruginită. Prietenul ei cel mai bun era tuns cu un briceag strălucitor. Nu cunoștea pe nimeni care chiar să fi plătit pentru o tunsoare.

Cât despre Rudy, până acum în acest an înghițise nămol, se scăldase în bălegar, fusese lovit de un infractor în devenire și acum avea parte de ceva ce măcar se apropia de cireaşa de pe tort – umilirea în public, pe strada München.

În cea mai mare parte, şuviţele erau tăiate cu totul, dar de fiecare dată existau câteva fire de păr care ţineau la viaţa lor şi erau smulse cu totul. În timp ce era jumulit, Rudy tresărea, ochiul învineţit îi tremura, iar coastele îi pulsau de durere.

– Douăzeci aprilie, o mie opt sute optzeci şi nouă! îi repetă Franz, şi când şi-a luat cohortele de acolo, publicul s-a dispersat, lăsându-i numai pe Liesel, Tommy şi Kristina împreună cu prietenul lor.

Rudy zăcea tăcut pe pământul din ce în ce mai jilav.

Ceea ce înseamnă că nu mai rămâne decât prostia numărul 3 – chiulul de la întâlnirile Tineretului Hitlerist.

Nu a încetat să meargă chiar atunci, şi asta doar din dorinţa de a-i arăta lui Deutscher că nu-i era frică de el, dar, după alte câteva săptămâni, Rudy a încetat cu totul să mai participe.

Îmbrăcat mândru în uniforma sa, el ieşi de pe strada Himmel şi merse mai departe, cu tovarăşul lui loial, Tommy, lângă el.

În loc să participe la întrunirile Tineretul Hitlerist, au ieşit din oraş şi s-au dus de-a lungul râului Amper, sărind peste pietre, azvârlind pietre enorme în apă şi în general nepunând nimic bun la cale. Avea grijă să-şi murdărească uniforma îndeajuns de mult încât să o păcălească pe mama lui, cel puţin până când a sosit prima scrisoare. Atunci a fost momentul în care a auzit temutul strigăt din bucătărie.

Mai întâi, părinţii l-au ameninţat. Nu s-a dus.

L-au implorat să meargă. A refuzat.

În cele din urmă, s-a ivit ocazia de a se alătura unei grupe diferite, care l-a îndrumat pe Rudy în direcţia corectă. A fost un noroc pentru că, dacă nu-şi făcea apariţia curând, Steinerii ar fi fost amendaţi pentru lipsa lui de participare. Fratele său mai mare, Kurt, a întrebat dacă Rudy putea să se alăture Diviziei Flieger, care era specializată în învăţarea mecanicii aparatelor de zbor şi a zborului. În cea mai mare parte, construiau modele de avioane și nu exista nici un Franz Deutscher. Rudy a acceptat, iar Tommy i s-a alăturat și el. A fost singura dată când comportamentul lui idiot a dus la rezultate benefice.

În grupul cel nou, ori de câte ori i se punea vestita întrebare cu Führerul, Rudy zâmbea și răspundea: „20 aprilie 1889", iar apoi îi șoptea lui Tommy o altă dată – de pildă, data nașterii lui Beethoven, sau a lui Mozart, sau a lui Strauss. Învățase despre compozitori la școală, unde, în ciuda prostiei sale evidente, Rudy excela.

CARTEA PLUTITOARE

(Partea a II-a)

La începutul lunii decembrie, Rudy Steiner a obținut în sfârșit victoria, deși nu într-un mod obișnuit.

A fost o zi rece, dar foarte liniștită. Fusese cât pe ce să ningă.

După ore, Rudy și Liesel s-au oprit la magazinul lui Alex Steiner și, în drum spre casă, l-au văzut pe vechiul prieten al lui Rudy, Franz Deutscher, venind de după colț. Liesel, așa cum îi era obiceiul în aceste zile, avea la ea *Omul care fluiera*. Îi plăcea să-l simtă în mână. Ori cotorul lin, ori marginile aspre ale hârtiei. Ea a fost cea care l-a văzut prima.

– Uite! arătă fata spre el.

Deutscher venea rapid spre ei împreună cu un alt lider de la Tineretul Hitlerist.

Rudy se făcu mic. Duse mâna la ochiul care se vindeca.

– Nu de data asta. Cercetă străzile. Dacă trecem pe lângă biserică, putem să mergem pe lângă râu și să o tăiem înapoi pe acolo.

Fără alte cuvinte, Liesel l-a urmat și l-au evitat cu succes pe torționarul lui Rudy – exact pentru a ajunge în calea altuia.

La început nu și-au dat seama.

Grupul care traversa podul și fuma țigări putea fi format din oricine, dar nu era. Când s-au recunoscut, a fost prea târziu să se întoarcă din drum.

– O, nu, ne-au văzut.

Viktor Chemmel zâmbi.

Vorbi foarte prietenos. Acest lucru nu putea să însemne decât că era pe cât de periculos posibil.

– Măi, măi, dacă nu sunt Rudy Steiner și mica lui târfă. Se apropie iute și îi smulse lui Liesel din mână *Omul care fluiera.* Ce citim noi aici?

– Asta-i între noi. Rudy încercă să fie împăciuitor. Nu are nici o legătură cu ea. Haide, dă-i-o înapoi!

– *Omul care fluiera.* I se adresă acum lui Liesel: E bună de ceva?

Ea își drese glasul:

– Nu e rea.

Din nefericire, se dădu singură de gol. Ochii. Erau agitați. Știu momentul exact în care Viktor Chemmel a stabilit că acea carte era un obiect adorat.

– O să-ți spun eu asta, zise. Pentru cincizeci de mărci poți să o iei înapoi.

– Cincizeci de mărci! Acesta era Andy Schmeikl. Haide, Viktor, poți să cumperi o mie de cărți cu banii ăștia.

– Ți-am cerut eu să vorbești?

Andy rămase tăcut. Gura lui părea să fi fost încuiată.

Liesel încercă să afișeze o față impasibilă.

– Atunci, o poți păstra. Am citit-o deja.

– Ce se-ntâmplă la final?

Fir-ar să fie!

Nu ajunsese așa departe.

Ezită, iar Viktor Chemmel îi descifră instantaneu expresia.

Rudy interveni:

– Haide, Victor, nu-i face asta. Cu mine ai ce ai. O să fac orice vrei.

Băiatul mai mare doar îl atinse ușor cu cartea ținută sus. Și îl corectă.

– Nu, zise. *Eu* voi face orice vreau *eu,* și porni spre râu.

Toată lumea se luă după el, prinzându-l din urmă. Pe jumătate mergând, pe jumătate alergând. Câțiva protestară. Câțiva îl încurajară.

S-a întâmplat atât de rapid și de simplu! A fost o întrebare pusă cu o voce batjocoritoare, prietenoasă.

– Spuneți-mi, zise Victor. Cine a fost ultimul campion olimpic la aruncarea discului în Berlin? Se întoarse cu fața spre ei. Își mișcă brațul pentru a-l încălzi. Cine *a fost?* Fir-ar să fie, îmi stă pe limbă. A fost americanul ăla, nu-i așa? Carpenter sau așa ceva...

Rudy:

– Te rog!

Apa se rostogolea la vale.

Mâna lui Viktor Chemmel *s-a rotit.*

Cartea i s-a desprins spectaculos din mână. S-a deschis și a fluturat, paginile zornăind în timp ce zbura prin aer. Mai brusc decât se aștepta, s-a oprit și a părut că este absorbită spre apă. Se auzi un pleoscăit când atinse suprafața râului și începu să plutească în aval.

Viktor clătină din cap.

– Înălțime insuficientă. O aruncare slabă. Zâmbi din nou. Dar tot destul de bună ca să câștig, nu?

Liesel și Rudy n-au mai stat să audă râsetele.

Rudy o luase pe mal în jos, încercând să localizeze cartea.

– O vezi? strigă Liesel.

Rudy o luă la fugă.

Alergă la vale, pe malul râului, indicându-i unde se afla cartea.

– Acolo!

Se opri și arătă cu degetul, și alergă mai departe, ca să i-o ia înainte. În curând își scoase haina de pe el și sări în apă, înaintând cu greu spre mijlocul râului.

Liesel, încetinind ritmul, simțea durerea fiecărui pas. Frigul supărător.

Când fu îndeajuns de aproape, o văzu trecând de el, dar în curând o prinse din urmă. Întinse mâna și luă ceea ce acum era o masă udă leorcă de carton și hârtie.

– *Omul care fluiera!* strigă băiatul. Era singura carte care plutea în aval pe râul Amper în acea zi, dar tot simți nevoia de a o anunța.

O altă observație interesantă este că Rudy nu a încercat să părăsească apa distrugător de rece imediat după ce a avut cartea în mână. Timp de un minut sau mai bine, a rămas în râu. Nu i-a explicat niciodată lui Liesel, dar cred că ea știa foarte bine că existau două motive.

MOTIVELE ÎNGHEȚATE ALE LUI RUDY STEINER

1. După luni de eșec, acest moment era singura lui șansă de a se delecta cu o mică victorie;
2. O asemenea dovadă de lipsă de egoism era o ocazie bună pentru a o ruga pe Liesel să-i îndeplinească dorința. Cum ar fi putut să-l refuze?

– Ce zici de un sărut, *Saumensch?*

A stat pe jumătate în apă alte câteva clipe înainte să iasă și să-i dea cartea. Pantalonii îi erau lipiți de trup și nu s-a oprit din mers. În realitate, cred că îi era teamă. Lui Rudy Steiner îi era frică de sărutul hoțului de cărți. Trebuie să fi tânjit după el atât de mult!

Trebuie să o fi iubit atât de incredibil de mult! Atât mult, încât nu-i va mai cere niciodată ca buzele lor să se întâlnească şi va intra în mormânt fără ca acest lucru să se fi întâmplat.

Partea a șasea

Purtătorul de vise

în rolurile principale:

jurnalul morții – omul de zăpadă – treisprezece
cadouri – următoarea carte – coșmarul unui
cadavru evreu – un cer de ziare – un vizitator
– un *schmunzeller* – și
un ultim sărut pe obraji otrăviți

JURNALUL MORȚII: 1942

A fost un an de pomină, ca ’79, ca 1346, ca să enumăr doar câțiva. Uitați de coasă, drăcia dracului, am nevoie de o mătură sau de un mop. Și am nevoie de o vacanță.

O FRÂNTURĂ DE ADEVĂR

Nu am seceră sau coasă.
Nu port decât o mantie neagră cu glugă atunci când e frig.
Și nu am acele trăsături faciale
de schelet, cu care se pare că vă place
să mă catalogați de la distanță. Vreți
să știți cum arăt cu adevărat?
O să vă ajut. Găsiți-vă o oglindă
cât timp continui.

De fapt, mă simt destul de egocentrică să vă povestesc totul despre mine, mine, mine. Călătoriile *mele*, ce am văzut *eu* în ’42. Pe de altă parte, voi sunteți oameni – ar trebui să înțelegeți obsesia față de sine. Ideea este că există un motiv pentru care explic ce am văzut în acel moment. Multe dintre acele întâmplări vor avea repercusiuni asupra lui Liesel Meminger. Au adus războiul mai aproape de strada Himmel și m-au pus și *pe mine* la muncă.

În mod cert, am avut câteva raite de dat în acel an, din Polonia în Rusia, în Africa și înapoi. Ați putea argumenta că dau raite indiferent ce an este, dar uneori omenirea adoră să agite puțin lucrurile. Au făcut să crească producția de cadavre și implicit de suflete care se eliberau. De obicei, câteva bombe își ating țelul. Sau câteva camere de gazare, sau vorbăria armelor din depărtări. Dacă nici una dintre acestea nu rezolvă lucrurile, cel puțin le răpesc oamenilor locuințele, și constat că pretutindeni sunt oameni fără adăpost. Adesea vin după mine în timp ce colind străzile orașelor agresate. Mă imploră să îi iau cu mine, fără să realizeze că și așa sunt ocupată. „Va veni timpul vostru“, îi conving eu și încerc să nu privesc în urmă. Din când în când, aș vrea să pot spune ceva de genul: „Nu vedeți că deja am mâinile ocupate?“ Dar nu fac asta niciodată. Mă autocompătimesc în sinea mea, în vreme ce îmi văd de treabă și câteodată sufletele și cadavrele nu se înzecesc, ci se înmiesc.

O SCURTĂ LISTĂ DE SARCINI PENTRU 1942

1. Evreii disperați – spiritele lor
în poala mea în timp ce stăteau pe acoperiș,
lângă burlanele fumegânde;
2. Soldații ruși: luând doar
mici cantități de muniție, bazându-se
pe cei căzuți pentru completarea necesarului;
3. Cadavrele ude de pe o coastă franceză,
pe plaja de pietriș și nisip.

Aș putea continua, dar am hotărât că, deocamdată, trei exemple vor fi suficiente. Trei exemple care, în lipsă de altceva, vă vor face să simțiți gustul de cenușă în gură, gust ce a definit existența mea în timpul acelui an.

Atât de mulți oameni.

Atât de multe culori.

Ei tot freamătă înăuntrul meu. Îmi hărțuiesc memoria. Îi văd înalți în mormanele lor, toți urcați unul peste altul. Acolo, aerul este ca de plastic, orizontul – ca un clei care se așază. Sunt ceruri făcute de mâna omului, străpunse și curgând, și sunt norii fini, colorați cu cărbune, bătând ca niște inimi negre.

Și apoi.

Este moarte.

Croindu-și drum printre toate.

Aparent: pasivă, nepăsătoare.

În realitate: vlăguită, extenuată și dărâmată.

Cu toată sinceritatea (și știu că acum mă plâng prea mult), încă mă refăceam după Stalin, în Rusia. Așa-numita *a doua revoluție* – uciderea propriilor oameni.

Apoi a venit Hitler.

Se spune că războiul este cel mai bun prieten al morții, dar trebuie să vă prezint un punct de vedere diferit. Pentru mine, războiul este ca șeful cel nou care așteaptă imposibilul. Stă aplecat peste umărul tău, repetând un singur lucru, necontenit: „Termină treaba, termină treaba". Așa că lucrezi mai din greu. Termini treaba. Însă șeful nu îți mulțumește. Cere mai mult.

Adesea, încerc să-mi amintesc frânturile răzlețe de frumusețe pe care le-am văzut totuși în acea perioadă. Răscolesc prin biblioteca mea de povești.

De fapt, mă întind după una acum.

Cred că deja știți jumătate din ea, și dacă veniți cu mine, vă voi arăta restul. Vă voi arăta a doua jumătate a unui hoț de cărți.

Fără să fie conștientă, ea așteaptă multe lucruri la care am făcut aluzie cu doar un minut în urmă, dar vă așteaptă și pe voi.

Dintre toate locurile posibile, duce niște zăpadă jos, în pivniță.

Pumni de apă înghețată pot face aproape pe oricine să zâmbească, dar nu îi pot face să uite.

Uite-o că vine!

OMUL DE ZĂPADĂ

Pentru Liesel Meminger, începutul anului 1942 ar putea fi rezumat astfel:

A împlinit vârsta de treisprezece ani. Pieptul încă îi era plat. Încă nu sângerase. Tânărul din pivniță era acum în patul ei.

Î & R

Cum a ajuns
Max Vandenburg
în patul lui Liesel?
S-a prăbușit.

Părerile au variat, dar Rosa Hubermann a pretins că semințele fuseseră sădite de Crăciunul anului trecut. Ziua de 24 decembrie fusese înfometată și rece, dar a existat un bonus major – nu au fost vizite lungi. Hans junior trăgea în ruși și în același timp menținea greva în relația cu familia. Trudy putea trece numai în weekend, înainte de Crăciun, însă numai pentru câteva ore. Pleca împreună cu familia la care era angajată. O vacanță pentru o clasă socială foarte diferită din Germania.

În ajunul Crăciunului, Liesel aduse doi pumni de zăpadă drept cadou pentru Max.

– Închide ochii! i-a cerut ea. Întinde mâinile!

Imediat ce zăpada a ajuns în palmele lui, Max a tremurat și a râs, dar tot nu a deschis ochii. La început, a gustat doar puțin zăpada, lăsând-o să i se topească pe buze.

– Este raportul meteo de azi?

Liesel stătea lângă el.

Ușor, i-a atins brațul.

El a ridicat din nou zăpada la gură.

– Mulțumesc, Liesel.

Erau începuturile celui mai grozav Crăciun care fusese vreodată. Mâncare puțină. Fără cadouri. Dar aveau un om de zăpadă în pivniță.

După ce a adus primii pumni de zăpadă, Liesel a verificat ca nimeni altcineva să nu fie afară, apoi s-a apucat să ia cât mai multe găleți și borcane. Le-a umplut cu zăpada și gheața care acopereau mica fâșie din lumea care era strada Himmel. Odată pline, le-a adus înăuntru și le-a cărat în pivniță.

Ca să spunem adevărul, prima dată a aruncat un bulgăre în Max și a primit o replică în stomac. Max chiar a aruncat unul în Hans Hubermann, când acesta cobora în pivniță.

– *Arschloch!* scânci papa. Liesel, dă-mi din zăpada aia. O găleată întreagă!

Vreme de câteva minute, au uitat cu toții. Nu mai erau țipete sau strigăte, dar nu-și puteau înfrâna micile izbucniri în râs. Erau doar oameni jucându-se cu zăpadă într-o casă.

Papa se uită la borcanele pline de omăt.

– Ce facem cu restul?

– Un om de zăpadă, răspunse Liesel. Trebuie să facem un om de zăpadă.

Papa o strigă pe Rosa.

Obișnuita voce distantă răspunse:

– Acum ce mai e, *Saukerl?*

– Vino aici, vrei?

Când apăru, Hans Hubermann își riscă viața aruncând în soția sa cel mai splendid bulgăre. Ratând milimetric, s-a dezintegrat când a lovit peretele, iar mama a avut un motiv să înjure fără să respire timp îndelungat. După ce și-a revenit, a coborât și i-a ajutat. Chiar a adus nasturi pentru ochi și nas, plus puțină sfoară pentru zâmbetul omului de zăpadă. S-a găsit chiar și o eșarfă și o pălărie pentru ceea ce era un om de zăpadă de numai șaizeci de centimetri.

– Un pitic, zisese Max.

– Ce facem când se topește? a întrebat Liesel.

Rosa avea răspunsul:

– Îl ștergi cu mopul, *Saumensch,* rapid.

Papa nu era de acord.

– Nu se va topi. Își frecă mâinile și suflă în ele. E ger aici.

S-a topit într-adevăr, deși, undeva în fiecare dintre ei, acel om de zăpadă stătea încă drept. Trebuie să fi fost ultimul lucru pe care l-au văzut în acel ajun al Crăciunului, când au adormit într-un final. Aveau sunetul unui acordeon în urechi, un om de zăpadă în priviri, iar Liesel – gândul la ultimele cuvinte ale lui Max înainte să-l fi lăsat lângă foc.

URĂRI DE CRĂCIUN DE LA MAX VANDENBURG

Adesea, îmi doresc ca toate astea să se termine, Liesel, dar, cumva, tu faci ceva ca atunci când ai coborât treptele pivniței cu un om de zăpadă în mâini.

Din nefericire, acea noapte anunță o deteriorare a sănătății lui Max. Semnele de debut au fost însă inocente și tipice. O senzație permanentă de frig. Mâini care tremurau. Tot mai multe viziuni în care boxa cu Führerul. Numai atunci când nu se putu încălzi nici după flotări și genuflexiuni, a început cu adevărat să se îngrijoreze. Deși stătea aproape de foc, nu se simțea mai bine. Zi după zi, carnea începu să i se topească de pe oase. Programul de exerciții se reduse și a încetat cu totul când el a rămas cu obrazul lipit de podeaua posomorâtă a pivniței.

În ianuarie, a izbutit să se adune, dar la începutul lunii februarie, Max era într-o stare îngrijorătoare. Se lupta să se trezească de lângă foc, dormind în cea mai mare parte a dimineții, cu gura strâmbă și cu pomeții tot mai proeminenți. Când era întrebat, spunea că se simte bine.

La jumătatea lunii februarie, cu puțin înaintea zilei de naștere a lui Liesel, se apropie de cămin fiind pe punctul de a se prăbuși. Aproape că a căzut în foc.

– Hans, șopti și fața păru să i se contracte.

Picioarele i-au cedat și s-a lovit cu capul de cutia acordeonului.

În același moment, o lingură de lemn căzu în supă și Rosa Hubberman fu lângă el. Îi ținu capul lui Max și îi lătră lui Liesel:

– Nu sta acolo, mai adu niște pături. Du-le la tine în pat. Și tu!

Urmă papa.

– Ajută-mă să-l ridic și să-l duc în camera lui Liesel. *Schnell!*

Chipul lui papa era încordat de grijă. Ochii lui cenușii țipară și îl ridică singur. Max era ușor ca un copil.

– Nu putem să-l punem aici, în patul nostru?

Rosa deja se gândise la asta.

– Nu! Trebuie să ținem draperiile astea deschise ziua, altfel va părea suspect.

– Bine zis!

Hans l-a cărat afară.

Cu păturile în mână, Liesel privea. Picioare neputincioase și păr atârnând în hol. Un pantof îi căzuse.

– Mișcă-te!

Mama mergea rapid în spatele lor, în stilul ei legănat.

Odată pus în pat, păturile au fost îngrămădite și bine strânse în jurul lui.

– Mama?

Liesel nu reușea să spună altceva.

– Ce-i? Cocul Rosei Hubermann era strâns îndeajuns de tare ca să sperie. Păru că se strânge și mai tare când repetă întrebarea: Ce e, Liesel?

Ea păși mai aproape, temându-se de răspuns.

– Trăiește?

Cocul încuviință.

Rosa se întoarse și zise ceva cu mare convingere.

– Ascultă-mă, Liesel! Nu l-am primit pe omul ăsta în casa mea ca să mă uit cum moare. Înțelegi?

Liesel dădu din cap.

– Acum, du-te!

În hol, papa o îmbrățișă.

Avea nevoie disperată de asta.

Mai târziu, îi auzi pe Hans și pe Rosa vorbind în noapte. Rosa a pus-o să doarmă în camera lor și era întinsă lângă patul lor, pe podea, pe salteaua pe care au târât-o de la subsol. (Existase temerea că s-ar putea să fie infectată, dar au ajuns curând la concluzia că asemenea gânduri erau nefondate. Nu de un virus suferea Max, așa că au dus-o sus și au înlocuit cearșaful.)

Închipuindu-și că fata dormea, mama își spuse părerea.

– Afurisitul ăla de om de zăpadă, șopti. Fac pariu că a început cu omul de zăpadă... să se prostească așa cu gheață și zăpadă în frigul din pivniță.

Papa era mai filosofic.

– Rosa, a început cu Adolf. Se ridică. Ar trebui să verificăm cum se mai simte.

De-a lungul nopții, Max a fost vizitat de șapte ori.

VIZITELE PRIMITE DE MAX VANDENBURG

Hans Hubermann: 2
Rosa Hubermann: 2
Liesel Meminger: 3

Dimineață, Liesel îi aduse cartea de schițe din pivniță și o puse pe noptieră. Se simțea groaznic pentru că se uitase prin ea anul trecut și din respect o ținu ferm închisă.

Când intră papa, nu se întoarse cu fața la el, ci vorbi peste Max Vandenburg, spre perete.

– De ce a trebuit să duc toată zăpada aia jos? întrebă ea. Ăsta-i motivul pentru toate astea, nu-i așa, papa? Și-a împreunat mâinile ca pentru rugăciune. De ce a trebuit să fac omul ăla de zăpadă?

Papa, ca să îi acordăm credit, a fost categoric.

– Liesel, a zis el, trebuia să faci asta.

Ore întregi îi stătu alături, în timp ce el tremura și dormea.

– Nu muri, șopti. Te rog, Max, doar nu muri!

El era al doilea om de zăpadă care se topea sub ochii ei, dar acesta era diferit. Era un paradox.

Cu cât devenea mai frig, cu atât mai repede se topea.

TREISPREZECE CADOURI

A fost revenirea lui Max.

Penele s-au transformat din nou în rămurele. Fața netedă a devenit aspră. Dovada de care ea avea nevoie era acolo. Trăia.

În primele câteva zile, ea a stat lângă el și i-a vorbit. De ziua ei, i-a spus că un tort enorm aștepta în bucătărie – măcar să se trezească.

Nu s-a trezit.

Nu era nici un tort.

UN FRAGMENT DE NOAPTE TÂRZIE

Am realizat mult mai târziu că de fapt am vizitat strada Himmel numărul 33 în acea perioadă. Trebuie să fi fost unul dintre puținele momente când fata nu era acolo cu el, pentru că tot ce am văzut a fost un bărbat în pat. Am îngenuncheat. M-am pregătit să îmi bag mâinile prin pături. Apoi, s-a petrecut o revenire la viață – o imensă luptă sub greutatea mea. M-am retras și, având atâta treabă care mă aștepta, a fost plăcut să fiu alungată din acea cămăruță întunecată.

Chiar am reușit să am o scurtă pauză de seninătate cu ochii închiși înainte să pornesc în drumul meu.

În a cincea zi, a fost mult entuziasm atunci când Max a deschis ochii, chiar dacă numai pentru câteva momente. În mare parte, ceea ce a văzut (și trebuie să fi fost un prim-plan) a fost Rosa Hubermann practic azvârlindu-i un polonic de supă în gură.

– Înghite! îl sfătui. Nu gândi. Doar înghite.

După ce mama îndepărtă castronul, Liesel încercă să-i vadă chipul din nou, dar spinarea celei care îl hrănea cu supă îi stătea în cale.

– Este încă treaz?

Rosa se răsuci, dar a trebuit să răspundă.

După aproape o săptămână, Max s-a trezit a doua oară, de această dată cu Liesel și papa în cameră. Amândoi priveau corpul din pat când s-a auzit un mormăit. Dacă e posibil, papa a căzut în sus, de pe scaun.

– Uite! icni Liesel. Rămâi treaz, Max, rămâi treaz!

A privit-o scurt, dar nu a dat vreun semn de recunoaștere. Ochii au studiat-o de parcă era o ghicitoare. Apoi, s-au închis din nou.

– Papa, ce s-a întâmplat?

Hans s-a prăbușit înapoi pe scaunul lui.

Mai târziu, a sugerat că poate ar trebui să-i citească.

– Haide, Liesel, citești atât de bine acum – deși e o enigmă pentru noi toți de unde a apărut cartea aia.

– Ți-am spus, papa. Una dintre călugărițele de la școală mi-a dat-o.

Papa și-a ridicat mâinile prefăcându-se că protestează.

– Știu, știu. A oftat profund. Doar că... Și-a ales cu grijă cuvintele: Să nu fii prinsă.

Acest lucru venind de la un om care furase un evreu.

Din acea zi, Liesel îi citi *Omul care fluiera* lui Max, care zăcea întins în patul ei. Singura frustrare era că trebuia să sară capitole întregi pentru că multe pagini era lipite unele de altele. Nu se uscase bine. Totuși, îi dădu înainte, până când parcurse aproape trei sferturi din ea. Cartea avea trei sute nouăzeci și șase de pagini.

În lumea de afară, Liesel se grăbea să vină de la școală în fiecare zi, în speranța că Max se simțea mai bine.

– S-a trezit? A mâncat?

– Du-te înapoi afară, o imploră mama. Îmi faci o gaură în stomac cu toată vorbăria asta. Haide! Ieși și joacă fotbal, pentru numele lui Dumnezeu!

– Da, mamă. Era pe cale să deschidă ușa. Dar vii să mă chemi dacă se trezește, nu-i așa? Inventează ceva. Țipă ca și cum aș fi făcut ceva rău. Înjură-mă. Toată lumea va crede, nu-ți face griji.

Până și Rosa trebui să zâmbească la auzul acestor cuvinte. Își puse mâinile în șold și îi explică lui Liesel că nu era destul de mare ca să evite un *Watschen* pentru că vorbește astfel.

– Și să dai un gol, amenință ea, sau nu mai veni acasă deloc.

– Sigur, mamă.

– Să fie *două* goluri, *Saumensch!*

– Da, mamă.

– Și nu-mi mai răspunde.

Liesel se gândi puțin, apoi se grăbi să iasă, dând nas în nas cu Rudy pe strada alunecoasă din pricina noroiului.

– Era și timpul, mâncă-n fund! A întâmpinat-o în maniera obișnuită și s-au bătut pentru minge. Pe unde-ai umblat?

Jumătate de oră mai târziu, după ce mingea a fost strivită de trecerea surprinzătoare a unei mașini pe strada Himmel, Liesel găsise primul cadou pentru Max Vandenburg. După ce au decretat că este ireparabilă, toți copiii au plecat acasă dezgustați, lăsând mingea să se dezumfle pe strada rece, plină de gropi. Liesel și Rudy au rămas aplecați peste mingea distrusă. Avea o gaură într-o parte, ca o gură.

– O vrei? întrebă Liesel.

Rudy ridică din umeri.

– Ce să vreau eu gunoiul ăsta de rahat de minge? Nu mai avem nici o șansă să o umflăm din nou.

– O vrei sau nu?

– Nu, mulțumesc.

Rudy o împinse precaut cu piciorul de parcă ar fi fost un animal mort. Sau un animal care *s-ar fi putut* să fie mort.

Înainte de a porni spre casă, Liesel ridică mingea și o puse sub braț. Îl auzi chemând-o.

– Hei, *Saumensch!*

Ea așteptă.

– *Saumensch!*

Se înduplecă.

– Ce-i?

– Am și o bicicletă fără roți dacă o vrei.

– Bagă-ți-o undeva!

Din locul unde se afla pe stradă, ultimul lucru pe care îl auzi fu râsul acelui *Saukerl*, Rudy Steiner.

Înăuntru, se îndreptă spre dormitor. Îi duse mingea lui Max și o puse la capătul patului.

– Îmi pare rău, zise, nu e cine știe ce. Dar, când te trezești, o să-ți spun totul despre ea. O să-ți spun că a fost cea mai cenușie după-amiază pe care ți-o poți imagina și mașina asta cu luminile stinse a trecut exact peste minge. Apoi, omul a ieșit și a țipat la noi. Și *apoi* a cerut indicații. Ce tupeu...

„Trezește-te!“ voia să strige.

Sau să-l zgâlțâie.

Nu a făcut-o.

Tot ce a putut face Liesel a fost să privească mingea cu pielea ei scofâlcită, zdrobită. A fost primul cadou din multe.

Cadourile # 2 – # 5

O panglică, un con de pin.
Un nasture, o piatră.

Fotbalul îi dăduse o idee.

Acum, de fiecare dată când se ducea și venea de la școală, Liesel era cu ochii-n patru după lucruri abandonate care ar fi putut fi valoroase pentru un muribund. La început, se întrebă de ce conta atât. Cum putea ceva aparent atât de nesemnificativ să-i ofere alinare cuiva? O panglică într-un canal. Un con de pin pe stradă. Un nasture pur și simplu sprijinindu-se de un perete din clasă. O piatră plată și rotundă din râu. În lipsă de altceva, arată că îi pasă, ar putea deveni un subiect de conversație când Max se va trezi.

Când era singur, ea conducea acele discuții.

– Și ce-i cu toate astea? ar spune Max. Ce e cu vechiturile astea?

– Vechituri? În mintea ei, stătea pe marginea patului. Astea nu sunt vechituri, Max. Ele te-au făcut să te trezești.

Cadourile # 6 – # 9

O pană, două ziare.
Un ambalaj de acadea. Un nor.

Pana era încântătoare și prizonieră în balamalele ușii bisericii de pe strada München. Se trăgea singură afară încovoindu-se, și Liesel se grăbi să o salveze. Fibrele penei erau pieptănate drept spre stânga, dar în partea dreaptă era formată din margini delicate și secțiuni triunghiulare zimțate. Nu exista vreun alt mod de a o descrie.

Ziarele au provenit din adâncimile reci ale unui tomberon (destul spus) și ambalajul acadelei era drept și decolorat. L-a găsit lângă școală și l-a ridicat în lumină. Conținea un colaj de urme de pași.

Apoi, norul.

Cum dai cuiva o bucățică de cer?

La sfârșitul lunii februarie, stătea pe strada München și privea un singur nor uriaș ridicându-se peste dealuri ca un monstru alb. Urca munții. Soarele era eclipsat, și în locul său, o bestie albă cu o inimă cenușie privea orașul.

– Vrei să vezi asta? îi spuse lui papa.

Hans ridică din cap și rosti ceea ce credea ca fiind evident.

– Ar trebui să i-l dai lui Max, Liesel. Vezi dacă poți să i-l lași pe noptieră, ca pe toate celelalte lucruri.

Liesel se uită la el ca și cum ar fi înnebunit.

– Dar cum?

Ușor, a mângâiat-o pe creștet.

– Ține-l minte. Apoi, pune-l pe hârtie pentru el.

– ... Era ca o mare bestie albă și a venit de peste munți, spuse ea când a stat de veghe data următoare.

După ce a completat propoziția cu diferite ajustări și adăugiri, Liesel a simțit că reușise. Și-a imaginat norul trecând din mâinile ei într-ale lui, prin pături, și a scris-o pe o fărâmă de hârtie, așezând piatra pe ea.

CADOURILE # 10 – # 13

Un soldat de jucărie.
O frunză miraculoasă.

O carte terminată.
Un petic de mâhnire.

Soldatul era îngropat în țărână, nu departe de casa lui Tommy Muller. Era zgâriat și călcat, ceea ce pentru Liesel era esențial. Chiar și rănit, încă putea sta în picioare.

Frunza era de arțar și a găsit-o în magazia cu mături de la școală, printre găleți și ștergătoare de praf cu pene. Ușa era ușor întredeschisă. Frunza era uscată și dură ca pâinea prăjită și existau dealuri și văi pe toată suprafața sa. Cumva, frunza ajunsese în hol și apoi în acea magazie. Ca o jumătate de stea cu o codiță. Liesel a luat-o și a răsucit-o între degete.

De data aceasta, nu a pus frunza pe noptieră. A prins-o de draperia închisă, exact înainte de a citi ultimele treizeci și patru de pagini din *Omul care fluiera.*

Nu a luat cina în acea seară și nici nu a mers la toaletă. Nu a băut. Toată ziua la școală își promisese că va termina de citit cartea astăzi și că Max Vandenburg va asculta. El se va trezi.

Papa stătea pe podea, ca de obicei fără slujbă. Din fericire, avea să plece în curând spre Knoller, cu acordeonul. Cu bărbia pe genunchi, o asculta pe fata pe care se străduise să o învețe alfabetul. Citind mândră, îi dezvălui lui Max Vandenburg ultimele cuvinte înfricoșătoare ale cărții.

ULTIMELE FRAGMENTE DIN *OMUL CARE FLUIERA*

„... Aerul vienez încețoșa ferestrele trenului în acea dimineață, și în timp ce oamenii se îndreptau neștiutori spre serviciu, un criminal își fluiera melodia veselă. Și-a cumpărat biletul. A schimbat salutări politicoase cu ceilalți pasageri și cu conductorul. Chiar și-a cedat locul unei doamne în vârstă și a făcut conversație politicoasă cu un

parior care vorbea despre cai americani. La urma urmelor, omul care fluiera adora să vorbească. Vorbea cu oamenii și îi făcea să-l placă, să se încreadă în el. Vorbea cu ei în timp ce îi ucidea, îi tortura și răsucea cuțitul în răni. Numai atunci când nu mai rămânea nimeni cu care să vorbească, fluiera, acesta era motivul pentru care făcea astfel după o crimă...

– Așadar, crezi că pista aceea îl va avantaja pe numărul șapte, nu?

– Sigur, rânji pariorul. Exista mereu încredere. El va veni din spate și îi va omorî pe toți!

A strigat acoperind zgomotul trenului.

– Dacă insiști, zâmbi afectat fluierătorul și se întrebă în treacăt când vor găsi cadavrul inspectorului în acel BMW nou-nouț.

– Doamne Iisuse Hristoase! Hans nu și-a putut reține uimirea din voce. O călugăriță ți-a dat *aia?* Se ridică și se apropie de ea, sărutând-o pe frunte. Pa, Liesel, Knollerul așteaptă.

– La revedere, papa.

– Liesel!

Liesel o ignoră.

– Vino să mănânci ceva!

De data aceasta, răspunse:

– Vin, mamă. De fapt, i-a adresat acele cuvinte lui Max, apropiindu-se și punând cartea terminată pe noptieră, lângă toate celelalte lucruri. Aplecându-se spre el, nu se putu abține. Haide, Max! șopti.

Nici sunetul sosirii mamei în spatele ei nu făcu să-i contenească plânsul tăcut. Nu opri un strop de apă sărată din ochiul ei să cadă pe fața lui Max Vandenburg.

Mama a strâns-o la piept.

Brațele ei au înghițit-o.

– Știu, zise ea.

Știa.

Aer curat, un vechi coșmar și ce să faci cu cadavrul unui evreu

Erau pe malul râului Amper și Liesel tocmai îi spusese lui Rudy că era tentată să ia o altă carte din casa primarului. În locul *Omului care fluiera*, citise *Omul aplecat asupra mea* de mai multe ori lângă patul lui Max. Fiecare lectură nu dura decât câteva minute. Încercase și *Ridicarea din umeri*, chiar și *Manualul groparului*, dar nici una dintre ele nu părea chiar potrivită. „Vreau ceva nou“, gândi în sinea ei.

– Măcar ai citit-o pe prima?

– Sigur că da.

Rudy aruncă o piatră în apă.

– A fost bună?

– Sigur că a fost.

– *Sigur că da, sigur că a fost.*

Încercă să dezgroape o altă piatră din pământ, dar se tăie la deget.

– Ca să te-nveți minte.

– *Saumensch*.

Când replica finală a cuiva era *Saumensch* sau *Saukerl* sau *Arschloch*, știai că l-ai înfrânt.

Condițiile erau perfecte pentru furat. Era o după-amiază posomorâtă la începutul lunii martie și doar câteva grade peste zero –

mereu mai neplăcute decât zece grade cu minus. Foarte puțini oameni erau pe străzi. Stropii de ploaie cădeau ca niște așchii gri de creion.

– Mergem?

– Pe biciclete, spuse Rudy. Poți folosi una de-a noastră.

Cu această ocazie, Rudy era considerabil mai entuziasmat fiindcă el era *intrusul*.

– Azi e rândul meu, zise în timp ce degetele le înghețau pe ghidoanele bicicletelor.

Liesel se gândi rapid.

– Poate că nu ar trebui, Rudy. Sunt lucruri peste tot pe-acolo. Și e întuneric. Este clar că un idiot ca tine se va împiedica sau va da peste ceva.

– Mulțam mult.

În această stare, Rudy era greu de stăpânit.

– Mai e și distanța până la pervaz. Este mai mare decât crezi.

– Vrei să spui că nu o pot face?

Liesel se ridică pe pedale.

– Deloc.

Au traversat podul și au urcat pe serpentinele dealului, spre Grande Strasse. Fereastra era deschisă.

Ca și ultima oară, au cercetat casa. Puteau vedea vag înăuntru, unde era aprinsă o lumină la parter, probabil în bucătărie. O umbră se mișca încolo și-ncoace.

– O să dăm câteva ture, spuse Rudy. Bine că am adus bicicletele, nu?

– Tu doar să-ți amintești să o iei pe-a ta la plecare.

– Foarte amuzant, *Saumensch*. E un pic mai mare decât pantofii tăi mizerabili.

Se plimbară preț de aproximativ cincisprezece minute. Soția primarului era jos, mult prea aproape ca ei să se simtă în siguranță.

Cum îndrăznea să păzească bucătăria cu asemenea vigilență?! Pentru Rudy, bucătăria era fără îndoială obiectivul real. Ar fi intrat înăuntru, ar fi furat câtă mâncare ar fi fost fizic posibil, apoi, dacă (și numai dacă) ar fi avut o clipă în plus, ar fi îndesat o carte în pantaloni, în drum spre ieșire. Orice carte ar fi fost bună.

Slăbiciunea lui Rudy era însă nerăbdarea.

– Se face târziu, zise el și începu să se îndepărteze cu bicicleta. Vii?

Liesel nu veni.

Nu exista vreo decizie de luat. Târâse bicicleta aia jalnică tot drumul până sus și nu va pleca fără o carte. Sprijini ghidonul de burlanul de scurgere, se uită după vecini și se apropie de fereastră. Înainta cumpătat, fără grabă. De această dată, își dădu jos pantofii folosindu-și picioarele, călcând peste călcâie.

Degetele apucară lemnul și se strecură înăuntru.

De data aceasta, chiar dacă vag, se simțea mai în largul ei. În câteva momente prețioase, a dat ocol camerei, căutând o carte care să o atragă. În trei sau patru rânduri, aproape că s-a întins după una. Chiar s-a gândit să ia mai multe, dar nu voia să strice ceea ce era un fel de sistem. Deocamdată, numai o carte era necesară. Studie rafturile și așteptă.

Și mai mult întuneric s-a cățărat pe fereastră, în spatele ei. Mirosul prafului și al hoției zăbovea în fundal. Apoi, a văzut-o.

Cartea era roșie, cu scris negru pe cotor. *Der Traum Träger. Purtătorul de vise.* Se gândi la Max Vandenburg și la visele lui. La vină. Supraviețuire. Părăsirea familiei. Lupta cu Führerul. S-a gândit și la propriul vis – fratele ei mort în tren și apariția lui pe trepte, la mică distanță de această cameră. Hoțul de cărți i-a privit genunchiul însângerat de ghiontul dat chiar de mâna ei.

Luă ușor cartea de pe raft, o puse bine sub braț, se urcă pe pervaz și sări afară, totul dintr-o mișcare.

De data aceasta, Rudy avea pantofii. Și îi ținea bicicleta pregătită. După ce s-a încălțat, au luat-o din loc.

– Doamne Dumnezeule, Meminger! Nu îi spusese niciodată Meminger. Ești absolut dusă cu pluta. Știi asta?

Liesel fu de acord și pedală nebunește.

– Știu.

La pod, Rudy a făcut rezumatul evenimentelor după-amiezii.

– Acei oameni ori sunt complet nebuni, zise, ori doar le place aerul curat.

O MICĂ SUGESTIE

Sau poate că era o femeie pe Grande Strasse care acum își ținea fereastra de la bibliotecă deschisă dintr-un alt motiv – sau poate că sunt eu cinică ori optimistă. Ori ambele.

Liesel și-a pus *Purtătorul de vise* sub jachetă și a început să-l citească imediat ce s-a întors acasă. Pe scaunul de lemn de lângă patul ei, a deschis cartea și a șoptit:

– Este una nouă, Max. Doar pentru tine. Începu să citească. „Capitolul unu. Era destul de convenabil că întregul oraș dormea atunci când s-a născut purtătorul de vise..."

În fiecare zi, Liesel citea două capitole din carte. Unul dimineața, înainte de școală, și altul îndată ce ajungea acasă. În anumite nopți, când nu putea dormi, citea și jumătate dintr-un al treilea capitol. Uneori, adormea sprijinită cu capul de marginea patului.

Devenise misiunea ei.

Îi dăduse *Purtătorul de vise* lui Max, ca și cum numai cuvintele l-ar fi putut hrăni. Într-o marți, i se păru că se mișcă. Putea să jure că i se deschiseră ochii. De era așa, fusese numai pentru un moment, și mai probabil să fi fost doar imaginația ei sau speranța.

La mijlocul lunii martie, fisurile au început să apară.

Rosa Hubermann – femeia bună în caz de criză – fu pe punctul de a ceda într-o după-amiază, în bucătărie. Își ridică vocea, apoi și-o coborî rapid. Liesel se opri din citit și se strecură încet în hol. Deși stătea aproape, abia putea înțelege cuvintele mamei. Când a reușit să le deslușească, și-a dorit să nu o fi făcut, pentru că tot ce a auzit a fost înfiorător. Era realitatea.

CONȚINUTUL VOCII MAMEI

Dacă nu se mai trezește?
Dacă moare aici, Hansie?
Spune-mi. Ce vom face cu corpul,
în numele lui Dumnezeu? Nu-l putem
lăsa acolo, mirosul o să ne
omoare... și nu-l putem căra
afară, și nici nu-l putem târî
pe stradă. Nu putem să spunem
pur și simplu: „Nu o să ghiciți ce am
găsit în pivniță în dimineața asta..."
O să ne închidă pentru totdeauna.

Avea perfectă dreptate.

Cadavrul unui evreu era o problemă majoră. Hubermanii trebuiau să-l facă pe pe Max Vandenburg să revină la viață nu doar de dragul lui, ci și pentru binele lor. Simțea presiunea chiar și papa, care avea mereu cea mai liniștitoare atitudine posibilă.

– Uite ce-i. Vocea lui era joasă, dar grea. Dacă se întâmplă... dacă moare... va trebui să găsim o cale.

Liesel putea să jure că l-a auzit înghițind un nod. O înghițitură ca o lovitură în trahee.

– Căruciorul meu de zugrăvit, niște cearșafuri pătate...

Liesel intră în bucătărie.

– Nu acum, Liesel.

Papa fu cel care vorbi, deşi nu se uită la ea. Îi privea chipul deformat în luciul unei linguri întoarse. Avea coatele îngropate în masă.

Hoţul de cărţi nu se retrase. Mai făcu câţiva paşi şi se aşeză. Palmele ei reci căutau mânecile şi o propoziţie îi căzu din gură.

– Nu e mort încă.

Vorbele au aterizat pe masă şi s-au instalat în mijloc. Toţi trei s-au uitat la ele. Speranţe timide nu au îndrăznit să capete curaj. Nu e mort încă. Nu e mort încă. Rosa fu cea care vorbi după aceea:

– Cui îi este foame?

Se poate ca singura ocazie în care boala lui Max să nu fi durut să fi fost cina. Nu se putea nega acest lucru, din moment ce ei trei stăteau la masa din bucătărie cu o bucată de pâine în plus şi cu supa sau cartofii în plus. Toţi o gândeau, dar nimeni nu vorbea.

Noaptea, doar câteva ore mai târziu, Liesel se trezi şi se gândi la povara pe care o purta în suflet. (Învăţase această expresie din *Purtătorul de vise* – care era antiteza completă a *Omului care fluiera* –, o carte despre un copil abandonat, care dorea să fie preot.) Se ridică şi inspiră adânc aerul nopţii.

– Liesel? se răsuci papa. Ce este?

– Nimic, papa, totul este în regulă, răspunse ea, dar chiar în clipa în care rosti cuvintele, îşi aminti exact ce se întâmplase în visul ei.

O MICĂ IMAGINE

În cea mai mare parte, totul este identic.
Trenul are aceeaşi viteză.
Fratele ei tuşeşte violent. De data
aceasta însă, Liesel nu îi vede chipul lăsat spre podea.
Încet, se apleacă. Mâna ei îi ridică
uşor bărbia, şi acolo, chiar în faţa ei,

este chipul cu ochi mari
al lui Max Vandenburg. Se holbează la ea.
O pană cade pe podea. Trupul
este mai mare acum, pe măsura
feței. Trenul țipă.

– Liesel?

– Am zis că totul este în ordine.

Tremurând, se ridică de pe saltea. Amorțită de frică, o luă pe hol spre patul lui Max. După mai multe minute petrecute lângă el, când se liniști, încercă să-și interpreteze visul. Era oare o premoniție a morții lui Max? Sau doar o reacție la discuția de după-amiază, din bucătărie? Îl înlocuise Max pe fratele ei? Și dacă da, cum se putea debarasa de propria rudă într-un asemenea mod? Poate că era chiar o dorință profundă ca Max să moară. În cele din urmă, dacă a fost îndeajuns de bine pentru Werner, fratele ei, atunci era la fel și pentru acest evreu.

– Asta e ceea ce crezi? șopti ea, stând aplecată deasupra patului. Nu. Nu putea să creadă așa ceva. Răspunsul ei era argumentat de diversele forme mari și mici de pe noptieră conturate de amorțeala întunericului care își pierdea puterile. Cadourile.

– Trezește-te! rosti ea.

Max nu se trezi.

Timp de alte opt zile.

La școală, un ropot de bătăi se auzi în ușă.

– Intră! strigă Frau Olendrich.

Ușa se deschise și întreaga clasă privi cu surprindere la Rosa Hubermann care stătea în ușă. Unul sau doi copii și-au pierdut răsuflarea în fața priveliștii – o femeie cât un mic dulap, cu un rânjet de ruj și ochi de clor. Aceasta. Era legenda. Purta cele mai bune haine, dar părul îl avea răvășit și *era* ca un prosop de șuvițe de elastic gri.

Învățătoarei îi era în mod clar teamă.

– Frau Hubermann...

Mișcările îi erau dezordonate. Privi prin clasă.

– Liesel?

Liesel se uită la Rudy, se ridică și merse rapid către ușă pentru a pune capăt cât mai repede posibil momentului jenant. O închise în urma ei și rămase singură, pe coridor, cu Rosa.

Rosa se uită în cealaltă direcție.

– Ce s-a întâmplat, mamă?

Se răsuci.

– Nu mă lua pe mine cu „ce s-a întâmplat, mamă“, *Saumensch* mic!

Liesel fu străpunsă de viteza cu care vorbea.

– Peria mea de păr!

O șuviță de râsete se rostogoli pe sub ușă, dar fu îndată trasă înapoi.

– Mamă?

Fața ei era gravă, dar zâmbea.

– Ce naiba ai făcut cu peria mea de păr, *Saumensch* prost, hoț mic? Ți-am spus de o sută de ori s-o lași în pace, dar mă asculți tu vreodată? Sigur că nu!

Tirada continuă poate pentru încă un minut și Liesel făcu o sugestie disperată sau două despre posibilul loc unde s-ar fi aflat peria cu pricina. S-a terminat brusc, Rosa trăgând-o aproape pe Liesel doar pentru câteva secunde. Șoaptele ei erau aproape imposibil de auzit, deși se afla lângă ea.

– Mi-ai spus să țip la tine. Ai zis că toți vor crede. Se uită în stânga și-n dreapta, apoi rosti pe un ton conspirativ: S-a trezit, Liesel. E treaz. Scoase din buzunar soldatul de jucărie zgâriat. A zis să-ți dau asta. A fost preferatul lui. I-l înmână, îi strânse brațele și zâmbi. Înainte ca Liesel să aibă o șansă de a vorbi, ea tranșă problema: Ei? Răspunde-mi! Mai ai vreo idee pe unde ai fi putut s-o lași?

„Trăiește“, se gândi Liesel...

– Nu, mamă. Îmi pare rău, mamă, eu...

– Atunci, la ce ești bună?

O lăsă baltă, dădu din cap și plecă.

Pentru câteva momente, Liesel rămase nemișcată. Coridorul era imens. Examină soldatul din palmă. Instinctul îi spunea să fugă acasă imediat, dar bunul-simț nu-i permise. În schimb, puse soldatul jerpelit în buzunar și se întoarse în clasă.

Toată lumea aștepta.

– Vacă proastă, șopti în barbă.

Din nou, copiii au râs. Frau Olendrich nu a râs.

– Ce-a fost asta?

Liesel era într-o asemenea stare de beatitudine, încât se simțea indestructibilă.

– Am zis, zâmbi ea, vacă proastă, și nu trebui să aștepte un singur moment înainte ca palma învățătoarei să-i plesnească obrazul.

– Nu vorbi așa despre mama ta, zise femeia fără prea mare efect.

Fata doar rămase pe loc și încercă să se abțină să nu rânjească. La urma urmelor, risca să încaseze un *Watschen*.

– Acum, du-te la locul tău.

– Da, Frau Olendrich.

Lângă ea, Rudy îndrăzni să vorbească.

– Iisuse Hristoase, șopti, pot să-i văd mâna pe fața ta. O palmă mare și roșie. Cinci degete!

– Bine, spuse Liesel gândindu-se că Max era în viață.

Când ajunse acasă în acea după-amiază, el stătea în pat, cu mingea de fotbal dezumflată în poală. Barba îl mânca și ochii apoși se luptau să rămână deschiși. Un castron de supă gol se afla lângă cadouri.

Nu se salutară.

Mai degrabă se tatonară.

Ușa scârțâi, fata intră și rămase înaintea lui, uitându-se în castron.

– Ți-o bagă mama cu forța pe gât?

El încuviință din cap, mulțumit, obosit.

– A fost foarte bună totuși.

– Supa mamei? Pe bune?

Nu îi zâmbi.

– Mulțumesc pentru cadouri. Doar o ușoară mișcare a gurii, în loc de zâmbet. Mulțumesc pentru nor. Papa al tău mi-a explicat puțin despre ce este vorba.

După o oră, a făcut și Liesel o încercare să spună adevărul.

– Nu știm ce ne-am fi făcut dacă ai fi murit, Max. Noi...

Nu i-a luat mult.

– Vrei să zici, cum să scăpați de mine?

– Îmi pare rău.

– Nu. Nu era jignit. Aveați dreptate. Se jucă puțin cu mingea. Aveați dreptate să vă gândiți astfel. În situația voastră, un evreu mort este la fel de periculos ca unul viu, dacă nu chiar mai mult.

– Am și visat.

I-a explicat în detaliu, ținând strâns soldatul. Era pe cale să-și ceară din nou scuze când Max a intervenit:

– Liesel! O făcu să se uite la el. Nu-ți cere niciodată scuze față de mine. Eu ar trebui să fiu cel care să-ți ceară ție scuze. Se uită la tot ce îi adusese. Uită-te la toate astea! Aceste cadouri. Luă nasturele în mână. Și Rosa a spus că mi-ai citit de două ori pe zi, câteodată mai mult. Privi spre draperii ca și cum ar fi putut vedea prin ele. Se ridică puțin și făcu o pauză care dură cât o duzină de propoziții tăcute. Tulburarea apăru pe fața lui și el îi făcu fetei o mărturisire: Liesel? Se mișcă puțin spre dreapta. Mi-e teamă, spuse el, că o să adorm din nou.

Liesel era însă hotărâtă.

– Atunci, o să-ți citesc. Și o să-ți dau o palmă dacă începi să moțăi. O să închid cartea și o să te zgâlțâi până te trezești.

În acea după-amiază și o bună parte din seară, Liesel îi citi lui Max Vandenburg. El stătu în pat și îi sorbi cuvintele, de data aceasta treaz, până puțin după ora zece. Când Liesel se odihni puțin, își ridică privirea peste carte și văzu că Max dormea. Nervoasă, l-a înghiontit cu cartea. S-a trezit.

A mai adormit de încă trei ori. De alte două ori l-a trezit.

În următoarele patru zile, s-a trezit în fiecare dimineață în patul lui Liesel, apoi lângă cămin, și în cele din urmă, la mijlocul lunii aprilie, în pivniță. Sănătatea i se ameliorase, barba dispăruse și începuse să ia puțin în greutate.

În lumea interioară a lui Liesel se simțea o mare destindere la vremea aceea. Afară însă lucrurile începeau să devină instabile. La sfârșitul lunii martie, asupra unui loc numit Lübeck s-au abătut bombe. Următorul la rând avea să fie Köln, și destul de curând tot mai multe orașe nemțești, inclusiv München.

Da, șeful stătea lângă umărul meu.

„Termină-ți treaba, termină-ți treaba!"

Bombele veneau – și eu veneam.

Jurnalul morții: Köln

Primele ore ale zilei de 30 mai.

Sunt sigură că Liesel Meminger dormea dusă când peste o mie de avioane de bombardament zburau spre un loc numit Köln. Pentru mine, rezultatul a fost cinci sute de oameni sau pe-aproape. Cinci mii de oameni rămași fără adăpost umblau în jurul mormanelor fantomatice de moloz, încercând să-și dea seama ce aparținea cui și ce bucăți de casă distrusă erau ale cui.

Cinci sute de suflete.

Le-am purtat în degete, ca pe valize. Sau le-am aruncat pe umăr. Numai pe copii i-am dus în brațe.

Până când am terminat, cerul devenise galben ca un ziar în flăcări. Dacă mă uitam îndeaproape, puteam vedea cuvintele, titlurile informative care comentau evoluția războiului și așa mai departe. Cum mi-ar fi plăcut să-l trag pe tot în jos, să mototolesc cerul ca un ziar și să-l arunc departe! Brațele mă dureau și nu-mi puteam permite să-mi ard degetele. Încă mai era multă treabă de făcut.

După cum v-ați aștepta, mulți oameni au murit instantaneu. Altora le-a trebuit ceva timp. Mai aveam câteva alte locuri de vizitat, ceruri de întâlnit și suflete de colectat, iar atunci când m-am întors în Köln, mai târziu, nu mult după trecerea ultimelor avioane, am avut ocazia să observ cel mai nemaipomenit lucru.

Purtam sufletul carbonizat al unei adolescente când am privit cu solemnitate în sus, la ceea ce era acum un cer sulfuros. Un grup de fete de zece ani erau prin apropiere. Una dintre ele a strigat:

– Ce-i asta?

Brațul i s-a întins și degetul a arătat către un obiect negru, care cădea încet de sus. La început, arăta ca o pană neagră plutind, săltând. Ca o bucățică de cenușă. Apoi, a devenit tot mai mare. Aceeași fată – o roșcată cu pistrui – vorbi din nou, de data aceasta nerăbdătoare:

– Ce *e* asta?

– E un corp, sugeră o altă fată.

Păr negru, codițe cu cărare pe mijloc.

– E o altă bombă!

Era prea lentă ca să fie o bombă.

Cu spiritul adolescentin încă arzând ușor în brațele mele, am mers câteva sute de metri împreună cu ele. Ca și fetele, am rămas cu privirea ațintită spre cer. Ultimul lucru pe care îl voiam era să mă uit în jos, la fața chinuită a adolescentei mele. O fată drăguță. Avea toată moartea în față.

Ca și fetele, am înlemnit când o voce strigă cu putere. Era un tată iritat, care le ordona copiilor lui să treacă înăuntru. Roșcata reacționă. Punctele pistruilor se alungiră, devenind virgule.

– Dar, papa, uite!

Bărbatul făcu câțiva pași mici și își dădu repede seama despre ce era vorba.

– E combustibilul, zise el.

– Cum adică?

– Combustibilul, repetă el. Rezervorul. Era un om chel, cu un costum sfâșiat. Și-au consumat tot combustibilul și au aruncat rezervorul gol. Priviți, mai e unul acolo.

– Și acolo!

Copiii fiind copii, toți s-au apucat să caute frenetic, încercând să găsească un rezervor gol de combustibil care plutea spre pământ.

Primul a aterizat cu o bufnitură scurtă.

– Putem să îl păstrăm, papa?

– Nu. Era bombardat și șocat acest papa, și în mod clar nu îi ardea de așa ceva. Nu putem să-l păstrăm.

– De ce nu?

– O să-l întreb pe papa al meu dacă pot să iau *eu*, zise una dintre celelalte fete.

– Și eu.

Dincolo de ruinele din Köln, un grup de copii adunau rezervoarele goale aruncate de inamici. Ca de obicei, eu am adunat oameni. Eram obosită. Și anul nu trecuse nici pe jumătate.

Vizitatorul

O nouă minge fusese găsită pentru meciurile de fotbal de pe strada Himmel. Asta era o veste bună. Vestea oarecum neliniștitoare era că o divizie a partidului nazist se îndrepta către ei.

Ajunseseră tocmai până în Molching, stradă după stradă, casă după casă, și acum erau la magazinul lui Frau Diller, fumând repede o țigară înainte să continue cu ceea ce aveau de făcut.

Existau câteva adăposturi antiaeriene în Molching, dar după bombardamentul din Köln, s-a luat curând hotărârea că ar fi utile câteva în plus. NSDAP inspecta fiecare casă în parte pentru a vedea dacă pivnițele se pretează pentru adăposturi.

De departe, copiii urmăreau ce se întâmplă.

Vedeau fumul înălțându-se deasupra haitei membrilor de partid.

Liesel abia ieșise și se apropiase de Rudy și Tommy. Harald Mollenhauer tocmai recuperase mingea.

– Ce se petrece aici?

Rudy își băgă mâinile în buzunar.

– Partidul. Cercetă cât de departe înaintase prietenul lui cu mingea în fața gardului din față a lui Frau Holtzapfel. Verifică toate casele și blocurile de apartamente.

Lui Liesel i se uscă gura instantaneu.

– Pentru ce?

– Nu știi nimic? Spune-i, Tommy!

Tommy era perplex.

– Ei bine, *nici eu* nu știu.

– Sunteți ceva de speriat, amândoi. Au nevoie de mai multe adăposturi antiaeriene.

– Ce... pivnițe?

– Nu, mansarde! Sigur că pivnițe. Doamne, Liesel, chiar ești grea de cap, nu-i așa?

Mingea ajunse înapoi.

– Rudy!

O jucă pe loc, dar Liesel nu se clinti. Cum putea să intre înapoi fără să trezească prea multe bănuieli? Fumul de la Frau Diller's se risipea și micul grup de bărbați începu să se disperseze. Panică provocată în acel mod îngrozitor. Gât și gură. Aerul deveni nisip. „Gândește-te, își zise în sinea ei. Haide, Liesel, gândește-te, gândește-te!"

Rudy dădu gol.

Glasuri îndepărtate îl felicitau.

„Gândește-te, Liesel..."

Gata!

„Asta e, se decise ea, dar trebuie să o pun în practică."

În timp ce naziștii înaintau pe stradă vopsind literele LSR pe unele uși, mingea fu pasată prin aer spre unul dintre puștii mai mari, Klaus Behrig.

LSR

Luftschutzraum:
adăpost antiaerian.

Băiatul se întoarse cu mingea chiar în momentul în care Liesel ajunse și se ciocniră cu o asemenea forță, încât jocul s-a oprit automat. În timp ce mingea se rostogolea aiurea, jucătorii veniră în goană spre ei. Liesel își ținea cu o mână genunchiul julit și cu cealaltă capul. Klaus Behrig se ținea doar de fluierul piciorului, strâmbându-se și înjurând.

– Unde-i? scuipă el. O s-o omor!

Nu va avea loc nici o crimă.

Ci mai rău.

Un membru de partid amabil văzuse incidentul și fugi grijuliu spre grup.

– Ce s-a întâmplat? întrebă el.

– Ei bine, *e* nebună.

Klaus arătă către Liesel, ceea ce-l făcu pe bărbat să o ajute să se ridice. Fata îi percepu respirația mirosind a tutun ca pe o movilă de nisip în fața ei.

– Nu cred că mai ești în stare să joci, fata mea, spuse el. Unde locuiești?

– Sunt în regulă, răspunse ea. Serios, pot să mă descurc singură.

„Doar lasă-mă în pace, lasă-mă în pace!"

Atunci a intervenit Rudy, ca de obicei. De ce nu putea să-și vadă de treabă măcar o dată?

– Serios, zise Liesel. Vezi-ți de joc, Rudy! Pot să mă descurc.

– Nu, nu.

Nu putea fi convins. Încăpățânat mai era!

– O să dureze doar un minut sau două, zise el.

Din nou, trebuia să se gândească și din nou avu o idee. Deși Rudy o sprijinea, se prefăcu că nu se poate ține pe picioare și căzu încă o dată, intenționat, la pământ, pe spate.

– Papa al meu, rosti. Cerul, a observat ea, era peste măsură de albastru. Nici măcar o urmă de nori. Ai putea să-l chemi, Rudy?

– Stai aici! S-a răsucit spre dreapta și a strigat: Tommy, stai cu ochii pe ea, da? Nu o lăsa să se miște.

Tommy intră în acțiune.

– O să fiu cu ochii pe ea, Rudy! Rămase lângă ea, strâmbându-se din pricina ticurilor și încercând să nu zâmbească, iar Liesel era atentă la nazist.

Un minut mai târziu, calm, Hans Hubermann se aplecă spre ea.

– Bună, papa.

Un zâmbet dezamăgit îi dansă pe buze.

– Mă întrebam când se va întâmpla asta.

A ridicat-o și a ajutat-o să meargă până acasă. Meciul a continuat în timp ce naziștii ajunseseră deja la ușa unei locuințe câteva case mai sus. Nimeni nu a răspuns. Rudy a strigat din nou:

– Aveți nevoie de ajutor, Herr Hubermann?

– Nu, nu, dumneata joacă în continuare, Herr Steiner!

Herr Steiner. Trebuie să-l adorați pe papa al lui Liesel.

Odată ajunși înăuntru, Liesel l-a informat despre ce se petrecea. A încercat să găsească o cale de mijloc între tăcere și disperare.

– Papa.

– Nu vorbi.

– Partidul, șopti ea.

Papa se opri. Se lupta cu impulsul de a deschide ușa și a se uita în stradă.

– Verifică pivnițele ca să facă adăposturi.

O așeză jos.

– Deșteaptă fată, spuse și apoi o chemă pe Rosa.

Aveau un minut să inventeze un plan. O învălmășeală de gânduri.

– O să-l ducem pur și simplu în camera lui Liesel, a fost sugestia mamei. Sub pat.

– *Asta-i tot?* Dacă se hotărăsc să caute și-n camerele noastre?

– Ai un plan mai bun?

Rectificare: nu aveau un minut.

Ca un ciocan, în ușa din strada Himmel numărul 33 se auziră șapte bătăi și era prea târziu ca să mai fie cineva mutat undeva.

Vocea.

– Deschideți!

Inimile le băteau puternic, întrecându-se între ele, într-un ritm nebunesc. Liesel încerca să o potolească pe a ei, care i se ridicase în gât. Gustul inimii nu era prea plăcut.

Rosa șopti:

– Doamne Iisuse...

De data aceasta, papa a fost cel care se ridică la înălțimea situației. Se grăbi către ușa pivniței și aruncă înăuntru un avertisment. Când se întoarse, vorbi repede și clar:

– Uitați ce e, nu-i timp de scamatorii. Am putea să-l distragem într-o sută de feluri diferite, dar nu există decât o soluție. Aruncă o privire spre ușă și concluzionă: Nu facem nimic!

Nu acesta era răspunsul dorit de Rosa. Ochii ei se lărgiră.

– Nimic? Ești *nebun?*

Bătăile se auziră din nou.

Papa era ferm.

– Nimic! Nici nu mergem acolo jos – nu avem nici o grijă pe lume.

Totul parcă se petrecea cu încetinitorul.

Rosa acceptă.

Crispată de neliniște, ea clătină din cap și se duse să răspundă la ușă.

– Liesel.

Glasul lui papa o tăia în felii.

– Doar rămâi calmă, *verstehst?*

– Da, papa.

Încercă să se concentreze asupra piciorului care sângera.

– Aha!

La ușă, Rosa încă întreba despre motivul deranjului, când omul amabil de la partid o observă pe Liesel.

– Fotbalista nebună! rânji el. Ce-ți face genunchiul?

Nu vă imaginați că naziștii erau în general foarte joviali, dar acest bărbat era cu siguranță. Intră și se aplecă puțin ca să vadă rana.

„Știe? se întrebă Liesel. Poate mirosi că ascundem un evreu?“

Papa veni de la chiuvetă cu o cârpă udă și o stoarse pe genunchiul lui Liesel.

– Ustură? Ochii lui de argint erau îngrijorați și blânzi. Frica din ei putea fi ușor confundată cu grija pentru rană.

Rosa strigă din bucătărie:

– Nu poate să usture destul. Poate o să-și învețe lecția.

Nazistul se ridică și râse.

– Nu cred că fata asta învață vreo lecție acolo, afară, Frau...?

– Hubermann.

Cartonul feței ei se deformă.

– ... Frau Hubermann... eu cred că ea le dă lecții. Îi zâmbi lui Liesel. Tuturor acelor băieți. Am dreptate, fetițo?

Papa înghionti genunchiul julit cu cârpa și Liesel tresări în loc să răspundă. Hans fu cel care vorbi. O scuză mută adresată fetei.

A urmat o tăcere incomodă, iar bărbatul de la partid își aminti de ce venise.

– Dacă nu vă deranjează, explică el, trebuie să inspectez pivnița, doar un minut, două, ca să văd dacă este potrivită pentru un adăpost.

Papa șterse genunchiul lui Liesel pentru ultima oară.

– O să ai și o vânătaie frumoasă acolo, Liesel. Relaxat, își îndreptă atenția spre omul de lângă ei. Sigur, prima ușă la dreapta. Vă rog să ne scuzați pentru dezordine.

– Nu mi-aș face griji... nu poate fi mai rău decât în altele pe care le-am văzut astăzi. Asta?

– Aia.

Cele mai lungi trei minute din istoria familiei Hubermann

Papa stătea la masă. Rosa se ruga în colţ, murmurând cuvintele. Liesel fierbea în suc propriu: genunchiul, pieptul, muşchii braţelor. Mă îndoiesc că vreunul dintre ei îndrăznea să se întrebe ce ar face dacă pivniţa lor ar fi fost considerată bună ca adăpost. Mai întâi, trebuiau să supravieţuiască inspecţiei.

Au ascultat paşii nazişti în pivniţă. Se auzeau ca sunetul unei rulete a cărei panglică metalică este trasă din carcasa ei. Liesel nu putea să-şi alunge gândul că Max era ascuns sub scară, ghemuit în spatele cărţii sale cu schiţe, strângând-o la piept.

Papa se ridică. Altă idee.

Se duse în hol şi strigă:

– Totul e-n ordine?

Răspunsul urcă scările pe deasupra lui Max Vandenburg.

– Încă un minut, poate!

– Aţi dori nişte cafea, nişte ceai?

– Nu, mulţumesc!

Când papa se întoarse, îi ordonă lui Liesel să ia rapid cartea şi Rosei să înceapă să gătească. Decise că ultimul lucru pe care trebuiau să-l facă era să stea degeaba, părând îngrijoraţi.

– Ei, haide, zise el tare, mişcă, Liesel! Nu-mi pasă dacă te doare genunchiul. Trebuie să termini cartea aia, aşa cum ai promis.

Liesel încercă să nu cedeze nervos.

– Da, papa.

– Ei bine, ce mai aştepţi?

Fata reuşi să-şi dea seama de efortul depus pentru a-i face cu ochiul.

Pe coridor, aproape că dădu peste omul de la partid.

– Ai necazuri cu papa al tău, nu? Nu contează. Și eu sunt la fel cu copiii mei.

Au mers fiecare în drumul său, și când Liesel a ajuns în camera ei, a închis ușa și a căzut în genunchi, în pofida durerii care se intensifică. A ascultat concluzia că pivnița avea o adâncime prea mică, apoi salutările de rămas-bun, dintre care una i-a fost adresată:

– La revedere, fotbalistă nebună!

Își aduse aminte să respire.

– *Auf Wiedersehen!* La revedere!

Purtătorul de vise clocotea în mâinile ei.

Potrivit lui papa, Rosa efectiv s-a topit lângă cuptor în clipa în care bărbatul de la partid a plecat. Au cules-o pe Liesel și au coborât la subsol, dând la o parte cearșafurile stropite de vopsea și gălețile plasate strategic. Max Vandenburg stătea sub scări, ținând foarfeca ruginită ca pe un cuțit. Se vedea că transpirase și cuvintele i se formau ca niște răni pe buze.

– Nu le-aș fi folosit, zise el încet. Îmi... Își lipi de frunte foarfeca ruginită. Îmi pare atât de rău că v-am făcut să treceți prin asta!

Papa își aprinse o țigară. Rosa luă foarfeca.

– Ești în viață, zise ea. Cu toții suntem.

Era prea târziu acum pentru scuze.

SCHMUNZELLER

Câteva minute mai târziu, o altă bătaie se auzi la ușă.

– Doamne Dumnezeule, încă unul!

Îngrijorarea reapăru imediat. Max fu acoperit.

Târșâindu-și picioarele, Rosa urcă treptele subsolului, dar, de această dată, când deschise ușa, văzu că nu erau naziștii. Nu era nimeni altul decât Rudy Steiner. Stătea acolo, cu părul galben și plin de bune intenții.

– Am venit doar să văd cum se simte Liesel.

Când îi auzi vocea, fata începu să urce scările.

– Cu ăsta pot să mă descurc.

– Prietenul ei, preciză papa către bidoanele de vopsea.

Suflă încă un fum.

– *Nu* este prietenul meu, replică Liesel, dar nu era iritată. Era imposibil după ce scăpaseră ca prin urechile acului. Urc doar pentru că mama o să țipe imediat după mine.

– Liesel!

Se afla pe a cincea treaptă.

– Vedeți?

Când ajunse la ușă, Rudy se tot fâțâia de pe un picior pe altul.

– Am venit numai să... Se opri. Ce e mirosul ăsta? Adulmecă. Ai fumat aici?

– Aa. Stăteam cu papa.

– Ai vreo țigară? Poate că am putea să vindem câteva.

Liesel nu avea chef de asta. Vorbi încet, astfel încât mama să nu poată auzi:

– Nu fur de la papa al meu.

– Dar de la anumiți alții furi.

– Vorbește puțin mai tare, nu te-a auzit tot cartierul.

Rudy rânji.

– Vezi ce se întâmplă dacă furi? Îți faci întruna griji.

– De parcă tu n-ai furat nimic niciodată.

– Da, dar tu duhnești a hoț de la o poștă. Rudy chiar se ambala acum. Poate că nu e miros de țigări până la urmă. Se înclină mai aproape și zâmbi. Pot mirosi un infractor. Ar trebui să faci o baie. Se răsuci și îi strigă lui Tommy Muller: Hei, Tommy, ar trebui să vii încoace, să adulmeci puțin aici!

– Ce-ai spus? întrebă Tommy. Nu te aud!

Rudy clătină din cap în direcția lui Liesel.

– Inutil.

Ea începu să închidă ușa.

– Dispari, *Saukerl*, numai de tine nu am nevoie acum.

Foarte mulțumit de sine, Rudy se întoarse în stradă. În dreptul căsuței poștale, păru să-și aducă aminte ce dorise în tot acest timp să afle. Făcu câțiva pași îndărăt.

– *Alles gut, Saumensch?* La lovitură mă refer.

Era iunie. Era Germania. Lucrurile erau pe cale să se degradeze rapid.

Liesel nu știa asta. Pentru ea, important era că evreul din pivniță nu fusese dat în vileag. Părinții ei adoptivi nu fuseseră arestați și ea însăși contribuise mult la aceste două realizări.

– Totul e bine, zise ea, și nu se referea la rana căpătată la fotbal.

Se simțea bine.

JURNALUL MORȚII: PARIZIENII

Vara sosi.

Pentru hoțul de cărți, totul mergea ca uns.

Pentru mine, cerul era de culoarea evreilor.

După ce trupurile lor n-au mai încercat să lărgească fisurile din ușă, sufletele lor s-au ridicat. Unghiile scrijeliseră lemnul și, în unele cazuri, au rămas înfipte în el cu forța dată de disperare, iar spiritele lor au venit spre mine, în brațele mele. Ne-am înălțat din acele dușuri, prin acoperiș, către întinderea sigură a eternității. Doar mă hrăneau în continuare. Minut după minut. Duș după duș.

Nu voi uita niciodată prima zi la Auschwitz, prima la Mauthausen. În acel loc, pe măsură ce timpul se scurgea, i-am ridicat și de pe fundul adâncii prăpăstii, când de evadările lor se alegea praful. Erau trupuri frânte și duioase inimi moarte. Totuși, era mai bine decât gazul. Pe unele le-am prins când nu erau decât la jumătatea căderii. „V-am salvat", mă gândeam eu ridicându-le sufletele în înaltul văzduhului, în vreme ce restul ființei lor – învelișurile lor fizice – era strivit de pământ. Toate erau ușoare, precum cojile de nuci. Cerul era plin de fum în acele locuri. Miros ca de cuptor, dar totuși atât de frig!

Mă înfiorez când îmi amintesc – și încerc să uit.

Îmi suflu aer cald în mâini, să le încălzesc.

Dar este greu să le mențin calde când sufletele încă tremură.

„Doamne!"

Rostesc mereu acel nume când mă gândesc la asta.

„Doamne!"

De două ori, îl rostesc.

Îi spun numele într-o încercare zadarnică de a înțelege. „Dar treaba ta nu e să înțelegi." Tot eu răspund. Dumnezeu nu zice niciodată nimic. Credeți că sunteți singurii cărora nu le răspunde? „Treaba ta e să..." și nu mă mai ascult, pentru că, să fiu sinceră, mă obosesc prea tare. Când încep să gândesc astfel, devin epuizată și nu îmi permit luxul extenuării. Sunt obligată să continui, deoarece, deși nu este adevărat pentru fiecare persoană de pe pământ, e adevărat pentru marea majoritate că moartea nu așteaptă după nimeni, și dacă așteaptă, nu o face pentru mult timp.

Pe 23 iunie 1942, a fost un grup de evrei francezi într-o închisoare nemțească, pe teren polonez. Prima persoană pe care am luat-o se afla aproape de ușă, gândurile îi goneau nebunește, apoi au redus viteza, pe urmă au încetinit, au încetinit...

Vă rog să mă credeți când vă spun că am ridicat fiecare suflet în acea zi ca și cum ar fi fost un nou-născut. Chiar am sărutat câțiva obraji obosiți, otrăviți. Am ascultat ultimele lor strigăte întretăiate. Cuvintele lor franțuzești. Le-a urmărit fantasmele iubirilor și i-am eliberat de temeri.

I-am dus departe, și chiar dacă era o perioadă în care aveam nevoie de o pauză, a trebuit să-mi fac treaba. Într-o dezolare totală, am privit spre lumea de deasupra. M-am uitat la cer cum devenea din arginiu cenușiu și apoi de culoarea ploii. Până și norii încercau să privească în altă direcție.

Câteodată, îmi închipui cum arăta totul deasupra acelor nori, ştiind negreşit că soarele era blond şi că atmosfera fără de sfârşit era un uriaş ochi albastru.

Erau francezi, erau evrei şi ei eraţi voi.

Partea a șaptea

Dicționarul Duden[1] complet

în rolurile principale:
șampanie și acordeoane – o
trilogie – niște sirene – un hoț de
cer – o propunere – lungul drum
spre dachau – pace – un
idiot – și niște oameni cu jachete

[1] Dicționar german publicat prima dată de Konrad Duden, în 1880 (n.red.)

ȘAMPANIE ȘI ACORDEOANE

În vara anului 1942, orașul Molching se pregătea să facă față inevitabilului. Încă mai erau oameni care refuzau să creadă că acest orășel de lângă München putea reprezenta o țintă, dar majoritatea populației era foarte conștientă că nu era o chestiune de posibilitate, ci de timp. Adăposturile erau marcate foarte clar, ferestrele erau în curs de a fi acoperite pe perioada nopții și toți știau care era cel mai apropiat subsol sau beci.

Pentru Hans Hubermann, tulburătoarea evoluție a lucrurilor reprezenta chiar o ușoară păsuire. În vremuri nefericite, norocul își găsise cumva calea spre afacerea lui cu zugrăvitul. Cei care aveau obloane erau îndeajuns de disperați încât să apeleze la serviciile lui. Problema era că vopseaua neagră era în mod normal folosită mai mult pentru a întuneca alte culori și în curând s-a epuizat, fiind greu de găsit. Însă el avea iscusința de a fi un bun meșteșugar și un bun meșteșugar știe multe trucuri. Lua praf de cărbune și îl amesteca într-o vopsea oarecare, și lucra ieftin. Au fost multe case de prin toate părțile Molchingului în care a ascuns lumina ferestrelor de ochii inamicului.

Uneori, Liesel mergea cu el când lucra.

Duceau în cărucior vopseaua prin oraș, mirosind foamea pe unele străzi și clătinând din cap la vederea bogăției altora. De multe ori, în drum spe casă, femei care nu aveau nimic altceva decât copii și sărăcie ieșeau alergând și îl imporau să le vopsească obloanele.

– Frau Hallah, îmi pare rău, am rămas fără vopsea neagră, spunea el, dar, după câțiva pași, mereu ceda. Era un bărbat înalt și o stradă lungă. Mâine, promitea el, la prima oră, și în zorii zilei următoare, acolo era, vopsind acele obloane pe nimic sau pentru un biscuit ori o cană de ceai cald. Cu o seară înainte, găsea o altă modalitate de a transforma verdele, albastrul sau bejul în negru. Nu le-a spus niciodată să-și acopere ferestrele cu păturile de rezervă, deoarece știa că vor avea nevoie de ele la venirea iernii. Se știa că uneori vopsise obloanele chiar și pentru jumătate de țigară, stând pe treapta din fața unei case cu locatarul și trecându-și-o unul altuia. Din conversație se ridicau râsete și fum înainte ca el să treacă mai departe, la următoarea slujbă.

Când a venit timpul să scrie, îmi amintesc clar ce avea Liesel Meminger de spus despre acea vară. Multe dintre cuvinte au pălit de-a lungul deceniilor. Hârtia a fost roasă de frecarea în buzunarul meu, dar totuși multe dintre propozițiile ei fuseseră imposibil de uitat.

O MICĂ MOSTRĂ DE CUVINTE SCRISE DE-O FATĂ

**„Acea vară a fost un nou început, un nou sfârșit.
Când privesc în urmă, îmi amintesc mâinile mele
alunecoase de vopsea și sunetul picioarelor lui papa
pe strada München și știu că o bucățică
din vara anului 1942 i-a aparținut unui singur
bărbat. Cine altcineva ar zugrăvi
la prețul unei jumătăți de țigară? Acesta era papa,
acesta era felul lui de a fi și eu îl iubeam.“**

În fiecare zi în care lucrau împreună, îi spunea lui Liesel poveștile sale. Despre marele război și cum scrisul lui mizerabil îl ajutase să supravieţuiască, şi despre ziua în care o cunoscuse pe mama. A zis că fusese frumoasă odată şi vorbea foarte încet.

– Greu de crezut, ştiu, dar absolut adevărat.

Era câte o poveste în fiecare zi şi Liesel îl ierta dacă o istorisea pe aceeaşi de mai multe ori.

Alteori, când ea visa cu ochii deschişi, papa o atingea uşor cu pensula, exact între ochi. Dacă nu calcula bine şi era prea multă, o mică dâră de vopsea îi picura pe lângă nas. Ea râdea şi încerca să răspundă în acelaşi mod, dar Hans Hubermann era un om greu de prins atunci când muncea. Acelea erau momentele când era cel mai însufleţit.

Ori de câte ori trebuiau să facă o pauză, să bea sau să mănânce, el cânta la acordeon şi de asta Liesel îşi aducea cel mai bine aminte. În fiecare dimineaţă, când papa împingea sau trăgea căruciorul pentru vopsit, Liesel căra instrumentul.

– Mai bine lăsăm căruciorul, îi spunea Hans, decât să uităm vreodată muzica.

Ori de câte ori făceau o pauză ca să mănânce, el tăia pâinea şi o împărţea cu ea, o ungea cu puţin gem rămas din ultima raţie. Sau punea o feliuţă de carne pe ea. Mâncau împreună, stând pe găleţile de vopsea şi apoi, încă mestecând ultimul dumicat, papa îşi ştergea degetele şi desfăcea cutia acordeonului.

Cutele salopetei lui de lucru erau pline de firimituri. Mâini pătate de vopsea mângâiau butoanele şi se avântau pe clape sau zăboveau asupra unei note. Braţele sale manevrau burduful, oferindu-i instrumentului aerul de care avea nevoie pentru a respira.

În fiecare zi, Liesel stătea cu mâinile între genunchi, în lumina lungă a zilei. Îşi dorea ca nici una dintre acele zile să nu se sfârşească şi mereu privea cu dezamăgire întunericul care cobora grăbit.

Cât despre vopsitul în sine, cel mai interesant aspect pentru Liesel era probabil amestecul. Ca majoritatea oamenilor, ea a presupus că papa al ei pur şi simplu îşi ducea căruciorul la prăvălia de vopsele sau la magazinul de fierărie, cerea vopseaua potrivită și apoi mergea în treaba lui. Nu își dăduse seama că, în general, vopseaua se găsea în bucăți sub formă de cărămidă. Apoi, era desfășurată cu o sticlă goală de șampanie, pentru că acea sticlă era puțin mai groasă decât una de vin obișnuită. După aceea, urma adăugarea apei, laptelui de var și cleiului, ca să nu mai vorbim de complexitatea obținerii culorii potrivite.

Știința pe care o presupunea îndeletnicirea lui papa a făcut-o să îl respecte și mai mult. Era plăcut și frumos să împartă pâine și muzică, dar era bine ca Liesel să știe că el era mai mult decât capabil în meseria lui. Priceperea era atractivă.

Într-o după-amiază, la câteva zile mai târziu după ce papa îi explicase cum stă treaba cu amestecul, lucrau la una dintre casele mai bogate aflate puțin mai la est de strada München. La amiază, papa a chemat-o pe Liesel înăuntru. Erau pe cale să plece la o nouă lucrare, când a auzit tonul neobișnuit din vocea sa.

Odată ajunsă în casă, a fost dusă în bucătărie, unde două femei mai în vârstă și un bărbat stăteau pe scaune delicate și foarte civilizate. Femeile erau bine îmbrăcate. Bărbatul avea părul alb și perciuni precum gardul viu. Pahare înalte stăteau pe masă. Erau pline cu un lichid acidulat.

– Ei bine, zise bărbatul, haide!

Și-a luat paharul și i-a îndemnat pe ceilalți să facă la fel.

După-amiaza fusese călduroasă. Liesel ezită în fața paharului rece. Se uită la papa pentru a căpăta încuviințarea. El zâmbi larg și spuse:

– *Prost, Mädel* – noroc, fato!

Paharele se ciocniră și, în momentul în care Liesel îl ridică spre gură, fu mușcată de gustul spumos și amețitor de dulce al șampaniei. Reflexul o forță să o scuipe drept pe salopeta lui papa, privind lichidul cum face spumă și se scurge. Toată lumea a râs în hohote, iar Hans a încurajat-o să mai încerce. De data aceasta, reuși să înghită și se bucură de gustul grozav al interdicției încălcate. Era strașnic. Bulele îi pișcau limba. Îi înțepau stomacul. Chiar și mai târziu, în drum spre următoarea lucrare, încă simțea căldura pișcăturilor și acelor din stomac.

Împingând cărucioruI, papa îi spuse că acei oameni pretinseseră că nu au bani.

– Așa că ai cerut șampanie.

– De ce nu? Se uită spre ea și niciodată ochii lui nu fuseseră atât de argintii. Nu vreau ca tu să crezi că sticlele de șampanie sunt folosite doar pentru întinderea vopselei. O avertiză: Doar să nu-i spui mamei. De acord?

– Pot să-i spun lui Max?

– Sigur, poți să-i spui lui Max.

În subsol, când a scris despre viața ei, Liesel a jurat că nu va mai bea niciodată șampanie, pentru că niciodată nu va mai avea un gust atât de bun ca în acea după-amiază caldă de iulie.

Era ca și cu acordeoanele.

De multe ori a vrut să-l întrebe pe papa dacă ar putea să o învețe să cânte la instrument, dar cumva, ceva o oprea mereu. Poate că o intuiție neștiută îi spunea că nu va putea niciodată să cânte ca Hans Hubermann. Desigur, nu se puteau compara cu el nici măcar cei mai mari acordeoniști ai lumii. Nu ar fi putut egala vreodată concentrarea relaxată de pe chipul lui papa. Și nici unul nu va avea pleoștită pe buze o țigară primită pentru un zugrăvit. Și ei nu vor putea niciodată face o mică greșeală, râzând apoi în trei note. Nu în felul în care putea face el acest lucru.

Uneori, în acea pivniță, se trezea gustând sunetul acordeonului în urechi. Putea simți arsura dulce a șampaniei pe limbă.

Câteodată stătea sprijinită de perete, năzuind ca degetul cald de vopsea să se mai plimbe încă o dată în jos pe nasul ei sau să privească pielea ca șmirghelul a mâinilor lui papa.

Numai de ar mai putea fi atât de inocentă din nou, să simtă atâta iubire fără să o știe, să o confunde cu râsetele și pâinea cu doar o aromă de gem întinsă pe ea.

A fost cea mai frumoasă perioadă a vieții ei.

Dar a fost un covor de bombe.

Să nu vă îndoiți.

Cutezătoare și luminoasă, trilogia fericirii va continua pe toată durata verii și până în toamnă. Apoi, brusc, va lua sfârșit, pentru că strălucirea arătase suferința din calea sa.

Soseau vremuri grele.

Ca o paradă.

SENSUL # 1 DIN *DICȚIONARUL DUDEN*

***Zufriedenheit* – fericire:**
vine de la fericit – încântat și mulțumit.
Cuvinte înrudite: veselie, încântare,
norocos, prosper.

Trilogia

În timp ce Liesel lucra, Rudy alerga.

Făcea tururi de pistă la Hubert Oval, fugea în jurul blocului și se întrecea cu aproape oricine din capătul străzii Himmel până la Frau Diller, oferindu-i fiecăruia un avans.

Uneori, când Liesel o ajuta pe mama în bucătărie, Rosa se uita pe fereastră și spunea:

– Ce mai face *Saukerl*-ul ăla de data asta? Cu toată alergătura asta pe-afară.

Liesel se apropia de fereastră.

– Măcar nu s-a înnegrit singur din nou.

– Ei, asta e ceva, nu-i așa?

Motivele lui Rudy

La mijlocul lunii august, se ținea un carnaval al Tineretului Hitlerist, iar Rudy avea intenția de a câștiga patru competiții: cea de 1 500, de 400, de 200 și, bineînțeles, de 100 de metri. Îi plăceau noii săi lideri de la Tineretul Hitlerist și voia să le facă pe plac, și dorea să-i dea peste nas vechiului său prieten Franz Deutscher.

– Patru medalii de aur, îi zise lui Liesel într-o după-amiază, când au făcut împreună patru tururi la Hubert Oval. Ca Jesse Owens în '36.

– Nu mai ești obsedat de el, nu?

Picioarele lui Rudy aveau ritmul respirației lui.

– Nu chiar, dar ar fi frumos, nu-i așa? Le-aș arăta tuturor acelor ticăloși care au zis că sunt nebun. Ar vedea ei că nu am fost așa prost în cele din urmă.

– Dar chiar poți câștiga toate cele patru competiții?

S-au oprit la capătul pistei, iar Rudy și-a pus mânile în șolduri.

– Trebuie.

Timp de șase săptămâni s-a antrenat și apoi, la mijlocul lunii august, a venit ziua carnavalului, iar cerul era fierbinte datorită soarelui și lipsit de nori. Iarba era călcată în picioare de tinerii hitleriști, de părinți și de numeroși lideri în cămăși brune. Rudy Steiner era în cea mai bună dispoziție.

– Uite! arătă el. Deutscher e acolo.

Printre grupurile din mulțime, chintesența blondă a standardelor Tineretului Hitlerist dădea instrucțiuni pentru doi membri din divizia lui. Aceștia încuviințau din cap și, ocazional, făceau întinderi. Unul dintre ei își ferea cu mâna ochii de soare ca într-un salut.

– Vrei să-l saluți? întrebă Liesel.

– Nu, mulțumesc. O să fac asta mai târziu.

„Când voi fi câștigat."

Cuvintele nu au fost rostite cu voce tare, dar cu siguranță erau prezente acolo, undeva între ochii albaștri ai lui Rudy și mâinile lui Deutscher care dădeau sfaturi.

A avut loc marșul obligatoriu în jurul terenului.

Imnul.

Heil Hitler.

Abia apoi putură începe.

Când grupa de vârstă a lui Rudy a fost chemată pentru proba de 1 500 de metri, Liesel i-a urat noroc într-un mod tipic nemțesc.

– *Hals und Beinbruch, Saukerl.*

Îi spusese să-și rupă gâtul și un picior.

Băieții s-au adunat în partea îndepărtată a terenului circular. Câțiva își făceau încălzirea, alții se concentrau și restul erau acolo pentru că trebuiau să fie.

Lângă Liesel, mama lui Rudy, Barbra, stătea cu copiii cei mai mici. O pătură subțire era plină ochi de copii și iarbă ruptă.

– Îl vedeți pe Rudy? îi întrebă ea. E cel din stânga, din margine.

Barbra Steiner era o femeie amabilă, al cărei păr părea întotdeauna pieptănat recent.

– Unde? zise una dintre fete. Probabil Bettina, cea mai mică. Nu-l văd deloc.

– Ultimul. Nu, nu acolo. *Acolo.*

Încă se străduiau să-l identifice când a fost tras focul de start, în acompaniamentul fumului și zgomotului. Micii Steineri au alergat spre gard.

În primul tur, un grup de șapte băieți conducea cursa. În al doilea, numărul a scăzut la cinci și apoi la patru. Rudy era al patrulea alergător în fiecare tur, cu excepția ultimului. Un bărbat din dreapta spunea că băiatul al doilea arăta cel mai bine. Era cel mai înalt.

– Stai, îi zise soției sale confuze. Cu două sute de metri înainte de finiș, o să se detașeze.

Bărbatul greșea.

Un oficial uriaș, în cămașă maro informă grupul că nu mai rămăsese decât un tur. Era limpede că nu suferea din pricina raționalizărilor. Strigă în vreme ce grupul conducător trecea linia, însă nu al doilea băiat a fost cel care a accelerat, ci al patrulea. Dar cu două sute de metri mai devreme.

Rudy alerga.

Nu se uită deloc înapoi.

Ca o funie care se întinde, el se distanță tot mai mult, până când gândul că altcineva ar putea câștiga a dispărut cu totul. A înconjurat pista, timp în care cei trei alergători din spatele lui se luptau pentru locul doi. În apropierea liniei de sosire, nu era decât păr blond și spațiu, iar după ce a trecut linia nu s-a oprit. Nu a ridicat brațul. Nici măcar nu s-a aplecat ca să se relaxeze. Pur și simplu a mers încă douăzeci de metri și, într-un final, s-a uitat peste umăr, ca să-i vadă pe ceilalți trecând linia.

În drum spre familia lui, i-a întâlnit mai întâi pe liderii săi, apoi pe Franz Deutscher. S-au salutat din cap.

– Steiner.

– Deutscher.

– Se pare că toate tururile alea pe care te-am pus să le faci au dat rezultate, nu?

– Se pare că da.

Nu voia să zâmbească până când nu va fi câștigat toate patru cursele.

UN ELEMENT PENTRU O REFERINȚĂ ULTERIOARĂ

Acum, Rudy era recunoscut nu numai ca un bun elev. Ci și ca un atlet talentat.

Pentru Liesel, a fost cursa de 400 de metri. A terminat pe locul șapte, apoi pe locul patru în febra celei de 200. Tot ce putu vedea au fost posterioarele și cozile săltărețe ale fetelor din fața ei. La săritura în lungime, s-a delectat mai mult cu nisipul care îi acoperea picioarele, fiindcă distanțele au fost mediocre, și nici la aruncarea greutății nu a strălucit. „Această zi, a realizat ea, este a lui Rudy."

În finala de 400, el a condus de la început până la sfârșit și a câștigat la mustață cursa de 200 de metri.

– Oboseşti? îl întrebă Liesel.

Era deja amiază.

– Sigur că nu. Respira greu şi îşi întindea picioarele. Despre ce vorbeşti, *Saumensch?* Ce naiba ştii tu?

Când seriile de 100 de metri au fost anunţate, se ridică încet şi urmă şirul de adolescenţi spre pistă. De data aceasta, Liesel s-a dus după el.

– Hei, Rudy! Îl trase de mânecă. Noroc!

– Nu sunt obosit, spuse el.

– Ştiu.

Îi făcu cu ochiul.

Era obosit.

În seria lui, Rudy a încetinit, terminând al doilea, şi după zece minute de alte competiţii, finala a fost anunţată. Alţi doi băieţi se prezentaseră formidabil, iar Liesel avea o presimţire în stomac că Rudy nu o va câştiga şi pe aceasta. Tommy Muller, care terminase penultimul în seria lui, stătea cu ea lângă gard.

– O s-o câştige, o informă el.

Nu, nu o va face.

Când finaliştii ajunseră la linia de start, Rudy se lăsă pe genunchi şi începu să sape găuri de start cu mâinile. O cămaşă brună în curs de chelire nu pierdu timpul şi se îndreptă spre Rudy să-i spună să înceteze. Liesel urmări degetul adultului arătând în jos şi putu să vadă pământul care căzu atunci când Rudy îşi şterse o mână de cealaltă.

Când au fost chemaţi în faţă, Liesel se încleştă şi mai tare de gard. Unul dintre băieţi a furat startul; se trase de două ori cu arma. Era Rudy. Din nou, oficialul avu ceva să-i spună şi băiatul încuviinţă din cap. Încă o abatere şi era eliminat.

Pregătită pentru a doua oară, Liesel urmări concentrată şi în primele câteva secunde nu-i veni să creadă ce vedea. A fost înregistrat încă un start furat şi era vorba despre acelaşi atlet. În faţa ochilor, ea deja vizualizase cursa perfectă, în care Rudy alerga susținut, dar câștiga în ultimii zece metri. Ceea ce s-a întâmplat în realitate însă a fost descalificarea băiatului. A fost escortat într-o parte a pistei și pus să stea acolo, singur, timp în care restul băieților își ocupau locurile de start.

S-au aliniat și apoi au început să alerge.

Un băiat cu părul negru, arămiu și cu pas mare a câștigat la diferență de cel puțin cinci metri.

Rudy a rămas pe dinafară.

Mai târziu, după ce ziua s-a încheiat și soarele a părăsit strada Himmel, Liesel rămase cu prietenul ei pe trotuar.

Vorbiră despre orice altceva, de la fața lui Franz Deutscher după acea primă cursă până la fetele de unsprezece ani pe care le apucaseră pandaliile după ce au pierdut la aruncarea discului.

Înainte să se ducă fiecare acasă, vocea lui Rudy s-a apropiat și i-a dezvăluit lui Liesel adevărul. Pentru o vreme, a zăbovit pe umărul ei, dar, câteva gânduri mai târziu, și-a găsit calea spre urechea fetei.

Vocea lui Rudy
Am făcut-o intenționat.

După această confesiune, Liesel îi puse singura întrebare firească:

– Dar de ce, Rudy? De ce ai făcut-o?

El stătea cu o mână în șold și nu răspunse. Nu făcu decât să afișeze un zâmbet semnificativ și să se îndrepte alene spre acasă. Nu au mai vorbit despre asta niciodată.

Cât despre Liesel, adesea se întrebă care ar fi fost răspunsul lui Rudy dacă ar fi insistat. Probabil că trei medalii demonstraseră ceea ce dorea să arate sau îi era teamă că va pierde ultima cursă.

În final, singura explicație pe care și-a permis să o audă a fost o adolescentină voce interioară.

„Pentru că nu e Jesse Owens."

Numai atunci când s-a ridicat să plece a observat cele trei medalii din aur fals de lângă ea. A bătut la ușa Steinerilor și i le-a întins.

– Ai uitat astea.

– Nu, nu le-am uitat.

A închis ușa și Liesel a luat medaliile cu ea. Le-a dus în pivniță și i-a zis lui Max despre prietenul ei, Rudy Steiner.

– Chiar e prost, a concluzionat ea.

– Clar, a fost Max de acord, dar mă îndoiesc că s-a lăsat înșelat.

Apoi, amândoi s-au apucat de treabă, Max de cartea lui de schițe, iar Liesel să citească *Purtătorul de vise.* Era la a doua jumătate a romanului, când tânărul preot ajunsese să se îndoiască de credința lui după întâlnirea cu femeia stranie și elegantă.

Când o puse în poală, cu fața în jos, Max a întrebat când credea că o va termina.

– În câteva zile cel mult.

– Apoi, una nouă?

Hoțul de cărți s-a uitat la tavanul pivniței.

– Poate. Închise cartea și se lăsă pe spate. Dacă am noroc.

URMĂTOAREA CARTE
Nu este *Dicționarul Duden,*
după cum v-ați aștepta.

Nu, dicționarul vine la sfârșitul acestei mici trilogii și aceasta este doar a doua parte. Cea în care Liesel termină *Purtătorul de vise* și fură o poveste numită *Un cântec în întuneric.* Ca de obicei, a fost luată din casa primarului. Singura diferență a fost că s-a dus singură până în partea de sus a orașului. În acea zi, nu a fost cu Rudy.

Era o dimineață cu soare din plin, dar și cu nori spumoși.

Liesel stătea în biblioteca primarului, cu degete lacome și cu titluri de cărți pe buze. De data aceasta, era suficient de relaxată pentru a-și trece degetele pe rafturi – o mică replică a primei sale vizite în acea cameră – și rostea în șoaptă multe dintre titluri pe măsură ce înainta.

Sub cireș.

Al zecelea locotenent.

Evident, multe dintre titluri o tentau, dar, după mai bine de un minut sau două, s-a oprit la *Un cântec în întuneric*, cel mai probabil pentru că era verde și încă nu avea o carte de această culoare. Scrisul gravat pe copertă era alb, iar între titlu și numele autorului era desenul unui flaut. A luat-o și s-a urcat pe pervaz, spunând mulțumesc la ieșire.

Fără Rudy, se simțea destul de singură, dar, în acea dimineață, dintr-un oarecare motiv, hoțul de cărți era fericit să fie singur. Și-a continuat misiunea și s-a dus pe malul râului Amper, îndeajuns de departe de cartierul general al lui Viktor Chemmel și al fostei găști a lui Arthur Berg. Nimeni nu a venit, nimeni nu a întrerupt-o, iar Liesel citi patru dintre foarte scurtele capitole și se simți fericită.

Erau plăcerea și satisfacția.

Unui furt profitabil.

O săptămână mai târziu, trilogia fericirii a luat sfârșit.

În ultimele zile ale lunii august, un cadou a sosit, sau de fapt a fost observat.

Era după-amiază târziu. Liesel o privea pe Kristina Muller cum sărea coarda pe strada Himmel. Rudy Steiner derapă și se opri în fața lui Liesel, pe bicicleta fratelui său.

– Ai ceva timp? întrebă el.

Ea ridică din umeri.

– Pentru ce?

– Cred că mai bine ai veni.

Își abandonă bicicleta și se duse să o ia pe cealaltă de acasă. Liesel urmări pedala învârtindu-se în fața ei.

Se duseră pe biciclete până pe Grande Strasse, unde Rudy se opri și așteptă.

– Ei, întrebă Liesel, ce este?

Rudy îi făcu semn să privească.

– Uită-te mai de-aproape.

Încet, își găsiră o poziție mai bună, în spatele unui molid albastru. Printre crengile pline de ghimpi, Liesel observă fereastra deschisă și apoi un obiect sprijinindu-se de geam.

– Aia e?...

Rudy încuviință.

Au discutat chestiunea câteva minute bune, până când au fost de acord că trebuia făcut. Fusese pus acolo intenționat, și dacă era o capcană, merita.

Printre crengile de un albastru prăfos, Liesel spuse:

– Un hoț de cărți ar face-o.

Lăsă bicicleta, cercetă strada și traversă grădina. Umbrele norilor erau îngropate în iarba întunecată. Oare existau gropi în care să cadă sau porțiuni umbrite unde să se ascundă cineva? Imaginația o trimise alunecând într-una dintre acele găuri, direct în ghearele diabolice ale primarului. În lipsă de altceva, acele gânduri îi distraseră atenția și se pomeni lângă fereastră mai repede decât sperase.

Era ca și cum ar fi furat din nou *Omul care fluiera.*

Din pricina încordării, mâinile i se umeziră.

Mici șiroaie de transpirație îi clipoceau sub brațe.

Când își înălță capul, reuși să citească titlul. *Dicționarul Duden complet.* Se răsuci către Rudy și rosti mutește cuvintele. „E un dicționar." El dădu din umeri și își ridică mâinile.

Ea procedă metodic, ridicând fereastra, întrebându-se cum ar arăta acest lucru din interiorul casei. Își imagină priveliștea mâinii hoațe, care se întinde în sus, făcând geamul să se ridice până când cartea era doborâtă. Părea să cedeze ușor, ca un copac în cădere.

Gata!

Aproape că nu se produse nici o dezordine sau zgomot.

Cartea pur și simplu se aplecă spre ea, iar fata o luă cu mâna liberă. Chiar închise fereastra ușor și cu grijă, apoi se răsuci și se îndepărtă prin iarba pe care umbrele norilor arătau ca niște găuri.

– Tare, zise Rudy dându-i bicicleta.

– Mulțumesc.

Se îndreptară spre colțul străzii și abia acolo înțeleseră importanța acelei zile. Liesel știa. Avea din nou acel sentiment că o urmărea cineva. O voce pedală în interiorul ei. De două ori.

Uită-te la fereastră! Uită-te la fereastră!

A fost silită.

Ca o mâncărime care cerea să fie scărpinată, simți o dorință acută de a se opri.

Puse picioarele pe pământ și își întoarse capul spre casa primarului și fereastra bibliotecii și văzu. Cu siguranță, trebuia să știe că așa ceva s-ar putea întâmpla, dar nu-și putu ascunde șocul care zăbovi în sinea ei când o observă pe soția primarului în spatele geamului. Era transparentă, dar era acolo. Părul ei zburlit arăta ca întotdeauna, iar ochii ei – răniți, și gura și expresia de pe chip erau înălțate pentru a privi.

Foarte încet, a ridicat mâna către hoțul de cărți din stradă. Un salut încremenit.

Șocată, Liesel nu spuse nimic – lui Rudy, sieși. Se rezemă de ghidon și ridică o mână, pentru a arăta că luase cunoștință de prezența soției primarului la fereastră.

SENSUL # 2 DIN *DICȚIONARUL DUDEN*

***Verzeihung* – iertare:**

a înceta să mai simți furie,

animozitate sau resentimente.
<u>Cuvinte înrudite</u>: dezlegare,
achitare, îngăduinţă.

În drum spre casă, s-au oprit la pod şi au cercetat cartea neagră, grea. Pe când Rudy frunzărea paginile, dădu peste o scrisoare.

– Are numele tău pe ea.

Râul gonea la vale.

Liesel luă hârtia.

Scrisoarea

„Dragă Liesel,

Ştiu că mă consideri jalnică şi detestabilă (caută acest cuvânt în dicţionar dacă nu îl ştii), dar trebuie să-ţi spun că nu sunt atât de proastă, încât să nu-ţi văd urmele în bibliotecă. Atunci când am observat lipsa primei cărţi, m-am gândit că pur şi simplu am pus-o eu în altă parte, dar apoi am văzut în anumite porţiuni unde cădea lumina contururile unor picioare pe podea.

M-au făcut să zâmbesc.

Am fost bucuroasă că ai luat ceea ce era de drept al tău. Atunci, am făcut greşeala să cred că aceea va fi ultima oară când vei veni.

Când te-ai întors, ar fi trebuit să fiu furioasă, dar nu am fost. Te-am auzit ultima oară, dar am decis să te las în pace. Iei de fiecare doar o carte şi va trebui să vii în vizită de o mie de ori până când toate vor dispărea. Singura mea speranţă este că vei bate la uşa din faţă şi vei intra în bibliotecă într-un mod mai civilizat.

Din nou, îmi pare rău că nu o mai avem angajată pe mama ta adoptivă.

În final, sper că vei găsi acest dicționar folositor în timp ce vei citi cărțile tale furate.

Cu sinceritate,
Ilsa Hermann.“

– Mai bine ne-am duce spre casă, sugeră Rudy, dar Liesel nu acceptă.

– Poți să aștepți aici zece minute?

– Sigur.

Liesel urcă anevoie spre Grande Strasse numărul 8 și se opri pe teritoriul familiar din fața intrării principale. Cartea era la Rudy, dar ea avea scrisoarea și își freca degetele de hârtia împăturită, iar treptele deveneau tot mai grele în jurul ei. De patru ori încercă să lovească suprafața descurajantă a ușii, dar nu-și găsi curajul de a o face. Cel mult reuși să atingă cu încheieturile degetelor lemnul cald.

Din nou, fratele ei o găsi.

De la baza scărilor – genunchiul lui se vindeca binișor –, spuse:

– Haide, Liesel, bate la ușă!

Fugind pentru a doua oară de la locul faptei, văzu în depărtare, lângă pod, silueta lui Rudy. Vântul îi potopea părul. Picioarele ei înotau odată cu pedalele.

Liesel Meminger era o infractoare.

Nu pentru că furase câteva cărți furișându-se pe o fereastră deschisă.

„Ar fi trebuit să bat la ușă“, se gândi ea, și cu toate că simțea destul de multă vină, exista și o urmă juvenilă de râs.

Călare pe bicicletă, încercă să-și spună ceva.

„Nu meriți să fii fericită, Liesel. Chiar nu meriți.“

Poate o persoană să fure fericire? Sau este doar o altă interioară și infernală festă omenească?

Cu o ridicare din umeri, Liesel renunţă la toate aceste gânduri. Traversă podul şi îi ceru lui Rudy să se grăbească şi să nu uite cartea.

S-au dus acasă pe bicicletele lor ruginite.

Au parcurs cei puţin peste trei kilometri până acasă, de la vară la toamnă şi de la o seară liniştită la respiraţia zgomotoasă a bombardării Münchenului.

SUNETUL SIRENELOR

Cu mica sumă de bani pe care o câștigase în timpul verii, Hans aduse acasă un radio la mâna a doua.

– În felul ăsta, spuse el, putem auzi când încep raidurile înainte să pornească sirenele. Scoate un sunet ca de ceas cu cuc și apoi anunță regiunile vizate.

L-a pus pe masa din bucătărie și l-a pornit. Au încercat să-l facă să meargă și-n pivniță, pentru Max, dar în boxe nu se auzeau decât purici și voci aspre.

În septembrie, nu îl auziră în timp ce dormeau.

Ori radioul era pe jumătate stricat, ori sunetul lui a fost acoperit imediat de urletul sirenelor.

O mână împinse ușor umărul lui Liesel, care dormea.

Glasul lui papa a urmat temător:

– Liesel, trezește-te! Trebuie să plecăm.

Dezorientată după somnul întrerupt, Liesel abia putu desluși conturul feței lui papa. Singurul lucru cu adevărat vizibil era vocea lui.

În hol, s-au oprit.

– Stați! zise Rosa.

Prin întuneric, se grăbiră spre subsol.

Lampa fu aprinsă.

Max se arătă din spatele bidoanelor de vopsea și cearșafurilor stropite. Avea chipul obosit și, nervos, își freca pantalonii cu degetele.

– E timpul să plecați, nu?

Hans se îndreptă spre el.

– Da, e timpul. I-a strâns și mâna și i-a atins brațul. Ne vedem când ne întoarcem, în regulă?

– Sigur.

Rosa l-a îmbrățișat. Liesel la fel.

– La revedere, Max.

Cu câteva săptămâni mai devreme, discutaseră dacă ar trebui să rămână împreună în propria pivniță sau dacă ei trei ar trebui să meargă pe stradă, la o familie pe nume Fiedler. Max fusese cel care i-a convins.

– Au spus că nu e destul de adânc aici. Deja v-am pus destul în pericol.

Hans a aprobat din cap.

– E așa păcat că nu te putem lua cu noi! Este o rușine.

– E cum e.

Afară, sirenele urlau, iar oamenii veneau fugind, împiedicându-se și ferindu-se când ieșeau din case. Noaptea îi urmărea. Unii o priveau la rându-le, încercând să descopere avioanele de tinichea care traversau cerul.

Pe strada Himmel era o procesiune de oameni care se clătinau, toți luptându-se cu cele mai prețioase obiecte ale lor. În unele cazuri, era un bebeluș. În altele, un teanc de albume foto sau o cutie de lemn. Liesel își ducea cărțile la subraț. Frau Holtzapfel căra o valiză, trudindu-se pe cărare, cu ochi bulbucați și pași mici.

Papa, care își uitase totul – chiar și acordeonul – se grăbi spre ea și salvă valiza de strânsoarea femeii.

– Doamne Iisuse din ceruri, ce-aveți în ea? O nicovală?

Frau Holtzapfel mergea pe lângă el.

– Strictul necesar.

Fiedlerii locuiau la șase case distanță. Familia avea patru membri, toți cu părul de culoarea spicului de grâu și ochi nemțești, conform standardelor. Mai important, aveau o pivniță potrivită, adâncă. Douăzeci și doi de oameni se înghesuiră în ea, inclusiv familia Steiner, Frau Holtzapfel, Pfiffikus, un tânăr și o familie pe nume Jenson. Pentru a păstra o atmosferă civilizată, Rosa Hubermann și Frau Holtzapfel au fost ținute la distanță, deși unele lucruri depășeau banalul discuțiilor mărunte.

Un glob de lumină atârna de tavan, iar încăperea era umedă și rece. Pereții întemnițați ieșeau în afară și îi împungeau în spate pe oamenii care stăteau în picioare și vorbeau. De undeva, sunetul înăbușit al sirenelor se prelingea înăuntru. Puteau auzi versiunea lui distorsionată, care găsea cumva o cale să intre. Deși acest lucru stârnea neliniști cu privire la calitatea adăpostului, măcar puteau auzi cele trei sirene care semnalau sfârșitul raidului și reinstaurarea siguranței. Nu aveau nevoie de un Luftschutzwarte – un supervizor antiaerian.

Nu trecu mult și Rudy o găsi pe Liesel și rămase lângă ea. Părul lui arăta către ceva de pe tavan.

– Nu e grozav?

Nu se putu abține de la puțin sarcasm.

– E superb.

– A, haide, Liesel, nu fi așa. Care-i cel mai rău lucru care se poate întâmpla, cu excepția strivirii sau prăjirii noastre sau ce mai fac bombele?

Liesel se uită în jur, cercetând fețele celorlalți. Începu să facă o listă cu cei cărora le era cel mai teamă.

LISTĂ DE POSIBILE VICTIME

1. Frau Holtzapfel;
2. Domnul Fiedler;
3. Tânărul;
4. Rosa Hubermann.

Ochii lui Frau Holtzapfel erau ficși și larg deschiși. Trupul ei slab era aplecat în față, iar gura îi era rotunjită. Herr Fiedler își făcea de lucru întrebându-i pe oameni, uneori în mod repetat, cum se simțeau. Tânărul Rolf Schultz stătea în colț, vorbind încet cu aerul din jur, dojenindu-l. Mâinile îi erau cimentate în buzunare. Rosa se legăna ușor înainte și înapoi.

– Liesel, șopti ea, vino aici!

O luă pe fată în brațe, strângând-o cu putere. Fredona un cântec, dar atât de încet, încât Liesel nu reușea să-l audă. Notele se nășteau în timp ce respira și îi mureau pe buze. Lângă ele, papa stătea tăcut și nemișcat. La un moment dat, puse mâna lui caldă pe creștetul rece al lui Liesel. „Vei trăi“, parcă spunea el. Și a avut dreptate.

La stânga lor, Alex și Barbra Steiner stăteau cu cei mai mici dintre copii, Bettina și Emma. Cele două fete erau lipite de piciorul drept al mamei. Băiatul cel mai mare, Kurt, privea fix înainte, într-o poziție perfectă, preluată de la Tineretul Hitlerist, ținând-o de mână pe Karin, care era mică până și la cei șapte ani ai ei. Cea de zece ani, Anna-Marie, își plimba degetele pe suprafața vălurită a peretelui de ciment.

De cealaltă parte a Steinerilor erau Pfiffikus și familia Jenson. Pfiffikus se abținea să nu fluiere.

Bărbosul domn Jenson o ținea strâns pe soția lui, iar cei doi copii ai lor vorbeau uneori. Câteodată, bombăneau unul la celălalt, dar renunțau când apărea posibilitatea unei certe serioase.

După aproximativ zece minute, cel mai vizibil în beci era un fel de nemișcare. Corpurile lor parcă erau sudate laolaltă și numai picioarele își mai schimbau poziția. Împietrirea le era încătușată de chipuri. Se priveau reciproc și așteptau.

SENSUL # 3 DIN *DICȚIONARUL DUDEN*

Angst **– teamă:**
o emoție neplăcută, adesea
puternică, determinată de anticiparea
sau de conștientizarea pericolului.
Cuvinte înrudite: teroare, groază,
panică, frică, alarmă.

Existau povești cum că oamenii din alte adăposturi cântau *Deutschland über Alles* sau se certau, deși cu respirația întretăiată. Nu s-au întâmplat astfel de lucruri în adăpostul Fiedler. În acel loc, nu era decât teamă și așteptare, și cântecul mort de pe buzele ca de carton ale Rosei Hubermann.

Nu cu mult înainte ca sirenele să anunțe sfârșitul raidului, Alex Steiner – omul cu un chip impasibil, de lemn – îi luă pe copii de lângă piciorul soției sale. Întinse mâna și apucă mâna liberă a fiului său. Kurt, încă stoic și cu privirea încremenită, o strânse și mai tare de mână pe sora lui. În curând, toți cei din beci se țineau de mână unul pe celălalt, grupul de nemți formând un cerc aproximativ. Mâinile reci se topeau în cele calde și câteodată faptul că simțeai pulsul unei alte ființe omenești era reconfortant. Trecea prin pielea palidă, crispată. Unii își închideau ochii, așteptând moartea care să pună capăt lucrurilor sau sperând un semn că raidul se terminase.

Meritau ceva mai bun acești oameni?

Câți dintre ei îi persecutaseră efectiv pe alții, drogați de aroma privirii lui Hitler, repetându-i afirmațiile, paragrafele, opera? Era vinovată Rosa Hubermann? Cea care ascundea un evreu? Sau Hans? Meritau ei toți să moară? Copiii?

Răspunsul la toate aceste întrebări mă interesează foarte mult, deși nu le pot permite să mă seducă. Știu doar că toți acești oameni mă simțiseră în acea noapte, cu excepția celor mai mici copii. A fost sugestia. A fost îndemnul, închipuirea picioarelor mele mergând prin bucătărie și în coridor.

Așa cum este adesea cazul cu oamenii, când am citit despre ei în cuvintele hoțului de cărți, i-am compătimit, cu toate că nu atât de mult ca pe aceia pe care i-am curățat cu fărașul din diferite lagăre în acea perioadă. Cu siguranță, nemții din pivnițe erau demni de milă, dar măcar ei aveau o șansă. Pivnița aceea nu era o cameră de duș. Nu erau trimiși la duș. Pentru acei oameni, viața încă era ceva palpabil.

În cercul imperfect, minutele se scurgeau.

Liesel îi ținea de mână pe Rudy și pe mama.

Un singur gând o întrista.

„Max. Cum poate supraviețui Max dacă bombele ajung pe strada Himmel?“

Examină pivnița Fiedlerilor. Era mai solidă și considerabil mai adâncă decât cea din strada Himmel numărul 33.

Încet, îl întrebă pe papa:

„Te gândești și tu la el?“

Indiferent dacă întrebarea nerostită a fost înțeleasă sau nu, el dădu scurt din cap. Zece minute mai târziu, se auziră cele trei sirene care anunțau pacea vremelnică.

Cei din strada Himmel numărul 45 răsuflară ușurați.

Unii își închiseră ochii și îi deschiseră din nou.

O țigară fu trecută de la unul la altul.

Exact când să ajungă la buzele lui Rudy Steiner, tatăl lui o înhăță.

– Tu nu, Jesse Owens!

Copiii și-au îmbrățișat părinții și le-a luat tuturor minute bune să realizeze pe deplin că erau în viață și că vor *fi* în viață. Numai atunci, picioarele lor au urcat scările către bucătăria lui Herbert Fiedler.

Afară, o procesiune de oameni mergea în liniște pe stradă. Mulți priveau în sus și Îi mulțumeau lui Dumnezeu pentru viețile lor.

Când Hubermanii ajunseră acasă, se îndreptară direct către subsol, dar se părea că Max nu era acolo. Lampa era mică și portocalie și nu-l văzură, și nici nu primiră vreun răspuns la chemarea lor.

– Max?

– A dispărut.

– Max, ești acolo?

– Sunt aici.

La început, au crezut că din spatele cearșafurilor și bidoanelor de vopsea veniseră cuvintele, dar Liesel a fost prima care l-a văzut, în fața lor. Chipul lui istovit era camuflat printre materialele și pânzele folosite la zugrăvit. Avea ochii și buzele uluite.

Când se apropiară de el, vorbi din nou.

– Nu m-am putut abține, zise el.

Rosa îi răspunse. Se lăsă în jos, pentru a-l vedea.

– Despre ce vorbești, Max?

– Eu... Se lupta să răspundă. Când totul era tăcut, m-am dus în coridor și draperia din sufragerie era puțin întredeschisă... Am putut să văd afară. M-am uitat doar pentru câteva secunde.

Nu văzuse lumea de afară timp de douăzeci și două de luni.

Nu a existat mânie sau reproș.

Papa a fost cel care a vorbit:

– Cum arăta?

Cu mare părere de rău și extrem de surprins, Max își înălță capul.

– Erau stele, spuse el. Mi-au ars ochii.

Cei patru.

Doi oameni în picioare. Doi rămaseră așezați.

Toți văzuseră câte ceva în acea noapte.

Acest loc era pivnița adevărată. Aceasta era teama reală. Max s-a adunat și s-a ridicat, ca să se mute înapoi în spatele cearșafurilor. Le-a urat noapte bună, dar nu a ajuns până sub trepte. Cu permisiunea mamei, Liesel a rămas cu el până dimineața, citind *Un cântec în întuneric*, în vreme ce el desena și scria în cartea sa.

„De la o fereastră de pe strada Himmel, scria el, stelele mi-au aprins ochii."

Hoțul din cer

După cum s-a dovedit, primul raid nu fusese deloc un raid. Dacă oamenii ar fi așteptat să vadă avioanele, ar fi stat acolo toată noaptea. Asta a explicat motivul pentru care nici un sunet de ceas de cuc nu se auzise la radio. *Molching Express* a relatat că un anumit operator dintr-un turn de apărare antiaeriană se agitase mai mult decât trebuia. Jurase că auzise huruit de avioane și că le văzuse la orizont. Așa că a transmis vestea.

– S-ar putea să o fi făcut intenționat, sublinie Hans Hubermann. Ți-ar conveni să stai într-un turn și să deschizi focul asupra unor avioane pline cu bombe?

Firește, pe măsură ce Max continuă să citească articolul în pivniță, află că bărbatul cu imaginație bogată fusese îndepărtat din serviciu. Probabil că a fost mutat în altă parte.

– Să-i fie de bine, spuse Max.

În timp ce trecu la rebus, păru să-l compătimească.

Următorul raid fu adevărat.

În noaptea de 19 septembrie, sunetul de cuc se auzi la radio, fiind urmat de o voce gravă, pe un ton informativ. Molching era una dintre țintele posibile.

Din nou, strada Himmel se umplu de oameni și din nou papa își lăsă acordeonul acasă. Rosa îi aminti să-l ia, dar el refuză.

– Nu l-am luat data trecută, explică, și am supraviețuit.

În mod clar, războiul estompa diferența dintre logică și superstiție.

Atmosfera sinistră i-a urmat în pivnița Fiedlerilor.

– Cred că e de-adevăratelea astă-seară, zise domnul Fiedler și copiii realizară curând că părinții erau chiar mai înfricoșați de data asta.

Reacționând în singurul mod pe care îl știau, cei mai mici au început să urle și să plângă, iar încăperea păru să se clatine.

Chiar și din beci, auziră vag sunetul bombelor. Presiunea aerului parcă forma un tavan ce dorea să zdrobească pământul. O mușcătură fu luată din străzile pustii ale Molchingului.

Furioasă, Rosa o ținea de mână pe Liesel.

Zgomotul copiilor care plângeau lovea cu picioarele și cu pumnii.

Până și Rudy stătea perfect drept, simulând nonșalanța, încordându-se împotriva tensiunii. Brațe și coate se luptau pentru spațiu. Câțiva dintre adulți încercau să-i calmeze pe copii. Alții nu reușeau să se calmeze nici pe ei.

– Faceți-l pe copilul ăla să tacă! vociferă Frau Holtzapfel, dar cuvintele ei au fost doar o altă voce nefericită în haosul cald din adăpost.

Lacrimi murdare șiroiau din ochii celor mici, iar mirosul respirației nocturne, al transpirației și al hainelor purtate prea mult era amestecat și înăbușit în ceea ce devenise acum un cazan în care se scăldau oameni.

Deși se aflau exact una lângă cealaltă, Liesel era obligată să strige:

– Mama? Din nou. Mamă, îmi strivești mâna!

– Ce-i?

– Mâna mea!

Rosa o eliberă și, pentru a se liniști și a ignora gălăgia din subsol, Liesel deschise una dintre cărți și începu a citi. Cartea din vârful teancului era *Omul care fluiera* și ea citi cu voce tare pentru a se concentra mai bine. Abia auzi primul paragraf.

– Ce-ai spus? zbieră mama, dar Liesel o ignoră.

Rămase concentrată asupra primei pagini. Când ajunse la a doua pagină, Rudy observă. Își îndreptă atenția către Liesel și le făcu semn fratelui și surorilor lui, cerându-le să facă la fel cu cei de alături. Hans Hubermann se apropie și ceru să se facă tăcere, și în curând liniștea începu să sângereze în pivnița aglomerată. La pagina trei, toată lumea era tăcută, cu excepția lui Liesel.

Nu îndrăzni să-și ridice privirea, dar simțea ochii înfricoșați agățați de ea în timp ce inspira cuvintele și apoi le dădea afară. O voce interpreta notele înăuntrul ei. „Acesta, spunea vocea, este acordeonul tău."

Sunetul întoarcerii paginii îi tăia pe toți în două.

Liesel citea mai departe.

Timp de cel puțin douăzeci de minute, le-a împărtășit povestea. Cei mai mici copii era alinați de vocea ei și toți ceilalți și l-au imaginat pe omul care fluiera fugind de la locul faptei. Liesel nu și-l imagină. Hoțul de cărți nu văzu decât mecanica vorbelor – trupurile lor împotmolite în hârtie, bătătorite pentru ca ea să calce pe ele. Și undeva, în pauzele dintre punctele de la finalul propozițiilor și majuscula următoare, se afla Max. Își aminti că îi citise când a fost bolnav. „Oare era în subsol? se întreba ea. Sau fura din nou o privire către cer?"

UN GÂND PLĂCUT

Ea era un hoț de cărți.
Celălalt fura cerul.

Cu toții așteptară ca pământul să se cutremure.

Acesta era un fapt imuabil, dar acum cel puțin erau distrași de fata cu cartea. Unul dintre băieții mai mici fu cât pe ce să plângă din nou, dar Liesel se opri în acel moment și îl imită pe papa sau chiar pe Rudy, la drept vorbind. Îi făcu cu ochiul și continuă de unde rămăsese.

Cineva a întrerupt-o numai atunci când sunetul sirenelor s-a prelins iarăși înăuntru.

– Suntem în siguranță, a zis domnul Jenson.

– Șșșt! făcu Frau Holtzapfel.

Liesel își ridică privirea.

– Nu mai sunt decât două paragrafe până la finalul capitolului, spuse ea și continuă să citească fără ostentație sau mai repede. Doar cuvintele.

SENSUL # 4 DIN *DICȚIONARUL DUDEN*

Wort **– cuvânt:**
un element semnificativ de
limbaj / o promisiune / o
remarcă scurtă, o afirmație
sau o conversație.
Cuvinte înrudite: termen,
nume, expresie.

Din respect, adulții au avut grijă ca toată lumea să păstreze tăcerea și Liesel a terminat capitolul unu din *Omul care fluiera.*

Grăbiți să urce scările, copiii trecură pe lângă ea, dar mulți dintre cei mai în vârstă – chiar și Frau Holtzapfel, chiar și Pfiffikus (cât de nimerit, având în vedere cartea din care citise) – îi mulțumiră fetei că le-a distras atenția. Făcură asta în vreme ce treceau pe lângă ea și se zoreau să iasă din casă, să vadă dacă strada Himmel suferise vreo stricăciune.

Strada Himmel era neatinsă.

Singurul semn de război era un nor de praf ce migra de la est la vest. Norul se uita prin ferestre, încercând să găsească o cale de a intra, și, pe când se îngroșa și se răspândea simultan, transforma șirul de oameni în stafii.

Nu mai erau oameni pe stradă.

Erau zvonuri care cărau genți.

Acasă, papa i-a povestit totul lui Max.

– E ceață și cenușă – cred că ne-au lăsat să ieșim prea devreme. Se uită la Rosa. Să mă duc afară? Să văd dacă au nevoie de ajutor în locurile bombardate?

Rosa nu era impresionată.

– Nu fi așa idiot, zise ea. O să te sufoci de praf. Nu, nu, *Saukerl*, aici stai! Se gândi la ceva. Acum, îl privi foarte serioasă pe Hans. De fapt, chipul ei exprima mândrie. Stai aici și spune-i lui Max despre fată. Glasul ei se ridică puțin. Despre carte.

Max deveni și mai atent la ea.

– *Omul care fluiera*, îl informă Rosa. Capitolul unu.

Îi explică exact ce se întâmplase în adăpost.

În timp ce Liesel stătea într-un colț al subsolului, Max o privi și își frecă maxilarul cu o mână. Personal, cred că a fost momentul în care a conceput partea următoare a cărții sale de schițe.

Scuturătoarea de cuvinte.

Își imagină fata citind în adăpost. Trebuie să o fi privit înmânându-le literalmente oamenilor cuvintele. Totuși, ca întotdeauna, el trebuie să fi văzut și umbra lui Hitler. Probabil că deja îi auzea pașii venind mai târziu spre strada Himmel și pivniță.

După o pauză destul de lungă, păru gata să vorbească, dar Liesel i-o luă înainte:

– Azi ai văzut cerul?

– Nu.

Max privi peretele și arătă spre el.

Toți se uitară la cuvintele și la imaginea pe care o pictase cu mai mult de un an în urmă – funia și soarele care picura.

– Nu, doar în acea seară, zise el și apoi nimeni nu a mai spus nimic.

Nimic, doar gânduri.

Nu știu de Max, Hans și Rosa, dar Liesel Meminger se gândea că, dacă bombele ar fi căzut pe strada Himmel în acea seară, nu numai că Max ar fi avut mai puține șanse de supraviețuire decât ceilalți, dar ar fi murit complet singur.

Oferta lui Frau Holtzapfel

Dimineața, au fost cercetate pagubele. Nimeni nu a murit, dar două blocuri de apartamente au fost transformate în piramide de moloz, iar în terenul favorit al lui Rudy de la Tineretul Hitlerist parcă fusese scobit un castron imens. Jumătate din oraș stătea în jurul lui. Oamenii îi estimau adâncimea, pentru a o compara cu a adăposturilor lor. Câțiva băieți și fete au scuipat în groapă.

Rudy stătea lângă Liesel.

– Se pare că trebuie să-l fertilizeze din nou.

Fiindcă în următoarele câteva săptămâni nu s-au înregistrat raiduri, viața aproape că a revenit la normal. Doar două întâmplări au deranjat ordinea firească a lucrurilor.

Cele două întreruperi din octombrie
1. Mâinile lui Frau Holtzapfel;
2. Parada evreilor.

Ridurile ei erau ca niște calomnii. Vocea ei aducea cu o bătaie cu bățul.

De fapt, a fost un noroc că au văzut-o venind, pe fereastra din camera de zi, pentru că bătaia în ușă se auzi grea și hotărâtă. Indicând că avea o problemă serioasă.

Liesel auzi cuvintele de care se temea.

– Du-te și răspunde, zise mama, iar fata, știind prea bine că nu are rost să se opună, făcu după cum i se spusese.

– Mama ta este acasă? o interogă Frau Holtzapfel. Construită doar din sârme cu o vechime de cincizeci de ani, ea rămase pe treapta din față, uitându-se din când în când îndărăt, spre stradă. Scroafa aia de maică-ta e acasă?

Liesel se întoarse și o chemă.

SENSUL # 5 DIN *DICȚIONARUL DUDEN*

Gelegenheit **– oportunitate:**
o șansă de avansare sau progres.
Cuvinte înrudite:
perspectivă, deschidere, ocazie.

Curând, Rosa fu în spatele ei.

– Ce cauți aici? Vrei să scuipi și pe podeaua mea din bucătărie?

Frau Holtzapfel nu dădu deloc înapoi.

– Așa întâmpini pe *toată lumea* care îți apare la ușă? Ce *G'sindel.*

Liesel urmărea scena. Fusese suficient de ghinionistă să fie prinsă ca într-un sendviș între ele. Rosa o trase din cale.

– Ei, ai de gând să-mi spui ce cauți aici sau nu?

Încă o dată, Frau Holtzapfel se uită pe stradă și înapoi.

– Am o ofertă pentru tine.

Mama își mută greutatea de pe un picior pe celălalt.

– Chiar așa?

– Nu, nu pentru tine. O concedie pe Rosa cu o ridicare a vocii și se concentră asupra lui Liesel. Pentru tine.

– Ei bine, atunci de ce a trebuit să mă chemi pe mine?

– Ei, am cel puțin nevoie de *permisiunea* ta.

„O, Maică Sfântă, se gândi Liesel, numai asta îmi lipsea. Ce naiba poate să vrea Holtzapfel de la mine?“

– Mi-a plăcut cartea aia pe care ai citit-o în adăpost.

„Nu. Nu o vei avea.“ Liesel era convinsă de asta.

– Da?

– Speram să aud și restul în adăpost, dar se pare că deocamdată suntem în siguranță. Își roti umerii și își îndreptă sârma care ținea loc de coloană vertebrală. Așa că vreau să vii la mine și să mi-o citești.

– Ai tupeu, Holtzapfel! Rosa încerca să se hotărască dacă să fie furioasă sau nu. Dacă tu crezi...

– Nu o să mai scuip pe ușa ta, o întrerupse ea. Și o să-ți dau rația mea de cafea.

Rosa decise să nu se înfurie.

– Și niște făină?

– Ce, ești cumva evreică? Doar cafea. Poți să o schimbi pe făină cu altcineva.

Era stabilit.

De toată lumea, cu excepția fetei.

– Bine atunci, așa rămâne.

– Mamă?

– Liniște, *Saumensch*. Du-te și adu cartea. Mama se întoarse din nou spre Frau Holtzapfel. În ce zile ai vrea?

– Luni și vineri la ora patru. Și azi, chiar acum.

Liesel a urmat pașii militărești ai lui Frau Holtzapfel până la ușa casei din vecini, care era imaginea în oglindă a casei Hubermannilor. Exista o singură diferență: era puțin mai mare.

Când se aşeză la masa din bucătărie, Frau Holtzapfel se instală chiar în faţa ei, dar răsucită spre fereastră.

– Citeşte! zise ea.

– Capitolul doi?

– Nu, capitolul opt. Sigur că doi! Acum, apucă-te de citit înainte să te dau afară.

– Da, Frau Holtzapfel.

– Lasă-mă cu „da, Frau Holtzapfel". Doar deschide cartea. Nu avem toată ziua.

„Doamne Dumnezeule, se gândi Liesel. Asta e pedeapsa mea pentru acele furtişaguri. Într-un final, m-a ajuns."

A citit vreme de patruzeci şi cinci de minute, iar atunci când capitolul se sfârşi, o pungă de cafea a fost pusă pe masă.

– Mulţumesc, zise femeia. E o poveste bună. Se duse la cuptor şi îşi făcu de lucru cu nişte cartofi. Fără să se uite înapoi, spuse: Încă mai eşti aici, nu?

Liesel înţelese că era momentul să plece.

– *Dankeschön*, Frau Holtzapfel.

La uşă, când văzu fotografiile înrămate a doi tineri în uniforme militare, aruncă şi un *Heil Hitler*, ridicând braţul în bucătărie.

– Da. Frau Holtzapfel era mândră, dar şi temătoare. Doi fii în Rusia. *Heil Hitler!* zise ea. Puse apa la fiert şi chiar găsi suficientă politeţe pentru a face câţiva paşi cu Liesel până la uşa din faţă. *Bis morgen?*

Ziua următoare era vineri.

– Da, Frau Holtzapfel. Pe mâine.

Liesel calculă că au fost patru astfel de şedinţe de lectură cu Frau Holtzapfel înainte ca evreii să mărşăluiască prin Molching.

Mergeau spre Dachau, lagărul de concentrare.

„Asta înseamnă două săptămâni, va scrie mai târziu, în subsol. Două săptămâni pentru a schimba lumea şi paisprezece zile pentru a o distruge.“

Lungul drum spre Dachau

Unii au spus că autocamionul se stricase, dar pot atesta personal că nu s-a întâmplat așa. Am fost acolo.

Ceea ce se petrecuse a fost un cer ca un ocean, cu nori ca niște tichii albe.

De asemenea, nu a fost doar un vehicul. Trei camioane nu se strică toate în același timp.

Când soldații s-au oprit să mănânce și să fumeze, și să lovească grupul de evrei, unul dintre prizonieri s-a prăbușit din cauza înfometării și a bolii. Nu am idee de unde venea convoiul, dar se afla la aproximativ cinci kilometri de Molching și mai aveau cale lungă până la lagărul de concentrare din Dachau.

Am intrat prin parbrizul camionului, am găsit omul suferind și am sărit afară prin spate. Sufletul lui era costeliv. Barba lui era ca un lanț cu o ghiulea. Picioarele mele au aterizat zgomotos pe pietriș, deși nici un soldat și nici un prizonier nu au auzit nimic. Dar toți mă puteau mirosi.

Amintirea îmi spune că erau multe dorințe în bena acelui camion. Voci interioare făceau referire la mine.

„De ce el și nu eu?“

„Slavă Domnului că *nu* sunt eu.“

Soldații, pe de altă parte, erau ocupați cu o discuție diferită. Șeful lor a strivit țigara și, suflând fumul spre ei, le-a pus o întrebare:

– Când a fost ultima oară când i-am scos la aer curat pe șobolanii ăștia?

Primul locotenent s-a abținut să nu tușească.

– Chiar le-ar prinde bine, nu?

– Ei, haide atunci, nu? Avem timp, așa-i?

– Mereu avem timp, domnule.

– Și vremea e perfectă pentru o paradă, nu credeți?

– Este, domnule.

– Atunci, ce mai aștepți?

Pe strada Himmel, Liesel juca fotbal când apăru zgomotul. Doi băieți se băteau pentru o minge în mijlocul terenului, când totul se opri în loc. Până și Tommy Muller îl putu auzi.

– Ce-i asta? întrebă el din poartă.

Toți s-au întors către sunetul de picioare târșâite și voci militărești care se apropia.

– E o cireadă de vite? întrebă Rudy. Nu poate fi. Nu se aude niciodată chiar așa, nu?

La început, încet, copiii de pe stradă se îndreptară spre sunetul care-i atrăgea ca un magnet, către Frau Diller's. Din când în când, strigătele se accentuau.

Dintr-un apartament de la un etaj superior de pe strada München, o femeie în vârstă, cu o voce prevestitoare de rău identifică pentru toată lumea sursa exactă a zgomotului. Sus, la fereastră, chipul părea ca un drapel alb, cu ochi umezi și gura deschisă. Avea părul cenușiu. Ochii îi erau de un albastru întunecat. Vocea îi era ca un sinucigaș aterizând cu o bufnitură la picioarele lui Liesel.

– *Die Juden*, zise ea. Evreii.

SENSUL # 6 DIN *DICȚIONARUL DUDEN*

Elend – nenorocire:
mare suferință,
nefericire și durere.
Cuvinte înrudite:
angoasă, chin, disperare,
stare jalnică, dezolare.

Mai mulți oameni au apărut pe stradă, unde o serie de evrei și alți infractori fuseseră deja îmbrânciți. Poate că lagărele de exterminare erau ținute secret, dar câteodată oamenilor le era arătată măreția unui lagăr de muncă forțată precum Dachau.

Pe partea cealaltă, departe, Liesel zări un bărbat cu căruciorul său de zugrăvit. Stingherit, își trecea mâna prin păr.

– Uite! i-l arătă lui Rudy. Papa.

Amândoi au traversat și s-au îndreptat către el, iar la început, Hans Hubermann a încercat să-i îndepărteze de acolo.

– Liesel, spuse el. Poate că...

Realiză însă că fata era hotărâtă să stea și poate că era ceva ce putea să vadă. În adierea de toamnă, a rămas lângă ea. Nu a rostit nici un cuvânt.

Pe strada München, au privit.

Alții au venit în jurul și în fața lor.

S-au uitat cum evreii mergeau pe stradă ca un catalog de culori. Nu astfel i-a descris hoțul de cărți, dar vă pot spune că exact așa erau, pentru că mulți dintre aveau să moară. Fiecare dintre ei mă va întâmpina ca pe singurul adevărat prieten, cu oasele ca fumul și sufletele atârnând în urma lor. Când au sosit cu toții, zgomotul stârnit în mers făcea strada să pulseze. Ochii le erau enormi în craniile înfometate. Și praful. Praful era mulat pe ei. Picioarele li se clătinau în timp ce trupurile erau împinse de mâinile soldaților –

câțiva pași involuntari de alergare forțată înainte să revină încet la mersul malnutrit.

Hans îi privea pe deasupra capetelor publicului care se înmulțea. Sunt sigură că ochii lui erau argintii și încordați. Liesel se uita printre ceilalți sau peste umerii lor.

Fețele suferinde ale bărbaților și femeilor sleite se perindau prin fața lor, implorând nu atât ajutor – deja depășiseră acest stadiu –, cât o explicație. Măcar ceva care să înlăture oarecum confuzia.

Abia își puteau ridica picioarele de la pământ.

Stele ale lui David erau mânjite pe cămășile lor, iar nenorocirea era atașată de ei ca și cum le-ar fi fost menită. „Nu-ți uita nenorocirea..." În unele cazuri, creștea pe ei ca un lujer.

Alături de ei mergeau soldații, ordonându-le să se grăbească și să nu se mai tânguiască. Unii dintre soldați erau doar niște băieți. Îl aveau pe Führer în priviri.

Urmărind scena, Liesel era convinsă că acestea erau cele mai amărâte suflete în viață. Asta este ce a scris despre ei. Foamea îi mânca pe măsură ce înaintau, unii dintre ei privind pământul pentru a-i evita pe oamenii de pe partea cealaltă a străzii. Câțiva se uitau rugător la cei care veniseră să le observe umilirea, acest preludiu al morții. Alții implorau pe cineva, pe oricine, să facă un pas înainte și să-i prindă în brațe.

Nimeni nu a făcut-o.

Indiferent dacă au privit această paradă cu mândrie, indiferență sau rușine, nimeni nu a făcut nimic să o întrerupă. Nu încă.

Din când în când, un bărbat sau o femeie – nu, nu erau bărbați sau femei, erau evrei – găseau chipul lui Liesel în mulțime. O întâlneau în înfrângerea lor, iar hoțul de cărți doar îi privea la rându-i într-un moment lung, incurabil, înainte să dispară din nou. Putea numai să spere că ei vedeau cât de profundă era amărăciunea de pe fața ei, că era reală, nu trecătoare.

„Unul dintre voi este în pivnița mea! dorea să spună. Am făcut un om de zăpadă împreună! I-am dat treisprezece cadouri când a fost bolnav!“

Liesel nu zise nimic.

La ce-ar fi folosit?

Înțelese că era complet inutil pentru acești oameni. Nu puteau fi salvați și, în câteva minute, va vedea ce pățesc cei care ar încerca să-i ajute.

Într-un mic gol din procesiune era un bărbat mai în vârstă decât ceilalți.

Avea barbă și haine uzate.

Ochii lui erau de culoarea agoniei, și cu toate că era foarte slab, puțina greutate era prea multă pentru picioarele lui.

Căzu de mai multe ori.

O parte a feței lui era lipită de caldarâm.

Cu fiecare ocazie, un soldat venea lângă el.

– *Steh' auf!* striga. Ridică-te!

Bărbatul se ridică în genunchi și se luptă să-și îndrepte trupul. Păși mai departe.

De fiecare dată când îi ajungea pe cei din fața lui, își pierdea rapid echilibrul și se prăbușea la pământ. Erau mai mulți în spatele său – cam câți pot încăpea într-un camion – și amenințau să-l depășească și să-l calce.

Era insuportabil de privit durerea din brațele care tremurau încercând să ridice corpul. Au mai cedat încă o dată înainte de a se ridica și a mai face câțiva pași.

Era mort.

Omul era mort.

Mai dați-i alte cinci minute și cu siguranță va cădea în mocirla germană și va muri. Toți îl vor abandona și toți vor privi.

Apoi, un om.

Hans Hubermann.

S-a întâmplat atât de rapid!

Mâna care ținea strâns palma lui Liesel i-a dat drumul în timp ce bărbatul se chinuia să meargă. Ea își simți mâna plesnindu-i coapsa.

Papa se aplecă spre căruciorul de zugrăvit și scoase ceva. Își croi drum prin mulțime.

Evreul stătea în fața lui, așteptându-se să fie iarăși batjocorit, dar văzu, ca toți ceilalți, cum Hans Hubermann întinse mâna și, ca prin magie, îi oferi o bucată de pâine.

Când aceasta trecu dintr-o mână într-alta, evreul se prăbuși. Căzu în genunchi și se agăță de gleznele lui papa. Își îngropă fața între ele și îi mulțumi.

Liesel privea.

Cu lacrimi în ochi, văzu cum bărbatul se trase mai aproape, împingându-l pe papa în spate, ca să-i plângă pe glezne.

Alți evrei trecură pe lângă ei, toți urmărind acest mic miracol zadarnic. Curgeau pe alături ca o apă omenească. În acea zi, câțiva vor ajunge la ocean. Li se va da o bonetă albă.

Înaintând cu greu, un soldat sosi în curând la locul faptei. Îi studie pe bărbatul îngenuncheat și pe papa, apoi privi mulțimea. După ce se mai gândi preț de o clipă, scoase biciul de la brâu și începu să lovească.

Evreul a fost biciuit de șase ori. Pe spinare, pe cap și picioare.

– Ticălos! Porc!

Începu să-i curgă sânge din ureche.

Apoi, veni rândul lui papa.

O altă mână o ținea pe a lui Liesel acum, și când se uită îngrozită, lângă ea, Rudy Steiner înghițea un nod în timp ce Hans Hubermann era biciuit în stradă. Sunetul îi făcea rău și se aștepta să apară fisuri pe corpul lui papa. A fost lovit de patru ori înainte să se prăbușească și el la pământ.

După ce evreul în vârstă se aruncă la picioarele lui pentru o ultimă dată și păși mai departe, se uită scurt înapoi. Îi aruncă o privire tristă omului care acum îngenunchea pentru el, ai cărui genunchi se frângeau acum în stradă. În lipsă de altceva, măcar bătrânul va muri ca un om. Sau măcar cu gândul că *a fost* om.

Cât despre mine?

Nu sunt sigură că ăsta e un lucru atât de bun.

Se auziră multe voci atunci când Liesel și Rudy s-au apropiat și l-au ajutat pe Hans să se ridice. Cuvinte și lumina soarelui. Așa își amintea momentul. Lumina strălucind pe stradă și cuvintele ca niște valuri spărgându-se în spatele ei. Abia când s-au îndepărtat, a observat pâinea lepădată pe stradă. Când Rudy a încercat să o ridice, un evreu i-a smuls-o din mână și alți doi s-au luptat cu el pentru ea, apoi și-au continuat drumul spre Dachau.

După aceea, atenția se îndreptă spre ochii de argint.

Căruciorul a fost răsturnat și vopseaua se scurse pe stradă.

L-au numit iubitor de evrei.

Alții rămaseră tăcuți, ajutându-l să se îndepărteze în siguranță.

Hans Hubermann se sprijini cu brațele întinse de peretele unei case. Dintr-odată, se simți copleșit de ceea ce tocmai se întâmplase.

Prin fața ochilor îi trecu o imagine rapidă și fierbinte.

Strada Himmel numărul 33 – pivnița lui.

Panica îl cuprinse printre încercările de a inspira și a expira.

„O să vină acum. O să vină.

O, Doamne, o, Doamne Iisuse pe cruce.“

Se uită la fată și închise ochii.

– Ești rănit, papa?

Primi întrebări mai degrabă decât un răspuns.

– Ce-a fost în capul meu?

Ochii se strânseră mai tare și apoi se deschiseră din nou. Salopeta era boțită. Avea vopsea și sânge pe mâini. Și firimituri. Cât de diferită față de pâinea din vară!

– O, Doamne, Liesel, ce-am făcut?

Da.

Trebuie să fiu de acord.

Ce făcuse papa?

Pace

După unsprezece seara, Max Vandenburg mergea pe strada Himmel cu o valiză plină de mâncare și haine călduroase. Avea aer german în plămâni. Stelele galbene ardeau. Când a ajuns la Frau Diller's, a privit înapoi pentru o ultimă dată către numărul 33. Nu văzu silueta de la fereastra din bucătărie, dar *ea* îl vedea pe el. Îi făcu cu mâna, dar el nu îi răspunse.

Liesel încă îi simțea buzele pe fruntea ei. Îi mirosea respirația de rămas-bun.

– Am lăsat ceva pentru tine, zisese, dar nu o vei primi până nu vei fi pregătită.

A plecat.

– Max?

Dar nu s-a întors.

Plecase din camera ei și închisese ușa fără zgomot.

Holul murmura.

Nu mai era.

Când ea ajunse în bucătărie, mama și papa stăteau încovoiați și cu expresii rezervate pe chipuri. Stătuseră astfel timp de treizeci de secunde de eternitate.

Sensul # 7 din *Dicționarul Duden*

***Schweigen* – liniște:**
absența sunetului sau a zgomotului.
Cuvinte înrudite:
tăcere, calm, pace.

Cât de perfect!
Pace.

Undeva lângă München, un evreu neamț își croia drum prin întuneric. Fusese stabilit un aranjament ca să se întâlnească peste patru zile cu Hans Hubermann (asta dacă nu era arestat).

Era într-un loc departe pe Amper, unde un pod rupt se înclina spre râu și copaci.

Când papa ajunse patru zile mai târziu, singurul lucru pe care îl găsi a fost un bilet sub o piatră, la poalele unui copac. Nu era adresat nimănui și conținea doar o propoziție.

Ultimele cuvinte ale lui Max Vandenburg

Ai făcut destul.

Acum mai mult ca niciodată, strada Himmel numărul 33 era un loc liniștit și nu a trecut neobservat faptul că *Dicționarul Duden* era complet și absolut greșit, mai ales referitor la cuvintele înrudite.

Liniștea nu era tăcută sau calmă, și nu era pace.

Idiotul și oamenii în jachete

În noaptea paradei, idiotul stătea în bucătărie și bea mici înghițituri amare din cafeaua lui Holtzapfel, și tânjea după o țigară. Aștepta să vină Gestapoul, soldații, poliția – oricine – și să-l ducă departe, așa cum simțea că merită. Rosa îi ordonă să se ducă la culcare. Fata zăbovea în ușă. Le alungă pe amândouă și petrecu orele până dimineață cu capul în mâini, așteptând.

Nu sosi nimeni.

Fiecare fărâmă de timp purta cu ea zgomotul așteptat, al bătăilor în ușă și al cuvintelor amenințătoare.

Nu veniră.

Singurul sunet era cel făcut de el.

– Ce-am făcut? șopti din nou.

– Doamne, ce bine mi-ar prinde o țigară, răspunse tot el.

Nu mai avea.

Liesel auzi cuvintele repetate de mai multe ori și petrecu multă vreme stând la ușă. I-ar fi plăcut să-l consoleze, dar nu văzuse niciodată un om atât de pustiit. Nu putea fi nici o consolare în acea noapte. Max nu mai era și Hans Hubermann era de vină.

Dulapurile din bucătărie aveau forma vinei, iar palmele îi erau uleioase din pricina amintirii a ceea ce făcuse. „Trebuie să fie transpirate“, se gândi Liesel, pentru că și mâinile ei erau umezite până la încheieturi.

În camera ei, fata se rugă.

Mâini și picioare, brațe lipite de saltea.

– Te rog, Doamne, lasă-l pe Max să supraviețuiască, Te rog, Doamne...

Genunchii ei suferinzi.

Picioarele dureroase.

Când apăru prima geană de lumină, ea se trezi și se duse la bucătărie. Papa dormea cu capul pe tăblia mesei și avea puțină salivă la colțul gurii. Mirosul de cafea era puternic, iar imaginea bunătății prostești a lui Hans Hubermann încă plutea în aer. Era ca un număr sau o adresă. Repetat de câteva ori, îl memorezi.

Nu a simțit prima încercare a ei de a-l trezi, dar, când l-a înghiontit în umăr a doua oară, a ridicat capul de pe masă tresărind.

– Sunt aici?

– Nu, papa, eu sunt.

Termină cafeau stătută din ceașcă. Mărul lui Adam se ridică și coborî.

– Trebuiau să vină până acum. De ce nu au venit, Liesel?

Era o insultă.

Ar fi trebuit să vină până acum și să fi scotocit casa, căutând orice dovadă de iubire față de evrei sau de trădare, însă se părea că Max plecase absolut inutil. Putea să fi dormit în subsol, să fi făcut schițe în cartea sa.

– Nu aveai de unde să știi că nu vor veni, papa.

– Trebuia să *știu* că nu era cazul să-i dau pâine acelui om. Pur și simplu nu am gândit.

– Papa, nu ai făcut nimic rău.

– Nu cred.

S-a ridicat și s-a îndreptat spre ușa bucătăriei, lăsând-o întredeschisă. Pentru ca insulta să fie și mai gravă, urma o dimineață minunată.

După patru zile, papa străbătu lunga distanță până pe malul râului Amper. Aduse bilețelul și îl puse pe masa din bucătărie.

Încă o săptămână trecu, iar Hans Hubermann încă își aștepta pedeapsa. Loviturile de bici deveneau cicatrici și el își petrecea timpul plimbându-se prin Molching. Frau Diller scuipă către picioarele sale. Frau Holtzapfel, femeie de cuvânt, încetase să mai scuipe pe ușa Hubermannilor, dar găsi o altă modalitate de a-l insulta.

– Știam eu, îl blestemă patroana magazinului, iubitor de evrei mizerabil!

Ignorându-i cuvintele, își văzu de drum și Liesel îl găsea adesea la râul Amper, pe pod. Își odihnea brațele pe balustradă și își apleca trupul peste pod. Copii pe biciclete se grăbeau pe lângă el sau alergau vorbind tare, tropăind pe lemn. Nici unul dintre ei nu îl smulse din gândurile în care era cufundat.

SENSUL # 8 DIN *DICȚIONARUL DUDEN*

Nachtrauern – regret:
părere de rău plină de dor,
dezamăgire sau pierdere.
<u>Cuvinte înrudite</u>: remușcare, căință,
jale, mâhnire.

– Îl vezi? o întrebă într-o dimineață când se aplecă și ea lângă el. În apa de acolo?

Râul nu curgea foarte repede. În valurile domoale, Liesel putea vedea conturul feței lui Max Vandenburg. Îi vedea părul ca penele și restul ființei sale.

– Se bătea cu Führerul în pivnița noastră.

– Doamne Iisuse Hristoase! Papa strânse și mai tare lemnul cu așchii. Sunt un idiot.

„Nu, Papa.

Ești doar un om."

Cuvintele îi veniră mai bine de un an mai târziu, când scria în pivniță, și își dori să se fi gândit la ele atunci.

– Chiar sunt prost, îi spuse Hans Hubermann fiicei sale adoptive. Și amabil. Ceea ce mă face cel mai mare idiot din lume. Adevărul e că *vreau* ca ei să vină după mine. Orice este mai bine decât așteptarea asta.

Hans Hubermann avea nevoie de o justificare. Avea nevoie să știe că Max Vandenburg îi părăsise casa pentru un motiv întemeiat.

În cele din urmă, după aproape trei săptămâni de așteptare, crezu că momentul venise.

Era târziu.

Liesel se întorcea de la Frau Holtzapfel, când văzu doi bărbați cu jachete lungi, negre și alergă înăuntru.

– Papa! Papa! Aproape că dărâmă masa din bucătărie. Papa, au venit!

Mama se apropie mai întâi.

– Ce e cu toate țipetele astea, *Saumensch?* Cine a venit?

– Gestapoul.

– Hansie!

El era deja acolo și ieși din casă pentru a-i întâmpina. Liesel dori să i se alăture, dar Rosa o reținu și amândouă priviră de la fereastră.

Papa stătea la ușa din față. Nu avea astâmpăr.

Mama o strânse și mai tare în brațe pe Liesel.

Oamenii trecură pe lângă casă.

Alarmat, papa se uită îndărăt, spre fereastră, apoi ieși pe poartă. Strigă după ei:

– Hei! Sunt chiar aici. Pe mine mă vreți. Aici locuiesc.

Bărbații în jachete s-au oprit pentru un moment și și-au consultat carnețelele.

– Nu, nu, i-au răspuns. Aveau glasurile grave și bolovănoase. Din păcate, ești cam în vârstă pentru ce căutăm noi.

Și-au văzut de drum, dar nu au mers prea departe, oprindu-se la numărul 35 și deschizând poarta.

– Frau Steiner? întrebară când ușa se deschise.

– Da, eu sunt.

– Am venit să vorbim ceva cu dumneavoastră.

Bărbații în jachete stăteau ca niște coloane blindate în pragul casei ca o cutie de pantofi a Steinerilor.

Dintr-un oarecare motiv, veniseră după băiat.

Oamenii în jachete îl voiau pe Rudy.

Partea a opta

Scuturătoarea de cuvinte

în rolurile principale:

domino și întuneric – imaginea
lui rudy dezbrăcat – pedeapsă – soția unui om
de cuvânt – un colector – mâncătorii de pâine – o
lumânare în copaci – o carte de schițe ascunsă
– și colecția de costume a anarhistului

Domino și întuneric

După cum spuneau surorile mai mici ale lui Rudy, erau doi monștri care stăteau în bucătărie. Glasurile lor loveau metodic ușa, în timp ce copiii Steiner jucau domino de partea cealaltă. Ceilalți trei ascultau radioul în dormitor, neștiutori. Rudy spera ca asta să nu aibă nimic de-a face cu ceea ce se întâmplase la școală săptămâna trecută. Era ceva ce refuzase să-i zică lui Liesel și despre care nu vorbise nici acasă.

O DUPĂ-AMIAZĂ CENUȘIE,
UN MIC BIROU DE LA ȘCOALĂ
Trei băieți stăteau aliniați. Notele și trupurile lor erau examinate temeinic.

Când se termină al patrulea joc de domino, Rudy începu să așeze piesele în șiruri, să creeze tipare care străbăteau ca niște răni podeaua sufrageriei. După cum îi era obiceiul, lăsă și câteva spații goale, în cazul în care intervenea degetul ștrengar al vreunui frate, așa cum deseori se întâmpla.

– Acum pot să le dărâm, Rudy?

– Nu.

– Dar eu?

– Nu, toți o s-o facem.

Făcu trei formațiuni care duceau către același turn de piese de domino din mijloc. Împreună, urmăriră cum tot ce fusese plănuit atât de atent se prăbușea și zâmbiră cu toții în fața frumuseții distrugerii.

Vocile din bucătărie deveneau mai sonore acum, fiecare încălecând-o pe cealaltă pentru a se face auzită. Diferite propoziții se luptau pentru a capta atenția, până când interveni o persoană care tăcuse până atunci.

– Nu! zise ea. Repetă. Nu! Chiar și atunci când ceilalți au continuat cu argumentele, au fost din nou reduși la tăcere de aceeași voce care acum prindea avânt. Vă rog! îi imploră Barbra Steiner. Nu băiatul meu!

– Putem aprinde o lumânare, Rudy?

Era ceva ce tatăl lor făcuse adesea. Stingea lumina și urmăreau piesele căzând la flacăra lumânării. Într-un anumit fel, asta făcea evenimentul mai grandios, un spectacol mai mare.

Oricum, îl dureau picioarele.

– Stați să găsesc un chibrit.

Întrerupătorul era lângă ușă.

Încet, s-a îndreptat spre el cu cutia de chibrituri într-o mână și cu lumânarea în cealaltă.

Dincolo de ușă, cei trei bărbați și femeia se enervau tot mai tare.

– Cele mai bune note din clasă, zise unul dintre monștri. Pe un ton atât de profund și sec. Ca să nu mai spun de abilitățile atletice.

„La naiba, de ce trebuise să câștige toate acele curse la carnaval? Deutscher.

La naiba cu Franz Deutscher!“

Dar apoi pricepu.

Nu era vina lui Franz Deutscher, ci a lui. Voise să îi arate călăului său de ce era capabil, dar a dorit și să demonstreze ceva lumii întregi. Acum, *toată lumea* era la el în bucătărie.

Aprinse lumânarea și stinse lumina.

– Gata?

– Dar am auzit ce se întâmplă acolo. Era vocea inconfundabilă, dură ca lemnul de stejar a tatălui său.

– Haide, Rudy, grăbește-te!

– Da, dar înțelegeți, Herr Steiner, toate acestea sunt pentru un scop mai înalt. Gândiți-vă la oportunitățile pe care fiul dumneavoastră le poate avea. Este un real privilegiu.

– Rudy, curge lumânarea.

Îi alungă cu mâna, așteptând să audă din nou vocea lui Alex Steiner. O auzi.

– Privilegii? Să alerge desculț prin zăpadă? Să sară de pe platforme aflate la zece metri înălțime într-un metru de apă?

Urechea lui Rudy era lipită de ușă. Lumânarea de ceară i se topea în mână.

– Zvonuri. Vocea aridă, joasă și practică avea un răspuns la toate. Școala noastră este una dintre cele mai bune care există. E mai bună decât cele de talie mondială. Scopul nostru este să formăm un grup de elită de cetățeni germani...

Rudy nu mai putu îndura să asculte.

Șterse ceara lumânării de pe mână și se îndepărtă de fâșia de lumină ce intra prin crăpătura ușii. Când se așeză jos, flacăra se stinse. Prea multă mișcare. Întunericul cuprinse camera. Singura lumină disponibilă era cadrul alb și dreptunghiular – conturul ușii de la bucătărie.

Aprinse un alt chibrit și apoi lumânarea. Mirosul dulce de foc și carbon.

Rudy și surorile lui au lovit ușor câte o piesă de domino și le-au privit pe toate căzând până când turnul din mijloc se prăbuși. Fetele aclamară.

Kurt, fratele lui mai mare, intră în cameră.

– Arată ca niște cadavre, zise el.

– Poftim?

Rudy se holbă în sus, la chipul întunecat, dar Kurt nu răspunse. Auzise discuția aprinsă din bucătărie.

– Ce se-ntâmplă acolo?

Răspunse una dintre fete. Cea mai mică, Bettina. Avea cinci ani.

– Sunt doi monștri, zise ea. Au venit după Rudy.

Din nou, puiul de om. Atât de pătrunzător!

Mai târziu, când oamenii în jachete au plecat, cei doi băieți, unul de șaptesprezece, celălalt de paisprezece, și-au găsit curajul de a intra în bucătărie.

Rămaseră în ușă. Lumina le pedepsi ochii.

Kurt vorbi:

– Îl iau?

Mama lor avea brațele întinse pe masă. Palmele îi erau îndreptate în sus.

Alex Steiner își înălță capul.

Era greu.

Expresia lui era aprigă și hotărâtă – un stejar doborât.

O mână de lemn îndepărtă așchiile care-i erau părul și făcu mai multe încercări să vorbească.

– Papa?

Dar Rudy nu se îndreptă spre tatăl lui.

Se așeză la masa din bucătărie și luă mâna mamei sale.

Alex și Barbra Steiner nu dezvăluiră ceea ce se discutase în timp ce piesele de domino cădeau ca niște leșuri în camera de zi. Măcar dacă Rudy ar fi ascultat în continuare, doar pentru câteva minute...

În săptămânile următoare, și-a spus – insistent chiar – că, dacă ar fi auzit restul conversației din acea seară, ar fi intrat mult mai devreme în bucătărie. „Voi merge, ar fi zis. Vă rog, luați-mă, sunt gata acum.“

Dacă ar fi intervenit, poate că totul ar fi fost altfel.

TREI POSIBILITĂȚI

1. Alex Steiner nu ar fi suferit
aceeași pedeapsă ca Hans Hubermann;
2. Rudy ar fi plecat la o școală îndepărtată;
2. Și poate ar fi supraviețuit.

Cruzimea sorții însă nu i-a permis lui Rudy Steiner să intre în bucătărie la momentul oportun.

Se întorsese la surori și la piesele de domino.

Se așezase jos.

Rudy Steiner nu pleca niciunde.

Imaginea lui Rudy dezbrăcat

Fusese o femeie.

Stând în picioare, în colț.

Avea cea mai groasă coadă împletită pe care o văzuse vreodată. I se întindea pe spate și, uneori, când și-o aducea peste umăr, parcă stătea la pândă ca un animal supraponderal pe pieptul ei colosal. De fapt, totul la ea era amplificat. Buzele, picioarele. Dinții îmbrăcați. Avea o voce puternică, directă.

– *Komm*, i-a instruit. Veniți! Stați aici.

Prin comparație, doctorul era ca o rozătoare care chelea. Era mic și sprinten, mergând de colo-colo prin biroul școlii cu mișcările sale de om nebun, dar totuși calculate și afectate. Și era răcit.

Dintre cei trei băieți, era dificil de spus care șovăi mai mult să-și dea hainele jos când li se ordonă să o facă. Primul se uită de la profesorul în vârstă la asistenta uriașă și la doctorul pitic. Cel din mijloc privea în jos, spre picioare, iar cel din stânga se considera norocos că se afla în biroul școlii, și nu pe o alee întunecată. Asistenta, hotărî Rudy, era o sperietoare.

– Cine-i primul? întrebă ea.

A răspuns profesorul-supraveghetor, Herr Heckenstaller. Era mai mult un costum negru decât un om. Faţa lui era o mustaţă. Examinând băieţii, alese rapid.

– Schwartz.

Extrem de stânjenit, nefericitul Jürgen Schwartz îşi descheie uniforma. Rămase numai în pantofi şi lenjerie de corp. O rugăminte zadarnică se citea pe chipul lui de neamţ.

– Şi? întrebă Herr Heckenstaller. Pantofii?

Îşi scoase pantofii şi şosetele.

– *Und die Unterhosen*, zise asistenta. Şi chiloţii.

Atât Rudy, cât şi celălalt băiat, Olaf Spiegel, începuseră şi ei să se dezbrace acum, dar nici pe aproape de nuditatea periculoasă în care se afla Jürgen Schwartz. Băiatul tremura. Era cu un an mai mic decât ceilalţi doi, însă mai înalt. Când şi chiloţii fură îndepărtaţi, rămase cumplit de umilit în biroul mic şi rece. Respectul de sine îi era undeva la nivelul gleznelor.

Asistenta îl privi semnificativ, cu braţele încrucişate peste pieptul nimicitor.

Heckenstaller le ordonă celorlalţi doi să se mişte mai repede.

Doctorul îşi scărpină scalpul şi tuşi. Răceala îl omora.

Cei trei băieţi dezbrăcaţi au fost examinaţi pe podeaua rece.

Îşi acoperiră organele genitale cu palmele şi tremurară precum viitorul.

Printre tuse şi fornăieli, doctorul le cercetă respiraţia.

– Inspiră.

Un fornăit.

– Expiră.

Alt fornăit.

– Braţele întinse acum. Tuşi. Am zis *întinse.*

Urmă o criză îngrozitoare de tuse.

Așa cum fac oamenii, băieții se uitau mereu unul la altul pentru un semn de compasiune reciprocă. Nici vorbă de compasiune. Toți trei își îndepărtară anevoie mâinile de pe penisuri și întinseră brațele. Rudy nu simțea că face parte dintr-o rasă superioară.

– Treptat, reușim, îl informă asistenta pe profesor, să creăm un nou viitor. Va fi o clasă de nemți evoluați fizic și intelectual. O clasă de ofițeri.

Din nefericire, predica fu întreruptă atunci când doctorul se îndoi și tuși din toate puterile pe hainele abandonate. Lacrimi îi umplură ochii și Rudy nu se putu abține să nu se întrebe.

„Un viitor nou? Ca el?"

În mod înțelept, nu o rosti cu voce tare.

Examinarea se termină și el reuși să execute primul său „*Heil Hitler*" în pielea goală. În mod oarecum pervers, a trebuit să admită că nu i-a displăcut cu totul.

Despuiați de orice demnitate, băieților li s-a dat voie să se îmbrace din nou, și în timp ce erau poftiți afară din birou, auziră conversația purtată în onoarea lor.

– Sunt puțin mai mari decât în mod normal, zise doctorul, dar mă gândesc la cel puțin doi dintre ei.

Asistenta a fost de acord.

– Primul și al treilea.

Cei trei băieți rămaseră în fața ușii.

Primul și al treilea.

– Primul ai fost tu, Schwartz, zise Rudy. Apoi, l-a chestionat pe Olaf Spiegel. Cine a fost al treilea?

Spiegel făcu câteva calcule. Se referise la al treilea la rând sau la al treilea examinat? Nu conta. Știa ceea ce își dorea să creadă.

– Tu ai fost, cred.

– Rahat, Spiegel, tu ai fost.

O MICĂ GARANȚIE

Bărbații cu jachete știau cine era al treilea.

În ziua ulterioară celei în care vizitaseră strada Himmel, Rudy stătea pe prispă cu Liesel și îi povesti toată tărășenia în cele mai mici detalii. Cedă și recunoscu ceea ce se întâmplase în acea zi când a fost scos din clasă. Chiar râseră puțin când veni vorba despre formidabila asistentă și expresia de pe fața lui Jürgen Schwartz. Dar, în cea mai mare parte, a fost o poveste a anxietății, mai ales când ajunse la vocile din bucătărie și la piesele de domino ca niște leșuri.

Zile întregi, Liesel nu se putu descotorosi de acest gând.

Era vorba despre examinarea celor trei băieți sau, ca să fie sinceră, de Rudy.

Întinsă pe pat, îi era dor de Max, întrebându-se unde era, rugându-se să fie în viață, dar undeva, ridicându-se deasupra oricărui lucru, era Rudy.

Strălucea în întuneric, complet dezbrăcat.

Exista o mare groază în acea viziune, mai ales în momentul în care era forțat să-și îndepărteze mâinile. Era cel puțin tulburător, ca să nu spunem mai mult, dar, dintr-un oarecare motiv, nu se putea abține să nu se gândească la asta.

Pedeapsă

Pe cartelele de rații din Germania nazistă nu era notată și pedeapsa, dar tuturor le-a venit rândul. Pentru unii, a fost moartea într-o țară străină, în timpul războiului. Pentru alții, au fost sărăcia și vina atunci când războiul s-a terminat și șase milioane de descoperiri au fost făcute prin toată Europa. Mulți trebuie să fi văzut pedeapsa venind, însă doar un mic procent a îmbrățișat-o. O astfel de persoană a fost Hans Hubermann.

Nu ajuți evrei pe stradă.

Pivnița ta nu ar trebui să ascundă unul.

La început, pedeapsa lui a fost conștiința. Involuntara punere în pericol a lui Max Vandenburg îl măcina. Liesel îi vedea efectiv supărarea, stând lângă farfurie în timp ce își ignora cina sau alături de el, pe pod, deasupra Amperului. Nu mai cânta la acordeon. Optimismul din ochii lui de argint era rănit și încremenit. Asta era îndeajuns de rău, însă reprezenta doar începutul.

Într-o miercuri la începutul lunii noiembrie, adevărata lui pedeapsă a sosit în căsuța poștală. Aparent, păreau a fi vești bune.

HÂRTIA DIN BUCĂTĂRIE

„Suntem încântați să vă informăm că solicitarea dumneavoastră de aderare la NSDAP a fost în cele din urmă aprobată..."

– Partidul nazist? întrebă Rosa. Credeam că nu te vor.

– Așa era.

Papa se așeză și citi scrisoarea din nou.

Nu era arestat pentru vreo trădare sau fiindcă i-a ajutat pe evrei sau altceva de acest gen. Hans Hubermann era *răsplătit*, cel puțin din perspectiva unora. Cum era posibil așa ceva?

– Trebuie să mai fie ceva.

Era.

Vineri a venit un ordin prin care Hans Hubermann era înrolat în armata germană. Un membru al partidului nazist ar fi fost bucuros să joace un rol pe scena dificilă a războiului, concluziona documentul. În caz contrar, cu siguranță, ar fi urmat consecințe.

Liesel tocmai se întorsese de la o ședință de lectură cu Frau Holtzapfel. În bucătărie era o atmosferă apăsătoare – aburul supei și chipurile pustiite ale lui Hans și Rosa Hubermann. Papa stătea pe un scaun. Mama era aplecată asupra lui în timp ce supa începea să se ardă.

– Doamne, te rog nu mă trimite în Rusia! zise papa.

– Mamă, se arde supa.

– Poftim?

Liesel se grăbi și o luă de pe plită.

– Supa. După ce reuși să o salveze, se întoarse și îi văzu pe părinții ei adoptivi. Fețe ca niște orașe-fantomă. Papa, ce s-a-ntâmplat?

Îi întinse scrisoarea și mâinile ei începură să tremure în vreme ce o parcurgea. Cuvintele fuseseră bătute cu forță în hârtie.

Conținutul imaginației lui Liesel Meminger

Într-o bucătărie închisă ca într-o cochilie, undeva lângă plită, este o imagine a unei mașini de scris singuratice, uzate. Stă într-o cameră distantă, aproape goală. Tastele sale sunt decolorate și o foaie albă așteaptă răbdătoare, dreaptă, în poziția adecvată. Se unduiește ușor în adierea care vine dinspre fereastră. Pauza de cafea aproape că s-a terminat. Un teanc de hârtie de înălțimea unui om stă indiferent lângă ușă. Ar putea foarte bine să fumeze.

În realitate, Liesel nu a văzut mașina de scris decât mai târziu, când scria. Se întreba câte astfel de scrisori au fost trimise ca pedeapsă tuturor Hans Hubermannilor și Alex Steinerilor din Germania – celor care i-au ajutat pe neajutorați și celor care au refuzat să renunțe la copiii lor.

Era un semn al disperării tot mai mari a armatei germane.

Pierdeau în Rusia.

Orașele lor erau bombardate.

Aveau nevoie de mai mulți oameni și de modalități de a-i recruta, iar în cele mai multe cazuri, slujbele cele mai rele cu putință erau date celor mai răi oameni cu putință.

În timp ce ochii ei cercetau hârtia, Liesel putea vedea masa de lemn prin găurile formate în literele bătute cu forță. Cuvinte ca „obligatoriu“ și „datorie“ erau tipărite pe pagină. Saliva îi inundă gura. Simți impulsul de a vomita.

– Ce-i asta?

Răspunsul lui papa fu calm:

– Credeam că te-am învățat să citești, fata mea. Nu vorbea cu furie ori sarcasm.

Era vocea pustiirii, replica expresiei de pe chip.

Liesel se uită la mama.

Rosa avea o mică tăietură sub ochiul drept, și într-un minut, fața ei ca de carton se rupse. Nu în centru, ci în dreapta. Se întinse ca un arc până la bărbie.

DOUĂZECI DE MINUTE MAI TÂRZIU: O FATĂ PE STRADA HIMMEL

Se uită în sus. Vorbește șoptit.
– Cerul este lin azi, Max. Norii sunt moi și triști, și... Se uită în altă parte și își încrucișează brațele. Se gândește la papa al ei care va merge la război și își strânge jacheta pe trup.
– Și e frig, Max. Atât de frig...

Cinci zile mai târziu, Liesel, credincioasă obiceiului de a cerceta vremea, nu avu ocazia să vadă cerul.

La ușa vecină, Barbra Steiner stătea pe treapta din față a casei, cu părul ei pieptănat îngrijit. Fuma o țigară și tremura. În drum spre ea, Liesel se opri când îl văzu pe Kurt ivindu-se. Băiatul ieși și rămase lângă mama lui. Când o văzu pe fată, o strigă:

– Vino, Liesel! Rudy o să iasă în curând.

După o scurtă ezitare, se îndreptă spre ei.

Barbra fuma.

O încrețitură de scrum se balansa la capătul țigării. Kurt o luă, o scutură, inhală, apoi i-o dădu înapoi.

Când țigara fu terminată, mama lui Rudy își ridică privirea. Își trecu o mână prin buclele îngrijite ale părului.

– Și papa al nostru pleacă, zise Kurt.

Apoi, liniște.

Un grup de copii bătea mingea pe stradă, lângă Frau Diller's.

– Când ei vin și îți cer unul dintre copii, explică Barbra Steiner neadresându-se cuiva anume, trebuie să spui da.

SOȚIA OMULUI DE CUVÂNT

ÎN PIVNIȚĂ, LA NOUĂ DIMINEAȚA
Șase ore până la rămas-bun:
– Am cântat la un acordeon,
Liesel. Al altcuiva.
Închise ochii.
– Am avut un succes...

Nepunând la socoteală paharul de șampanie din vara trecută, Hans Hubermann nu consumase nici o picătură de alcool timp de un deceniu. După aceea a venit noaptea de dinaintea plecării la instrucție.

După-amiază, s-a dus la Knoller cu Alex Steiner și au rămas destul de mult, până seara. Ignorând avertismentele nevestelor, amândoi bărbații au băut până la uitare. Faptul că proprietarul localului, Dieter Westheimer, le-a oferit băuturi gratuite a fost un alt motiv pentru a uita de cumpătare.

Se pare că atunci când încă era treaz, Hans a fost invitat pe scenă, să cânte la acordeon. În mod adecvat, a cântat *Duminica sumbră* – cântecul infam al sinuciderii din Ungaria – și, cu toate că a stârnit tristețea pentru care era faimos, publicul aplaudă cu putere.

Liesel își imagina scena și sunetul. Gurile erau pline. Halbe goale de bere erau brăzdate de spumă. Burduful acordeonului a oftat, iar cântecul s-a terminat. Gurile pline cu bere l-au aclamat și l-au chemat să revină la bar.

După ce au reușit să-și găsească drumul spre casă, Hans nu reușea să bage cheia în ușă. Așa că a bătut. În mod repetat.

– Rosa!

Era ușa greșită.

Frau Holtzapfel nu era încântată.

– *Schweine!* Asta nu-i casa ta. Împingea cuvintele prin gaura cheii. Cealaltă ușă, *Saukerl* prost!

– Mulțumesc, Frau Holtzapfel.

– Știi ce poți să faci cu mulțumirile, mâncă-n fund ce ești!

– Mă scuzați.

– Doar du-te acasă.

– Mulțumesc, Frau Holtzapfel.

– Nu tocmai ți-am spus ce să faci cu mulțumirile?

– Mi-ați spus?

(E uimitor ce poți pune cap la cap dintr-o conversație în pivniță și o ședință de lectură în bucătăria unei bătrâne respingătoare.)

– Dispari!

Când, într-un sfârșit, sosi acasă, papa se îndreptă nu spre pat, ci către camera lui Liesel. Rămase clătinându-se în ușă și o privi dormind. Ea se trezi și se gândi imediat că este Max.

– Tu ești? întrebă fata.

– Nu, zise el. Știa exact la ce se gândea. E papa.

Se retrase din cameră și ea auzi pașii care coborau către subsol. În camera de zi, Rosa sforăia cu avânt.

Aproape de ora nouă în dimineața următoare, în bucătărie, Liesel primi un ordin de la Rosa:

– Dă-mi găleata aia de acolo.

O umplu cu apă rece și se duse cu ea spre subsol. Liesel o urmă, într-o încercare zadarnică de a o opri.

– Mamă, nu poți!

– Nu pot? O privi scurt, de pe trepte. Mi-a scăpat ceva, *Saumensch?* Tu dai ordinele pe-aici, acum?

Amândouă stăteau complet nemișcate.

Fata nu răspunse nimic.

– Mă gândeam eu.

Continuară să coboare și îl găsiră pe spate, printre cearșafurile stropite cu vopsea. I se păruse că nu merită salteaua lui Max.

– Acum, să vedem – Rosa ridică găleata – dacă e viu.

– Iisuse Hristoase din ceruri!

Apa formase o pată ovală, de la jumătatea pieptului până la cap. Părul îi era lipit într-o parte și până și de pe gene îi curgea apă.

– Pentru ce-a fost asta?

– Bețivan bătrân!

– Iisuse...

Aburi i se ridicau straniu din haine. Mahmureala lui era vizibilă. I se cocoță pe umeri și rămase acolo ca un sac de ciment ud.

Rosa muta găleată din mâna stângă în dreapta.

– Ai noroc că pleci la război, zise ea. Ridică degetul în aer și nu ezită să-l agite. Altfel te-aș fi omorât cu mâna mea, știi asta, nu?

Papa își șterse apa de pe gât.

– Chiar trebuia să faci asta?

– Da. Trebuia. Începu să urce treptele. Dacă nu ești sus în cinci minute, primești altă găleată.

Rămasă în pivniță cu papa, Liesel își făcu de lucru curățând apa în exces cu niște cearșafuri.

Papa vorbi. Cu mâna udă, o făcu pe fată să se oprească. O apucă de braț:

– Liesel? Chipul lui se agăța de al ei. Crezi că e în viață?

Liesel se așeză.

Își încrucișă picioarele.

Cearșaful ud, pătat de vopsea îi umezea genunchiul.

– Sper, papa.

Părea un lucru atât de stupid de zis, atât de evident, dar aparent nu prea existau alte variante.

Ca să spună ceva semnificativ și să-și alunge gândurile legate de Max, se aplecă și vârî un deget în mica băltoacă de apă de pe podea.

– Guten Morgen[1], papa.

În loc de răspuns, papa îi făcu cu ochiul.

Dar nu ca de obicei. Era mai greoi, mai stângaci. Versiunea post-Max, versiunea mahmură. Se ridică și îi zise despre cântecul la acordeon din seara precedentă și despre Frau Holtzapfel.

BUCĂTĂRIA: ORA UNU DUPĂ-AMIAZĂ

Două ore până la rămas-bun: – Nu pleca, papa! Te rog!
Mâna ei care ținea lingura tremura.
– Mai întâi, l-am pierdut pe Max.
Nu pot să te pierd și pe tine acum. Ca răspuns, bărbatul mahmur își sprijină cotul de masă și își acoperă ochiul drept.
– Acum, ești femeie pe jumătate, Liesel.
Este pe cale să cedeze, dar
se stăpânește. Își revine. Ai grijă de mama, da?
Fata nu poate decât să încuviințeze din cap pe jumătate.
– Da, papa.

[1] Bună dimineața (în lb. germană, în original)

A părăsit strada Himmel purtându-şi mahmureala şi un costum.

Alex Steiner nu pleca decât peste alte patru zile. Veni cu o oră înainte să plece la gară şi îi ură lui Hans toate cele bune. Toată familia Steiner venise. Şi-au strâns mâinile. Barbra l-a îmbrăţişat, sărutându-l pe ambii obraji.

– Întoarce-te teafăr!

– Da, Barbra, şi felul în care a rostit-o era plin de încredere. Sigur că mă voi întoarce. Chiar reuşi să râdă. Ştii, e doar un război. Am mai supravieţuit unuia.

Pe strada Himmel, femeia aspră de la uşa vecină a ieşit şi s-a oprit pe trotuar.

– Rămas-bun, Frau Holtzapfel. Scuzele mele pentru seara trecută.

– Rămas-bun, Hans, *Saukerl* beat, dar în glasul ei s-a desluşit o notă de prietenie. Vino repede înapoi!

– Da, Frau Holtzapfel. Mulţumesc.

Chiar a continuat puţin jocul.

– Ştii ce poţi face cu mulţumirile tale.

La colţ, Frau Diller privea defensiv de la geamul magazinului, iar Liesel îl luă de mână pe papa. Îl ţinu de mână cât au mers pe strada München, spre Bahnhof. Trenul era deja acolo.

Se opriră pe peron.

Rosa îl îmbrăţişă mai întâi.

Fără cuvinte.

Capul ei era strâns îngropat în pieptul său, apoi se îndepărtă.

După aceea, fata.

– Papa?

Nimic.

„Nu pleca, papa. Doar nu pleca. Lasă-i să vină după tine dacă rămâi. Dar nu pleca, te rog, nu pleca."

– Papa?

GARA, TREI DUPĂ-AMIAZĂ

**Nu mai erau ore, nici minute până la rămas-bun:
el o îmbrățișează. Ca să spună ceva, să spună *orice*,
vorbește peste umărul ei: – Ai putea să ai grijă de
acordeonul meu, Liesel? Am decis să nu-l iau.
Acum, găsește ceva în care chiar crede. Și, dacă
mai au loc și alte raiduri, să citești în continuare în adăpost.
Fata își simte pieptul
care a început să crească încet. Doare la atingere.
– Da, papa. Aflat la un milimetru de ochii ei, fata privește fix
materialul costumului său. Vorbește
în el. O să ne cânți ceva când te întorci acasă?**

Hans Hubermann îi zâmbi fiicei sale și trenul fu gata de plecare. Întinse o mână și îi ridică blând chipul.

– Promit! spuse el și porni către vagonul lui.

Se priviră în timp ce trenul se puse în mișcare.

Liesel și Rosa făcură cu mâna.

Hans Hubermann deveni din ce în ce mai mic, iar acum în palma lui nu mai ținea decât aer gol.

Pe peron, oamenii dispăreau în jurul lor, până când nimic altceva nu a mai rămas. Nu mai erau decât femeia în formă de șifonier și fata de treisprezece ani.

În următoarele câteva săptămâni, în vreme ce Hans Hubermann și Alex Steiner se aflau în diferitele tabere de instrucție rapidă, strada Himmel se schimbase. Rudy nu mai era la fel – nu vorbea. Mama nu mai era la fel – nu înjura. Și Liesel simțea efectele. Nu mai exista dorința de a fura o carte, indiferent cât încerca să se convingă că o va înveseli.

După unsprezece zile de la plecarea lui Alex Steiner, Rudy se hotărî că era de ajuns. Se grăbi pe poartă și bătu la ușa lui Liesel.

– *Kommst?*

– *Ja.*

Nu îi păsa unde mergea el sau ce planuri avea, dar nu voia să se ducă fără ea. Au trecut de străzile Himmel, München și chiar au ieșit din Molching. La aproximativ o oră după aceea, Liesel puse întrebarea vitală. Până atunci, doar aruncase câte o privire la chipul hotărât al lui Rudy sau examinase brațele rigide și pumnii din buzunare.

– Unde mergem?

– Nu e evident?

Făcea eforturi să mențină pasul.

– Ei bine, ca să fiu sinceră... nu prea.

– O să-l găsesc.

– Pe papa al tău?

– Da. Se gândi la acest lucru. De fapt, nu. Cred că o să-l găsesc mai degrabă pe Führer.

Pașii se grăbiră și mai tare.

– De ce?

Rudy se opri.

– Pentru că vreau să-l omor. Chiar se răsuci în loc, spre restul lumii. Ați auzit, nenorociților? strigă el. Vreau să-l omor pe Führer!

Au continuat să meargă și au mai făcut câțiva kilometri. Apoi, Liesel simți impusul de a se întoarce.

– O să se întunece în curând, Rudy.

El merse mai departe.

– Și?

– Eu mă întorc.

Rudy se opri și o privi de parcă l-ar fi trădat.

– E-n regulă, hoț de cărți. Părăsește-mă! Fac pariu că, dacă ar fi o amărâtă de carte la capătul drumului, ai merge în continuare. Nu-i așa?

O vreme, nici unul dintre ei nu vorbi, dar Liesel găsi în curând voința de a o face.

– Crezi că ești singurul, *Saukerl?* Se întoarse. Și tu nu l-ai pierdut decât pe tatăl tău.

– Și asta ce înseamnă?

Liesel făcu o pauză pentru a număra.

Mama ei. Fratele. Max Vandenburg. Hans Hubermann. Toți dispăruți. Și nici măcar nu avusese vreodată un tată adevărat.

– Înseamnă, zise ea, că plec acasă.

Timp de cincisprezece minute merse singură, dar nici chiar când Rudy ajunse lângă ea răsuflând cu greu și cu obraji transpirați nu mai fu rostit vreun alt cuvânt pentru mai mult de o oră. Doar s-au dus acasă împreună, cu picioarele suferinde și inimile obosite.

Era un capitol „Inimi obosite" în *Un cântec în întuneric.* O fată romantică se promisese unui tânăr, dar se părea că el fugise cu cea mai bună prietenă a ei. Liesel a fost convinsă că era capitolul unsprezece. „Inima mea este atât de obosită", spusese fata. Se afla într-o capelă, scriind în jurnalul ei.

„Nu, se gândi Liesel în timp ce mergea. Inima mea este cea obosită." O inimă de treisprezece ani nu ar trebui să se simtă astfel.

Când intrară în zona Molchingului, Liesel rosti câteva cuvinte. Se vedea Hubert Oval.

– Îți aduci aminte că ne-am întrecut aici, Rudy?

– Sigur că da. Chiar la asta mă gândeam și eu... cum am căzut amândoi.

– Ai zis că erai acoperit de rahat.

– Era doar noroi. Nu-și putu reține amuzamentul. Am fost acoperit de rahat la Tineretul Hitlerist. Le încurci, *Saumensch.*

– Nu le încurc deloc. Îți spun doar ce ai *zis.* Ceea ce zice cineva și ceea ce se întâmplă sunt două lucruri diferite, Rudy, mai ales când vine vorba de tine.

Era mai bine.

Când ajunseră din nou pe strada München, Rudy privi pe geamul magazinului tatălui său. Înainte ca Alex să plece, el și Barbra discutaseră dacă ar trebui să-l mențină în funcțiune în absența lui. Au decis să nu facă acest lucru, având în vedere că oricum nu prea avuseseră de lucru în ultima vreme și exista o oarecare amenințare din partea membrilor de partid care își făceau simțită prezența. Afacerile nu erau niciodată bune pentru agitatori. Solda va trebui să fie de ajuns.

Costume atârnau pe cuiere și manechinele stăteau în pozițiile lor ridicole.

– Cred că aia de acolo te place, spuse Liesel după un timp.

Era felul ei de a zice că era cazul să-și vadă de drum.

Pe strada Himmel, Rosa Hubermann și Barbra Steiner stăteau împreună pe trotuar.

– O, Maică Sfântă, zise Liesel. Par îngrijorate.

– Par furioase.

Când ajunseră lângă ele, le-au fost puse multe întrebări mai ales din categoria: „Doar spuneți unde Dumnezeu ați fost", dar mânia a fost în curând înlocuită de ușurare.

Barbra era cea care solicita răspunsurile.

– Ei bine, Rudy?

Liesel răspunse pentru el.

– Îl omora pe Führer, spuse, iar Rudy păru sincer fericit pentru un moment destul de lung, încât ea să fie mulțumită.

– Pa, Liesel!

Multe ore mai târziu, se auzi un zgomot din camera de zi. Ajunse până la patul lui Liesel. Fata se trezi și rămase nemișcată, gândindu-se la fantome, la papa, la intruși și la Max. Era sunetul a ceva deschis, apoi de târâre și urmă o liniște neclară. Liniștea reprezenta mereu cea mai mare tentație.

*

„Nu te mişca!“

A gândit asta de multe ori, dar nu îndeajuns.

Picioarele ei dojeniră podeaua.

Aerul intră pe mânecile pijamalei.

Păşi prin întunecimea coridorului, în direcţia liniştii care fusese odată zgomot, spre firul de lumină a lunii care atârna în camera de zi. Se opri simţind goliciunea gleznelor şi a picioarelor. Privi.

A durat mai mult decât se aştepta ca să-şi obişnuiască ochii cu întunericul şi, după aceea, deveni de netăgăduit că Rosa Hubermann stătea pe marginea patului, cu acordeonul soţului ei la piept. Degetele ei mângâiau clapele. Nu se mişca. Nici nu părea că respiră.

Imaginea ei o copleşi pe fata din hol.

O IMAGINE PICTATĂ

Rosa cu acordeonul.
Lumina lunii în întuneric.
1,55 metri x instrumentul x liniştea.

Lisel rămase locului şi privi.

Multe minute se scurseră. Dorinţa hoţului de cărţi de a auzi o notă era epuizantă, dar totuşi acest lucru nu avea să se întâmple. Clapele nu au fost apăsate. Burduful nu a respirat. Era doar lumina lunii ca o şuviţă lungă de păr pe draperie şi era Rosa.

Acordeonul îi rămase prins de piept. Când îşi aplecă fruntea, instrumentul i se cufundă în poală. Liesel privi. Ştia că, în următoarele câteva zile, mama va purta urmele acordeonului pe trup.

Fu conștientă că scena pe care o vedea era de o mare frumusețe și a decis să nu o deranjeze.

Se întoarse în pat și adormi gândindu-se la imaginea mamei și a muzicii tăcute. Mai târziu, când se trezi din visul obișnuit și se strecură pe hol, constată că Rosa încă era acolo, cu acordeonul în brațe.

Ca o ancoră, o trăgea înainte. Trupul i se cufunda. Părea a fi moartă.

„Pare imposibil să respire în poziția asta“, se gândi Liesel, dar se apropie și reuși să o audă.

Mama sforăia din nou.

„Cine are nevoie de burduf, spuse în sinea ei, când ai o asemenea pereche de plămâni?“

În cele din urmă, când Liesel se întoarse în pat, imaginea Rosei Hubermann și a acordeonului nu o părăsi. Ochii hoțului de cărți rămaseră deschiși. Aștepta sufocarea somnului.

COLECTORUL

Nici Hans Hubermann, nici Alex Steiner nu au fost trimiși să lupte. Alex a fost trimis în Austria, la un spital militar de lângă Viena. Având în vedere experiența sa în croitorie, i-a fost oferită o slujbă care cel puțin semăna cu profesia lui. Camioane de uniforme, șosete și cămăși veneau în fiecare săptămână și el repara ceea ce trebuia reparat, chiar dacă nu puteau fi folosite decât ca haine de luat pe dedesubt pentru soldații suferinzi din Rusia.

Destul de ironic, prima oară, Hans a fost trimis în Stuttgart și mai târziu în Essen. S-a ales cu una dintre cele mai nedorite funcții de pe frontul național. LSE.

O EXPLICAȚIE NECESARĂ PENTRU LSE
***Luftwaffen Sondereinheit* –**
Unitate Specială a Forțelor Aeriene

Slujba lui la LSE era să rămână la sol în timpul raidurilor aeriene și să stingă incendii, să stabilizeze pereții clădirilor și să salveze pe oricine rămăsese captiv în timpul atacului. După cum Hans va descoperi în curând, exista și o alternativă la acest acronim. În prima zi, bărbații din unitate i-au explicat că, în realitate, însemna *Leichen Sammlereinheit* – Colectorii de cadavre.

Când sosi, Hans nu putu decât să ghicească motivele pentru care acei bărbați se aleseseră cu o asemenea sarcină, și în schimb, ei se întrebară același lucru despre el. Liderul lor, sergentul Boris Schipper, l-a chestionat direct. Când îi explică despre pâine, evrei și biciuire, sergentul cu față rotundă izbucni într-un râs scurt.

– Ai noroc că ești în viață. Și ochii lui erau rotunzi și îi ștergea întruna. Erau ori obosiți, ori iritați, ori plini de fum și de praf. Doar adu-ți aminte că, aici, inamicul nu este în fața ta.

Hans fu pe cale să pună întrebarea evidentă, când o voce se auzi din spate. Atașat de ea era chipul suplu al unui tânăr cu un rânjet batjocoritor. Reinhold Zucker.

– La noi, spuse el, inamicul nu este peste deal sau în vreo direcție anume. E peste tot. Își îndreptă din nou atenția către scrisoarea pe care o scria. O să vezi.

În decurs de câteva luni pline de mizerii, Reinhold Zucker va fi mort. Va fi omorât de locul lui Hans Hubermann.

Pe măsură ce războiul invada Germania cu o intensitate tot mai mare, Hans va afla că toate turele lui începeau în același mod. Bărbații se adunau lângă camion pentru a fi informați rapid despre locul care fusese lovit în timpul pauzei lor, care va fi cel mai probabil următoarea țintă și cine va lucra cu cine.

Chiar și atunci când nu aveau loc raiduri, volumul de muncă tot era mare. Mergeau prin orașe distruse și făceau curat. În camion erau doisprezece bărbați cocârjați, toți săltându-se și căzând la loc în funcție de hârtoapele drumului.

De la început, fu clar că toți aveau un scaun.

Al lui Reinhold Zucker era în mijlocul rândului din stânga.

Hans Hubermann stătea în spate de tot, unde lumina zilei era meschină. Învăță rapid să fie cu ochii în patru după orice mizerie care putea fi aruncată de oriunde din interiorul camionului. Hans avea un respect special pentru chiștoacele de țigară care încă ardeau, în timp ce ei treceau fluierând mai departe.

O SCRISOARE COMPLETĂ, TRIMISĂ ACASĂ

„Către dragele mele Rosa și Liesel,
totul este în regulă aici.
Sper că amândouă sunteți în regulă.
Cu dragoste, papa.“

La sfârșitul lunii noiembrie, simți pentru prima oară gustul fumegând al unui raid adevărat. Camionul era plin de moloz, iar oamenii alergau și țipau. Se porniseră incendii și ruinele clădirilor formau mormane uriașe. Structurile de rezistență erau aplecate. Bombele fumigene erau ca niște chibrituri înfipte în pământ, sufocând plămânii orașului.

Hans Hubermann se afla într-un grup de patru oameni. Formau un șir. Sergentul Boris Schipper era în față, cu brațele ascunse de fum. În spatele lui urmau Kessler, apoi Brunnenweg și Hubermann. În timp ce sergentul încerca să stingă focul cu un furtun cu apă, ceilalți doi îl stropeau pe sergent și, doar ca să fie siguri, Hubermann îi stropea pe toți trei.

În spatele lui, o clădire gemu și se prăbuși.

Căzu cu fața înainte, la câțiva metri de încălțările lui. Betonul mirosea de parcă era nou și peretele de praf năvăli către ei.

– *Gott verdammt, Hubermann!*

Vocea se luptă să iasă din flăcări. Fu imediat urmată de trei bărbați. Aveau gâtul plin de cenușă. Chiar și după ce reușiră să ajungă după colţ, departe de epicentrul dezastrului, pâcla iscată de prăbuşirea clădirii încercă să-i urmeze. Era albă şi caldă, şi se strecura în spatele lor.

Aflaţi într-o siguranţă temporară, tuşiră şi înjurară cu spor. Sergentul îşi exprimă din nou sentimentele de mai devreme.

– Fir-ar să fie, Hubermann! Îşi şterse buzele de praf. Ce dracului a fost asta?

– A căzut pur şi simplu, chiar în spatele nostru.

– Asta ştiu şi eu deja. Întrebarea e cât de mare era. Trebuie să fi avut vreo zece etaje.

– Nu, domnule, doar două, cred.

– Iisuse. Îl apucă un acces de tuse. Hristoase! Îşi îndepărtă amestecul de transpiraţie şi praf din ochi. Nu prea ai ce să faci în cazul ăsta.

Unul dintre ceilalţi bărbaţi îşi şterse faţa şi spuse:

– Măcar o dată mi-ar plăcea să fiu de faţă când e lovit un bar, pentru numele lui Dumnezeu. Mor după o bere.

Cei patru bărbaţi se lăsară pe spate.

Puteau cu toţii să simtă gustul berii stingându-le incendiul din gât şi domolind fumul. Era un vis plăcut, dar imposibil. Erau conştienţi că orice bere găsită pe acele străzi nu ar fi fost deloc bere, ci un fel de băutură cu lapte sau terci.

Toţi cei patru bărbaţi erau acoperiţi din belşug cu praf alb şi cenuşiu. Când se ridicară în picioare, pentru a-şi relua munca, se putură vedea doar câteva mici rupturi în uniforme.

Sergentul se îndreptă către Brunnenweg. Îl lovi puternic de mai multe ori pe piept, pentru a alunga praful.

– Aşa e mai bine. Aveai nişte praf aici, prietene. În timp ce Brunnenweg râdea, sergentul se întoarse spre cel mai nou recrut. Ia-o tu primul, de data asta, Hubermann!

Stinseră incendii vreme de mai multe ore și apelară la tot felul de soluții pentru a convinge o clădire să rămână în picioare. Uneori, când pereții laterali erau afectați, plafoanele rămase întregi ieșeau în afară ca niște coate. Acesta era punctul forte al lui Hans Hubermann. Aproape că ajunse să-i placă atunci când găsea o grindă fumegândă sau o bucată dislocată de beton cu care să sprijine acele coate, să le ofere ceva pe care să se proptească.

Mâinile lui erau acoperite cu așchii, iar dinții – plini de moloz. Buzele îi erau întărite de praf umed și nu mai exista nici măcar un buzunar, o ață sau o cută ascunsă din uniforma sa care să nu fi fost acoperită de praful din aerul încărcat.

Cea mai rea parte a slujbei o reprezentau oamenii.

Uneori mai întâlneau câte o persoană care cutreiera stăruitoare prin pâclă și, aproape întotdeauna, nu spunea decât un cuvânt. Mereu striga un nume.

Câteodată, era Wolfgang.

– L-ai văzut pe Wolfgang al meu?

Amprentele lor îi rămâneau pe haină.

– Stephanie!

– Hansie!

– Gustel! Gustel Stoboi!

Pe măsură ce praful se așeza, strigătul numelor șchiopăta pe străzile distruse, câteodată sfârșind cu o îmbrățișare plină de cenușă sau cu un strigăt îngenuncheat de durere. Se acumulau oră după oră, ca visurile dulci-amărui așteptând să se întâmple.

Pericolele se contopeau în unul. Praf și fum, și flăcări în rafale. Oameni răniți. La fel ca restul bărbaților din unitate, Hans trebuia să-și perfecționeze arta uitării.

– Cum te simți, Hubermann? întrebă sergentul la un moment dat.

Focul îi ajunsese la umăr.

Hans încuviință din cap, nesigur în fața celor doi.

Mâncătorii de pâine

Fusese un an lung și plin de evenimente, dar, în cele din urmă, se apropia de sfârșit.

Liesel petrecu ultimele câteva luni din 1942 mistuită de gânduri legate de ceea ce ea numea trei bărbați disperați. Se întreba unde erau și ce făceau.

Într-o după-amiază, scoase acordeonul din cutia lui și îl lustrui cu o cârpă. Numai o dată, înainte să îl pună la locul lui, făcu ceea ce mama nu fusese capabilă. Își puse degetul pe una dintre clape și strânse ușor burduful. Rosa avusese dreptate. Într-adevăr, făcea camera să pară mai goală.

Ori de câte ori se întâlnea cu Rudy, îl întreba dacă primise vreo veste de la tatăl lui. Câteodată, el îi descria amănunțit una dintre scrisorile lui Alex Steiner. Prin comparație, singura scrisoare pe care o trimisese papa al ei părea cumva o dezamăgire.

Max, desigur, ținea doar de imaginația ei.

Cu mare optimism, și-l închipui mergând singur pe un drum pustiu. Câteodată, și-l imagină dând peste o ușă a siguranței, cartea lui de identitate fiind îndeajuns de bună să prostească pe cineva nepriceput.

Cei trei bărbați își făceau apariția peste tot.

Îl vedea pe papa în fereastra de la școală. Adesea, Max stătea cu ea lângă foc. Alex Steiner sosea când ea era cu Rudy, privindu-i atunci când mergeau cu bicicletele pe strada München și se uitau în magazin.

– Privește costumele alea, îi spunea Rudy cu capul și mâinile lipite de geam. Se va alege praful de ele.

Era straniu, dar una dintre distracțiile favorite ale lui Liesel era Frau Holtzapfel. Ședințele de lectură includeau acum și ziua de miercuri, dar terminaseră exemplarul îmbăiat în râu al *Omului care fluiera* și acum erau la *Purtătorul de vise.* Câteodată, bătrâna făcea ceai sau îi dădea lui Liesel niște supă și era infinit mai bună decât a mamei. Mai puțin apoasă.

Între octombrie și decembrie, mai avusese loc încă o defilare a evreilor și mai urma una. Ca și prima dată, Liesel se grăbise pe strada München, de data aceasta pentru a vedea dacă Max Vandenburg nu se afla printre ei. Era sfâșiată între dorința evidentă de a-l vedea, de a ști că încă era în viață și o absență care putea însemna mai multe lucruri, unul dintre ele fiind libertatea.

La jumătatea lunii decembrie, un grup mic de evrei și alți infractori trecu din nou pe strada Himmel, spre Dachau. Parada numărul 3.

Rudy se duse intenționat pe strada Himmel și se întoarse de la numărul 35 cu o sacoșă mică și două biciclete.

– Te bagi, *Saumensch?*

CONȚINUTUL SACOȘEI LUI RUDY
Șase bucăți de pâine învechită,
rupte în câte patru.

Pedalară până ajunseră în fața paradei spre Dachau și se opriră pe o porțiune de stradă goală. Rudy îi dădu sacoșa lui Liesel.

– Ia câteva bucăţi.

– Nu sunt sigură că e o idee bună.

Îi îndesă nişte pâine în palmă.

– Papa al tău a făcut-o.

Cum să-l contrazică? Merita o biciuire.

– Dacă suntem rapizi, nu ne vor prinde. Începu să împrăştie pâinea pe jos. Aşa că mişcă, *Saumensch!*

Liesel nu se putu abţine. Pe chipul ei se zărea o urmă de rânjet în timp ce ea şi Rudy Steiner, cel mai bun prieten al ei, risipeau pâinea pe stradă. Când terminară, îşi luară bicicletele şi se ascunseră printre pomii de Crăciun.

Strada era rece şi dreaptă. Nu trecu mult şi soldaţii sosiră împreună cu evreii.

În umbrele copacilor, Liesel urmări băiatul. Cât de mult se schimbaseră lucrurile, din hoţ de fructe devenise cineva care oferă pâine. Părul lui blond, deşi se închidea la culoare, era ca o lumânare. I se auzea stomacul chiorăind – şi el le dădea oamenilor pâine.

Asta era Germania?

Asta era Germania nazistă?

Primul soldat nu văzu pâinea – lui nu îi era foame –, dar primul evreu o zări.

Mâna lui asprită se întinse şi luă o bucată pe care şi-o îndesă înnebunit în gură.

„Ăsta e Max?“ se gândi Liesel.

Nu putea vedea bine şi se mişcă mai în faţă pentru a vedea mai bine.

– Hei! Rudy era livid. Stai locului! Dacă ne găsesc aici şi fac legătura cu pâinea, s-a zis cu noi.

Liesel înaintă.

Și alți evrei se aplecară și luară pâinea de pe stradă, și de lângă pomi, hoțul de cărți îl cercetă pe fiecare în parte. Max Vandenburg nu era acolo.

Ușurarea avu viață scurtă.

Se ascunse în spatele ei în vreme ce unul dintre soldați observă un prizonier care lăsa o mână în jos pentru a lua o bucată de pâine. Tuturor li s-a dat ordin să se oprească. Strada fu cercetată îndeaproape. Prizonierii mestecară pe cât de rapid și tăcut puteau. Înghițiră în același timp.

Soldatul luă de jos câteva bucăți și privi de fiecare parte a străzii.

– Acolo!

Unul dintre soldați înaintă spre fata de lângă cei mai apropiați copaci. Apoi, îl văzu pe băiat. Copiii o rupseră la fugă.

Aleseră direcții diferite, sub grinzile grele ale crengilor și tavanul înalt al copacilor.

– Nu te opri, Liesel!

– Și bicicletele?

– *Scheiss drauf!* Dă-le dracului, cui îi pasă!

Alergară din răsputeri, dar, după o sută de metri, respirația gâfâită a soldatului se apropie. O simți în ceafă și așteptă mâna care să o înhațe.

Avu noroc.

Tot ce încasă fu un bocanc în fund și un pumn de cuvinte.

– Fugi în continuare, fetițo, nu ai ce căuta aici!

Ea alergă și nu se opri cale de cel puțin încă un kilometru. Crengile îi loveau brațele. Conuri de pin i se rostogoleau sub picioare, iar gustul acelor de Crăciun îi pătrundea în plămâni.

Mai bine de patruzeci și cinci de minute trecură până se întoarse și îl găsi pe Rudy lângă bicicletele ruginite. Adunase ceea ce mai rămăsese din pâine și mesteca o bucată tare, învechită.

– Ți-am spus să nu te apropii prea mult, zise el.

Ea îi arătă spatele.

– Am o urmă de bocanc?

Cartea de schițe ascunsă

Cu câteva zile înainte de Crăciun mai avu loc un raid, dar orașul Molching nu a fost afectat. Conform știrilor de la radio, majoritatea bombelor au căzut în câmp deschis.

Cel mai important lucru a fost reacția din adăpostul Fiedlerilor. După ce sosiseră ultimii spectatori, toți se așezară cu solemnitate și așteptară. Se uitară la ea expectativ.

Tare în urechi, auzi vocea lui papa.

„Dacă mai sunt raiduri, citește în continuare în adăpost."

Rudy vorbi pentru toți:

– Citește, *Saumensch!*

Deschise cartea și, din nou, cuvintele își găsiră calea spre toți cei prezenți în adăpost.

Acasă, după ce sirenele le dădură tuturor permisiunea să revină la suprafața pământului, Liesel stătea în bucătărie cu mama. Se citea o preocupare pe chipul Rosei Hubermann, care luă un cuțit și părăsi încăperea.

– Vino cu mine!

Intră în camera de zi și îndepărtă cearșaful de pe marginea saltelei. Într-o parte, era cusută o fantă. Dacă nu știai dinainte că se afla acolo, era aproape imposibil să o găsești. Rosa o tăie cu atenție și băgă tot brațul înăuntru. Când scoase mâna, ținea cartea de schițe a lui Max Vandenburg.

– A zis să-ți dau asta când ești pregătită, spuse ea. Mă gândeam la ziua ta de naștere. Apoi, m-am hotărât să o fac de Crăciun. Rosa Hubermann stătea în picioare, cu o privire ciudată. Nu era mândrie. Probabil că era povara amintirii. Zise: Cred că mereu ai fost pregătită, Liesel. Din momentul în care ai ajuns aici și te țineai de poarta aia, ți-a fost menit să ai asta.

Cartea trecu dintr-o mână în alta.

Coperta arăta astfel:

SCUTURĂTOAREA DE CUVINTE
O micuță colecție
de gânduri
pentru Liesel Meminger.

Liesel o ținu cu mâini moi. Se holbă la ea.

– Mulțumesc, mamă.

O îmbrățișă.

Avea și un mare dor de a-i spune Rosei Hubermann că o iubea. Păcat că nu a făcut-o.

Dori să citească acea carte la subsol, de dragul vremurilor trecute, dar mama a convins-o să nu facă asta.

– E un motiv pentru care Max s-a îmbolnăvit acolo și pot să-ți zic sigur un lucru, fato, nu te las să te-mbolnăvești.

A citit în bucătărie.

Spații roșii și galbene în cuptor.

Scuturătoarea de cuvinte.

A parcurs nenumăratele schițe și povești, și desenele cu explicații. Lucruri precum Rudy pe un podium, cu trei medalii de aur care îi atârnau de gât. „Păr de culoarea lămâilor“ era scris dedesubt. Omul de zăpadă apăru și el o dată, la fel și lista celor treisprezece cadouri, fără a mai menționa consemnările nenumăratelor nopți în pivniță sau lângă foc.

Bineînțeles, erau și alte gânduri, schițe și visuri legate de Stuttgart, de Germania și de Führer. Erau prezente și amintiri despre familia lui Max. În final, nu s-a putut abține să nu le includă. Trebuia.

Apoi, ajunse la pagina 117.

Acolo își făcu apariția *Scuturătoarea de cuvinte.*

Era o fabulă sau un basm. Liesel nu era sigură care dintre ele. Câteva zile mai târziu, când căută ambii termeni în *Dicționarul Duden,* nu putu face diferența între ei.

Pe pagina anterioară era o mică notă.

Pagina 116

„Liesel – aproape că am terminat de mâzgălit povestea asta. Am crezut că poate ești prea mare pentru un asemenea basm, dar nimeni nu este.

M-am gândit la tine, la cărțile și cuvintele tale, iar povestea asta ciudată mi-a venit în minte. Sper să poți găsi ceva bun în ea.“

Întoarse pagina.

A FOST ODATĂ un bărbat ciudat şi mic. A decis trei detalii importante despre viaţa lui:

• Îşi va face cărare în păr în partea cealaltă, altfel decât toată lumea.
• Îşi va găsi o mustaţă mică şi ciudată.
Într-o zi, va conduce lumea.

Tânărul s-a plimbat ceva vreme,
gândindu-se, plănuind şi calculând exact
cum va face ca lumea
să fie a lui. Apoi, într-o zi, l-a găsit –
planul perfect.
Văzuse o mamă mergând cu copilul ei.
Ea l-a mustrat
cu severitate pe băiat. Până când,
într-un final, el a început să plângă.
Câteva minute, i-a vorbit foarte blând,
după care el s-a liniştit şi chiar a zâmbit.
Tânărul s-a apropiat grăbit de femeie
şi a îmbrăţişat-o.
– Cuvinte! a rânjit el.
– Poftim?
Dar el nu i-a răspuns.
Plecase deja.

Da, Führerul a decis că va conduce lumea prin cuvinte.
„Nu voi trage niciodată cu arma, a spus el. Nu va fi vreodată necesar."
Totuşi, nu a fost nesăbuit. Să-i recunoaştem măcar meritul ăsta.
Nu a fost deloc un om prost. Primul lui plan de atac a fost să planteze cuvintele în cât mai multe regiuni din ţara sa natală. Le-a plantat zi şi noapte şi le-a cultivat. Le-a privit crescând până când, în cele din urmă, păduri măreţe de cuvinte s-au ridicat prin toată Germania... Era o naţiune de gânduri sădite.

ÎN TIMP CE cuvintele creşteau, tânărul Führer a plantat şi seminţe pentru a crea simboluri, iar acestea erau şi ele pe cale să înflorească.
Acum, venise timpul. Führerul era gata.
Şi-a invitat oamenii spre inima lui glorioasă,
îndemnându-i cu cele mai măiestrite şi mai urâte cuvinte ale sale, culese chiar de el de prin păduri.
Iar oamenii au venit.

Au fost toţi puşi pe o bandă rulantă şi trecuţi printr-o maşinărie frenetică, care le-a oferit o viaţă întreagă în doar câteva momente. Au fost hrăniţi cu cuvinte. Timpul dispărea şi acum ştiau tot ce avuseseră vreodată nevoie să ştie. Erau hipnotizaţi.

Apoi, fiecare a primit un simbol şi toată lumea a fost fericită.

În curând, cererea pentru cuvinte şi simboluri a crescut atât de mult, încât, pe măsură ce pădurile s-au extins, tot mai mulţi oameni au trebuit să se ocupe de întreţinerea lor. Unii au fost angajaţi să se urce în copaci şi să arunce cuvintele către cei de jos. Apoi, acestea ajungeau direct la cei care rămăseseră nehrăniţi dintre oamenii Führerului, ca să nu-i mai menţionăm pe cei care se întorceau să capete mai multe.

Oamenii care se urcau în copaci erau numiţi scuturători de cuvinte.

CEI MAI BUNI scuturători de cuvinte erau aceia care înţelegeau adevărata putere a cuvintelor. Puteau mereu să se urce cel mai sus. Un astfel de scuturător de cuvinte era o fată mică, slăbuţă. Era cunoscută a fi cea mai bună din regiune, pentru că ştia cât de neputincioasă poate să fie o persoană FĂRĂ ele. Avea dorinţa. Era înfometată de cuvinte.

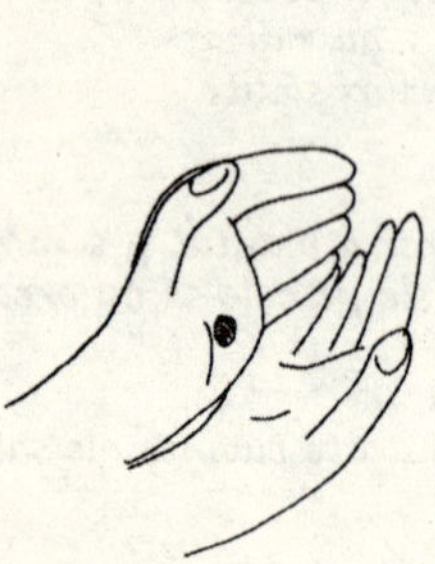

Într-o zi însă, a întâlnit un om dispreţuit de ţara ei natală, deşi se născuse în ea. Au devenit buni prieteni şi, când bărbatul a fost bolnav, scuturătoarea de cuvinte a lăsat o singură lacrimă să curgă pe faţa lui. Lacrima era făcută din prietenie – un singur cuvânt –, s-a uscat şi a devenit o sământă. Când fata a fost data următoare în pădure, a plantat acea sământă printre ceilalţi copaci. A udat-o înainte şi după fiecare tură în care lucra.

La început nu a fost nimic,
dar, într-o dimineață, când
a verificat-o după o zi de
scuturat cuvinte, un mic
lăstar crescuse repede.
L-a privit lung,
pentru multă vreme.

Copacul a crescut mai repede
decât orice altceva, până când
a fost cel mai înalt copac din
pădure. Toți au venit să-l vadă.
Toți au șoptit despre el și au
așteptat... să vină Führerul.

Revoltat, el a anunțat imediat că acel copac va fi distrus. Atunci, scuturătoarea de cuvinte și-a croit drum prin mulțime. A căzut în mâini și în genunchi. – Vă rog, a strigat ea, nu-l puteți tăia!
Dar Führerul nu s-a clintit. Nu-și putea permite să facă excepții. În timp ce scuturătoarea de cuvinte era târâtă de acolo, el s-a întors spre mâna lui dreaptă și a cerut:
– Un topor, te rog.

ÎN ACEL moment, scuturătoarea de cuvinte s-a smucit și s-a eliberat. A alergat. S-a urcat în copac și, cu toate că Führerul lovea trunchiul cu toporul, ea a urcat până când a ajuns pe cea mai înaltă creangă. Vocile și loviturile de topor au continuat să se audă slab. Norii treceau pe acolo – ca niște monștri albi, cu inimi cenușii. Temătoare, dar încăpățânată, scuturătoarea de cuvinte a rămas. A așteptat să cadă copacul. Dar copacul nu s-a clintit.
Au trecut multe ore și totuși toporul Führerului nu izbutea să muște din trunchi nici măcar o dată. Pe cale să se prăbușească, el i-a ordonat unui alt om să continue.

Zilele au trecut.
Săptămâni au luat locul zilelor.
O sută nouăzeci și șase de soldați nu
puteau urni nicicum copacul
scuturătoarei de cuvinte.

– Dar ce mănâncă? se întrebau oamenii. Cum doarme?
Ceea ce nu știau ei era că toți ceilalți scuturători de cuvinte îi aruncau alimente, iar fata cobora pe crengile mai joase să le adune.

NINGEA. Ploua. Anotimpuri au venit și au trecut. Scuturătoarea de cuvinte a rămas.
Când ultimul tăietor de lemne a renunțat, a strigat către ea:
– Scuturătoareo de cuvinte! Poți să cobori acum! Nimeni nu poate învinge acest copac!
Scuturătoarea de cuvinte, care abia putea distinge vocea omului, a răspuns cu o șoaptă:
– Nu, mulțumesc.
Îi dădu cuvintele printre crengi.

NIMENI nu știa cât timp trecuse, dar, într-o după-amiază, un bărbat cu un topor a venit în oraș. Geanta părea grea pentru el. Abia își ținea ochii deschiși. Picioarele îi erau sleite de epuizare.
– Copacul, i-a întrebat el pe oameni. Unde e copacul?

Numeroși oameni l-au urmat și, atunci când a sosit, nori acopereau vârfurile ramurilor. Scuturătoarea de cuvinte putea doar să-i audă pe oameni strigând că un nou tăietor de lemne a venit pentru a pune capăt strajei sale.
– Nu o să coboare, au zis oamenii, pentru nimeni.
Nu știau cine este omul cu toporul și nu știau că el nu se lăsa descurajat de nimic.

Deschise geanta și scoase ceva mai mic decât un topor.

Oamenii au râs.
– Nu poți să tai un copac cu un ciocan vechi.
Tânărul nu i-a ascultat. Doar scotocea prin geantă după niște cuie. Își puse trei în gură și încercă să bată un al patrulea în copac. Primele crengi erau extrem de sus și a estimat că, pentru a ajunge la ele, avea nevoie de patru cuie ca sprijin.
– Uitați-vă la idiotul ăsta, a răcnit unul dintre privitori. Nimeni altcineva nu ar putea...
Omul a rămas tăcut.

PRIMUL cui a intrat în copac și a fost fixat din cinci lovituri. Apoi al doilea și tânărul a început să se urce.
Când a ajuns la al patrulea cui, era sus și și-a continuat drumul. A fost tentat să strige pe măsură ce înainta, dar a decis să nu facă acest lucru.
Drumul până în vârf părea să dureze la nesfârșit. I-a luat mai multe ore să ajungă până la ultimele ramuri, dar, când a făcut-o, a găsit-o pe scuturătoarea de cuvinte dormind în păturile și în norii ei.
A privit-o vreme îndelungată.
Căldura soarelui încălzea acoperișul de nori.

El a întins un braț și a atins-o, iar scuturătoarea de cuvinte s-a trezit. S-a frecat la ochi și, după ce i-a studiat îndelung chipul, a vorbit:
– Ești tu cu-adevărat?
„De pe obrazul tău, s-a gândit ea, am luat sămânța?"
Bărbatul a dat din cap.
Inima lui șovăia și el s-a ținut mai strâns de crengi.
– Eu sunt.

ÎMPREUNĂ, AU stat în vârful copacului. Când norii au dispărut, au putut vedea toată pădurea.

– Nu se oprea din crescut, a explicat ea.
– Nici asta n-o să se oprească.
Tânărul a privit una dintre ramurile pe care își sprijinea mâna.

După ce au terminat de vorbit și de privit, au coborât. Au lăsat în urmă mâncarea și păturile.

Oamenilor nu le venea să creadă ce vedeau, iar în momentul în care scuturătoarea de cuvinte și tânărul au pus piciorul în lume, pe copac au început în sfârșit să se arate urmele loviturilor de topor.
Au apărut vânătăi. Erau tăieturi în trunchi și pământul a început să se zguduie.

– O să cadă, a țipat o tânără femeie. Copacul o să cadă!
Copacul scuturătoarei de cuvinte, înalt de kilometri nesfârșiți, a început încet să se încline. Gemea ca și cum era absorbit în pământ.
Lumea s-a zgâlțâit și, când totul s-a domolit într-un final, copacul zăcea întins în pădure.
Scuturătoarea de cuvinte și tânărul s-au urcat pe trunchiul căzut.
Au trecut peste crengi și au mers de-a lungul lui. Când s-au uitat în urmă, au observat că majoritatea privitorilor începuseră să se întoarcă la treburile lor. Acolo. În altă parte. În pădure. Dar, în timp ce ei doi mergeau tot mai departe, s-au oprit de mai multe ori, să asculte. Au crezut că pot auzi vocile și cuvintele în spatele lor, pe copacul scuturătoarei de cuvinte.

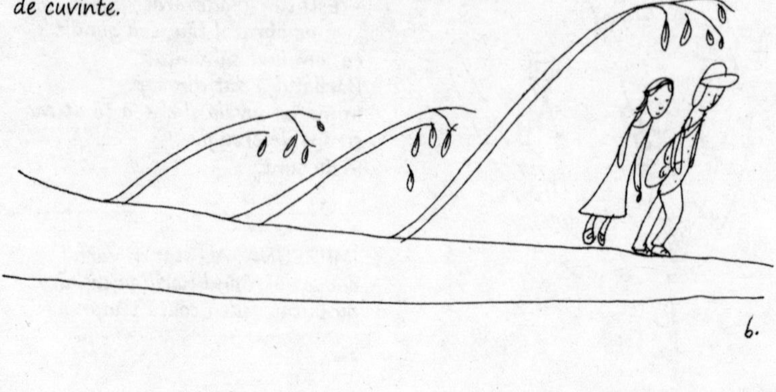

Multă vreme, Liesel rămase la masa din bucătărie şi se întrebă unde era Max Vandenburg în pădurea care era lumea întreagă. Lumina se diminuă în jurul ei. Adormi. Mama o trimise la culcare şi ea aşa a făcut, cu cartea de schiţe a lui Max la piept.

Ore mai târziu, când se trezi, îi veni în minte răspunsul la întrebare.

– Sigur, şopti ea. Sigur că ştiu unde este, şi adormi din nou.

Visă copacul.

Colecția de costume a anarhistului

Strada Himmel numărul 33, 24 decembrie

**Deoarece cei doi tați nu erau acasă,
Steinerii i-au invitat pe Rosa,
pe Trudy Hubermann și pe Liesel.
Când au sosit, Rudy încă
dădea explicații despre
hainele lui. Se uită la Liesel și gura
i se deschide, dar numai puțin.**

Zilele până la Crăciunul anului 1942 veniră cu zăpadă grea. Liesel citi de mai multe ori *Scuturătoarea de cuvinte,* de la povestea în sine până la numeroasele schițe și comentarii care o însoțeau. În ajunul Crăciunului, luă o decizie cu privire la Rudy. La naiba cu statul pe-afară prea târziu!

Merse la ușa vecină chiar înainte să se însereze și îi spuse că are un cadou pentru el, de Crăciun.

Rudy se uită la mâinile și picioarele ei.

– Ei, unde naiba e?

– Las-o baltă atunci!

Dar Rudy ştia. O mai văzuse astfel şi înainte. Ochi periculoşi şi mâini lipicioase. Respiraţia cu aromă de hoţie o înconjura şi el o putea mirosi.

– Cadoul ăsta, ghici el. Nu îl ai încă, nu-i aşa?

– Nu.

– Şi sigur că nici nu ai de gând să îl cumperi.

– Sigur că nu. Crezi că am vreun ban?

Zapada cădea în continuare. La marginea ierbii, gheaţa arăta ca sticla spartă.

– Ai cheia? întrebă ea.

– Cheia de unde? Dar lui Rudy nu îi luă mult să înţeleagă. Intră în casă şi se întoarse după scurt timp. Cu cuvintele lui Victor Chemmel, spuse: E timpul să mergem la cumpărături.

Lumina dispărea rapid şi, cu excepţia bisericii, toată strada München era închisă de Crăciun. Liesel mergea repede, ca să ţină ritmul cu paşii mai lungi ai vecinului ei. Ajunseră la fereastra magazinului. *STEINER – SCHNEIDERMEISTER*. Geamul era acoperit cu un strat subţire de noroi şi funingine depus în săptămânile care trecuseră. Dincolo de el, manechinele arătau ca nişte martori. Erau serioase şi ridicol de elegante. Era greu să scapi de senzaţia că urmăreau totul.

Rudy băgă mâna în buzunar.

Era Ajunul Crăciunului.

Tatăl lui se afla în apropiere de Viena.

Se gândi că nu-l va deranja dacă vor intra în magazinul lui iubit. Circumstanţele o cereau.

Uşa se deschise uşor şi cei doi se strecurară înăuntru. Din instinct, Rudy vru să aprindă lumina, dar curentul electric fusese deja întrerupt.

– Ai vreo lumânare?

Rudy era exasperat.

– *Eu* am adus cheile. Și, pe lângă asta, a fost ideea ta.

În mijlocul schimbului de replici, Liesel se împiedică de o umflătură din podea. Un manechin căzu în urma ei. Îi atinse brațul și se dezmembră în hainele în care era înveșmântat.

– Ia chestia asta de pe mine!

Manechinul se desfăcuse în câteva bucăți. Trunchiul și capul, picioarele și două mâini. După ce scăpă de el, Liesel se ridică și răsuflă din greu.

– Iisuse Hristoase!

Rudy găsi unul din brațe și o bătu pe umăr cu el. Când ea se întoarse speriată, el i-l întinse prietenos.

– Mă bucur să te cunosc.

Preț de câteva minute, se mișcară încet pe culoarele înguste din magazin. Rudy o luă spre tejghea. Când căzu peste o cutie goală, scânci și înjură, apoi se îndreptă spre intrare.

– E ridicol, zise el. Așteaptă aici un minut.

Liesel se așeză cu brațul manechinului în mână, până când el se întoarse cu un felinar de la biserică.

Un inel de lumină îi încercuia fața.

– Așadar, unde-i cadoul cu care te-ai tot lăudat? Bine ar fi să nu fie unul dintre manechinele astea ciudate.

– Adu lumina încoace!

Când ajunse în secțiunea din stânga magazinului, Liesel luă felinarul cu o mână și cu cealaltă căută printre costumele care atârnau. Trase unul afară, dar îl înlocui rapid cu altul.

– Nu, tot e prea mare. După încă două încercări, ridică un costum bleumarin în fața lui Rudy Steiner. Pare cam pe măsura ta?

Cât timp Liesel rămase în întuneric, Rudy probă costumul în spatele unuia dintre paravane. Se zărea un mic cerc de lumină și umbra care se îmbrăca.

Atunci când se întoarse, ținu felinarul pentru ca Liesel să poată vedea. Eliberată de paravan, lumina era ca o coloană strălucind pe costumul rafinat. Lăsa însă să se vadă și cămașa murdară de dedesubt, și pantofii uzați ai lui Rudy.

– Ei bine? întrebă el.

Liesel continuă examinarea. Îl dădu ocol și ridică din umeri.

– Nu-i rău.

– Nu-i *rău?!* Arăt mai bine decât „nu-i rău".

– Pantofii te dau de gol. Și fața.

Rudy puse felinarul pe tejghea și veni spre ea, prefăcându-se că este furios, iar Liesel trebui să admită că începea să o cuprindă o stare de nervozitate. Fu ușurată și dezamăgită în același timp când îl văzu cum se împiedică și cade pe manechinul aflat în dizgrație.

Pe podea, Rudy râdea.

Apoi, își închise ochii, strângându-i cu putere.

Liesel se grăbi către el.

Se apleca spre băiat.

Sărută-l, Liesel, sărută-l.

– Ești în regulă, Rudy? Rudy?

– Mi-e dor de el, zise băiatul stând într-o rână pe podea.

– *Frohe Weihnachten,* răspunse Liesel. Îl ajută să se ridice, îndreptându-i costumul. Crăciun fericit!

Partea a noua

Ultimul străin

în rolurile principale:

următoarea tentație – un jucător de cărți –
zăpezile din stalingrad – un frate
fără vârstă – un accident – gustul amar
al întrebărilor – o cutie de unelte, un tânăr care sângerează, un
urs – un avion prăbușit – și o întoarcere acasă

Următoarea tentație

De data aceasta, era vorba despre biscuiți.

Dar erau învechiți.

Erau biscuiți Kipferl rămași de la Crăciun și stătuseră pe birou cel puțin două săptămâni. Ca niște potcoave în miniatură, cu un strat de glazură de zahăr, cei de la fund fiind lipiți de farfurie. Restul erau îngrămădiți deasupra, formând un morman uniform. Putu deja să-i miroasă când degetele ei strânseră mai tare pervazul ferestrei. Camera avea gustul zahărului, al aluatului și al miilor de pagini.

Nu exista nici un bilet, dar lui Liesel nu îi luă mult să realizeze că Ilsa Hermann pusese din nou ceva la cale și, cu siguranță, nici prin cap nu-i trecea că biscuiții s-ar putea să *nu* fi fost pentru ea. Reveni la fereastră și șopti ceva. Numele șoptit era Rudy.

Veniseră pe jos în acea zi, pentru că strada era prea alunecoasă pentru biciclete. Băiatul se afla sub fereastră, stând de pază. Când ea îl chemă, fața lui apăru și fata îi întinse farfuria. Nu au fost necesare prea mult insistențe ca el să o ia.

Ochii lui se desfătară la vederea biscuiților și puse câteva întrebări:

– Altceva? Puțin lapte?

– Poftim?

– *Lapte?* întrebă el puțin mai tare de data aceasta.

Dacă recunoscuse tonul jignit din vocea lui Liesel, în mod cert nu arătă acest lucru.

Fața hoțului de cărți apăru din nou deasupra lui.

– Ești prost? Pot pur și simplu să fur cartea?

– Sigur. Tot ce zic e că...

Liesel se duse spre ultimul raft din stânga, din spatele biroului. Găsi niște hârtie și un creion în primul sertar și scrise „Mulțumesc“, lăsând biletul pe birou.

La dreapta ei, cartea ieșea în afară ca un os. În contrast cu paloarea ei, titlul întunecat era aproape ca o cicatrice. *Die Letze Menschliche Fremde – Ultimul străin.* Șoptea ușor în timp ce ea o trase de pe raft. Se scutură niște praf.

Era la fereastră, pe cale să iasă, când ușa bibliotecii scârțâi și se deschise.

Avea genunchiul pe pervaz și mâna ei de hoț de cărți era pe rama ferestrei. Se întoarse spre direcția zgomotului și o zări pe soția primarului într-un halat nou-nouț și în papuci. Pe buzunarul de la piept al halatului era brodată o svastică. Propaganda ajunsese până și la toaletă.

Se priviră una pe alta.

Liesel se uită la pieptul Ilsei Hermann și ridică brațul.

– *Heil Hitler!*

Era pe cale să plece când un gând îi fulgeră prin minte.

„Biscuiții.

Fuseseră acolo de săptămâni întregi.

Asta însemna că primarul însuși folosise biblioteca, el trebuie să-i fi văzut. Trebuie să fi întrebat de ce erau acolo. Sau – și de îndată ce Liesel se gândi la asta, fu cuprinsă de un optimism ciudat – poate că nu era deloc biblioteca primarului, ci a ei. A Ilsei Hermann.“

Nu știa de ce era atât de important, dar se bucura de faptul că o cameră plină de cărți aparținea unei femei. Ea fusese cea care o adusese în bibliotecă în primul rând și îi oferise fereastra ca oportunitate de a intra. Era mai bine în acest fel. Totul părea să se potrivească.

Tocmai când dădu să se miște din nou, se opri și întrebă:

– Asta este camera dumneavoastră, nu-i așa?

Soția primarului se crispă.

– Obișnuiam să citesc aici, cu fiul meu. Dar pe urmă...

Mâna lui Liesel atinse aerul din spatele ei. Văzu o mamă citind pe podea, cu un băiețel care arăta spre imagini și cuvinte. Apoi, văzu un război la fereastră.

– Știu!

O exclamație se auzi de afară.

– Ce-ai spus?

Liesel se răsuci și șopti pe un ton aspru:

– Taci, *Saukerl*, și uită-te pe stradă. Ilsei Hermann îi adresă cuvintele încet: Așadar, toate aceste cărți...

– Majoritatea sunt ale mele. Câteva îi aparțin soțului meu, iar altele au fost ale fiului meu, după cum știi.

Liesel era rușinată. Obrajii îi ardeau.

– Întotdeauna am crezut că asta e camera primarului.

– De ce?

Femeia părea amuzată. Liesel observă că avea svastici și pe vârfurile papucilor.

– E primar, am crezut că ar citi mult.

Soția primarului își băgă mâinile în buzunarele laterale.

– Liesel, tu ești cea care folosește cel mai mult camera asta.

– Ați citit-o pe asta?

Liesel ridică *Ultimul străin.*

Ilsa privi mai îndeaproape titlul.

– Da, am citit-o.

– E bună?

– Nu e rea.

Atunci, avu un impuls să plece, dar simți și o obligație stranie de a rămâne. Dori să vorbească, însă cuvintele disponibile erau prea multe și prea repezi. Încercă de mai multe ori să le înhațe, dar soția primarului luă inițiativa.

Văzu fața lui Rudy la fereastră, sau mai exact părul lui ca flacăra de lumânare.

– Cred că mai bine ai pleca, zise ea. Te așteaptă.

În drum spre casă, au mâncat.

– Ești sigură că nu era nimic altceva? întrebă Rudy. Trebuie să fi fost.

– Ai avut noroc și cu biscuiții. Liesel examină darul din brațele lui Rudy. Acum, spune adevărul. Ai mâncat vreunul înainte să ies?

Rudy era indignat.

– Hei, tu ești hoțul aici, nu eu.

– Nu glumi cu mine, *Saukerl*, văd niște zahăr la colțul gurii.

Paranoic, Rudy ținu farfuria doar cu o mână și se șterse cu cealaltă.

– Nu am mâncat nici unul, pe cuvânt.

Jumătate din biscuiți dispăruseră înainte ca ei să ajungă pe pod și au împărțit restul cu Tommy Muller, pe strada Himmel.

Când terminară de mâncat, un singur lucru îi mai frământa și Rudy l-a rostit:

– Ce naiba facem cu farfuria?

Jucătorul de cărți

În timp ce Liesel și Rudy mâncau biscuiți, cei din LSE jucau cărți în pauză, nu departe de Essen. Terminaseră o lungă călătorie din Stuttgart și jucau pe țigări. Reinhold Zucker nu era un om fericit.

– Jur că trișează, murmură el. Stăteau într-o magazie care le servea drept adăpost și Hans Hubermann tocmai câștigase a treia mână consecutivă. Zucker zvârli cărțile dezgustat și își pieptănă părul slinos cu ajutorul a trei unghii murdare.

Câteva adevăruri despre Reinhold Zucker

Avea douăzeci și patru de ani. Când a câștigat o partidă de cărți, nu și-a mai încăput în piele de bucurie – și-a dus cilindrii subțiri, plini cu tutun la nas și a inspirat adânc. „Mirosul victoriei“, va spune el. A, și încă un lucru. Va muri cu gura deschisă.

Spre deosebire de tânărul din stânga lui, Hans Hubermann nu se desfăta atunci când câștiga. A fost chiar îndeajuns de generos pentru a oferi înapoi fiecărui coleg una dintre țigările sale și a le și aprinde pentru ei. Toți în afară de Reinhold Zucker au acceptat darul. El a înhățat țigara și a zvârlit-o în mijlocul cutiei întoarse cu fundul în sus, care servea pe post de masă.

– Nu am nevoie de pomana ta, bătrâne!

Se ridică și plecă.

– Ce-o fi cu el? întrebă sergentul, dar nici unul nu a catadicsit să răspundă.

Reinhold Zucker era doar un băiat de douăzeci și patru de ani, care nu putea să joace cărți nici ca să-și salveze viața.

Dacă nu și-ar fi pierdut țigările în fața lui Hans Hubermann, nu l-ar fi disprețuit. Dacă nu l-ar fi disprețuit, nu i-ar fi luat locul câteva săptămâni mai târziu, pe o stradă destul de inofensivă.

Un loc, doi bărbați, o mică discuție și eu.

Mă omoară câteodată cum mor oamenii.

ZĂPEZILE STALINGRADULUI

La mijlocul lunii ianuarie 1943, coridorul reprezentat de strada Himmel era întunecat și mizerabil. Liesel închise poarta, se îndreptă spre ușa lui Frau Holtzapfel și bătu. Fu luată prin surprindere de cel care răspunse.

Primul ei gând a fost că bărbatul trebuie să fi fost unul dintre fiii ei, dar nu arăta ca nici unul dintre frații din fotografiile înrămate de lângă ușă. Părea mult prea în vârstă, deși era dificil de spus. Avea fața punctată de barba nerasă, iar ochii lui păreau îndurerați și pătrunzători. O mână bandajată căzu din mâneca hainei și picături de sânge ca niște vișine se prelinseră prin bandaj.

– Poate că ar trebui să te întorci mai târziu.

Liesel încercă să privească dincolo de el. Mai avea puțin și striga după Frau Holtzapfel, dar bărbatul o opri.

– Copilă, zise el. Vino mai târziu. Te chem eu. De unde ești?

După mai bine de trei ore, o bătaie se auzi pe strada Himmel și bărbatul apăru în fața ei. Vișinele de sânge deveniseră prune.

– Poți veni acum.

Afară, în lumina gri și neclară, Liesel nu se putu abține să nu-l întrebe ce i se întâmplase la mână. Suflă puțin aer pe nări – un singură cuvânt – înainte să răspundă:

– Stalingrad.

– Pardon?

Vorbise în vânt când răspunsese.

– N-am reușit să aud.

Răspunse din nou, la fel, dar mai tare și, de data aceasta, dădu detalii.

– Stalingrad. Asta am pățit la mână. Am fost împușcat în coaste și mi-au fost zburate trei degete. Asta îți răspunde la întrebare? Își băgă mâna rănită în buzunar și tremură satisfăcut de vântul german. Crezi că e frig aici?

Liesel atinse peretele de lângă ea. Nu putea minți:

– Da, sigur.

Bărbatul râse.

– Ăsta nu-i frig.

Scoase o țigară și o vârî în gură. Cu o mână încercă să aprindă un chibrit. Din cauza vremii fioroase, ar fi fost greu și cu ambele mâini, dar cu una, era imposibil. Lăsă cutia de chibrituri să cadă și înjură.

Liesel o ridică.

Luă țigară și o puse în gură. Nici ea nu o putu aprinde.

– Trebuie să tragi din ea, explică bărbatul. Pe vântul ăsta, nu se aprinde decât dacă tragi. *Verstehst?*

Mai făcu o încercare, încercând să-și aducă aminte cum făcea papa. De data aceasta, gura i se umplu cu fum. I se urcă spre dinți și îi zgârie gâtul, dar se abținu să nu tușească.

– Bună treabă. După ce luă țigara de la ea și trase fumul în piept, întinse mâna stângă, nevătămată. Michael Holtzapfel.

– Liesel Meminger.

– Vii să-i citești mamei mele?

Rosa sosi în spatele ei în acel moment, iar Liesel îi putu simți șocul.

– Michael? întrebă ea. Tu ești?

Michael Holtzapfel încuviință.

– *Guten Tag, Frau Hubermann,* a trecut mult timp.

– Arăți atât de...

– Bătrân?

Rosa încă era stupefiată, dar se controlă.

– Ai vrea să intri? Văd că ai cunoscut-o pe fata mea adoptivă...

Vocea i se stinse când observă mâna însângerată.

– Fratele meu e mort, zise Michael Holtzapfel și nici dacă ar fi lovit-o cu pumnul utilizabil rezultatul n-ar fi fost atât de puternic.

Pentru că Rosa se clătină. Cu siguranță, războiul însemna a muri, dar mereu se cutremura pământul sub picioarele cuiva atunci când era vorba despre cineva care trăise și respirase în apropiere. Rosa îi văzuse crescând pe ambii băieți Holtzapfel.

Tânărul îmbătrânit găsi cumva o modalitate de a povesti ce se întâmplase fără să-și piardă cumpătul.

– Eram într-una dintre clădirile pe care le foloseam ca spital când l-au adus. S-a întâmplat cu o săptămână înainte să mă întorc acasă. Am petrecut trei zile din acea săptămână cu el înainte să moară...

– Îmi pare rău.

Cuvintele nu păreau să vină din gura Rosei. Altcineva era persoana care stătea în spatele lui Liesel Meminger în acea seară, dar ea nu îndrăzni să se uite.

– Te rog, o opri Michael. Nu mai spune nimic. Pot să o duc pe fată să citească? Mă îndoiesc că mama o s-o audă, dar a zis să vină.

– Da, du-o.

Ajunseseră la jumătatea drumului când Michael Holtzapfel își aduse aminte de sine și s-a întors.

– Rosa?

Urmă un moment de așteptare până când mama deschise din nou ușa.

– Am auzit că fiul dumitale a fost acolo. În Rusia. Am dat peste altcineva din Molching și ei mi-au zis. Dar sunt sigur că știai asta deja.

Rosa încercă să-l rețină. Se grăbi să iasă și îl înșfăcă de mânecă.

– Nu. A plecat într-o zi și nu s-a mai întors. Am încercat să-l găsim, dar, de atunci, atât de multe s-au întâmplat, încât...

Michael Holtzapfel era hotărât să scape. Ultimul lucru pe care voia să-l audă era o altă o poveste lacrimogenă. Eliberându-se, zise:

– După câte știu eu, este încă în viață.

I se alătură lui Liesel la poartă, dar fata nu se îndreptă spre ușa vecină. Privi chipul Rosei. Se lumina și se ofilea simultan.

– Mama?

Rosa ridică mâna.

– Du-te.

Liesel așteptă.

– Du-te!

Când îl ajunse din urmă, soldatul reîntors acasă încercă să discute cu ea. Probabil că regreta greșeala făcută cu Rosa și încercă să o îngroape sub alte cuvinte. Ridicându-și mâna bandajată, spuse:

– Tot nu pot să o fac să nu mai sângereze.

Liesel fu de fapt bucuroasă să intre în bucătăria lui Frau Holtzapfel. Era cu atât mai bine cu cât mai repede începea să citească.

Șuvoaie de sârmă udă curgeau pe fața lui Frau Holtzapfel.

Fiul ei era mort.

Dar asta era numai jumătate din poveste.

Nu va ști niciodată cum s-a întâmplat în realitate, însă vă pot spune cu certitudine că unul dintre noi, cei de aici, știe. Eu par să știu mereu ce s-a întâmplat când este vorba despre zăpadă, arme și diversele confuzii din limbajul omenesc.

Când îmi imaginez bucătăria lui Frau Holtzapfel din cuvintele hoțului de cărți, nu văd cuptorul sau lingurile de lemn, sau pompa de apă, sau nimic de acest gen. Cel puțin nu la început. Ceea ce văd este iarna rusească și zăpada căzând din tavan, și soarta celui de-al doilea fiu al lui Frau Holtzapfel.

Numele lui era Robert și ceea ce s-a întâmplat cu el a fost:

O MICĂ ISTORIE DE RĂZBOI
Picioarele i-au fost sfărâmate de la tibie de o explozie și a murit în timp ce fratele lui îl privea într-un spital rece și care duhnea.

A fost în Rusia, în 5 ianuarie 1943, doar o altă zi geroasă. Afară, prin oraș și zăpadă, erau peste tot numai ruși și nemți morți. Cei rămași trăgeau în paginile albe din fața lor. Se împleteau trei limbi. Rusa, gloanțele și germana.

În vreme ce îmi croiam drum printre sufletele căzute, unul dintre bărbați spunea: „Mă mănâncă stomacul". O zise de mai multe ori. În pofida șocului, s-a târât înainte, spre o siluetă întunecată, desfigurată, care zăcea sângerând pe pământ. Când soldatul cu stomacul sfârtecat ajunse lângă trupul prăbușit, văzu că era Robert Holtzapfel. Mâinile lui erau îmbibate de sânge și aduna zăpadă pe glezne, unde picioarele îi fuseseră retezate de ultima explozie. Erau mâini fierbinți și un țipăt roșu.

Aburi se ridicau din pământ. Priveliștea și mirosul zăpezii în descompunere.

– Sunt eu, îi zise soldatul. Pieter.

Se târî câțiva centimetri mai aproape.

– Pieter? întrebă Robert cu un glas pierit.

Trebuie să mă fi simțit prin apropiere.

A doua oară.

– Pieter?

Dintr-un motiv oarecare, muribunzii mereu pun întrebări la care știu răspunsul. Poate că o fac ca să moară având dreptate.

Dintr-odată, vocile sunară la fel.

Robert Holtzapfel se prăbuși spre dreapta, în țărâna rece și aburindă.

Sunt sigură că se aștepta să mă întâlnească exact atunci și acolo.

Nu a fost așa.

Din păcate pentru tânărul neamț, nu l-am luat în acea după-amiază. Am făcut un pas pe deasupra lui, cu celelalte suflete amărâte în brațe, și m-am îndreptat înapoi spre ruși.

Înainte și înapoi, am tot umblat.

Bărbați dezmembrați.

Nu a fost o excursie la schi, pot să vă asigur.

După cum i-a spus Michael mamei sale, au fost trei zile foarte lungi până când, în final, am venit după soldatul care și-a lăsat picioarele la Stalingrad. Am apărut, fiind mai mult decât invitată la spitalul temporar, dar am bătut în retragere din cauza mirosului.

Un bărbat cu mâna bandajată îi spunea soldatului mut, cu fața șocată că va supraviețui.

– O să mergi în curând acasă, îl asigură el.

„Da, acasă, m-am gândit. De-a binelea."

– O să te aștept, continuă el. Urma să mă întorc înapoi la sfârșitul săptămânii, dar o să te aștept.

La mijlocul următoarei propoziții a fratelui său, am ridicat sufletul lui Robert Holtzapfel.

De obicei, trebuie să fac eforturi, să mă uit prin tavan când sunt înăuntru, dar am avut noroc în acea clădire. O mică porțiune din acoperiș fusese distrusă și puteam vedea drept în sus. La un metru depărtare, Michael Holtzapfel încă vorbea. Am încercat să-l ignor, privind gaura de deasupra. Cerul era alb, dar se schimba rapid. Ca întotdeauna, devenea un enorm cearșaf stropit cu vopsea. Sânge se strecura picurând și, pe alocuri, norii erau murdari, ca niște urme de pași în zăpada care se topea.

„Urme de pași?" întrebați voi.

Ei bine, mă întreb ale cui ar putea fi.

În bucătăria lui Frau Holtzapfel, Liesel citea. Neauzite, paginile erau întoarse și, pentru mine, după ce peisajul rusesc pălește în fața ochilor, zăpada refuză a conteni să se cearnă din tavan. Ceainicul este acoperit, la fel și masa. Oamenii, de asemenea, poartă movilițe de zăpadă pe capete și pe umeri.

Fratele tremură.

Femeia plânge.

Iar fata continuă să citească, dar din acest motiv se află acolo și se bucură să fie utilă la ceva după consecințele dezastruoase ale zăpezilor de la Stalingrad.

Fratele fără vârstă

Liesel Meminger mai avea câteva săptămâni până să împlinească paisprezece ani.

Papa al ei încă era plecat.

Mai încheiase trei ședințe de lectură cu femeia devastată. În multe nopți, o privi pe Rosa stând cu acordeonul în brațe și rugându-se cu bărbia sprijinită de burduf.

„Acum, se gândea ea, este momentul." De obicei, furatul era activitatea care o înveselea, dar, în această zi, era timpul să dea ceva înapoi.

Băgă o mână sub pat și scoase farfuria. Pe cât de repede putu, o spălă în bucătărie și ieși din casă. Era plăcut să se plimbe prin Molching. Aerul era tăios și categoric ca *Watschen*-ul unei profesoare sau călugărițe sadice. Pantofii ei făceau singurul sunet de pe strada München.

În timp ce traversa râul, un zvon de soare se iți din spatele norilor.

Pe Grande Strasse numărul 8, urcă scările, lăsă farfuria lângă ușă și bătu. Până când ușa fu deschisă, fata era după colț. Liesel nu se uită îndărăt, dar știa că, dacă s-ar fi uitat, l-ar fi zărit pe fratele ei la baza treptelor din nou, cu genunchiul complet vindecat. Chiar i-ar fi auzit vocea.

„Așa e mai bine, Liesel."

Înțelese cu mare tristețe că fratele ei va avea întotdeauna șase ani, dar, gândindu-se la asta, făcu un efort să zâmbească.

Rămase deasupra râului Amper, pe pod, unde papa obișnuia să stea și să se aplece peste balustradă.

Zâmbi și tot zâmbi, apoi, când totul deveni clar, se duse acasă, iar fratele ei nu i se mai furișă niciodată în somn. Îi era dor de el adesea, dar nu îi va fi niciodată dor de ochii pe moarte ațintiți spre podeaua trenului sau de sunetul tusei care l-a ucis.

Hoțul de cărți stătea în pat în acea noapte, iar băiatul veni doar înainte ca ea să închidă ochii. El era doar un membru al distribuției, pentru că Liesel a fost mereu vizitată în acea cameră. Papa stătea în picioare și îi spunea că este pe jumătate femeie. În colț, Max scria *Scuturătoarea de cuvinte.* Dezbrăcat, Rudy se afla lângă ușă. Din când în când, mama ei stătea pe un peron alături de pat. Și departe, în camera care se întindea ca un pod spre un oraș fără nume, fratele ei Werner se juca în zăpada din cimitir.

Din hol, ca un metronom al viziunilor ei, Rosa sforăia și Liesel stătea trează, înconjurată de fantasme, dar amintindu-și un citat din cea mai recentă carte a ei.

ULTIMUL STRĂIN, PAGINA 38

**„Erau oameni peste tot pe strada
din oraș, dar străinul nu ar fi putut fi
mai singur nici dacă strada ar fi fost goală."**

La venirea dimineții, viziunile dispărură și acum ea putea auzi recitalul domol de cuvinte din camera de zi. Rosa stătea cu acordeonul în brațe, rugându-se.

– Lasă-i pe toţi să vină acasă în viaţă, repeta ea. Te rog, Doamne, Te rog! Pe toţi.

Chiar şi ridurile din jurul ochilor ei îşi uneau mâinile.

Acordeonul trebuie să-i fi provocat durere, dar ea rămase în aceeaşi poziţie.

Rosa nu-i va spune niciodată lui Hans despre aceste momente, dar Liesel credea că acele rugăciuni trebuie să-l fi ajutat pe papa să supravieţuiască accidentului din Essen al celor din LSE. Dacă nu au ajutat, cu siguranţă nici nu aveau cum să pricinuiască vreun rău.

Accidentul

Era o după-amiază surprinzător de senină și bărbații se urcau în camion. Hans Hubermann tocmai se așezase pe locul său. Reinhold Zucker stătea în picioare lângă el.

– Mișcă! zise el.

– *Bitte?* Poftim?

Zucker era încovoiat sub plafonul vehiculului.

– Am zis să te miști, *Arschloch*. Jungla de păr unsuros îi cădea pe frunte în câlți. Fac schimb de locuri cu tine.

Hans era nedumerit. Locul din spate era probabil cel mai inconfortabil dintre toate. Acolo era cel mai puternic curent și cel mai frig.

– De ce?

– Contează? Zucker își pierdea răbdarea. Poate că vreau să mă dau jos primul ca să mă duc la budă.

Hans își dădu repede seama că restul unității deja urmărea conflictul demn de milă dintre doi oameni așa-zis maturi. Nu voia să piardă, dar nici nu voia să fie slab. În plus, tocmai teminaseră o tură obositoare și nu avea energia să continue disputa. Adus de spate, se îndreptă spre locul vacant din mijlocul camionului.

– De ce ai cedat în fața acelui *Scheisskopf?* întrebă bărbatul de lângă el.

Hans aprinse un chibrit și îi propuse să împartă o țigară.

– Curentul din spate îmi trece chiar prin urechi.

Camionul verde-oliv era în drum spre tabără, poate la șaisprezece kilometri distanță. Brunnenweg tocmai spunea un banc despre o chelneriță franțuzoaică atunci când roata din dreapta-față plesni, iar șoferul pierdu controlul volanului. Vehiculul se rostogoli de mai multe ori, iar bărbații înjurară în timp ce erau aruncați prin aer, prin lumină, mizerii și tutun. Afară, cerul albastru devenea când tavan, când podea în vreme ce ei încercau să se agațe de ceva.

După ce camionul se opri, erau toți îngrămădiți pe partea dreaptă a vehiculului, cu fețele înțepenite în uniforma murdară de lângă ei. Se întrebară unul pe altul dacă sunt teferi, până când Eddie Alma începu să țipe.

– Luați-l de pe mine pe nenorocitul ăsta! zise el de trei ori, rapid.

Se holba la ochii nemișcați ai lui Reinhold Zucker.

PAGUBELE, ESSEN

Șase bărbați cu arsuri de țigară.
Două mâini rupte.
Mai multe degete rupte.
Un picior rupt în cazul lui Hans Hubermann.
Un gât rupt în cazul lui Reinhold
Zucker, frânt aproape pe linia dreaptă
dintre lobii urechilor.

S-au târât unul pe altul afară, până când numai cadavrul rămase înăuntru.

Șoferul, Helmut Brohmann, stătea pe pământ, scărpinându-se în cap.

– Cauciucul, explică el, a explodat pur și simplu.

Câțiva dintre bărbați îi luară partea și susținură ca un ecou că nu a fost vina lui. Alții se plimbau fumând, întrebându-se unul pe altul dacă erau de părere că rănile lor păreau îndeajuns de grave pentru a fi eliberați de îndatoriri. Un mic grup se adunase în spatele camionului și se uita la cadavru.

În apropiere, lângă un copac, o fâșie subțire de durere acută încă se deschidea în piciorul lui Hans Hubermann.

– Trebuia să fi fost eu, zise el.

– Cum? strigă sergentul, de lângă camion.

– Stătea pe locul meu.

Helmut Brohmann își reveni în simțiri și se urcă înapoi în cabina șoferului. Întins la orizontală, încercă să pornească motorul, dar nu reuși. S-a trimis după un alt camion și după o ambulanță. Ambulanța nu a venit.

– Știți ce înseamnă asta, nu-i așa? zise Boris Schipper.

Știau.

În drum spre tabără, toți încercară să nu se uite în jos, la rânjetul cu gura deschisă al lui Reinhold Zucker.

– V-am spus că ar fi trebuit să îl întoarcem cu fața în jos, zise cineva.

De câteva ori, câțiva uitară pur și simplu și își odihniră picioarele pe cadavru. Odată ajunși acolo, cu toții încercară să evite sarcina de a-l scoate din camion. După ce această sarcină fu îndeplinită, Hans Hubermann făcu câțiva pași înainte ca durerea să-i frângă piciorul și să-l doboare la pământ.

O oră mai târziu, doctorul îl examină și îi spuse că era cu siguranță rupt. Sergentul se afla alături și zâmbi silit.

– Ei bine, Hubermann. Se pare că ai scăpat, nu-i așa? Își clătina fața rotundă, fuma și întocmea o listă cu lucrurile ce vor urma. O să te odihnești. O să mă-ntrebe ce ar trebui să facem cu tine. Le voi spune că ai făcut o treabă foarte bună. Mai suflă niște fum. Și cred c-o să le zic că nu mai ești apt pentru LSE și ar trebui să fii trimis înapoi în München, să lucrezi într-un birou sau să faci orice curățenie este necesară acolo. Cum sună asta?

Deși avea o grimasă de durere pe chip, Hans nu se putu abține să nu râdă și spuse:

– Sună bine, sergent.

Boris Schipper își termină țigara.

– Poți să fii al naibii sigur de asta. Ai noroc că te plac, Hubermann! Ai noroc că ești un om bun și generos cu țigările.

În camera vecină se pregătea ghipsul.

GUSTUL AMAR AL ÎNTREBĂRILOR

La puțin peste o săptămână după ziua lui Liesel de la mijlocul lunii februarie, ea și Rosa primiră într-un final o scrisoare detaliată de la Hans Hubermann. Fugi în casă de la căsuța poștală și i-o arătă mamei. Rosa îi ceru să o citească tare și nu își putură reține entuziasmul când Liesel ajunse la partea cu piciorul rupt. Fu atât de uluită, încât murmură următoarea propoziție doar pentru sine.

– Ce este? insistă Rosa. *Saumensch?*

Liesel ridică privirea de la scrisoare și fu pe cale să strige. Sergentul se ținuse de cuvânt.

– Vine acasă, mamă. Papa vine acasă!

Se îmbrățișară în bucătărie și scrisoarea fu zdrobită între trupurile lor. În mod cert, un picior rupt era prilej de sărbătoare.

Când Liesel duse vestea la ușa vecină, Barbra Steiner fu extaziată. Strânse brațele fetei și chemă restul familiei. În bucătărie, membrii familiei Steiner părură încântați de vestea că Hans Hubermann venea acasă. Rudy zâmbea și râdea, iar Liesel văzu că măcar se străduia. Totuși, putea și să simtă gustul amar al întrebărilor de pe buzele sale.

„De ce el?

De ce Hans Hubermann, și nu Alex Steiner?“

Întrebările lui aveau sens.

O TRUSĂ DE SCULE, UN TÂNĂR CARE SÂNGEREAZĂ, UN URSULEȚ

De la recrutarea tatălui său în armată, în octombrie, furia lui Rudy crescuse simțitor. Vestea întoarcerii lui Hans Hubermann fusese tot ce îi trebui pentru a se intensifica și mai tare. Nu îi spuse lui Liesel nimic despre asta. Nu se plânse că nu era corect. Decizia lui a fost să acționeze.

Cără o cutie de metal pe strada Himmel, la momentul propice pentru furat dintr-o după-amiază, pe înserate.

TRUSA DE SCULE A LUI RUDY
Era roșie, cu pete și de lungimea
unei cutii de pantofi supradimensionate.
Conținea următoarele:
briceag ruginit x 1
lampă de lipit mică x 1
ciocan x 2
(unul mediu, unul mic)
prosop x 1
șurubelniță x 3
(de diferite mărimi)
mască de schi x 1

șosete curate x 1
ursuleț de pluș x 1

Liesel îl văzu de la fereastra bucătăriei – cu mersul lui ferm și chipul hotărât, exact ca atunci când plecase să-și găsească tatăl. Băiatul apucă mânerul ușii cu cea mai mare forță pe care o avea, iar mișcările lui erau țepene de furie.

Hoțul de cărți scăpă prosopul pe care îl ținea în mâini și îl înlocui cu un singur gând.

„Se duce la furat."

Ieși în fugă din casă, să-l întâlnească.

– Rudy, unde te duci?

Rudy continuă să meargă și vorbi prin aerul rece din fața lui. În apropierea blocului în care stătea Tommy Muller, zise:

– Știi tu, Liesel, mă gândeam la ceva. Nu ești deloc hoață. Nu-i dădu șansa deloc să răspundă. Femeia aia te lasă înăuntru. Chiar îți lasă biscuiți, pentru numele lui Dumnezeu. Nu consider asta hoție. Să furi este ceea ce face armata. Să-i ia pe tatăl tău și pe al meu. Dădu cu piciorul într-o piatră care se izbi de o poartă. Grăbi pasul. Toți naziștii ăia bogați de acolo de sus, pe de Grande Strasse, Gelb Strasse, Heide Strasse.

Liesel nu se putea concentra decât pentru a merge în ritmul rapid al băiatului. Deja trecuseră de Frau Diller's și intraseră pe strada München.

– Rudy...

– Oricum, cum te simți?

– Cum mă simt când ce?

– Când iei una dintre cărțile alea.

În acel moment, decise să se oprească. Dacă voia un răspuns, va trebui să se întoarcă și așa făcu.

– Ei? Dar, din nou, Rudy fu cel care răspunse înainte ca Liesel măcar să-și deschidă gura. Te simți bine, nu-i așa? Să furi ceva la rândul tău.

Liesel își îndreptă atenția către trusa de scule, încercând să-l încetinească.

– Ce-ai acolo?

Se aplecă și o deschise.

Totul părea să aibă sens, în afară de ursuleț.

În timp ce plecară mai departe, Rudy explică amănunțit rostul obiectelor din trusa de scule și ce va face cu fiecare. De exemplu, ciocanele erau pentru a sparge ferestre și prosopul era pentru a înfășura ciocanul, ca să înăbușe zgomotul.

– Și ursulețul?

Îi aparținea Annei-Marie Steiner și nu era mai mare decât una dintre cărțile lui Liesel. Blana era aspră și uzată. Ochii și urechile îi fuseseră cusute la loc în mod repetat, dar cel puțin părea prietenos.

– Asta, răspunse Rudy, este o găselniță genială. E pentru cazul în care un copil intră în timp ce sunt înăuntru. I-l dau ca să-l calmez.

– Și ce plănuiești să furi?

Ridică din umeri.

– Bani, mâncare, bijuterii. Pe orice pot pune mâna.

Suna îndeajuns de bine.

Nu trecură nici cincisprezece minute, că Liesel zări liniștea bruscă de pe fața lui și își dădu seama că Rudy nu va mai fura nimic. Hotărârea dispăruse și, cu toate că el încă vedea gloria închipuită a furtului, ea observă că nu o mai credea. *Încerca* să o creadă și acesta nu este niciodată un semn bun. Măreția sa de infractor i se dezvăluia în fața ochilor, și în timp ce pașii se domoliră și ei priveau casele, ușurarea lui Liesel era pură și tristă înăuntrul ei.

Se aflau pe strada Gelb.

În general, casele erau întunecate și uriașe.

Rudy își dădu jos pantofii și îi ridică în mâna stângă. Ținea trusa de scule cu dreapta.

Între nori, era o lună. Poate un kilometru de lumină.

– Ce mai aștept? întrebă el, dar Liesel nu răspunse.

Din nou, Rudy deschise gura, dar fără să scoată vreun cuvânt. Puse trusa de scule pe pământ și se așeză pe ea.

Șosetele îi deveneau tot mai grele și mai ude.

– Noroc că mai ai încă o pereche în trusă, sugeră Liesel și îl văzu cum încearcă să nu râdă.

Rudy se trase într-o parte și se răsuci, iar acum era loc și pentru Liesel.

Hoțul de cărți și cel mai bun prieten al său stăteau spate în spate pe o cutie roșie, cu pete, în mijlocul străzii. Fiecare uitându-se într-o altă direcție, rămaseră acolo o bună bucată de vreme. Când se ridicară ca să se îndrepte spre casă, Rudy își schimbă șosetele și le lăsă pe cele purtate pe stradă. „Un cadou, hotărî el, pentru strada Gelb."

ADEVĂRUL ROSTIT AL LUI RUDY STEINER

– Cred că sunt mai bun dacă las lucruri decât dacă le fur.

Câteva săptămâni mai târziu, trusa de scule se dovedi a fi bună măcar pentru ceva. Rudy înlătură șurubelnițele și ciocanele și depozită înăuntru multe lucruri de valoare ale Steinerilor, pentru următorul raid aerian. Singurul obiect care rămase fu ursulețul.

Pe 9 martie, Rudy ieși din casă cu ea, când sirenele își manifestară din nou prezența în Molching.

În vreme ce Steinerii se grăbiră pe strada Himmel, Michael Holtzapfel bătu puternic la ușa Rosei Hubermann. Când ea și Liesel ieșiră, le prezentă problema.

– Mama mea, zise el și încă mai avea prune de sânge pe bandaj. Nu vrea să iasă. Stă la masa din bucătărie.

Deși trecuseră câteva săptămâni, Frau Holtzapfel încă nu începuse să-și revină. Când Liesel venea să citească, femeia petrecea cea mai mare parte din timp holbându-se pe fereastră. Vorbea încet, aproape neauzit. Toată brutalitatea și jignirile îi fuseseră îndepărtate de pe chip. De obicei, Michael era cel care îi spunea rămas-bun lui Liesel sau îi dădea cafeaua și îi mulțumea. Acum, asta.

Rosa intră în acțiune.

Grabnic, se îndreptă cu un mers clătinat spre poartă și se opri acolo.

– Holtzapfel?

Nu se auzeau decât sirenele și Rosa.

– Holtzapfel, ieși afară, scroafă bătrână și mizerabilă! Tactul nu fusese niciodată punctul forte al Rosei Hubermann. Dacă nu ieși, murim cu toții aici, pe stradă!

Se întoarse și văzu siluetele neajutorate de pe cărare. O sirenă tocmai terminase de urlat.

– Și acum ce facem?

Michael ridică din umeri, dezorientat, perplex. Liesel dădu drumul sacoșei cu cărți și îl privi în ochi. Strigă exact când o altă sirenă începu să urle.

– Pot să intru?

Dar nu așteptă un răspuns. Parcurse în fugă scurta distanță și trecu împingând-o pe mama.

Frau Holtzapfel era neclintită la masă.

„Ce să-i spun? se întrebă Liesel.

Cum o fac să se miște?“

Când sirenele făcură o altă pauză, ca să respire, o auzi pe Rosa strigând:

– Las-o, Liesel, trebuie să plecăm! Dacă vrea să moară, asta e treaba ei, dar apoi sirenele au pornit din nou.

Sunetul lor puternic coborî și acoperi vocea, zvârlind-o departe.

Acum, nu mai erau decât zgomot, o fată și o femeie de sârmă.

– Frau Holtzapfel, vă rog!

Ca și în cazul conversației cu Ilsa Hermann din ziua cu biscuiții, o multitudine de cuvinte și propoziții îi stăteau pe limbă. Diferența era că astăzi era vorba despre bombe. Astăzi, era puțin mai important.

OPȚIUNILE

*** – Frau Holtzapfel, trebuie să plecăm.**
*** – Frau Holtzapfel, o să murim dacă stăm aici.**
*** – V-a mai rămas un fiu.**
*** – Toată lumea vă așteaptă.**
*** – Bombele o să vă zboare capul.**
*** – Dacă nu veniți, nu o să mai vin să vă citesc și asta înseamnă că v-ați pierdut singurul prieten.**

Rosti ultima propoziție strigând cuvintele direct prin vacarmul sirenelor. Mâinile ei erau înfipte în masă.

Femeia își ridică privirea și se hotărî. Nu se mișcă.

Liesel plecă. Se îndepărtă de masă și ieși în grabă.

Rosa ținu poarta deschisă și o luară la fugă spre numărul 45. Michael Holtzapfel rămase abandonat pe strada Himmel, mut.

– Haide! îl imploră Rosa, dar soldatul întors acasă ezită. Tocmai era pe cale să intre din nou în casă, când ceva îl făcu să-și schimbe părerea. Mâna lui mutilată era singurul lucru agățat de poartă și, jenat, o trase după sine și le urmă.

Cu toții priviră în urmă de câteva ori, dar Frau Holtzapfel tot nu se vedea.

Strada părea atât de largă și, când urletul ultimei sirene se risipi în aer, ultimii trei oameni de pe strada Himmel coborâră în pivnița Fiedlerilor.

– Ce v-a trebuit atât de mult? întrebă Rudy.

Avea în mâini trusa de scule.

Liesel puse jos sacoșa cu cărți și se așeză pe ea.

– Am încercat s-o aducem pe Frau Holtzapfel.

Rudy privi în jur.

– Unde e?

– Acasă. În bucătărie.

În colțul îndepărtat al adăpostului, Michael stătea încovoiat și tremura.

– Trebuia să fi rămas, zise el, trebuia să fi rămas, trebuia să fi rămas...

Vocea lui abia se auzea, dar ochii îi erau mai zgomotoși ca niciodată. I se zbăteau violent în orbite și își strângea mâna rănită, iar sângele se prelingea din bandaj.

Rosa a fost cea care l-a oprit.

– Te rog, Michael, nu a fost vina ta.

Dar tânărul căruia îi mai rămăseseră doar câteva degete la mâna dreaptă era de neconsolat. Se ghemui sub privirea Rosei.

– Spune-mi ceva, zise el, pentru că eu nu înțeleg... Se lăsă pe spate și se sprijini de perete. Spune-mi, Rosa, cum poate ea să stea acolo, gata să moară, în timp ce eu încă vreau să trăiesc? Sângele se îngroșă. De ce vreau să trăiesc? Nu ar trebui să vreau, dar vreau.

Tânărul bărbat plânse incontrolabil vreme de câteva minute, cu mâna Rosei pe umăr. Ceilalți urmăreau scena. Nu se putu opri nici când ușa pivniței se deschise, se închise și Frau Holtzapfel intră în adăpost.

Fiul ei își ridică privirea.

Rosa se retrase.

Când se aflară unul lângă celălalt, Michael își ceru scuze:

– Mamă, îmi pare rău, trebuia să fi stat cu tine.

Frau Holtzapfel nu auzi. Doar se așeză alături de fiul ei și îi ridică mâna bandajată.

– Îți curge sânge din nou, zise ea și împreună cu toți ceilalți așteptară.

Liesel întinse o mână spre sacoșă și căută printre cărți.

Bombardarea Münchenului, 9 și 10 martie

Noaptea a fost lungă, încărcată de bombe și citit. Gura îi era uscată, dar hoțul de cărți a reușit să citească cincizeci și patru de pagini.

Majoritatea copiilor adormiseră și nu au auzit sirenele care anunțau reinstaurarea siguranței. Părinții îi treziră sau îi cărară pe treptele subsolului, spre lumea întunericului.

Departe, ardeau focuri și eu tocmai ridicasem puțin peste două sute de suflete ucise.

Mă îndreptam spre Molching pentru a mai lua unul.

Pe strada Himmel nu era nimeni.

Sirenele se potoliseră pentru mai multe ore, în caz că apărea o altă amenințare și pentru a-i permite fumului să se risipească în atmosferă.

Bettina Steiner a fost cea care observă focul mic și firul de fum din apropiere de râul Amper. Se înălța spre cer și fata arătă cu degetul.

– Priviți!

Poate că fata l-a văzut prima, dar Rudy a reacționat. În graba lui, nu lăsă din mână trusa de scule în timp ce alerga repede spre capătul străzii Himmel, o lua pe niște străzi lăturalnice și se îndrepta spre copaci. Liesel era în spatele lui (abandonase cărțile, lăsându-i-le Rosei în ciuda protestelor ei) și apoi urmau câțiva oameni de la mai multe adăposturi din cale.

– Rudy, așteaptă!

Rudy nu așteptă.

Liesel vedea doar trusa de scule printre copaci, în vreme ce își croia drum spre flacăra care pălea și avionul înnegurat. Zăcea fumegând într-o poieniță de lângă râu. Pilotul încercase să aterizeze acolo.

La douăzeci de metri, Rudy se opri.

Când am sosit, l-am observat stând acolo, încercând să-și domolească răsuflarea.

Membrele copacilor erau împrăștiate în întuneric.

Rămurele și așchii erau împrăștiate în jurul avionului, la fel și combustibilul. Pocnetele slabe ale metalului care se răcea făceau ca minutele și secundele să se scurgă într-un ritm accelerat, până când li se păru că stăteau acolo de ore întregi. Mulțimea se aduna tot mai numeroasă în spatele lor, iar respirația și vorbele sale i se lipeau lui Liesel de spinare.

– Ei bine, zise Rudy, să aruncăm o privire?

Păși printre copacii care mai rămăseseră în picioare, până la locul unde fuzelajul avionului era înfipt în pământ. Avea botul cufundat în apa curgătoare, iar aripile smulse rămăseseră undeva în spate.

Rudy îl ocoli încet, de la coadă și prin dreapta.

– E sticlă, zise el. Parbrizul este împrăștiat peste tot.

Apoi, văzură trupul.

Rudy Steiner nu văzuse niciodată un chip atât de palid.

– Nu te apropia, Liesel!

Dar Liesel se apropie. Văzu fața abia conștientă a pilotului inamic în timp ce copacii înalți priveau și râul gonea la vale. Avionul mai tuși de câteva ori și capul dinăuntru se înclină de la stânga la dreapta. Omul spuse ceva ce, evident, ei nu putură înțelege.

– Doamne, Iisuse Hristoase! șopti Rudy. Trăiește.

Trusa de scule se lovi de avion și tot atunci se auzi și sunetul unor voci și pași omenești.

Strălucirea focului dispăruse, iar dimineața era nemișcată și neagră. Numai fumul venea spre ei, dar și el se va risipi în curând.

Peretele alcătuit din copaci păstra culoarea unui München în flăcări, aflat la ananghie. Până acum, ochii băiatului se obișnuiseră nu doar cu întunericul, ci și cu chipul pilotului. Ochii acestuia erau ca niște pete de cafea și avea tăieturi crestate pe obraji și bărbie. Uniforma îi era mototolită pe piept.

În ciuda sfatului lui Rudy, Liesel se apropie și, vă asigur, în acel moment, ne-am recunoscut una pe cealaltă.

„Te cunosc“, m-am gândit eu.

Era un tren și un băiat care tușea. Era zăpadă și o fată înnebunită.

„Ai crescut, am zis în sinea mea, dar te recunosc.“

Nu se dădu înapoi și nu încercă să se lupte cu mine, dar știu că a fost ceva care i-a spus fetei că eram acolo. Îmi putea mirosi respirația? Putea să-mi audă bătăile inimii, ritmice și blestemate, care se frământa ca o nelegiure în pieptul meu letal? Nu știu, dar ea mă cunoștea și m-a privit în față, și nu și-a ferit privirea.

Cerul începea să se lumineze, căpătând culoarea cărbunelui, și amândouă ne-am văzut de ale noastre. L-am observat pe băiat cum a băgat din nou mâna în trusa de scule, a căutat printre niște rame cu fotografii și a scos jucăria mică, galbenă, de pluș.

Cu grijă, se urcă lângă muribund.

Puse atent ursulețul zâmbitor pe umărul pilotului. Vârful urechii sale îi atinse gâtul.

Muribundul trase aer în piept. Vorbi. În engleză, spuse:

– Mulțumesc.

Tăieturile i se deschiseră când a vorbit și o mică picătură de sânge i se rostogoli pe gât.

– Cum? îl întrebă Rudy. *Was hast du gesagt?* Ce-ai spus?

Din nefericire, i-am luat-o înainte cu răspunsul. Vremea sosise și am intrat în carlingă. Am extras încet sufletul pilotului din uniforma mototolită și l-am salvat din avionul distrus. Mulțimea cocheta cu liniștea, în vreme ce eu mă strecuram printre oameni. M-am eliberat făcându-mi loc cu coatele.

Deasupra mea, cerul se umbri – doar un ultim moment de întuneric – și pot jura că am văzut un semn negru de forma unei svastici. Zăbovea indiferentă în văzduh.

– *Heil Hitler!* am rostit eu, dar deja mă aflam printre copaci.

Probabil că este corect să spun că, în toți anii în care Hitler a fost la conducere, nici o persoană nu a fost capabilă să-l servească pe Führer la fel de bine ca mine. Un om nu are o inimă ca a mea. Inima omenească este o linie, în timp ce a mea este un cerc și posed abilitatea infinită de a fi la locul potrivit în momentul potrivit. Consecințele acestui lucru sunt că mereu găsesc oameni în cel mai bun moment al lor și în cel mai rău. Văd urâțenia și frumusețea lor și mă întreb cum poate ceva să fie în două feluri în același timp. Totuși, ei au un lucru pe care îl invidiez. Oamenii, lăsând la o parte orice altceva, au bunul-simț de a muri.

Sosirea acasă

Erau vremuri ale celor care sângerau, ale avioanelor distruse și ursuleților de pluș, dar primul trimestru al anului 1943 se va termina într-o notă pozitivă pentru hoțul de cărți.

La începutul lunii aprilie, ghipsul lui Hans Hubermann a fost ajustat până la genunchi, iar el se urcă într-un tren spre München. I se va oferi o săptămână de odihnă și recreere acasă, înainte de a se alătura rândurilor armatei de conțopiști din oraș. Va ajuta la punerea în ordine a hârtiilor legate de curățarea fabricilor, caselor, bisericilor și spitalelor din München. Timpul va spune dacă va fi trimis să facă lucrări de reparație. Totul depindea de piciorul său și de starea orașului.

Era întuneric când a ajuns acasă. Ajunsese cu o zi mai târziu decât se aștepta, pentru că trenul a întârziat din cauza unei sperieturi legate de un raid aerian. Rămase la ușa din strada Himmel numărul 33 și își strânse pumnul.

Cu patru ani în urmă, Liesel Meminger fusese silită să intre pe acea ușă, când a venit pentru prima oară. Max Vandenburg stătuse acolo cu o cheie care îl mușca de mână.

Acum era rândul lui Hans Hubermann. Bătu de patru ori și hoțul de cărți răspunse:

– Papa, papa.

Trebuie să fi rostit acel cuvânt de o sută de ori, în vreme ce îl îmbrățișa în bucătărie și nu voia să-i dea drumul.

Mai târziu, după ce au mâncat, au stat la masa din bucătărie până târziu în noapte, iar Hans le-a povestit totul soției sale și lui Liesel Meminger. Le-a vorbit despre LSE, străzile pline de fum și sufletele sărmane, pierdute, care rătăceau pe acolo. Și despre Reinhold Zucker. Săracul și prostul de Reinhold Zucker. A durat ore.

La unu dimineața, Liesel se duse la culcare și papa veni să stea cu ea, ca în trecut. Se trezi de mai multe ori ca să verifice dacă era acolo. Nu a dezamăgit-o.

Nopțile erau liniștite.

Patul ei era cald și moale de mulțumire.

Da, a fost o noapte măreață pentru Liesel Meminger, iar liniștea, căldura și calmul vor mai rămâne pentru încă aproximativ trei luni.

Dar povestea ei se întinde pe șase luni.

PARTEA A ZECEA

HOȚUL DE CĂRȚI

în rolurile principale:

sfârșitul lumii – a
nouăzeci și opta zi – un făuritor de război – pe calea
cuvintelor – o fată catatonică –
mărturisiri – cartea mică și neagră
a ilsei hermann – niște
avioane distruse – fulgi de zăpadă arzând

SFÂRȘITUL LUMII

(Partea I)

Ploua pe strada Himmel când lumea se sfârși pentru Liesel Meminger.

Cerul picura.

Ca un robinet pe care un copil a încercat din răsputeri să-l închidă, dar nu prea i-a reușit. La început, picăturile au fost reci. Le-am simțit pe mâini când veneam dinspre Frau Diller's, în mijlocul străzii.

Le-am auzit deasupra mea.

Prin norii care acopereau cerul, am privit în sus și am văzut avioanele de tinichea. Am privit cum li se deschideau burțile din care cădeau pur și simplu bombe. Au ratat ținta, desigur. Deseori, ratau ținta.

O MICĂ ȘI TRISTĂ SPERANȚĂ
Nimeni nu voia să bombardeze strada Himmel.
Nimeni nu voia să bombardeze un loc

care avea numele raiului, nu-i așa?
Nu-i așa?

Bombele au căzut și, în curând, norii se vor coace și picăturile reci de ploaie se vor transforma în cenușă. Fulgi de zăpadă fierbinți vor cădea în averse.

Pe scurt, strada Himmel a fost făcută una cu pământul.

Casele au fost împroșcate de pe o parte a străzii pe cealaltă. O fotografie înrămată a unui Führer foarte serios a fost lovită și distrusă pe podeaua spulberată. Totuși, el zâmbea în acel mod serios al lui. Știa ceva ce noi nu știam. Dar eu știam ceva ce *el* nu știa. În vreme ce toți oamenii dormeau.

Rudy Steiner dormea. Mama și papa dormeau. Frau Holtzapfel, Frau Diller. Tommy Muller. Toți dormeau. Toți mureau.

O singură persoană a supraviețuit.

A supraviețuit pentru că stătea într-o pivniță, citind povestea propriei vieți, verificând greșelile. În trecut, acea încăpere fusese declarată prea puțin adâncă pentru un adăpost, dar, în acea noapte, în 7 octombrie, fusese de ajuns. Ruinele caselor se prăbușeau și, câteva ore mai târziu, când liniștea stranie și tulburătoare s-a instalat peste Molching, unitatea LSE din regiune a auzit ceva. Un ecou. Acolo jos, undeva, o fată bătea cu un creion într-un bidon de vopsea.

Cu toții s-au oprit, și-au ciulit urechile și, când au auzit din nou sunetul, au început să sape.

OBIECTE PASATE DIN MÂNĂ-N MÂNĂ
Bucăți mari de ciment și țigle de pe acoperiș.
O parte dintr-un perete pe care era pictat un soare
care picura. Un acordeon care
nu părea prea vesel trăgând cu ochiul
prin cutia roasă.

Au îndepărtat totul.

După ce o altă bucată de perete dărâmat a fost înlăturată, unul dintre ei văzu părul hoțului de cărți.

Bărbatul avea un râs atât de frumos! Aducea pe lume un nou-născut.

– Nu pot să cred, e-n viață!

Era atât de multă bucurie printre bărbații care sporovăiau și strigau, dar eu nu puteam să le împărtășesc pe deplin entuziasmul.

Mai devreme, îl ținusem pe papa al ei într-o mână și pe mama în cealaltă. Ambele suflete erau atât de moi!

Mai departe, corpurile lor erau întinse pe jos, ca și ale celorlalți. Încântătorii ochi de argint ai lui papa deja începeau să ruginească, iar buzele de carton ale mamei încremeniseră pe jumătate deschise, cel mai probabil în forma unui sforăit incomplet.

Mâinile salvatoare au tras-o pe Liesel afară și i-au curățat rămășițele de moloz de pe haine.

– Fetițo, au zis ei, sirenele au pornit prea târziu. Ce făceai în subsol? Cum de ai știut?

Ceea ce nu au observat ei a fost că fata încă ținea cartea în mână. A răspuns țipând. Țipătul strident al celui rămas în viață.

– Papa!

A doua oară. Fața i s-a ridat când a atins o notă mai înaltă, îngrozită.

– Papa, *papa!*

Au trecut-o din mână în mână în timp ce ea țipa, urla și plângea. Nu știa încă dacă era rănită, pentru că s-a zbătut, s-a eliberat și a căutat, și a urlat în continuare.

Încă ținea strâns cartea.

Ținea cu disperare cuvintele care îi salvaseră viața.

A nouăzeci și opta zi

În primele nouăzeci și șapte de zile de la întoarcerea lui Hans Hubermann, în aprilie 1943, totul a fost în regulă. Adesea, se gândea cu tristețe că fiul lui lupta la Stalingrad, dar spera că o parte din norocul lui se afla și în sângele băiatului.

În a treia sa noapte petrecută acasă, a cântat la acordeon în bucătărie. O promisiune era o promisiune. Au fost muzică, supă și glume, și râsetele unei fete de paisprezece ani.

– *Saumensch*, o avertiză mama, nu mai râde așa de tare. Glumele lui nu sunt *atât* de amuzante. Și mai sunt și murdare...

După o săptămână, Hans se întoarse la datorie, ducându-se în oraș la unul dintre birourile armatei. A spus că acolo existau rezerve bune de țigări și mâncare și uneori aducea acasă niște biscuiți sau gem. Era ca în zilele bune. Un raid nesemnificativ în mai. Un *„Heil Hitler“* pe ici, pe colo și totul era bine.

Până în a nouăzeci și opta zi.

O MICĂ AFIRMAȚIE A UNEI BĂTRÂNE
Pe strada München, ea zise:
– Doamne Iisuse Hristoase, aș vrea să nu-i

aducă pe aici. Aceşti evrei blestemaţi înseamnă numai ghinion. Sunt un semn rău. De fiecare dată când îi văd, ştiu că totul se va duce de râpă.

Aceeaşi doamnă în vârstă anunţase venirea evreilor prima dată când îi văzuse Liesel. În esenţă, faţa ei era ca o prună şi albă ca hârtia. Ochii ei erau de un albastru-închis, ca o venă. Şi predicţia ei a fost corectă.

În miezul verii, Molchingului i s-a arătat un semn al lucrurilor ce vor veni. A apărut în peisaj ca întotdeauna. La început, capul care se clătina al unui soldat şi arma lui împungând aerul. Apoi, şirul zdrenţăros al evreilor înlănţuiţi.

De data aceasta, singura diferenţă a fost că veneau din direcţia opusă. Erau duşi spre oraşul vecin, Nebling, pentru a curăţa străzile şi a îndepărta dărâmăturile, curăţenie pe care armata refuzase să o facă. În seara acelei zile, au mărşăluit încet, înapoi spre lagăr, obosiţi, învinşi.

Din nou, Liesel l-a căutat pe Max Vandenburg, gândindu-se că ar fi putut ajunge la Dachau fără să treacă prin Molching. Nu era acolo. Nu de data aceasta.

Doar oferiţi-i puţin timp, pentru că, într-o după-amiază caldă de august, Max cu siguranţă va mărşălui prin oraş, împreună cu restul. Însă, spre deosebire de ceilalţi, el nu va privi strada. Nu se va uita la întâmplare, prin tribuna întâi a Führerului.

UN FAPT DESPRE MAX VANDENBURG
Printre feţele de pe strada München, va căuta o fată care fura cărţi.

Cu această ocazie, în iulie, la data calculată mai târziu de Liesel ca fiind a nouăzeci şi opta zi de la întoarcerea lui papa, ea studia lunga coloană de evrei jalnici – căutându-l pe Max. Dacă nu altceva, măcar alina durerea pe care i-o provoca vederea lor.

„Asta e un gând groaznic“, va scrie ea în pivnița din strada Himmel, dar știa că este adevărat. Durerea de a-i privi. Dar durerea *lor?* Durerea încălțărilor împleticite și a torturii, și a porților lagărului care se închideau?

Au trecut pe acolo de două ori în decurs de zece zile și, nu la multă vreme după aceea, femeia anonimă, cu fața ca o prună s-a dovedit a fi avut dreptate. Cu siguranță, suferința venise, și dacă ei au fost în stare să-i învinovățească pe evrei pentru că au reprezentat un avertisment sau un prolog, mai bine l-ar fi învinovățit pe Führer și expediția lui în Rusia, deoarece acestea au fost cauzele reale – pentru că atunci când strada Himmel s-a trezit mai târziu, în iulie, un soldat întors acasă a fost descoperit mort. Se spânzurase de una din grinzile dintr-o spălătorie de lângă Frau Diller's. Încă un pendul uman. Încă un ceas oprit.

Proprietarul neglijent lăsase ușa deschisă.

24 IULIE, 6.30 DIMINEAȚĂ
În spălătorie era cald,
grinzile erau solide,
iar Michael Holtzapfel
a sărit de pe scaun
ca într-o prăpastie.

Atât de mulți oameni mă urmăreau în acea perioadă, îmi strigau numele, mă rugau să îi iau cu mine! Și apoi mai era și micul procentaj al celor indiferenți care mă chemau și șopteau cu glasurile lor încordate.

– Ia-mă! spuneau ei și nimic nu îi putea opri.

Erau înfricoșați, fără îndoială, dar nu le era teamă de mine. Exista teama de a rata și de a trebui să se înfrunte pe sine încă o dată, și lumea, și pe cei ca voi.

Nu puteam face nimic.

Aveau prea multe mijloace, erau prea inventivi – și când reușeau, indiferent de metoda aleasă, nu aveam cum să-i refuz.

Michael Holtzapfel știa ce făcea.

S-a sinucis pentru că voia să trăiască.

Bineînțeles, nu am văzut-o deloc pe Liesel Meminger în acea zi. Ca de obicei, m-am sfătuit singură că eram mult prea ocupată ca să rămân pe strada Himmel pentru a auzi țipetele. Este destul de rău când oamenii mă surprind asupra faptului, așa că am luat fireasca decizie de a-mi face ieșirea din scenă în soarele matinal.

Nu am auzit vocea femeii care a explodat când a găsit trupul atârnat și nici sunetul picioarelor care alergau și al celor care veneau și rămâneau cu gura căscată și cu răsuflarea întretăiată. Nu l-am auzit pe bărbatul costeliv care murmura în barbă:

– Ce păcat, e strigător la cer...

Nu am văzut-o pe Frau Holtzapfel întinsă pe jos pe strada Himmel, cu brațele răsfirate, cu chipul care urla într-o disperare deplină. Nu, nu am descoperit toate acestea decât atunci când m-am întors câteva luni mai târziu și am citit ceva numit *Hoțul de cărți.* Mi s-a explicat că, în cele din urmă, Michael Holtzapfel a fost doborât nu din cauza mâinii accidentate sau a vreunei alte răni, ci din cauza vinei de a fi supraviețuit.

În zilele de dinaintea morții sale, fata înțelesese că el nu dormea și că fiecare noapte îi era otrăvită. Deseori, mi-l închipui zăcând treaz, transpirând în cearșafurile de zăpadă sau având în fața ochilor imaginea picioarelor schilodite ale fratelui său. Liesel a scris că, uneori, a fost cât pe ce să-i spună despre propriul frate, așa cum i-a zis și lui Max, dar părea a fi o mare diferență între o tuse prelungită și două picioare nimicite. Cum consolezi un om care a văzut astfel de lucruri? Cum îi spui că Führerul era mândru de el, că Führerul îl iubea pentru ce a făcut la Stalingrad? Cum ai putea măcar îndrăzni? Nu poți decât să-l lași pe el să vorbească. Paradoxul, desigur, este că astfel de oameni păstrează cele mai importante cuvinte ale lor pentru după aceea, când cei din jur sunt destul de ghinioniști ca să le găsească. Un bilet, o propoziție, o întrebare chiar sau o scrisoare precum cea din strada Himmel, din iulie 1943.

MICHAEL HOLTZAPFEL: ULTIMUL ADIO

„Dragă mamă,

Vei putea vreodată să mă ierți? Pur și simplu nu mai puteam suporta. Mă întâlnesc cu Robert. Nu-mi pasă ce zic blestemații de catolici despre asta. Trebuie să fie un loc în rai pentru cei care au fost unde am fost eu. Ai putea crede că nu te iubesc din cauza a ceea ce am făcut, dar te iubesc.

Michael al tău.“

Hans Hubermann a fost cel rugat să-i dea vestea lui Frau Holtzapfel. Stătea în pragul casei sale și ea a citit pe fața lui ce se întâmplase. Doi fii în șase luni.

Cerul de dimineață strălucea în urma bărbatului, în timp ce femeia de sârmă trecu pe lângă el. Alergă plângând spre grupul de pe strada Himmel. Rosti numele lui Michael de mai mult de douăzeci de ori, dar Michael răspunsese deja. Potrivit hoțului de cărți, Frau Holtzapfel strânse trupul în brațe aproape o oră. Apoi, se întoarse în soarele orbitor din strada Himmel și se așeză jos. Nu se mai putea ține pe picioare.

De la distanță, oamenii priveau. Era mai ușor de la depărtare.

Hans Hubermann se așeză lângă ea.

Își puse mâna pe a ei și ea se lăsă pe spate, pe pământul tare.

Țipetele ei umplură strada.

Mult mai târziu, Hans a condus-o cu o istovitoare grijă pe poarta din față și în casă. Și, indiferent de câte ori încerc să văd scena altfel, nu reușesc...

Când mi-i imaginez pe femeia înnebunită și pe bărbatul înalt și cu ochi de argint în bucătăria din strada Himmel numărul 33, încă mai ninge.

FĂURITORUL DE RĂZBOI

Se simțea mirosul de coșciug din lemn proaspăt tăiat. Rochii negre. Pungi cât niște valize sub ochi. Liesel stătea cu ceilalți, pe iarbă. Îi citi lui Frau Holtzapfel chiar în acea după-amiază. *Purtătorul de vise*, preferata vecinei sale.

Într-adevăr, a fost o zi plină.

27 IULIE 1943
Michael Holtzapfel a fost înmormântat și hoțul de cărți i-a citit celei îndurerate. Aliații au bombardat Hamburgul – și, referitor la acest subiect, este un noroc că am cumva puteri supranaturale. Nimeni altcineva nu putea duce aproape 45 000 de oameni într-un timp atât de scurt. Nici într-un milion de ani omenești.

La vremea aceea, nemții începeau să plătească în adevăratul sens al cuvântului. Genunchii mici și cu bube ai Führerului începeau să tremure.

Totuși, trebuie să recunosc ceva în privința acelui Führer.

Cu siguranță, avea o voință de fier.

Nu lâncezea deloc când venea vorba de făurit războaie și nici nu se dădea înapoi când venea vorba de exterminarea și pedepsirea unei molime. În timp ce marea parte a lagărelor erau răspândite prin Europa, unele încă mai funcționau chiar în Germania.

În acele lagăre, mulți oameni erau puși să muncească și să meargă.

Max Vandenburg era un asemenea evreu.

Pe calea cuvintelor

S-a întâmplat într-un oraș mic din patria lui Hitler.

Șuvoiul suferinței era încă pompat bine mersi și o părticică din el ajunsese acum în oraș.

Evreii erau puși să mărșăluiască la periferia Münchenului și, cumva, o adolescentă făcu inimaginabilul, se strecură și merse pe lângă ei. Când soldații au îndepărtat-o cu forța și au dat cu ea de pământ, fata s-a ridicat și a continuat.

Era o dimineață caldă.

O altă zi frumoasă pentru o paradă.

Soldații și evreii au trecut prin mai multe orașe și acum soseau în Molching. Se poate să fi fost nevoie de mai multă muncă în lagăr sau era posibil ca mai mulți prizonieri să fi murit. Indiferent de motiv, un lot proaspăt de evrei obosiți era dus pe jos spre Dachau.

Ca întotdeauna, Liesel alergă spre strada München cu obișnuiții privitori care gravitau în jurul convoiului.

– *Heil Hitler!*

Îl auzi pe primul soldat de departe și se îndreptă spre el, prin mulțime, ca să întâlnească procesiunea. Vocea o uluia. Transforma cerul infinit într-un tavan chiar deasupra sa, iar cuvintele ricoşau, aterizând undeva pe podeaua de picioare târşâite ale evreilor.

Ochii lor.

Priveau strada mişcătoare, şi după ce Liesel găsi un loc bun, se opri şi îi studie. Răsfoi dosarul fiecărui chip, încercând să găsească o potrivire cu evreul care a scris *Omul aplecat asupra mea* şi *Scuturătoarea de cuvinte.*

„Păr ca penele, se gândi ea.

Nu, păr ca nişte rămurele. Aşa arată când nu a fost spălat. Uită-te după un păr ca rămurelele şi după ochi apoşi, şi o barbă de surcele."

Doamne, erau atât de mulţi!

Atât de multe perechi de ochi muribunzi şi picioare sleite!

Liesel căută printre ele şi nu a fost neapărat o recunoaştere a trăsăturilor faciale ceea ce l-a dat de gol pe Max Vandenburg. Ci faţa lui – de asemenea, studiind mulţimea. Crispată de concentrare. Liesel simţi cum îi stă inima în loc când găsi singurul chip care privea direct spre spectatorii nemţi. Îi examina atât de atent, încât oamenii aflaţi de o parte şi de a alta a hoţului de cărţi au observat şi l-au arătat cu degetul.

– Şi *ăla* la ce se uită? zise o voce de bărbat de lângă ea.

Hoţul de cărţi păşi în stradă.

Niciodată mişcarea nu fusese o asemenea povară. Niciodată inima nu îi fusese atât de hotărâtă şi de mare ca acum în pieptul adolescentin.

Făcu un pas înainte şi rosti foarte încet:

– Mă caută pe mine.

Vocea îi pieri şi căzu undeva înăuntru. Trebuia să o regăsească, să o caute în profunzime, să înveţe din nou să vorbească şi să-i strige numele.

– Sunt aici, Max!

Mai tare.

– *Max, sunt aici!*

A auzit-o.

MAX VANDENBURG, AUGUST 1943
Erau rămurele de păr, așa cum se gândise Liesel, și ochii apoși au pășit spre ea, peste umerii celorlalți evrei. Când au ajuns la ea, au implorat. Barba îi îmblânzea fața și gura îi tremura în timp ce spunea cuvântul, numele, fata.
Liesel.

Liesel uită cu totul de mulțime și intră în marea de evrei, printre ei, până îl apucă de braț cu mâna stângă.

Chipul lui se înclină spre ea.

Ea se împiedică și evreul, îngrozitorul evreu, se apleacă pentru a o ajuta să se ridice. Își irosi toate puterile.

– Sunt aici, Max, zise ea din nou, sunt aici.

– Nu-mi vine să cred... Cuvintele îi picurau din gură lui Max Vandenburg. Uite cât ai crescut! Avea o tristețe intensă în ochi. I se umflau. Liesel... Au pus mâna pe mine acum câteva luni. Vocea lui era schilodită, dar se târa spre ea. La jumătatea drumului spre Stuttgart, spuse el.

Din interior, fluviul de evrei era un dezastru impenetrabil de brațe și picioare. Uniforme zdrențuite. Încă nu o văzuse nici un soldat, iar Max o avertiză:

– Trebuie să-mi dai drumul, Liesel.

Chiar încercă să o împingă, dar fata era prea puternică. Brațele înfometate ale lui Max nu o putură convinge, iar ea merse în continuare prin mizerie, foamete și confuzie.

După un șir lung de pași, primul soldat o observă.

– Hei! strigă el. Arătă cu biciul. Hei, fato, ce faci? Ieși de-acolo!

Fiindcă ea îl ignoră complet, soldatul își folosi arma ca să-și facă loc prin mulțimea densă de oameni. Îi îmbrânci la o parte și ajunse la ea. Se ivi deasupra ei, în timp ce Liesel se lupta să înainteze și fata observă expresia gâtuită a lui Max Vandenburg. Îl mai văzuse înfricoșat, dar niciodată astfel.

Soldatul o înșfăcă.

Mâinile lui îi apucară cu brutalitate hainele.

Putu să-i simtă oasele și încheieturile degetelor. Îi maltratau pielea.

– Am zis să ieși! îi ordonă el și o târî pe fată spre marginea străzii, și o zvârli spre zidul de spectatori germani.

Se făcea tot mai cald. Soarele îi ardea fața. Fata aterizase brusc și dureros, dar acum era din nou în picioare. Și-a revenit și a așteptat. A reintrat în convoi.

De data aceasta, Liesel și-a croit drum prin spate.

În față, putea vedea rămurele distincte de păr și se îndreptă iarăși spre ele.

De această dată, nu îl atinse și se opri. Undeva în interiorul ei se aflau sufletele cuvintelor. S-au cățărat afară și au rămas lângă ea.

– Max, zise fata.

El se întoarse și închise ochii pentru o clipă, iar fata continuă:

– A fost odată un bărbat mic și ciudat, spuse ea. Brațele ei atârnau pe lângă trup, dar mâinile îi erau strânse în pumni. Dar mai era și o scuturătoare de cărți.

Unul dintre evreii aflați în drum spre Dachau se oprise acum din mers.

Rămase absolut nemișcat, timp în care ceilalți îl ocoleau morocănoși, lăsându-l complet singur. Ochii lui ezitară și fu atât de simplu! Cuvintele trecură de la fată la evreu. Se cățărară pe el.

Data următoare când vorbi, întrebările îi ieșiră poticnindu-se din gură. Lacrimi fierbinți i se înghionteau în ochi și ea nu voia să le elibereze. Mai bine să fie fermă și mândră. Să lase cuvintele să facă totul.

– Tu ești cu adevărat? întrebă tânărul, zise ea. De pe obrazul tău am luat sămânța?

Max Vandenburg rămase în picioare.

Nu căzu în genunchi.

Oamenii, evreii, norii se opriră cu toții. Urmăreau.

Max o privi prima oară pe fată și apoi se uită lung la cerul larg și albastru, și măreț. Erau raze puternice – scânduri de lumină – căzând pretutindeni, minunat, pe stradă. Norii își arcuiau spinările pentru a privi în urmă și apoi se puneau din nou în mișcare.

– E o zi atât de frumoasă, zise el, iar vocea lui era fărâmițată.

O zi grozavă pentru a muri. O zi grozavă pentru a muri, ca asta.

Liesel se apropie de el. Fu îndeajuns de curajoasă să întindă mâna și să-i atingă fața acoperită cu barbă.

– Tu ești cu adevărat, Max?

O zi germană atât de strălucitoare și publicul ei grijuliu.

Își lăsă buzele să-i sărute palma.

– Da, Liesel, eu sunt, apoi el își puse fața în palma fetei și plânse pe degetele ei.

Plânse în vreme ce soldații veniră și micul grup de evrei insolenți stătea și privea.

A fost biciuit.

– Max, plânse fata.

Apoi, în gând, fiind târâtă de acolo:

„Max.

Boxer evreu."

În sinea ei, spuse totul.

„Maxi-taxi. Aşa îţi zicea prietenul tău din Stuttgart când v-aţi bătut pe stradă, îţi aduci aminte? Tu erai acela – băiatul cu pumni duri – şi ai spus că i-ai da un pumn în faţă morţii dacă vine după tine. Îţi aminteşti, Max? Tu mi-ai zis. Îmi amintesc tot...

Îţi amineşti omul de zăpadă, Max?

Îţi aminteşti?

Din pivniţă?

Îţi aminteşti norul alb, cu inima gri?

Führerul încă mai coboară să te caute câteodată. Îi este dor de tine. Tututor ne e dor de tine."

Biciul. Biciul.

Biciul din mâna soldatului continuă să lovească. Îl pocni peste faţă pe Max. Îi tăie bărbia şi îi crestă gâtul.

Max se prăbuşi la pământ şi soldatul se întoarse acum spre fată. Gura i se deschise. Dinţii lui erau imaculaţi.

O imagine bruscă îi apăru în faţa ochilor. Îşi reaminti ziua în care îşi dorise ca Ilsa Herman sau măcar Rosa cea de nădejde să o plesnescă peste faţă, dar nici una din ele nu o făcuse. De această dată, nu a fost dezamăgită.

Biciul i-a brăzdat clavicula şi i-a atins omoplatul.

– Liesel!

Cunoştea această persoană.

Când soldatul ridică biciul, ea îl zări pe Rudy Steiner agitat în mulţime. O striga. Îi văzu chipul chinuit şi părul galben.

– Liesel, ieşi de-acolo!

Hoţul de cărţi nu ieşi.

Închise ochii și încasă următoarea lovitură arzătoare și apoi încă una, până când corpul ei se izbi de podeaua caldă a străzii. Îi încălzea obrazul.

Auzi alte cuvinte, de data aceasta de la soldat:

– *Steh' auf!*

Propoziția succintă nu îi era adresată fetei, ci evreului. A fost dezvoltată.

– Ridică-te, jegosule, câine evreu, ridică-te, ridică-te...

Max se ridică anevoie în picioare.

Încă o flotare, Max.

Încă o flotare pe podeaua rece din pivniță.

Își mișcă picioarele.

Merse în continuare, târându-le după el.

Picioarele i se clătinau și atinse cu mâinile urmele biciului, pentru a alina usturimea. Când încercă să se uite din nou după Liesel, mâinile-soldat au fost puse pe umerii lui însângerați și l-au împins.

Băiatul sosi. Picioarele lui slăbănoage se îndoiră și el strigă spre stânga lui.

– Tommy, vino-ncoace și ajută-mă! Trebuie să o ridicăm. Tommy, *hai odată!* Îl ridică pe hoțul de cărți de subsori. Liesel, haide, trebuie să plecăm de pe stradă.

Când fata fu capabilă să stea în picioare, se uită la fețele împietrite ale nemților, proaspăt scoase din cutiile lor. La picioarele lor, își permise pentru un moment să se prăbușească. O zgârietură aprinse un chibrit pe acea parte a feței cu care se lovise de pământ. Pulsul i-o luă razna, arzându-i ambii obraji.

Mai departe pe stradă, putea vedea ca prin ceață picioarele și călcâiele ultimului evreu care se îndepărta.

Faţa îi ardea şi avea o durere stăruitoare în braţe şi în picioare – o amorţeală dureroasă şi epuizantă în acelaşi timp.

Se ridică.

Îndărătnică, începu să meargă şi apoi să alerge pe strada München, pe urmele ultimilor paşi ai lui Max Vandenburg.

– Liesel, ce faci?!

Se eliberă de strânsoarea cuvintelor lui Rudy şi îi ignoră pe privitorii de la marginea străzii. Majoritatea era mută. Statui cu inimi care băteau. Poate spectatori în fazele târzii al unui maraton. Liesel strigă din nou, dar nu fu auzită. Avea părul în ochi.

– Te rog, Max!

După vreo treizeci de metri, exact când un soldat se răsuci, fata fu doborâtă. Mâini o înşfăcară din spate şi băiatul de la uşa vecină o dobori la pământ, făcând-o să aterizeze pe genunchi. El îi încasă pumnii ca pe nişte daruri. Mâinile ei osoase şi coatele au fost acceptate doar cu câteva gemete. Acceptă picăturile zgomotoase şi grosolane de salivă şi lacrimile ca şi cum ar fi fost o mângâiere pe chipul lui. Mai important însă, reuşi să o stăpânească.

Pe strada München, un băiat şi o fată erau îngemănaţi.

Stăteau încovoiaţi şi neconsolaţi pe stradă.

Împreună, priviră oamenii dispărând. Îi urmăriră dizolvându-se ca nişte tăbliţe mişcătoare în aerul umed.

MĂRTURISIRI

După ce evreii nu se mai văzură, Rudy și Liesel se desprinseră unul de celălalt, iar hoțul de cărți nu zise nimic. Nu existau răspunsuri pentru întrebările lui Rudy.

Liesel nici nu se duse acasă. Se îndreptă oropsită spre gară și îl așteptă pe papa timp de ore întregi. La început, Rudy stătu cu ea, dar, pentru că Hans mai avea o jumătate de zi până să ajungă acasă, se duse după Rosa. La întoarcere spre gară, el îi povesti ce se întâmplase, și când ajunse, Rosa nu o întrebă nimic pe fată. Deja pusese totul cap la cap și doar stătu lângă ea, și în cele din urmă o convinse să se așeze. Așteptară împreună.

Când papa a aflat, a scăpat geanta și a dat un șut aerului din Bahnhof.

Nici unul dintre ei nu mâncă în acea seară. Degetele lui papa profanară acordeonul, ucigând cântec după cântec, indiferent cât de mult încerca să-i iasă bine. Nimic nu mai mergea.

Timp de trei zile, hoțul de cărți zăcu în pat.

În fiecare dimineață și după-amiază, Rudy Steiner bătea la ușă și întreba dacă mai era bolnavă. Fata nu era bolnavă.

În a patra zi, Liesel bătu la ușa vecinului ei și îl întrebă dacă ar vrea să meargă din nou la copacii unde împărțiseră pâinea cu un an în urmă.

– Trebuia să-ți fi spus mai devreme, zise ea.

După cum îi promisese, au mers pe stradă, spre Dachau. Au stat printre copaci. Erau forme lungi de lumini și umbre. Conuri de pin zăceau împrăștiate ca niște biscuiți.

„Mulțumesc, Rudy.

Pentru tot. Pentru că m-ai ajutat pe stradă, pentru că m-ai oprit..."

Nu îi spuse nimic.

Mâna ei se sprijini ușor pe ramura decojită de lângă ea.

– Rudy, dacă îți zic ceva, promiți să nu spui nici un cuvânt nimănui?

– Sigur. Vedea seriozitatea de pe chipul fetei și simțea gravitatea vocii ei. Se sprijini de copacul de lângă ea. Ce este?

– Promite!

– Deja am făcut-o.

– Fă-o din nou. Nu poți să-i spui mamei tale, fratelui tău, nici lui Tommy Muller. Nimănui.

– Promit!

Înclinându-se.

Privind spre pământ.

Ea încercă de mai multe ori să găsească punctul de plecare de la care să înceapă, citind propoziții la picioarele ei, unind cuvinte cu conuri de pin și cu crenguțe rupte.

– Mai știi când eu m-am lovit jucând fotbal pe stradă? zise ea.

I-au trebuit aproximativ trei sferturi de oră ca să povestească despre un acordeon, două războaie, un boxer evreu și o pivniță. Fără să uite ce se întâmplase cu doar câteva zile în urmă, pe strada München.

– Din acest motiv te-ai apropiat ca să te uiți mai bine, spuse Rudy, în acea zi cu pâinea. Ca să vezi dacă era acolo.

– Da.

– Doamne Dumnezeule!

– Da.

Copacii erau înalți și triunghiulari. Erau tăcuți.

Liesel scoase *Scuturătoarea de cuvinte* din geantă și îi arătă una dintre pagini lui Rudy. Acolo era desenat un băiat cu trei medalii atârnându-i la gât.

– „Păr de culoarea lămâilor", citi Rudy. Degetele lui atinseră cuvintele. I-ai povestit despre mine?

La început, Liesel nu răspunse. Poate că datorită descoperirii bruște a iubirii pe care o simțea pentru el. Sau poate că îl iubise dintotdeauna? Este posibil. Deși nu putea vorbi, dorea ca el să o sărute. Voia să-i ia mâna și să o tragă spre el. Nu conta unde. Pe gură, pe gât, pe obraz. Pielea ei tânjea după acest lucru, aștepta.

Cu ani în urmă, când se întrecuseră pe un teren noroios, Rudy era un set de oase asamblate la repezeală, cu un zâmbet știrb, șubred. Printre copaci, în acea după-amiază, el era cel care oferea pâine și ursuleți de pluș. La Tineretul Hitlerist, era triplu campion la atletism. Îi era cel mai bun prieten. Și mai era o lună până la moartea lui.

– Bineînțeles că i-am spus despre tine, zise Liesel.

Își lua rămas-bun și nici măcar nu știa.

Cartea mică și neagră a Ilsei Hermann

La mijlocul lunii august, a crezut că se ducea pe Grande Strasse numărul 8 pentru vechiul leac.

Să se înveselească.

Asta a fost ceea ce credea.

Ziua fusese fierbinte și umedă, dar erau anunțate averse pentru seară. În *Ultimul străin,* era un citat spre sfârșit. Lui Liesel i s-a adus aminte de el pe când trecea pe lângă magazinul lui Frau Diller.

Ultimul străin, pagina 211

„Soarele amestecă Pământul. Ca pe o tocană, ne amestecă întruna."

În acel moment, Liesel se gândi la citatul respectiv doar pentru că era o zi călduroasă.

Pe strada München, rememoră evenimentele petrecute în acel loc cu o săptămână în urmă. Văzu evreii venind pe drum, curgerea lor, numerele și suferința. Se hotărî că lipsea un cuvânt din citat.

„Lumea era o tocană *urâtă,* se gândi ea.

Atât de urâtă, încât nu o pot suporta."

Liesel trecu podul peste râul Amper. Apa era superbă, bogată și de culoarea smaraldului. Vedea pietrele de pe fund și auzea cântecul familiar al apei. Lumea nu merita un asemenea râu.

Urcă dealul spre Grande Strasse. Casele erau grozave și detestabile. Îi plăcea durerea slabă din picioare și din plămâni. „Mergi mai repede", se gândi ea și începu să urce ca un monstru care ieșea din nisip. Inspira mirosul ierbii din vecini. Era proaspătă și dulce, verde și cu vârfuri galbene. Traversă grădina fără să întoarcă măcar o dată capul și fără vreo pauză provocată de paranoia.

Fereastra.

Puse mâinile pe pervaz și sări înăuntru.

Ateriză.

Cărți și pagini, și un loc vesel.

Trase ușor o carte de pe raft și se așeză cu ea pe podea.

„Oare e acasă?" se întrebă fata, dar nu îi păsa dacă Ilsa Hermann tăia cartofi în bucătărie sau se afla la oficiul poștal. Sau stătea năucă și înaltă aplecată asupra ei, uitându-se la ce citea.

Fetei pur și simplu nu îi mai păsa.

Multă vreme, a stat și a citit.

Îl văzuse pe fratele ei murind cu un ochi deschis și cu unul încă visând. Îi spusese adio mamei sale și și-o imaginase singură, așteptând un tren care să o ducă acasă, spre uitare. O femeie de sârmă se așezase pe jos, strigătul ei rostogolindu-se pe stradă până când a căzut pieziș ca o monedă avidă de mișcare. Un tânăr a fost spânzurat de o funie făcută din zăpadă la Stalingrad. Îl văzuse pe pilotul din bombardier murind în carcasa metalică. Îl văzuse pe bărbatul evreu care îi oferise de două ori cele mai frumoase pagini din viața ei mergând spre un lagăr de concentrare.

Acele imagini erau lumea și bolboroseau în ea, în timp ce stătea cu minunatele cărți și titlurile lor îngrijite. Fierbeau în ea pe când răsfoia paginile care debordau de paragrafe și cuvinte.

„Nenorocitelor, se gândi. Nenorocitelor frumoase.

Să nu mă faceți fericită. Vă rog, nu mă copleșiți, amăgindu-mă că vreun lucru bun poate să iasă din toate acestea. Uitați-vă la vânătăile mele. Uitați-vă la tăietura asta. Puteți vedea tăietura din mine? O vedeți crescând în fața ochilor voștri, măcinându-mă? Nu vreau să mai sper la nimic altceva. Nu vreau să mă rog ca Max să fie în viață și în siguranță. Sau Alex Steiner."

Pentru că lumea nu îi merită.

Smulse o pagină din carte și o rupse în două.

Apoi, un capitol.

Curând, nu mai erau decât fărâme de cuvinte împrăștiate printre picioarele ei și peste tot în jur. „Cuvintele. De ce trebuiau să existe? Fără ele, nu ar mai fi nimic din toate astea. În lipsa cuvintelor, Führerul nu era nimic. Nu ar fi prizonieri care șchiopătează, nevoia de consolare sau de trucuri cu vorbe care să ne facă să ne simțim mai bine.

La ce sunt bune cuvintele?"

O rosti clar acum, în camera luminată în portocaliu.

– La ce sunt bune cuvintele?

Hoțul de cărți se ridică și merse cu atenție spre ușa bibliotecii. Protestul ei era nesemnificativ și cu jumătate de inimă. Holul gol era cufundat într-o prăpastie de lemn.

– Frau Hermann?

Întrebarea se întoarse la ea și încercă să se îndrepte din nou spre ușa principală. Nu ajunse decât la jumătatea drumului, aterizând șovăitoare pe două plăcuțe ale parchetului.

– Frau Hermann?

La acele chemări nu a răspuns decât liniștea și a fost tentată să caute bucătăria, pentru Rudy. Se abținu. Nu s-ar fi simțit în regulă să fure mâncare de la o femeie care îi lăsase un dicționar sprijinit de o fereastră. Și, în plus, tocmai îi distrusese una dintre cărți pagină cu pagină, capitol cu capitol. Pricinuise destule stricăciuni.

Liesel intră din nou în bibliotecă și deschise unul dintre sertarele biroului. Se așeză pe scaun.

ULTIMA SCRISOARE

„Dragă doamnă Hermann,

După cum puteți vedea, am fost din nou în biblioteca dumneavoastră și am distrus una dintre cărți. Pur și simplu aveam atâta furie și teamă în mine, încât am vrut să omor cuvintele. Am furat de la dumneavoastră și acum v-am devastat casa. Îmi pare rău. Ca să mă pedepsesc, cred că voi înceta să mai vin aici. Sau nu este deloc o pedeapsă? Ador și urăsc acest loc pentru că este plin de cuvinte.

Ați fost o prietenă pentru mine cu toate că v-am rănit, cu toate că am fost insuportabilă (un cuvânt pe care l-am căutat în dicționar) și cred că vă voi lăsa în pace de-acum. Îmi pare rău pentru tot.

Vă mulțumesc din nou.

Liesel Meminger“

Lăsă biletul pe birou și își luă un ultim rămas-bun de la cameră, făcând trei tururi și trecându-și mâna peste cărți. Oricât le ura, nu se putea abține. Fulgi de hârtie ruptă erau presărați peste o carte numită *Regulile lui Tommy Hoffman*. În adierea venită dinspre fereastră, câteva bucățele s-au ridicat și au căzut.

Lumina era încă portocalie, dar nu la fel de strălucitoare ca mai devreme. Mâinile ei au apucat pentru ultima oară pervazul și a simțit ultima zgâlțâire a stomacului și împunsătura din picioare atunci când a aterizat.

Până să ajungă la poalele dealului și să treacă podul, lumina portocalie dispăruse. Norii pregăteau terenul.

Mergând pe strada Himmel, simți deja primele picături de ploaie. „Nu o voi mai vedea niciodată pe Ilsa Hermann", se gândi, dar hoțul de cărți se pricepea mai bine să citească și să distrugă cărți decât să facă presupuneri.

TREI ZILE MAI TÂRZIU

Femeia bătuse la ușa de la numărul 33 și așteptase un răspuns.

Era ciudat pentru Liesel să o vadă fără halatul de baie. Rochia de vară era galbenă, cu modele roșii. Avea un buzunar cu o floricică pe el. Fără vreo svastică. Pantofi negri. Niciodată nu mai observase picioarele Ilsei Hermann. Erau ca de porțelan.

– Frau Hermann, îmi pare rău... pentru ce am făcut ultima dată în bibliotecă.

Femeia o liniști. Scoase din geantă o carte mică, neagră. Înăuntru nu era o poveste, ci hârtie liniată.

– M-am gândit că, dacă nu vei mai citi vreo carte de-a mea, ai putea să scrii una în schimb. Scrisoarea ta a fost... Cu ambele mâini, îi întinse lui Liesel cartea. Cu siguranță, poți scrie. Scrii bine.

Cartea era grea și avea coperta mată, cum o avea *Ridicarea din umeri.*

– Și, te rog, o sfătui Ilsa Hermann, nu te pedepsi singură, așa cum ai zis. Nu fi ca mine, Liesel!

Fata deschise cartea și atinse hârtia.

– *Dankeschön, Frau Hermann.* Pot să vă fac niște cafea dacă vreți. Doriți să intrați? Sunt singură acasă. Mama e la vecina noastră, Frau Holtzapfel.

– Să folosim ușa sau fereastra?

Liesel bănuia că era cel mai larg zâmbet pe care Ilsa Hermann și l-a îngăduit de ani de zile.

– Cred că vom folosi ușa, e mai ușor.

Au stat în bucătărie.

Cești de cafea și pâine cu gem. Se străduiră să vorbească și Liesel o auzea pe Ilsa Hermann înghițind, dar, cumva, nu era stânjenitor. Chiar era plăcut să o vadă pe femeie suflând ușor în cafea pentru a o răci.

– Dacă o să scriu vreodată ceva și reușesc să termin, spuse Liesel, o să vă arăt.

– Ar fi drăguț.

La plecarea soției primarului, Liesel o privi mergând pe strada Himmel. Îi privi rochia galbenă și pantofii negri, și picioarele-i de porțelan.

De lângă cutia poștală, Rudy întrebă:

– Asta a fost cine cred eu?

– Da.

– Glumești.

– Mi-a dat un cadou.

După cum s-a dovedit în acea zi, Lisa Hermann nu i-a oferit doar o carte lui Liesel. I-a dat și un motiv să petreacă timpul în subsol – locul ei preferat, prima oară cu papa, apoi cu Max. I-a dat un motiv să-și scrie propriile cuvinte, să-și aducă aminte că tot ceea ce a adus-o la viață au fost cuvintele.

„Nu te pedepsi", o auzi spunând din nou, dar va urma pedeapsă și durere, și va fi fericire de asemenea. Asta însemna să scrie.

Noaptea, când mama și papa dormeau, Liesel se furișa în pivniță și aprindea lampa cu kerosen. Prima oră, doar privi creionul și hârtia. Își impuse să-și amintească și, așa cum îi era obiceiul, nu își întoarse privirea.

– *Schreibe*, s-a mobilizat ea. Scrie!

După mai bine de două ore, Liesel Meminger începu să scrie, neștiind dacă va izbuti vreodată să o facă așa cum trebuie. De unde să-i treacă prin minte că cineva îi va culege povestea de pe jos și o va purta pretutindeni?

Nimeni nu se așteaptă vreodată la astfel de lucruri.

Nu sunt plănuite.

Folosind drept scaun un bidon mic de vopsea și unul mare ca masă, Liesel atacă prima pagină cu creionul. La mijloc, scrise următoarele:

HOŢUL DE CĂRŢI
o mică poveste
de
Liesel Meminger

NIȘTE AVIOANE DISTRUSE

Mâna o duru la a treia pagină.

„Cuvintele sunt atât de grele“, gândi ea, dar, odată cu trecerea nopții, reuși să termine unsprezece pagini.

PAGINA 1

„Încerc să ignor acest lucru, dar știu că toate acestea au început cu trenul, cu zăpada și cu fratele meu care tușea. Am furat prima mea carte în acea zi. Era un manual pentru săpat morminte și l-am furat în drum spre strada Himmel...“

A adormit acolo, pe un pat de cearșafuri stropite cu vopsea, cu hârtia răsucită la colțuri sus, pe bidonul mai înalt. Dimineață, când mama se aplecă asupra ei, ochii ei de clor erau întrebători.

– Liesel, zise ea, ce Dumnezeu faci aici?

– Scriu, mamă.

– Doamne Iisuse pe cruce. Rosa călcă apăsat treptele. Să fii sus în cinci minute sau vei avea parte de tratamentul cu găleata. *Verstehst?*

– Înțeleg.

În fiecare seară Liesel cobora în pivniță. Avea cartea la ea tot timpul. Scria ore întregi, încercând în fiecare noapte să termine zece pagini din viața ei. Erau atât de multe lucruri la care să se gândească, atât de multe în pericol de a fi lăsate pe dinafară. „Doar ai răbdare", își spuse și, pe măsură ce paginile scrise deveneau tot mai numeroase, puterea pumnului ei de scriitor creștea. Chiar a copiat *Scuturătoarea de cuvinte* și *Omul aplecat asupra mea*, urmărind conturul schițelor și copiind cuvintele, spunând că adesea se mai vedea câte ceva din *Mein Kampf* de sub vopsea. Nu uită nici de primele schițe pe care le văzuse în cartea lui Max – pentru a relata povestea exact așa cum și-o amintea.

Uneori, scria despre ce se întâmpla în pivniță în perioada în care scria. Tocmai terminase cu episodul în care papa îi dăduse o palmă pe treptele bisericii și în care a învățat-o să zică „*Heil Hitler*". Privind prin încăpere, Hans punea acordeonul în cutie. Tocmai cântase o jumătate de oră în timp ce Liesel scria.

PAGINA 42

„Papa a stat cu mine astă-seară. A adus acordeonul jos și a stat aproape de locul în care Max obișnuia să stea. Mă uit adesea la degetele și la fața lui atunci când cântă. Acordeonul respiră. Sunt linii pe obrajii lui. Par desenate și, dintr-un motiv anume, atunci când le văd, îmi vine să plâng. Nu este din cauza vreunei tristeți sau mândrii. Doar că îmi place modul în care se mișcă și se modifică. Uneori cred că papa este un acordeon. Când mă privește, și zâmbește, și respiră, aud notele."

După zece nopți de scris, Münchenul a fost din nou bombardat. Liesel ajunsese la pagina o sută doi și dormea în pivniță. Nu auzi sunetul ca de ceas cu cuc de la radio și nici sirenele și ținea cartea în somn când papa veni să o trezească.

– Liesel, hai!

Luă *Hoțul de cărți* și toate celelalte cărți, și au luat-o și pe Frau Holtzapfel.

PAGINA 175

„O carte plutea pe râul Amper. Un băiat a sărit în apă, a prins-o și o ținea în mâna dreaptă. A rânjit. A stat până la brâu în apa rece de decembrie.
– Ce zici de un sărut, *Saumensch?* a zis el.“

Până la următorul raid, în data de 2 octombrie, terminase. Numai câteva duzini de pagini rămaseră albe, iar hoțul de cărți deja începea să citească tot ce scrisese. Cartea era împărțită în zece capitole, fiecare primind titlul unei cărți sau al unei povești și descriau cum îi afectaseră viața.

Deseori mă întreb la ce pagină era când am mers pe strada Himmel, prin ploaia care șiroia, cinci nopți mai târziu. Mă întreb ce citea atunci când prima bombă a căzut din măruntaiele unui avion.

Personal, îmi place să mi-o închipui uitându-se pentru un scurt moment la perete, la norul de funie al lui Max Vandenburg, la soarele care picura și la siluetele care mergeau spre el. Apoi, privește încercările ei chinuite de a scrie cu vopsea pe perete. Îl văd pe Führer coborând treptele subsolului, cu mănușile de box atârnându-i neglijent de gât. Și hoțul de cărți citește, recitește și răscitește ultima sa propoziție timp de multe ore.

HOȚUL DE CĂRȚI – ULTIMUL RÂND

„Am urât cuvintele
și le-am iubit, și sper
că le-am orânduit bine.“

Afară, lumea fluieră. Ploaia era mânjită.

Sfârșitul lumii
(Partea a II-a)

Aproape toate cuvintele pălesc acum. Cartea neagră se dezintegrează sub povara călătoriilor mele. Din acest motiv spun această poveste. Ce-am zis mai devreme? Repetă ceva de multe ori și nu-l vei uita niciodată. De asemenea, pot să vă zic ce s-a întâmplat după ce cuvintele hoțului de cărți au contenit și cum am ajuns să-i cunosc povestea în primul rând. Astfel.

Imaginați-vă că mergeți pe strada Himmel în întuneric. Părul vi se udă și presiunea aerului este pe cale să se schimbe dramatic. Prima bombă lovește blocul de apartamente în care locuiește Tommy Muller. În somn, inocent, fața lui se contorsionează de ticuri și eu îngenunchez lângă patul lui. Alături, sora lui. Picioarele Kristinei ies de sub pătură. Se potrivesc urmelor de pe șotronul din stradă. Degetele ei mici de la picioare. Mama lor doarme la distanță de câtiva metri. Patru țigări stau desfigurate în scrumiera ei, iar tavanul fără acoperiș este roșu ca o plită. Strada Himmel arde...

Sirenele încep să urle.

– Este prea târziu *acum*, șoptesc eu, pentru acel mic exercițiu, pentru că toată lumea a fost prostită și din nou prostită. Mai întâi, aliații au simulat un raid asupra Münchenului pentru a ataca Stuttgartul. Dar zece avioane au rămas. Oh, au fost avertismente în toată regula. În Molching, au venit însoțite de bombe.

O ENUMERARE A STRĂZILOR
München, Ellenberg, Johannson, Himmel.
Strada principală + încă trei,
în cea mai săracă parte a orașului.

În decurs de numai câteva minute, toate trei au dispărut.

O biserică a fost doborâtă.

Pământul a fost distrus acolo unde Max Vandenburg stătuse în picioare.

Pe strada Himmel numărul 31, Frau Holtzapfel părea că mă așteaptă în bucătărie. Avea în fața ei o ceașcă spartă și, în ultimele momente de luciditate, fața ei parcă mă întreba ce naiba îmi luase atât de mult.

Spre deosebire de Frau Holtzapfel, Frau Diller dormea dusă. Ochelarii ei antiglonț zăceau spulberați lângă pat. Magazinul a fost nimicit, tejgheaua ajungând pe cealaltă parte a străzii, iar fotografia înrămată a lui Hitler a fost aruncată de pe perete pe podea. Practic, omul era strâmbat și înfrânt sub sticlă pisată. Am călcat pe el când am ieșit.

Fiedlerii erau bine organizați, toți în pat, toți acoperiți. Pfiffikus era învelit până la nas.

La Steineri, mi-am trecut degetele prin părul frumos pieptănat al Barbrei, am luat expresia serioasă de pe fața lui Kurt și, unul câte unul, i-am sărutat de noapte bună pe cei mici.

Apoi, Rudy.

Oh, Iisuse pe cruce, Rudy...

Stătea în pat cu una dintre surori. Trebuie să-l fi lovit sau să-l fi împins în pat, pentru că el era la margine, cu brațul în jurul ei. Băiatul dormea. Părul lui ca o lumânare incandescentă aprindea patul și i-am luat pe el și pe Bettina cu sufletele încă în pătură. Un lucru bun a fost că au murit repede și le era cald. Băiatul din avion, m-am gândit. Băiatul cu ursulețul de pluș. Unde era alinarea lui Rudy? Cine era acolo să-l liniștească în timp ce preșul vieții îi era furat de sub picioarele care dormeau?

Eram doar eu.

Și nu sunt prea grozavă la alinare, mai ales când mâinile mele sunt reci, iar patul este cald. L-am purtat ușor pe strada sfărâmată, având un ochi înlăcrimat și o inimă grea, letală. Cu el m-am străduit puțin mai mult. Am privit conținutul sufletului său pentru un moment și am văzut un băiat vopsit în negru strigând numele lui Jesse Owens în vreme ce dobora alergând o panglică imaginară. Mă afectează cumva acest băiat. De fiecare dată. Este singurul lui cusur. Calcă peste inima mea. Mă face să plâng.

În cele din urmă, Hubermannii.

Hans.

Papa.

Era înalt în pat și pot vedea argintul printre genele lui. Sufletul lui s-a ridicat. M-a întâlnit. Cele mai bune suflete mereu fac asta. Cele care se ridică și spun: „Știu cine ești și sunt gata. Nu că aș vrea să plec, desigur, dar voi veni". Acele suflete sunt mereu ușoare pentru că multe dintre ele au fost despovărate. Multe și-au găsit calea spre alte locuri. Acesta a fost transmis prin răsuflarea acordeonului, prin gustul ciudat al șampaniei vara și prin arta ținerii unei promisiuni. Zăcea în brațele mele și se odihnea. Era un plămân râvnind la o ultimă țigară și o imensă atracție magnetică spre pivniță, către fata care îi era fiică și care, acolo jos, scria o carte pe care el sperase să o poată citi într-o zi.

Liesel.

Sufletul lui șoptea în timp ce eu îl purtam. Dar nu era nici o Liesel în acea casă. Nu pentru mine.

Pentru mine nu era decât o Rosa, și da, chiar cred că am luat-o la jumătatea unui sforăit, pentru că avea gura deschisă și buzele sale de hârtie roz erau în mișcare. Dacă m-ar fi văzut, sigur că m-ar fi numit *Saumensch,* deși nu m-aș fi supărat. După ce am citit *Hoțul de cărți,* am descoperit că îi numea astfel pe toți. *Saukerl. Saumensch.* Mai ales pe oamenii pe care îi iubea. Părul ei ca de elastic era desfăcut și i se freca de pernă, iar trupul ca un șifonier se ridicase cu bătaia inimii. Să nu vă înșelați, femeia *avea* o inimă. Avea o inimă mai mare decât ar crede unii. Avea depozitate multe în ea, în rafturi înalte de kilometri întregi, ascunse. Amintiți-vă că ea a fost femeia cu un instrument în brațe, în noaptea brăzdată de lună. Fără nici o îndoială, a fost femeia care a hrănit un evreu în prima sa noapte în Molching. Și și-a vârât brațul adânc în saltea pentru a-i da o carte cu schițe unei adolescente.

ULTIMUL NOROC

Am trecut de pe o stradă pe alta și m-am întors pentru un singur bărbat, pe nume Schultz, la capătul străzii Himmel.

Nu a putut rezista în interiorul unui case dărâmate și îi duceam sufletul pe strada Himmel când i-am observat pe bărbații de la LSE strigând și râzând.

Era o mică vale în muntele de moloz.

Cerul fierbinte era roșu și se răsucea. Dâre de piper începeau să se învolbureze și am devenit curioasă. Da, da, știu ce v-am spus la început. De obicei, curiozitatea mă face să asist îngrozită la vreo jelanie omenească, dar, de această dată, trebuie să spun că, deşi mi-a frânt inima, am fost şi încă sunt bucuroasă că m-am aflat acolo.

Când au scos-o, este adevărat că a început să urle şi să ţipe după Hans Hubermann. Bărbaţii de la LSE au încercat să o reţină cu braţele lor pline de praf, dar hoţul de cărţi a reuşit să se elibereze. Oamenii disperaţi par adesea capabili să facă acest lucru.

Nu ştia încotro fuge, pentru că strada Himmel nu mai exista. Totul era nou şi apocaliptic. De ce era cerul roşu? Cum putea să ningă? Şi de ce fulgii îi ardeau mâinile?

Liesel înceti până ajunse la un mers greoi şi se concentră să înainteze.

„Unde e Frau Diller's? se gândi. Unde e..."

Mai rătăci puţin până când bărbatul care a găsit-o o luă de braţ şi îi vorbi:

– Eşti doar şocată, fata mea. Eşti doar şocată, o să fie bine.

– Ce s-a-ntâmplat? întrebă Liesel. Asta-i strada Himmel?

– Da. Bărbatul avea ochi dezamăgiţi. Ce văzuse în ultimii ani? E Himmel. Aţi fost bombardaţi, fata mea. *Es tut mir leid, Schatzi.* Îmi pare rău, draga mea.

Gura fetei delira mai departe, deşi trupul îi era acum nemişcat. Uitase urletele de mai înainte, după Hans Hubermann. Asta fusese cu ani în urmă – bombardarea are acest efect. Zise:

– Trebuie să-i luăm pe papa al meu, pe mama mea. Trebuie să-l luăm pe Max din pivniţă. Dacă nu-i acolo, e pe hol, uitându-se pe fereastră. Face asta uneori când este câte un raid – nu prea apucă să vadă cerul, vezi tu. Trebuie să-i spun cum arată vremea. Nu o să mă creadă niciodată...

Corpul ei s-a încovoiat în acel moment şi bărbatul de la LSE o prinse şi o făcu să stea jos.

– O s-o mutăm într-un minut, îi spuse sergentului său.

Hoţul de cărţi privi obiectul greu şi dureros din mâna ei.

Cartea.

Cuvintele.

Degetele îi sângerau, așa cum se întâmplase și la sosirea ei aici.

Bărbatul de la LSE o ajută să se ridice și o luă din acel loc. O lingură de lemn era pe foc. Un bărbat trecu pe lângă ea cu o cutie ruptă de acordeon și Liesel putu zări instrumentul aflat înăuntru. Îi văzu dinții albi și clapele negre dintre ei. Îi zâmbeau și declanșară trezirea la realitate. „Am fost bombardați“, se gândi, și se întoarse spre bărbatul de lângă ea și spuse:

– E acordeonul lui papa. Din nou: E acordeonul lui papa.

– Nu-ți face griji, fetițo, ești în siguranță, hai să ne mai îndepărtăm puțin.

Dar Liesel nu se îndepărtă.

Privi în direcția în care bărbatul ducea acordeonul și îl urmă. Cerul roșu încă picura cenușa sa frumoasă, iar ea îl opri pe lucrătorul înalt de la LSE și zise:

– Iau eu ăsta dacă vrei, e al lui papa.

Ușor, îl luă din mâna bărbatului și începu să meargă. Cam în acel moment, văzu primul cadavru.

Cutia acordeonului îi căzu din strânsoare. Sunetul unei explozii.

Frau Holtzapfel zăcea sfârtecată la pământ.

URMĂTOARELE DOUĂSPREZECE SECUNDE DIN VIAȚA LUI LIESEL MEMINGER

Se întoarce pe călcâie și privește cât de departe poate spre canalul distrus care este acum strada Himmel. Vede doi bărbați cărând un cadavru și îi urmează.

Când îi văzu și pe ceilalți, Liesel tuși. Ascultă pentru o clipă, în timp ce bărbatul le spunea că găsiseră unul dintre cadavre făcut bucăți, într-unul dintre arțari.

Erau pijamale șocate și fețe schimonosite. Primul lucru pe care l-a văzut a fost părul băiatului.

Rudy?

Acum, făcea mai mult decât să murmure cuvântul.

– Rudy?

El zăcea cu păr galben și ochi închiși, iar hoțul de cărți alergă către el și căzu la pământ. Scăpă din mână cartea neagră.

– Rudy, suspină ea, trezește-te... Îl apucă de cămașă și îl zgâlțâi ușor, neîncrezătoare. Trezește-te, Rudy! Și acum, când cerul se înfierbântă și mai mult și ploua cu cenușă, Liesel îl ținea de cămașă pe Rudy Steiner. Rudy, te rog, trezește-te, fir-ar să fie, trezește-te, te iubesc! Haide, Rudy, haide, Jesse Owens, nu știi că te iubesc, trezește-te, trezește-te, trezește-te...

Dar nimic nu mișcă.

Doar mormanul de moloz devenea tot mai mare. Dealuri de beton cu berete roșii. O fată frumoasă, zdrobită de lacrimi, zgâlțâindu-l pe cel mort.

– Haide, Jesse Owens...

Dar băiatul nu se trezi.

Nevenindu-i să creadă, Liesel își îngropă capul la pieptul lui Rudy. Îi ținea trupul vlăguit, încercând să nu-l lase să cadă, până când trebui să-l lase din nou pe pământul răvășit. Îl lăsă jos cu blândețe.

Încet. Încet.

– Doamne, Rudy...

Se aplecă și îi privi chipul lipsit de viață, iar Liesel îl sărută pe cel mai bun prieten al ei, Rudy Steiner, ușor și sincer pe buze. Avea gust prăfos și dulce. Avea gust de regret în umbrele copacilor și în lumina colecției de costume a anarhistului. L-a sărutat lung și ușor și, când s-a retras, i-a atins buzele cu degetele. Mâinile îi tremurau, buzele ei erau cărnoase și s-a mai mai aplecat o dată, de data aceasta pierzând controlul și judecând greșit. S-a lovit cu dinții de lumea demolată a străzii Himmel.

Nu și-a luat rămas-bun. A fost incapabilă, și după alte câteva minute lângă el, reuși să se dezlipească de jos. Mă uimește ce pot face oamenii chiar și atunci când șuvoaie le cad pe față și ei se împleticesc mai departe, tușesc, caută și găsesc.

URMĂTOAREA DESCOPERIRE
Cadavrele mamei și lui papa
zăcând pe cearșaful
de balast din strada Himmel.

Liesel nu alergă, nu merse și nu se mișcă deloc. Ochii ei îi cercetară pe oameni și se opriră buimaci când îi observă pe bărbatul înalt și femeia scundă, în formă de șifonier. „Asta e mama mea. Ăsta e papa al meu.“ Cuvintele erau capsate de ea.

– Nu se mișcă, zise încet. Nu se mișcă.

Poate că, dacă ar fi stat pe loc îndeajuns de mult timp, *ei* ar fi fost cei care se mișcau, dar rămaseră neclintiți câtă vreme a rămas și Liesel. În acel moment, am văzut că ea nu purta încălțări. Ce lucru ciudat de observat atunci. Poate că încercam să-i evit fața, pentru că hoțul de cărți era într-o dezordine iremediabilă.

Făcu un pas și nu voi să mai înainteze, dar o făcu. Încet, Liesel merse spre mama și papa și se așeză jos, între ei. O luă pe mama de mână și începu să-i vorbească:

– Îți amintești când am venit aici, mamă? M-am agățat de poartă și am plâns. Îți aduci aminte ce le-ai spus tuturor de pe stradă în ziua aia? Vocea îi tremura acum. Ai zis: „La ce vă uitați, nenorociților?“ Luă mâna mamei și îi atinse încheietura. Mamă, știu că tu... mi-a plăcut când ai venit la școală și mi-ai spus că Max se trezise. Știi că te-am văzut cu acordeonul lui papa? Strânse mai puternic mâna care devenea tot mai rigidă. Am venit și te-am privit, și erai frumoasă. Fir-ar să fie, erai atât de frumoasă, mamă!

MOMENTE LUNGI DE EZITARE

Papa. Nu voia,
***nu putea* să se uite la papa.**
Nu încă. Nu acum.

Papa era un bărbat cu ochi de argint, nu cu ochi morți.
Papa era un acordeon!
Acum, burduful lui era gol.
Nimic nu intra și nimic nu ieșea.

Începu să se legene înainte și înapoi. O notă stridentă, tăcută, mâzgălită era captivă undeva în gură până când fu în fine capabilă să se răsucească.

Spre papa.

În acel moment, nu m-am putut abține. Am dat ocol, s-o văd mai bine, și din clipa în care am privit-o din nou, mi-am dat seama că pe el îl iubea cel mai mult. Expresia ei mângâia fața bărbatului. Îi urmărea una dintre liniile de pe obraz. El stătuse cu ea în spălătorie și o învățase cum să răsucească o țigară. El i-a dat pâine unui om mort de pe strada München și i-a spus fetei să citească în continuare în adăpostul antiaerian. Poate că, dacă nu ar fi făcut-o, ea nu ar fi ajuns să scrie în pivniță.

Papa – acordeonistul – și strada Himmel.

Nu puteau exista separat, deoarece, pentru Liesel, ambele însemnau acasă. Da, asta era Hans Hubermann pentru Liesel Meminger.

Se întoarse și îi vorbi celui de la LSE:

– Vă rog, zise, acordeonul lui papa. Ați putea să mi-l aduceți?

După câteva minute de confuzie, un membru mai în vârstă aduse cutia ponosită și Liesel o deschise. Luă instrumentul rănit și îl puse lângă corpul lui papa.

– Uite, papa.

Vă pot asigura de ceva, fiind un lucru pe care l-am văzut mulți ani mai târziu – o viziune avută de hoțul de cărți însuși: odată ce a îngenuncheat lângă Hans Hubermann, l-a văzut stând în picioare și cântând la acordeon. El s-a ridicat și l-a agățat de piscurile caselor distruse. Erau ochi de argint. Era o țigară care îi atârna pe buze. Chiar făcu o greșeală și râse apoi amuzat. Burduful respira și bărbatul înalt cânta pentru Liesel Meminger pentru ultima dată, timp în care cerul ieșea încet din cuptor.

Cântă în continuare, papa.

Papa se opri.

Scăpă acordeonul și ochii lui de argint continuară să se ruginească. Acum, nu mai era decât un trup pe pământ, iar Liesel îl ridică și îl îmbrățișă. Plânse pe umărul lui Hans Hubermann.

– Rămas-bun, papa, tu m-ai salvat. Tu m-ai învățat să citesc. Nimeni nu poate cânta ca tine, nu o să beau niciodată șampanie. Nimeni nu poate cânta ca tine.

Brațele ei îl țineau. Îl sărută pe umăr – nu mai putea suporta să-i privească fața – și-l puse din nou jos.

Hoțul de cărți plânse până când a fost luată cu blândețe de acolo.

Mai târziu, își amintiră de acordeon, dar nimeni nu observă cartea.

Era prea mult de muncă și, împreună cu o serie de alte materiale, a fost într-un sfârșit ridicată fără să i se arunce măcar o privire și zvârlită într-un camion cu gunoi. Chiar înainte să plece camionul, m-am urcat repede și am luat-o în mână...

Noroc că am fost acolo.

Dar pe cine păcălesc? Sunt în cele mai multe locuri cel puțin o dată, iar în 1943 am fost aproape peste tot.

EPILOG

ULTIMA CULOARE

în rolurile principale:

moartea și liesel – niște
lacrimi de lemn – max –
și restituirea

Moartea și Liesel

Au trecut mulți ani de atunci, dar încă este multă treabă de făcut. Vă pot asigura că lumea e o fabrică. Soarele o învârte, oamenii o conduc. Și eu rămân la fel. Îi port departe.

Cât despre ce a rămas din această poveste, nu merg pe ocolite pentru că sunt obosită, sunt atât de obosită și o să v-o spun cât de de-a dreptul pot.

Un ultim fapt
Ar trebui să vă zic că hoțul de cărți a murit abia ieri.

Liesel Meminger a trăit până la o vârstă foarte înaintată, departe de Molching și de decesul străzii Himmel.

A murit într-o suburbie din Sydney. Numărul casei era 45 – la fel ca adăpostul Fiedlerilor –, iar cerul avea culoarea celui mai frumos albastru de după-amiază. Ca și al lui papa, sufletul ei stătea drept.

În viziunile de dinaintea sfârșitului, îi văzu pe cei trei copii ai ei, nepoți, soțul și lunga listă de vieți care s-au îmbinat cu a ei. Printre ei, luminoși ca niște felinare, erau Hans și Rosa Hubermann, fratele ei și băiatul al cărui păr va rămâne mereu de culoarea lămâilor.

Dar erau și alte viziuni acolo.

Veniți cu mine și vă voi spune o poveste.

Vă voi arăta ceva.

Lemn, după-amiază

După ce strada Himmel a fost curățată, Liesel Meminger nu avu unde să meargă. Se vorbea despre ea ca fiind fata cu acordeonul și a fost dusă la poliție, care se chinui să decidă ce va face cu ea.

Stătea pe un scaun foarte tare. Acordeonul se uita la ea prin gaura din cutie.

A durat trei ore până ce primarul și femeia ciufulită să-și arate fețele la secție.

– Toată lumea spune că e o fată, zise doamna, care a supraviețuit pe strada Himmel.

Polițistul arătă spre ea.

Ilsa Hermann se oferi să care cutia, dar Liesel o ținu ferm în mână în timp ce coborau scările secției de poliție. Câteva străzi mai jos de strada München, era o linie de demarcație clară, care îi separa pe cei bombardați de cei norocoși.

Primarul conduse mașina.

Ilsa stătu cu ea în spate.

Fata o lăsă să o țină de mână, pe cutia acordeonului care stătea între ele.

Ar fi fost ușor să nu spună nimic, dar Liesel avu o reacție contrară tragediei sale. Se așeză în eleganta cameră liberă din casa primarului și vorbi, și vorbi – pentru sine – până în noapte. Mâncă foarte puțin. Singurul lucru pe care nu îl făcu deloc a fost să se spele.

Timp de patru zile, a cărat rămășițele din strada Himmel pe covoarele și podelele din Grande Strasse numărul 8. Dormea mult și nu avea vise, iar de cele mai multe ori îi părea rău că se trezea. Totul dispărea atunci când dormea.

În ziua înmormântării, tot nu se îmbăiase, iar Ilsa Hermann o rugase politicos să o facă. Înainte de asta, îi arătase baia și îi dăduse un prosop.

Oamenii veniți la slujba lui Hans și a Rosei Hubermann vorbiră întruna despre fata care purta o rochie drăguță și un strat de murdărie de pe strada Himmel. A existat și un zvon că, mai târziu în acea zi, a intrat îmbrăcată în râul Amper și a zis ceva foarte ciudat.

Ceva despre un sărut.

Ceva despre un *Saumensch*.

De câte ori trebuia să-și ia rămas-bun?

După aceea au trecut săptămâni și luni, și mult război. Și-a amintit de cărțile ei în cele mai rele momente de amărăciune, mai ales de acelea care fuseseră făcute pentru ea și de cea care îi salvase viața. Într-o dimineață, într-o reînnoită stare de șoc, chiar a mers înapoi pe strada Himmel să le găsească, dar nu mai rămăsese nimic. Nu exista recuperare după ce se întâmplase. Acest lucru va dura decenii. Va dura o viață lungă.

Au fost două ceremonii pentru familia Steiner. Prima – imediat la înmormântare. A doua – curând după ce Alex Steiner a ajuns acasă, când i s-a acordat permisie după bombardament.

De când aflase vestea, Alex fusese distrus.

– Iisuse pe cruce, spusese el, numai dacă l-aș fi lăsat pe Rudy să plece la acea școală.

Salvezi pe cineva.

Și îl omori.

De unde era să știe?

Singurul lucru pe care îl *știa* cu adevărat era că ar fi dat orice să fi fost el pe strada Himmel în acea noapte, astfel încât Rudy să fi supraviețuit, și nu el.

Îi zise lui Liesel acest lucru pe treptele casei din Grande Strasse numărul 8, unde a ajuns în grabă după ce a aflat de supraviețuirea ei.

În acea zi, pe trepte, Alex Steiner s-a frânt.

Liesel i-a spus că îl sărutase pe Rudy pe buze. I-a fost rușine, dar s-a gândit că i-ar fi plăcut să știe. Au fost lacrimi de lemn și un zâmbet de stejar. În viziunea lui Liesel, cerul pe care l-am văzut era cenușiu și lucios. O după-amiază de argint.

Max

După ce războiul s-a terminat și Hitler s-a predat în mâinile mele, Alex Steiner s-a apucat din nou de lucru în croitoria lui. Nu ieșea vreun ban, dar își ocupa timpul acolo câteva ore pe zi, iar Liesel îi ținea adesea companie. Au petrecut multe zile împreună, mergând deseori spre Dachau, după eliberarea sa, numai pentru a fi trimiși la plimbare de americani.

În final, în octombrie 1945, un bărbat cu ochi apoși, păr de pene și o față proaspăt bărbierită a intrat în magazin. S-a apropiat de tejghea.

– E cineva aici pe nume Liesel Meminger?

– Da, e în spate, zise Alex. Era plin de speranță, dar voia să fie sigur. Pot să întreb cine o caută?

Liesel a ieșit.

S-au îmbrățișat și au plâns, și au căzut pe podea.

Restituirea

Da, am văzut foarte multe lucruri în această lume. Asist la cele mai mari dezastre și lucrez pentru cei mai mari răufăcători.

Dar mai sunt și alte momente.

Există unele povești (doar câteva, după cum am sugerat mai devreme) cărora le permit să mă distragă în timp ce lucrez, exact cum fac culorile. Le iau din cele mai ghinioniste și neobișnuite locuri și mă asigur că mi le amintesc în vreme ce-mi fac treaba. *Hoțul de cărți* este o astfel de poveste.

Când m-am dus în Sydney și am luat-o pe Liesel, am putut în cele din urmă să fac ceva ce așteptasem de mult timp. Am pus-o jos, am mers pe Anzac Avenue, lângă terenul de fotbal, și am scos o carte neagră și prăfuită din buzunar.

Femeia în vârstă a fost uluită. O luă în mână și spuse:

– Chiar e cu adevărat?

Am încuviințat.

Cutremurată, ea deschise *Hoțul de cărți* și întoarse paginile.

– Nu-mi vine să cred...

Deși textul se ștersese, își putea citi cuvintele. Degetele sufletului ei atingeau povestea scrisă cu atât de mult timp în urmă, în pivnița din strada Himmel.

Se așeză pe bordură și eu m-am alăturat ei.

– Ai citit-o? întrebă ea, dar nu mă privi.

Ochii ei fixau cuvintele.

Am încuviințat.

– De multe ori.

– Ai putut să o înțelegi?

Din acel moment, urmă o pauză lungă.

Câteva mașini au trecut pe acolo, în ambele direcții. Șoferii lor erau Hitleri și Hubermanni, și Maxi, criminali, Dilleri și Steineri...

Am vrut să-i vorbesc hoțului de cărți despre frumusețe și brutalitate. Dar ce-i puteam spune despre acele lucruri pe care deja le știa? Am vrut să-i explic că, în mod constant, supraestimez și subestimez omenirea – că rareori pur și simplu o *estimez*. Am vrut să o întreb cum același lucru putea fi și urât, și plin de glorie, iar cuvintele ei atât de osânditoare și strălucite.

Nici unul dintre aceste lucruri însă nu mi-a ieșit din gură.

Tot ce am fost capabilă să fac a fost să mă întorc spre Liesel Meminger și să-i spun singurul adevăr pe care îl știu. I l-am zis hoțului de cărți și vi-l spun acum dumneavoastră.

O ULTIMĂ OBSERVAȚIE DE LA NARATOAREA DUMNEAVOASTRĂ

Sunt bântuită de oameni.

Ofertă completă
BIBLIOTECA RAO

Ficțiune pentru adulți

COLECȚIA MAESTRO

Gabriel García Márquez — *Un veac de singurătate*

CLASICI CONTEMPORANI

Miguel Delibes — *Ereticul*
William Faulkner — *Hoțomanii • Iscoadă în țărână • O parabolă • Recviem pentru o călugăriță*
Gabriel García Márquez — *N-am venit să țin un discurs*
Witold Gombrowicz — *Jurnal – vol. I • Jurnal – vol. II*
Hermann Hesse — *Cele mai frumoase povestiri vol. 1 – Colecția Nobel • Cele mai frumoase povestiri vol. 2 – Colecția Nobel*
James Joyce — *Stephen eroul*
André Malraux — *Carnet din URSS 1934*
Thomas Mann — *Casa Buddenbrook vol. 1 – Colecția Nobel • Casa Buddenbrook vol. 2 – Colecția Nobel*
William Saroyan — *Aventurile lui Wesley Jackson • Nebunie în familie*
John Steinbeck — *Călătorii cu Charley*
Stefan Zweig — *Amoc. Obsedatul*

AUTORI CLASICI

Johann Wolfgang Goethe — *Poezii. Vol. 1*

LITERATURĂ CONTEMPORANĂ

Angela Becerra — *Ella*
Adrienne Celt — *Chemarea focului*
Carlos Franz — *Deșertul • Locul în care a fost paradisul*
Jack Fernley — *America uber alles*
DeSales Harrison — *Adâncuri sălbatice*
Nathan Hill — *Nix*
Howard Jacobson — *Chestiunea Finkler • J • Trăiește puțin*
Sarah Lark — *O speranță la capătul lumii • În țara norului alb • Cântecul maorilor • Aurul maorilor • În umbra arborelui Kauri*
Siegfried Lenz — *Un moment de reculegere*
Colum McCann — *Goana nebună a lumii*
Patrick Modiano — *Dora Bruder • Un pedigri*
Rosa Montero — *Nebuni din iubire • Cei iubiți nu mor niciodată • Noroc chior • Instrucțiuni pentru salvarea lumii*
Tea Obreht — *Soția tigrului*
Jasmin Schreiber — *Groapa Marianelor*
Sara Stridsberg — *Forța iubirii • Facultatea de vise*

AUTORI ROMÂNI CONTEMPORANI

Anghel Andreescu	*Acțiunile separatiste*
Anghel Andreescu, Dan Andreescu, Dan Bardaș	*Efectul migrației asupra securității României și a Europei*
Vartan Arachelian	*Numele și umbra*
Bogdan Boeru	*Benedictiana*
Augustin Buzura	*Absenții • Drumul cenușii • Nici vii, nici morți • Recviem pentru nebuni și bestii • Refugii*
Eugen Ovidiu Chirovici	*Cine a ucis-o pe Nora Jones? • Hoodoo Creek • O amintire de la Paris • Pulbere neagră • Cartea secretelor*
Eliza Ene Corbeanu	*Viața la curte vol. I • Viața la curte vol. II*
Adrian Eugen Cristea, Marius Marinescu, Mihai Mitran	*Cartierul interzis*
Corneliu Filip	*Ion Ghițulescu, omul de la microfonul radio*
Mircea Malița	*Istoria văzută prin ochii diplomatului*
Eugen Mihăescu	*Rebel • Între linii • Strigăte în pustiu*
Ștefan Mitroi	*Atunci când era mereu duminică • Biblia pentru furnici • Dulce ca pelinul • Jocuri de nenoroc • Adu-ți aminte să nu uiți • Pisica surdomută și alte unsprezece povestiri*
Doru Munteanu	*Viață de împrumut*
Adrian Năstase	*Sub zodia momentului: Blog'n Roll vol. 7 • Războiul lui Onoda: Blog'n Roll vol. 8 • Răzbunarea cuvintelor: Blog'n Roll vol. 10*
Ionel Nițu	*Analiza de intelligence*
Adrian Onciu	*Templul negru*
Dan Ioan Panțoiu	*Mercenarul întunericului*
Eveline Păuna	*Muzeul vârstelor*
Dumitru Popescu	*Artemis sau Uzurparea sentimentului • Singurătatea mărilor*
Vlad T. Popescu	*Taina. O nouă incursiune în irealitatea imediată*
Flaviu George Predescu	*Softul Ge • Paraclis 1980*
Mirela Puiu	*Șarpele cetății*
Aurelian Silvestru	*Cel rătăcit*
Dinu Săraru	*Corrida • Jurnalul unui personaj controversat • Marele premiu la Monte Carlo • Ura din ochii vulpii*
Mirel Taloș	*Colecționarul de nuduri • Undeva în Transilvania • Strania poveste a unui pian • Clepsidra lui Ovidiu*
Stelian Țurlea	*Trei femei*
Olimpian Ungherea	*Sayonara. Confesiunile unui criminalist*

COLECȚIA ICEBERG FICTION

Jussi Adler-Olsen	*Camera groazei • Culpa • Vânătorii de oameni • Somnul rațiunii • Decretul Washington*
Dan T. Sehlberg	*Mona. Virus mortal*
Roy Jacobsen	*O minune de copil*
Henning Mankell	*Câinii din Riga • Creierul lui Kennedy • Omul din Beijing • Pantofi italienești • Ucigași fără chip – seria Inspectorul Wallander*
Anders de la Motte	*Jocul • Buzz (cartea a doua din trilogia Jocul) • Bubble (cartea a treia din trilogia Jocul)*

Erik Axl Sund	*Persona. Slăbiciunea Victoriei Bergman partea I • Trauma. Slăbiciunea Victoriei Bergman partea a II-a • Catharsis. Slăbiciunea Victoriei Bergman partea a III-a*
Erik Valeur	*Al șaptelea copil*
Jakob Vedelsby	*Legea umanității*

THRILLER, AVENTURI, ACȚIUNE, MISTERY

Lina Areklew	*Dincolo de aparențe*
Francisco Asensi	*Sângele*
Asa Avdic	*Insula morții*
Jessica Barry	*Nu privi în urmă*
David Baldacci	*Rece ca piatra*
Steve Berry	*Protocolul Varșovia • Taina președintelui • Ultima colonie • Rețeaua împăratului*
Samuel Bjørk	*Bufnița vânează întotdeauna noaptea*
Dan Brown	*Codul lui da Vinci • Simbolul pierdut*
Mireille Calmel	*Cântul vrăjitoarelor – vol. 1 • Cântul vrăjitoarelor – vol. 2 • Cântul vrăjitoarelor – vol. 3*
John le Carré	*Genul nostru de trădător • Moștenirea spionilor • Un adevăr delicat*
Karen Cleveland	*Acces interzis*
Emma Cline	*Fetele*
John Connolly	*Răzbunătorii*
Michael Connelly	*Al cincilea martor • Până la capăt. Seria Mickey Haller • Chipul dur al despărțirii • Tura de noapte • Avertizarea • Legea inocenței • Zeii vinovăției*
Glenn Cooper	*Semnul crucii*
Michael Cox	*Sensul nopții*
Blake Crouch	*Revenire • Materia întunecată*
Clive Cussler	*Imperiul Celtic • Marea diavolului • Sahara*
Clive Cussler & Paul Kemprecos	*Orașul pierdut*
Arwen Elys Dayton	*Mai puternic, mai iute, mai frumos*
Leona Deakin	*Dispăruți*
Nelson DeMille	*Coasta de Aur*
Karen Dionne	*Evadarea din mlaștină*
Brendan Duffy	*Regele furtunii*
Bella Ellis	*Soția dispărută*
Joseph Finder	*Omul companiei*
Adam Foulds	*În gura lupului • Labirintul însuflețit*
Ulla Frohling	*Ființa din oglindă*
Mario Giordano	*Tușica Poldi și misterul leilor sicilieni*
Javier Gonzales	*Insula sfârșitului timpului*
John Grisham	*Barul Rooster • Calico Joe • Campionul din Arkansas • Îngerii dreptății • Șirul de platani • Theodore Boone – Puștiul avocat • Theodore Boone – Răpirea • Uragan pe insula Camino • Lista judecătorului • ...Și vine vremea îndurării*
Katryn Harkup	*A de la arsenic. Otrăvurile Agathei Christie*
Thomas Harris	*Cari Mora*
Lance Hawvermale	*Criminalul fără chip*
Jay Hosking	*Trei ani în labirint*
Petrika Ionesco	*Cântecul lebedei mecanice*

Christian Jacq	*Fugarul (vol. 1 seria Răzbunarea zeilor) • Divina Adoratoare (vol. 2 seria Răzbunarea zeilor)*
Susanne Jansson	*Mlaștina*
Jens Henrik Jensen	*Oxen – Prima victimă*
Dean Koontz	*Noaptea lui Odd • Ochii întunericului*
Danya Kukafka	*Misterul fetei din zăpadă*
Vera Kurian	*Te voi ucide zâmbind*
Will Landay	*În apărarea lui Jacob*
Maggie Lehrman	*Orice lucru are prețul lui*
Charlie Lovett	*Povestea anticarului*
Kathleen McGowan	*Prințul poet*
Brad Meltzer	*Cercul asasinilor • Cercul cavalerilor • Jocul zero*
Maggie Mitchell	*A doua fată*
Alejandro Palomas	*Un fiu*
David Park	*Comisarul adevărului*
Adele Parks	*Invitația*
Tony Parsons	*Soția dorită*
Chris Pavone	*Expatriații*
Malin Persson Giolito	*Nisipuri mișcătoare*
Anthony Quinn	*Prietenii noștrii din Berlin*
T.R. Richmond	*Ce-a lăsat în urmă*
James Reese	*Dosarul Dracula*
Allie Reynolds	*Fior*
Imogen Robertson	*Iarna la Paris*
Brian Ruckley	*Nașterea iernii – seria Lumea fără zei*
Daniel Sanchez Pardos	*G. Un oraș misterios: Barcelona. Un tânăr vizionar: Gaudí*
John Burnham Schwartz	*O singură clipă*
Javier Sierra	*Focul invizibil • Maestrul de la Prado*
Lorenzo Silva	*Linia meridianului*
Dan Smith	*Ținta: Președintele*
Dominic Smith	*Ultima pictură a Sarei de Vos*
Jose Carlos Somoza	*Cheia adâncului*
Olen Steinhauer	*Turistul*
Carole Stivers	*Codul vieții*
Anne Sward	*Cu sufletul la gură*
Brad Thor	*Lista neagră*
S.K. Tremayne	*Dubla identitate*
Paul Tremblay	*Cabana de la sfârșitul lumii*
Simon Urban	*Planul D*
Timur Vermes	*Ia uite cine s-a întors*
David Wroblewski	*Povestea lui Edgar Sawtelle*
Matt Weselowski	*Misterul din pădure*
Hideo Yokoyama	*Misterul cazului „Șase patru"*
Joakim Zander	*Înotătorul • Fratele • Prietenul*

DRAMA, ROMANCE

Helly Acton	*Dragostea e un reality show*
Pierre Assouline	*Portretul*
Tabea Bach	*Insula cameliilor*
Angela Becerra	*Penultimul vis*
Anna Bell	*Lista de dorințe • Soțul meu e un străin*
Jenn Bennett	*Cu ochii în stele*

Chris Bohjalian	*Închideți ochii, luați-vă de mână • Vremea vrăjitoarei*
John Boyne	*Furiile inimii • Un călător printre secole*
Isabelle Broom	*Escapada*
Serena Burdick	*O fată în amurg. Un roman despre Paris*
Brooke Burroughs	*Codul pentru perechea perfectă*
Antony Capella	*Ofițerul stării civile*
Andrea de Carlo	*Minunea imperfectă*
Carol Cassella	*Oxigen*
Jessie Chaffee	*Florența la apus*
Sarah Cohen-Scali	*Max*
Manuel DeLope	*Perlele călătoare*
Val Emmich	*Nu uita să-ți amintești*
Gyle Forman	*Fără mine*
Rachel Givney	*Jane și magia iubirii*
Heddi Goodrich	*Americanca*
Lauren Groff	*Destin și furie*
Ruth Hogan	*Colecționarul de obiecte pierdute • Paradisul lui Queenie Malone*
Catherine Isaac	*Aici, acum, mereu • Povestea iubirii noastre – ed. softcover*
Natalie Jenner	*Clubul Jane Austen*
Susana Lopez Rubio	*Intrați în El Encanto*
Charlotte Lucas	*Anul tău perfect – vol. I și vol. II*
Benjamin Ludwig	*Ginny Moon: din secretele unei fetițe autiste*
Laura McVeigh	*Sub stelele tăcute*
Benjamin Mee	*Avem un zoo!*
Claire Messud	*Prietenie dispărută • Când lumea stătea în loc • Femeia de la etaj*
Jean E. Pendziwol	*Fiicele paznicului*
Francine Prose	*Prima iubire*
Karen Raney	*Două vieți*
Sue Roberts	*Idilă pe Riviera*
Clara Sanchez	*Misterul numelui tău*
Lisa See	*Dragostea Florii-de-bujor • Frumoasele chinezoaice*
Indra Sinha	*Oamenii lui Animal*
Kathryn Tay	*Moștenirea partea 1 (Saga Daringham Hall) • Hotărârea partea 2 (Saga Daringham Hall)*
Julia Whelan	*Un an la Oxford*
Natalie Winter	*Clipe de viață*
Javier Yanez	*Stăpânul savanelor*
Markus Zusak	*Mesagerul*

FANTASY, SCIENCE FICTION

Mitch Albom	*Măsura timpului*
Christina Sweeney-Baird	*O lume fără bărbați*
Forrest Leo	*Un gentleman*
Scott Lynch	*Minciunile lui Locke Lamora • Pirații mărilor roșii*
Walter Moers	*Cele 13 1/2 vieți ale căpitanului Urs Albastru*
Sylvain Neuvel	*O poveste care va urma • Până la ultima dintre noi*
Michael Poore	*Dansul reîncărnării*
Patrick Rothfuss	*Teama înțeleptului • Numele vântului • Tainica iscodire a celor tăcute*

J.R.R. Tolkien — *Hobbitul • Frația inelului (vol. 1 trilogia Stăpânul inelelor) • Cele două turnuri (vol. 2 trilogia Stăpânul inelelor) • Întoarcerea Regelui (vol. 3 trilogia Stăpânul inelelor) • Povestea lui Kullervo • Silmarillion • Copiii lui Hurin*

Leslye Walton — *Straniile și minunatele amărăciuni ale Avei Lavender*

ROMAN ISTORIC / DRAMĂ ISTORICĂ

Stephan Abarbanell — *Orient*
Malka Adler — *Frații de la Auschwitz*
Federico Baccomo — *Spectacolul tristeții*
John Boyne — *Ruinele timpului*
Edward Carey — *Extraordinara poveste a micuței. Frumoasa madame Tussaud*
Jennifer Chiaverini — *Fetele din rezistență*
Paula Cifuentes — *Vremea bastarzilor*
Javier Cercas — *Impostorul • Monarhul umbrelor • Terra Alta*
Giuseppe Conte — *Dante in love*
Catherine Delors — *Iubire și sânge*
Marc Dugain — *Îl vor ucide pe Robert Kennedy*
Barbara Ewing — *Rosetta*
Mario Escobar — *Cântec de leagăn de la Auschwitz*
Ildefonso Falcones — *Moștenitorii pământului • Pictorul de suflete*
Ken Follett — *Stâlpii pământului – ed. softcover • O lume fără sfârșit – ed. softcover • Coloana de foc – ed. softcover • Căderea uriașilor – ed. softcover • Capătul veșniciei – ed. softcover*
Franco Forte & Scilla Bonfiglioli — *Fetița și nazistul*
Luca di Fulvio — *Copilul care a găsit soarele noaptea*
Max Gallo — *Titus*
Antonio Garrido — *Cititorul de cadavre*
Rachel Halliburton — *Iluzia optică*
Oscar Hujuelos — *Twain și Stanley*
Georgia Hunter — *Supraviețuitorii*
Antonio G. Iturbe — *Bibliotecara de la Auschwitz • În plin văzduh*
Özlem Kumrular — *Sultana Kösem*
Alison MacLeod — *Tandrețe*
Colum McCann — *Transatlantic*
Pauline Peters — *Camera rubinie*
Carly Schabowski — *Ceasornicarul din Dachau*
Lutz Seiler — *Kruso*
Sarah Stricker — *Cinci copeici*
John Sweeney — *Idiotul de serviciu*
Lucy Ribchester — *Clubul Clepsidrelor: Vremea sufragetelor*
Yasuko Thanh — *Mireasma misterioasă a munților Galbeni*
Markus Zusak — *Hoțul de cărți*

www.raobooks.com | www.facebook.com/rao.editura
office@rao.ro | libraria.rao@rao.ro